亲爱的拍卖师

牛莹 著

江苏凤凰文艺出版社
JIANGSU PHOENIX LITERATURE AND
ART PUBLISHING, LTD

目录

Contents

亲爱的拍卖师

My Dear Auctioneer

Chapter 1

倒追男神

乾市，位处中原地带的二线卫星小城。

白小米，乾市第一批靠拆迁发家的原住民后代，在本地一所大学里读着一个匪夷所思的锅炉专业。没办法，能花钱进去的，也就只有这种人数招不够的冷门院系。

熟悉白小米的人都知道，她对人对事有着自己的一套简单粗暴又合情合理的判断标准。在她的眼里，再多的人也只分为两大类：我朋友，以及，那傻×。再大的事也只分两种：关我屁事，和关你屁事。

这套标准和耿直的性格在白小米的人生中坚定不移地实行了二十年，直到她在全校老乡群的一次聚会里，看到了穿着白衬衣黑裤子，戴着黑框眼镜，清秀高大，还时刻一副不近女色的禁欲系老干部模样的拍卖系学生顾华，大大咧咧的白小米这才惊觉，自己被迟来的青春撞了一下腰。

从此以后，能在秋意渐浓的早上，每天把白小米从越盖越厚的被窝里叫醒的，不是闹钟更不是梦想，是且只能是她眼中的男神顾华。

每周一三五的早上六点，白小米住的那间女生宿舍里雷打不动的准会响起一阵鬼哭神嚎："摩擦摩擦，像顾华的步伐，一步两步三步，摩擦摩擦……"

词是白小米改的，曲是她自己唱的，魔性的曲调每次都会循环播放到下铺的死党陈二货忍无可忍飞踹她的床板，睡成鸡窝头的白小米才眯着眼，条件反射般地从床上弹起来。

周五早上，依旧在神曲中被踹醒的白小米呆坐在床上神游，迷迷糊糊中她又插上耳机，放大手机音量，把自己录的神曲从头到尾欣赏了一遍，顿时神清气爽元神归位。哼着余音，她双手一撑床沿，纤细敏捷的身形从上铺潇洒地一跃而下。

我了个去！

白小米看着踩进带着隔夜汤汁泡面碗里的油腻右脚，砍腿的心都有了，躲得开地上散乱的桌椅板凳，逃不掉还没来得及扔的带汤泡面碗。光想着一三五早上去跟着顾华上课，怎么就忘了下铺陈二货每周二四六晚上，进被窝前固定会吃一碗红烧牛肉面？

白小米把脚从油腻的汤汁泡面里抬出来，一路唧唧歪歪冲进厕所，原本只打算洗个头，现在只能连澡一起洗了。学校不比家里，早上热水断断续续，她咬着牙打沫子，等洗完擦干，早已抖成筛子。她拿起电吹风打开最大档的热风，一股脑往自己头上直轰。

在白小米非黑即白的眼里，男人也只分为两种，一种是洗了头才去见的，一种是不洗头也不想见的。顾华毫无疑问属于第一种，可惜就算白小米把全身上下所有的毛孔都洗干净了，顾华也只会眼皮不抬，略带不耐烦地跟她来一句："你怎么又来了？你们专业没课？"

顾华是拍卖系的高岭之花，身边妖艳贱货太多，他对脸上有小雀斑、矮小细瘦的白小米反应冷淡也在情理之中。好在两人有着一层看似深厚实则浅薄的本地老乡关系，白小米便借此由头，充分发挥其一根筋厚脸皮的特性，乐此不疲地在每周的一三五上午逃课，去蹭拍卖系雷打不动的公开课。

今天早上，白小米因为多洗了个澡，出门时间就比平时晚了些。她迅速穿上昨晚就已经搭配好的驼色长风衣，脚踏一双四五厘米高的黑色高跟鞋，顾华喜欢成熟点的女人，白小米便投其所好，使劲把自己这张显小的娃娃脸和瘦小的身形往四十岁的成熟女人形象上使劲捯饬，可惜顾华始终对她不咸不淡。

洗完澡吹完头，出门前白小米照例丢一袋双汇精肉肠到下铺，让陈二货帮她签到。陈二货一下把壮实的身子翻起来，中气十足地朝她吼道："今天你说什么也要自己去签，咱系的老苟已经放话了，说你再逃课就不给你发毕业证。"

白小米在原地愣了两秒，陈二货以为她终于知道轻重，要改邪归正了。白小米忽然像是想起什么重要事情一样，转身又手脚麻利地拿了个乐扣乐扣塑料杯，冲了一大壶菊花茶，又急急挎上包包说："差点忘了给顾华冲茶，今天是拍卖系的大日子，万众瞩目的古德拍卖行要来选拔实习生，顾华上去演讲，我得给他准备点茶润润嗓子。"

陈二货一脸"你有病"的表情，对着这位一根筋的傻缺恨铁不成钢："就为了给那个眼长在头顶上的自恋男送水，你连毕业证都不要了？"

白小米回她一脸"老娘做事有分寸"的表情："放心吧，我已经算好时间了，老苟的课在第三节，顾华这样的优秀生肯定是最先上台的，我等给他拍完视频就百米加速往院里赶，绝对没问题。"

"那要赶不上呢？"

白小米转身从柜子里拿出两盒德芙往陈二货的下铺丢去："是姐们就先帮我签到。"说完不等陈二货反应过来，提着菊花茶"嗖"的一声溜了出去。

陈二货急了，刚起身想要把这一根筋的轴人追回来，谁知双脚一下地就觉得右脚一湿，低头一看，正好踩上自己昨晚吃剩的半碗带汤泡面里。

我了个去！

白小米急赶慢赶，路上还抽空从包包里掏出新买的号称“斩男色”的圣罗兰15号唇膏边走边涂。时间紧力道大，双唇一抿颜色就超出了唇边，乍一看就像长了一张香肠嘴，她自己却浑然不觉，以为美得冒泡。

白小米火急火燎地提着一大罐蜂蜜菊花茶奔向拍卖系的公开课教室，推开大门一看，整个阶梯教室竟然座无虚席。

此次拍卖系联合锦城古德拍卖行，在公开课上向学生展示藏品，旨在让更多学生对藏品实物有个面对面的了解，以及让公司和学生有更进一步的相互了解。毕业将至，公司和学校都想通过这样的合作招入和输出人才，达到互惠互利的目的。

对古德来说，这是它与院校的首次联合，如果这次效果不错，那他们以后就会把这里当成发展公司后备人才的基地，因此古德内部对这次的院校选拔颇为重视，不仅白手套拍卖师、拍卖界的男神傅斯晨会到场指导，连老板张德亮也会亲临。

对于拍卖系的学生来说，能近距离目睹偶像的风采，这样的机会千载难逢，自然兴奋不已。女生冲着男神，男生冲着实习机会，人山人海也实属正常。

一脸发懵的白小米开始满世界搜寻顾华的影子，踮着脚尖来回扫视，终于在好学生VIP专区看到了在嘈杂人群中依旧认真看书的神人顾华。

等待上课前的十几分钟，他还是一副不能浪费分秒的样子，心无杂念地啃着司法书。顾华老早就跟白小米提过，他们拍卖系毕业的学生，能去锦城大牌拍卖行实习的人少之又少，更别提说能顺利留下来了。所以即便他成为教授的推荐人选之一，还是暗自做好了第二手准备，再去参加个司法考试，弄个双保险，哪边有戏去哪边。

白小米其实也想好了，顾华去哪她就去哪，他如果去锦城做拍卖师，那她就跟着去锦城找份工作，他如果留在家乡考公务员，那她就在家乡找份工作，继续天天缠着他。

大学期间，几乎连自己专业课的老师都认不全的白小米，却把拍卖系的课表倒背如流。她知道，想要跟顾华有更多的交流话题，就只能关注他所关注的，接触他所接触的。只翻过教科书没看过其他纸质书的白小米，为了跟顾华有共同语言，甚至还专门买了一大堆宝物鉴定书籍和杂志来开阔眼界拓展话题。

对于学渣来说，看没图的纯文字简直是炼狱，好在白小米的老爸十分热衷收藏，在她小的时候就时常往家搬些不知真假的稀奇玩意。时间长了东西太多，家里还开过很长一段时间的古玩店，白小米也算耳濡目染。在拍卖系的课上偶尔听听看看，竟然也能一知半解融会贯通，冷不丁说出来的见解也让顾华耳目一新，这一点，多少改变了一些她在男神心中只知道吃喝玩乐的肤浅形象。

为了找个跟顾华更接近些的位置，白小米一路穿越众多早已坐定的学生，所到之处怨声载道。靠着那张厚脸皮，她终于硬是挤到了距离顾华隔着近十排的一个边角空位置上坐了下来。

刚坐定，她便迅速拿出便签纸，写上“顾华的菊花茶”几个大字，贴在手中的茶壶上，继续觍着脸，让前排的男生，再递给更前排的女生。茶壶一路在各个学生手中辗转颠簸，终于在尚有余温的时候，送达了顾华的手中。

顾华看着手里这瓶劳师动众传到自己手上的菊花茶，便签纸上的最后一个“茶”字早被漏出来的茶水晕得看不清，只剩“顾华的菊花”在纸上迎风招展，想起递给他茶壶的那位女生诡异的笑容，顾华脸上一热，没敢转头看一眼一直在后面朝他拼命挥手的白小米，直接把茶壶丢进了讲台下面的抽屉里。

Chapter 2

实习选拔

即便在全国的GDP已经翻了好几番的今天，多数人对高大上的玉器古玩实物，还停留在只可远观的认识程度。即便是拍卖系的学生，能亲手摸到这些宝贝的，也没有几个。

跟安西教练神似的拍卖系教授在大家的翘首期盼下，终于领着几位都市精英式的古德工作人员姗姗来迟。走在前面的是一位五十来岁、穿着灰色西装、戴金边眼镜的儒雅男人，淡定从容的神态俨然一副老板的派头。后面几位都是清一色的黑西装，只有最后那位，一头蓬松的黑短发，侧脸和脖颈的线条修韧而白皙，穿了一件非正装的黑色皮夹克，身材格外高大，把皮质精良、剪裁合体的外套撑起来，更显得肩宽腰窄腿长。这看似最随意的装扮，却因为棱角分明的出色五官以及矫健修长的身形，在一群样貌和高矮胖瘦都差不多的男人里，显得格外醒目。

整个大教室因为古德员工的到来骚动起来，当最后穿着黑夹克的傅斯晨站上讲台时，整个教室爆发出热烈的掌声，不时有女生喊着“傅斯晨”三个字。傅斯晨面带浅浅的笑意，脸上带了些疲态。不知是不是天气干燥水土不服的原因，向来都是一夜无梦的他，昨晚在这边竟然连着做了一夜的怪梦，一早醒来还破天荒地流了鼻血。

傅斯晨饮食规律又常年锻炼，工作这些年，再极端难适应的城市他也去过，即便在那样的环境里，他身体也从未出现流鼻血的情况。乾市跟锦城的车程不过七八个小时，气候比锦城还要温和湿润些，衣食住行也无大的变动，按理说不至于让他出现这样的异常。

台下热烈嘈杂的人潮，让一晚上没睡好的傅斯晨太阳穴有些隐隐发胀，身体的异样让他不得不联想到一年多前的车祸，如果是车祸后遗症也不是没有可能。毕竟身体受过损伤，就算痊愈了也可能偶尔出现一些问题，不可能再跟之前一样完好无缺。

想起那次车祸，傅斯晨脸色慢慢沉下去，他吐出一口气，强迫自己把这股恼意压下去，有些事情，迟早会水落石出。

白小米个子矮小，又坐在远离讲台的边角，看不太清全场女生为之沸腾的傅男神是什么样子，只隐隐看到一位穿着黑色夹克的长腿男人在教授的邀请下，径直走到讲台中间。他站了两秒，故意把麦克风弄出一阵刺耳的尖锐声，原本嘈杂的会场，顿时安静下来。

傅斯晨拿着话筒，低沉醇厚的嗓音缓缓而出，十分动听。他的声音像是有股聚心的力道，从讲台中心扩散到整个教室，直击所有人的耳膜："大家好，我是古德拍卖行的拍卖师傅斯晨，今天让大家多等了十分钟，我代表古德的员工，先跟大家道个歉。"

说完，傅斯晨朝底下的学生微微鞠了个躬，台上的教授和台下的学生都没想到大名鼎鼎的傅斯晨会因为这么短短几分钟的迟到跟大家道歉，顿时对他好感倍增。

顿了顿，他继续说道："今天有幸到这里给大家做拍卖现场的演讲，我知道你们想从我嘴里听到一些逆袭励志的故事以及惊心动魄的拍卖现场。但是很抱歉，我从没逆袭过，我一直坚信，优秀是一种习惯，成功不是逆袭出来的，如果你们认为逆袭才是励志，那我的故事并不励志，感兴趣的同学可以上网搜我的简历，在这里就没有再讲的必要了。”

底下的学生一片哗然。

傅斯晨顿了几秒，接着说：“至于惊心动魄的拍卖现场，这件事就如同打游戏，你看别人打，永远也体验不到里面的紧张刺激。拍卖这件事也一样，你只是听我说，根本不能体验到其中惊心动魄的乐趣。所以，本着对这次见面会的尊重，我能表现出来的最大诚意，就是给你们更多的机会。今天，我会挑出几件藏品，让在场的各位学子进行一场即时拍卖，当然，这次的拍卖师不是我，而是在场的你们，我会请愿意上来尝试的同学，分别把这五件藏品拍出去。上来的人可以选择只拍一件，也可以几件都拍，依据你们各自的情况自己来定，这次的试拍，会成为古德选拔实习生的重要依据。在场的各位，欢迎踊跃参与。”

他的话音刚落，教授和台下的学生面面相觑，这完全和既定的行程纲要大相径庭啊。之前商榷好的程序是傅斯晨先上去跟学生们传授现场拍卖技巧，用问答的形式回答学生们的提问疑惑，然后再让教授推荐的几位优秀学生上去讲演一遍已经排练好的内容，最后由拍卖行和教授共同选出合适的实习生。谁知道现在却临时变成了让学生直接主持拍卖直接选拔，都说古德这位白手套拍卖师做事喜欢突发奇想，现在他们总算真切体验了一把傅斯晨式的不按常理出牌。

坐在台上的老板张德亮对傅斯晨的做法早已习惯，对他这个决定并无异议。他们既然要来考察这个学校学生的能力，光是看他们平时的成绩和教授的推荐肯定是不够的，现在有这么个考核的好机会，让学生们上来自己表现，他们也好更客观地评判他们的能力。

突如其来的变动，让之前没能得到教授推荐的那些学生全都开始摩拳擦掌。大家心里都清楚，虽然教授的推荐很重要，但机会都是靠自己争取的，如果能在这群古德评委面前表现出色，那被选中也不是不可能的啊。

顾华作为拍卖系教授的得意门生，在这之前自然是得了教授的私下提点，但当他看到讲台上那几件傅斯晨挑出来的、刚拆完包装的藏品，顿时有些傻眼了。这并不是之前教授透露出来的那几件，这意味着他提前准备的那些东西都用不上了。而且这次古德拿出来的东西，有些藏品他也只是听过而已，并不了解。另外几件虽然能说出点东西，但也认识有限，唯有一个，还能跟之前背过的东西沾上点边。

古德这次是铁了心要考察上去试拍的学生，没有对上面的拍品进行任何讲解，基本的描述和定价、起拍的价位完全要靠学生自己的知识判断。这样的情况，对于一个首次上台的学生来说，有限的认知必定会对他在台上的发挥产生负面影响，所以顾华觉得，这次的机会其实并非真是机会。

场上的学生也都看到了讲台上的那几件宝贝，一大半人能熟知一二，少数人了解四三，极少数人门儿清。底下全是交头接耳的声音，谁也不敢贸然上去做第一个吃螃蟹的人。毕竟机会只有一次，这种关系到自己前途的时刻，人人都是私想者。谁都想让别人先去试错，然后自己再踩着前人的肩膀站得更高，以求成为优点最多、失误最少的那一个。

傅斯晨讲话的过程中，白小米一直伸长脖子往台上看，听到他的“成功不是靠逆袭出来”的理论，不由轻哼一声：“说得简单，如果都能一帆风顺，谁还想逆袭？”

跟台下一众眼冒心心的迷妹不同，白小米只是来陪顾华看热闹的，管台上的傅大神说什么，她也只是当笑话来吐槽。相对于台上的人，她对讲台上摆放的日本版画、鼻烟壶、袁大头银圆、牙雕和钧窑尊等的一些宝贝，更感兴趣。

这堆东西中，日本版画、鼻烟壶和袁大头都因为白小米老爸随波逐流的收藏爱好而在她家里出现过，对白小米来说并不陌生。特别是那张版画，她记得那时的自己正处青春期，因为迷恋日本动漫，连带着对日本的东西都很感兴趣。当老爸把一堆日本版画拿回家时，她简直喜欢得不行，还特意跟着老爸又去了几次拍卖会，想要看看更多风格迥异的日本版画。

而鼻烟壶则是她老爸感兴趣的物件，有那么段时间，成天在家里絮絮叨叨复读机似的说这小壶的前世今生，唐僧似的絮叨让她到现在都忘不掉。至于袁大头，则在后来沦为家中的道具，每次家里来客人，她爸必定拿出来学着电视里的样子，神神秘秘地用手指用力弹一下，再放到耳朵边听回响，一副人生如戏，全靠演技的样子。

而桌中间的瑞兽牙雕和那只钧窑天青釉帖花鼓钉双耳尊，她之所以说得出这一长串看起来牛气哄哄的全名，是因为这宝贝在她买的书籍杂志上有介绍过，她本想今天跟顾华显摆，没想到如今实物就摆在眼前了。

台上的教授有些难堪，自己教出来的学生竟然被这样的阵势就吓住了，没人敢第一个上台，教授只能自己朝台下扫了一圈，目光在前排的顾华身上停下来。

顾华是他向古德推荐的几位人选之一，综合水平算不错，即便有不认识的东西，先上台也能先挑自己拿手的。这么些藏品，怎么也会有他擅长的吧？

感受到教授的目光鼓励，顾华暗叫不妙，他这人对没有把握的东西极其害怕，毕竟机遇是双刃剑，弄不好就溅自己一身血。思前想后，他还是决定等等再说，故意把头别过去，不敢看教授，更不敢站起来。

一直密切注视顾华的白小米自然也看到了教授投给顾华非同寻常的目光，不由激动万分。这是在给顾华机会啊，可顾华竟然半点反应都没有，白小米以为书呆子顾华光顾着看书没留意教授给的机会，急得赶紧给顾华拨电话，但对方没有反应也没接通。她抓耳挠腮，坐也不是站也不是，生怕万众瞩目的第一个好机会就这样被别人抢走了。时间紧迫，机会转瞬即逝，白小米干脆一咬牙，猛地把手举了起来。

台上的傅斯晨远远看到角落里有只细小的胳膊急急地伸了出来，估计是怕自己胳膊太短位置太偏，为了引起注意，还特意在手上拿了张白色的餐巾纸，不停地左右摇晃。坐在台上的评委们都注意到了那张怪异的纸巾，傅斯晨对这种不专业的举手姿势皱了皱眉。他在拍卖界主持过多少场拍卖会，早已练就了一副火眼金睛，客户是随意的动作还是举牌，他都一清二楚。无论客户举牌的动作有多细微，他都能迅速辨别出来，这位女生这么大的投降姿势，难道是质疑他的眼神？

傅斯晨又扫了眼全场，大部分人都还处在想举又不敢举的犹豫状态，看到有人举手，纷纷转头侧目，想知道到底是哪位壮士如此英勇，敢于点亮自己照亮别人。

那张白纸还在坚定不移地摇晃，傅斯晨只能右手一伸，手掌朝上对着白小米的方向："有请那位角落里的女同学。"

白小米听到自己被点名，一脸激动赶紧站了起来，但发现站直了的自己，依旧没比旁边坐着的那一圈人高马大的男同学高出多少。情急之下，她干脆一脚踩到椅子上，穿着高跟鞋的她摇摇晃晃地从椅子上站起来，这才终于从人群中脱颖而出。

台上的人不知白小米此举的用意，她急忙忙地用手比画着远处的顾华，转头又着急地跟讲台那头的傅斯晨喊："不是我要上去讲，我是替顾华举的手，他是拍卖系的优秀学生，你们快让他上去讲讲。"

话音刚落，周围一阵哄笑，台上见多识广的老板张德亮也扬起嘴角，这个女孩还挺逗。

白小米的举动让顾华也成了焦点，他拧起两道粗眉，嘴里嘟囔几句，红着脸把头埋得更低。

傅斯晨的视力很好，远远地盯着那位高高站在椅子上、着急指着另一位男生的怪异女生。她明明个子矮小，却穿着色调老气的长款风衣，显得整个人脖子底下就剩那双尖长的黑色高跟鞋。明明涂着成熟浓烈的口红，却把整个唇形涂成溢出的凹凸不平。略显稚嫩的脸庞配上这一整套完全不搭的行头，让她看起来就像偷用大人化妆品后又偷穿大人衣服的小孩，古怪又可笑。

看了几秒，他心里没来由地一沉，隐隐生出一丝惊讶和不安。这个女孩竟然跟他昨晚梦到的人长得十分相似。梦的内容很长，具体的情节他一时记不清了，但醒来后梦中人的模样他却记得格外清楚。齐耳短发纤瘦身形，皮肤白皙，因而显得脸上缀的那几颗褐色小雀斑越发明显，那样子就和现在正站在椅子上、跟他喊话的女生一模一样。

傅斯晨微微眯起眼睛，从昨晚到达乾市，他就觉得自己身上的怪事不断，先是从不做梦的他怪梦连连，接着又流了鼻血，现在居然看到了梦中人真实地出现在自己面前……短时间内接连发生的这些事，不得不让他震惊。

傅斯晨深吸了一口气，这是他遇到棘手事情时的习惯动作，更多的氧气通过鼻腔涌进大脑，也无法让他搞明白，一个从未见过的女孩，为什么无缘无故地整晚出现在他的梦里。他更搞不明白，见惯美女的自己，怎么会梦到这样一位长相普通品位奇特的女孩，她是谁？又为什么会在这里跟他相遇？

傅斯晨微微皱眉，开口问：“你叫什么名字？”

白小米愣了一秒，转头又指向靠近讲台边的顾华：“我叫什么不重要，他，他叫顾华。”

此刻的顾华恨不得挖个洞钻下去。

傅斯晨又加重语气问了一遍：“你叫什么名字。”

白小米终于收回指向顾华的手，转头认真看向讲台上那位犹如从时尚杂志上走下来的皮衣帅哥，捋了捋自己的短刘海，抬头挺胸说：“白小米。”

傅斯晨迅速在脑中把所有认识的朋友、客户，以及那些曾经打过照面说过名字的人都梳理了一遍，确认自己的确不认识这个名字和这个人。他抬眼看向白小米："现在不是推荐人选，你举的手，就要你自己上来主持拍卖。"

白小米一听真急了，转头朝顾华喊："你快上啊。"

底下又是一片笑声，顾华如坐针毡，旁边的教授轻咳了一声，开口跟傅斯晨说："傅先生，要不，就让顾华上来试试吧？"

傅斯晨隐隐皱了皱眉头，他不相信一个连举手上来的勇气都没有的人，能把拍卖这件事情做好。要是按他平时的性子，是不会答应这样的要求的，但现在是站在学校的讲台上，既然校方老师开口了，他自然不好当众驳了教授的面子。

傅斯晨转头看向台下："哪位是顾华？"

事到如今，顾华也只能硬着头皮站起来了。

傅斯晨淡淡看他一眼："你愿意上来试试吗？"

顾华暗暗握了握拳头，底气稍显不足地说："好吧。"

白小米在下面激动地拿出手机，想着准备给即将大放异彩的顾华拍照，却看到手机上有陈二货刚发来的短信：院里今早已经贴出公告了，说你公然无视本专业的严肃性，四年来旷课次数太多考试分数太低，所以锅炉系的老师集体联名让你留级，不给你发毕业证。你赶紧去求老苟开恩吧，不过希望不大了，除非你能马上找到实习单位，越牛×越好，锅炉系今年就业形势严峻，老苟正为这事焦头烂额，所以，要么你就横尸在老苟面前，要么就马上找个实习单位，姐只能帮你到这儿了。

白小米只觉两眼一黑，读了四年不给毕业证，还有没有人性啊？她恨不得现在就用力扯着老苟那两条小细腿，狠狠求他放自己一马。可告示都贴出来了，冰冻三尺非一日之寒，哪那么容易说撤就撤？她这次找不到实习单位，这毕业证看来是真拿不到了。

思前想后，白小米决定给老爸去个电话，毕竟姜还是老的辣，说不定老爸的哪位同学老朋友就是牛×企业家，让她进去实习不就是就小菜一碟吗？

号码刚拨出去，对方提示关机，她呆了两秒，又拨，还是关机。白小米转手就拨给了老妈，对方像是手机就一直拿在手里一样，第一声还没响完就接了。

白小米看了眼正朝讲台上走去的顾华，压低声音刚要说话，就听到手机里传来老妈的哭啼：“女儿啊，我也刚想打电话给你啊，你爸跟那狐狸精远走高飞了。”

“什么？”

周围的几个男生好奇地看过来，白小米只能压下声音。老妈嘴里的那个狐狸精她其实见过几次的，年轻时就守寡，带着一个比白小米还大一岁的女儿。老爸一直说那是他以前的同学，家里有些困难，所以这些年暗中帮了她们不少忙，为了这事，老妈也没少跟老爸闹腾。其实白小米不傻，她也看得出来，在自己老爸眼里，肯定是早没有老妈了，两人分开是迟早的事。白小米心疼自己的老妈，这些年总是事事迁就她，就是希望失去丈夫疼爱的老妈，还能感觉到有她这个女儿在关心她。

说实话，老爸老妈从小都对她宠爱有加，感情是两个人的问题，在白小米的立场，没法评判父母的婚姻，她对没感情的离婚其实想得挺开，但老妈却一直没法放下。现在她刚离婚肯定心里受不了，她只能先安慰老妈，说要打电话找老爸谈谈。

老妈这才好受了些，在那头抹了把泪：“其实这些年你在学校上学，我和你爸也快成陌生人了，离了也好，我就是不甘心那个狐狸精把咱家都耗光了！”

“耗光是什么意思？”白小米不懂。

“你爸把咱家的钱和值钱的东西，都贴给她们了。那母女俩住的吃的，她女儿去跟什么大师学画画，那么贵的学费，一直是你爸在帮着给，一家挣两家花，金山银山也变空山啊。你爸这些年一直在偷偷变卖家里的那些古玩去贴给狐狸精家，也不知道给你留下点东西，现在好了，家里的东西都被他卖空了。你老妈我就是太傻了，没能早早发现帮你守着，女儿啊，现在咱俩就只剩下一间小破店面了。”

白小米的大脑空转了三圈，没想到自己家竟然说穷就穷了。老妈在那头抽抽搭搭，一说到那些全花到了别人身上的钱，她就气得肝疼。事到如今，说什么都是白搭了，再生气钱也回不来了，白小米只能先安慰老妈：“没事的，小店面就小店面，大不了以后我们省着点花。”

那头的老妈顿了一秒：“女儿啊，不是咱俩，这间店铺也就只够我自己生活的，根本没你花的啊。”

白小米嘴角抽搐两下，自己这是刚被亲爸抛弃，又被亲妈嫌弃吗？

老妈抹了把鼻涕，又接着说：“女儿啊，老妈以后可是没钱寄给你了，之前你爸给的最后一笔钱你自己可省着点花啊，好在你就要毕业了，拿到毕业证就可以找工作养活自己了……”

白小米差点一头栽到地上，刚听到拿不到毕业证的消息，又遇到要自力更生的事，屋漏偏逢连夜雨，没有证让她怎么找工作？难道真的让她去老苟家楼下跪一夜？可就算跪上十夜，那个出了名的铁心老苟也不见得就一定会给她毕业证啊。

挂上电话，白小米恍惚中强打起精神，看向台上开始拍卖袁大头银圆的顾华。

作为第一个台上的人，顾华看起来显得尤为紧张，他小心翼翼地看了台上的评委一眼，心中十分明白，自己的强项是背诵，这些个东西里，袁大头银圆是他最近才刚看过背过的，应该是自己记得最全最熟的东西，所以他这才毫不犹豫挑了这件藏品作为开头炮。

台上的顾华紧张地扶了扶鼻梁上的眼镜，张嘴说道：“大家好，我是本次的拍卖师顾华，我们今天要拍的是民国三年印制袁世凯头像的银币版一元钱。大家都知道，‘袁大头’是袁世凯像银币的俗称，由于其铸造时间长，存世量较多，在市场上流通广泛，得到人们在质量方面的认同。袁大头银币版别纷繁，稀少版别就在十种以上。刚刚接触银币收藏的爱好者，面对一些稀有版别与普通版之间的细小差距，往往有眼花缭乱、不易认清之感……”

拍卖师对拍品背景、数量、形状和尺寸等可以适当地介绍，但介绍得太过繁琐冗长，就容易让台下的客户失去耐心。顾华说了七八分钟后，傅斯晨抬眼看了看坐在旁边的老板张德亮，他的双手已经十指交叉放在了一起，傅斯晨对这个动作再熟悉不过了，每当张德亮不耐烦的时候，就会出现这个动作，这个顾华，难有希望了。

估计是考虑到这个藏品没有图册资料而自己又背诵过资料，顾华滔滔不绝地介绍了近十分钟。就在傅斯晨要开口阻止他继续说下去的时候，顾华终于切入正题，开始进入拍卖流程：“我们的这枚银圆起拍价为五百元，每次递增五十元，有意者请举牌。”

底下的同学纷纷开始举牌，顾华尽量让自己看起来镇定自若，把手指向第一位举牌的白小米：“这位女士五百，那位男士五百五，那位男士……”

白小米虽然刚刚受到双重打击，却依旧没有忘记要力挺顾华，不停把手中的牌举起又放下，放下又举起。

台下的学生逐渐进入状态，举牌的人越来越多，原本阶梯递增的算术对顾华来说是比较拿手的基本功，但在面对众多学生和古德评委时让他压力过大。同时举牌的人让他心算跟不上嘴巴，再后来嘴巴也跟不上眼睛了，越紧张越出错，到最后嘴巴里读出的数字就变成了：“这边一千七百五十，那边一千八百，那边一千八百五，这边一千七百六……”

场上竞争激烈，最后的价位拍到了两千三百五十元，顾华偏着头环视了全场，看是否还有举牌的人，直到确定已经没有再举牌的同学，才手忙脚乱地敲了一下槌子，手臂往最后举牌的白小米那一指：

“恭喜这位同学，以两千三百五十竞拍成功。”

教授对于这位得意门生的表现失望至极，为了不让他再继续丢人，赶紧摁响了定时器，顾华愣在了台上，眼睛看向台上的古德评委们。

傅斯晨脸色平淡地拿起话筒，对有些手足无措的顾华说：“首先，我们要把掌声送给第一个上来尝试的顾华同学。其次，如果你以后还想继续从事这个行业，我希望你能记住以下的话。”

整个大教室鸦雀无声，都在等着吸取顾华用唯一的机会换来的宝贵经验，白小米看着台上满脸忐忑的顾华，双手紧张得绞在一起。

“首先，作为一个拍卖师，你在正式拍卖之前，所有的步骤都不应该省略，尤其是拍卖前跟所有人提示风险和表明条例，这就好比飞机起飞前的安全警示演示，即便不会有人认真听，你也要认真地说，这是作为一个拍卖师最基本的职业操守。其次，即使是没有详细的图册介绍每个藏品，你也不用花太多的时间在介绍上，在介绍时更不能出现有主观意识的判断句，这会让买家产生误解，导致误导性质的后果。第三，拍卖的时候，金额后面的单位一定要说出来，不要以为这是默认的单位就省略掉，这是一个很重要的注意点。第四，第一位举牌的人是起拍价，报价的时候一定要把牌号说出来。第五，阶梯报数是个基本功，重要性就不用我多说了，在多人举牌的时候，台上的拍卖师难免会慌乱，想要避免失误，只能尽力记住前一个举牌人的数字，眼到口到手到，用词尽量多元化，否则听起来就只像报数机器人。”

台上的顾华窘得有些无地自容，傅斯晨顿了几秒，又补充道：“还有，以后在落槌的时候，一定要目不斜视。”

台下的同学全都暗暗咂舌，连顾华都被批得体无完肤，那些原本想着上来搏一搏、单车变摩托的同学顿时泄了气，傅斯晨朝顾华点点头，示意他可以下去了。

顾华默默转身，心中懊恼不甘又生气，此时的他心里明白，自己后面真就只剩考公务员这条路了。

白小米看着黯然走出去的顾华，赶紧踩着高跟鞋，一路小跑追了出去。傅斯晨用余光扫了一眼她的背影，那身碍手碍脚的长风衣让她跑起来的动作尤其搞笑。

白小米急赶慢赶，在门口终于拦住了垂头丧气的顾华。她喘着气安慰他说："你刚才表现得很好，只是稍微紧张了点，第一个上台的人都会紧张，没关系的，下次再接再厉……"

"够了！"顾华恼火地打断她，"没有下次了，这次就是唯一的选拔机会，选上就能去实习，选不上就只能哪凉快待哪去了。"

白小米只是不想让他错过机会，没想到一向优秀的顾华竟然一上台就紧张成那样。她平日里口齿伶俐，可一对着喜欢的人就脑子短路。白小米脑中飞快地想着能安慰他的词语，想了半天，憋出一句："没事的，你学习好，考公务员一定没问题的。"

顾华的火一下蹿了出来："一定没问题？你是考官吗？你说了能算吗？我麻烦你不要再来跟着我了，我很忙，不像你每天不学无术无所事事也没关系，我要找工作我要赚钱我要生活，你闲可以去找别人玩，为什么要来祸害我的宝贵机会？"

她不学无术关别人屁事，按白小米平日的性子，这要是别人这么吼她，她早就手撕对方十八回了，但现在这么说的是她的男神啊，此刻的白小米只能低着头，看向自己脚下那双黑长的老气皮鞋喃喃辩解道："我……我也是想为你争取机会……"

顾华打断她的话："为我争取？我告诉你，我要是想上去会自己举手，用不着你一个锅炉系的人来帮我瞎操心！你明知道第一个上台的都是给后人铺路的炮灰，你还不管不顾地逼着我上去，我看你就是别有用心！"

顾华说完愤愤地转身离去，白小米追了两步，又被他冷冽的眼神瞪在原地。她想跟顾华解释，但又不知道如何才能解释清楚，顾华正在气头上，现在的她，根本就是越说越错。

白小米烦躁地用手撸了撸头发，心中一团乱麻，家里靠不上了，系里不发毕业证，顾华又让她有多远滚多远，她这是触了多大的霉头，才会从今天一下床就开始倒霉？

教室里时不时传出拍卖竞价的声音，白小米有气无力地一屁股坐在门口的台阶上，从口袋里摸出一盒硬质水果糖，选了一颗丢进嘴里，清冽的青柠味在嘴里蔓延，瞬间让她心里的阴郁消散了不少。

从很小的时候开始，只要父母一吵架，白小米就会躲在门外，往自己的嘴里塞进一颗糖，即便无法消除当下痛苦的感觉，至少也能让它减轻一些。父母的感情一直不好，这个习惯便伴随着她。在白小米的口袋里，可以没有其他的东西，但一定不会没有糖。

吃了糖的白小米慢慢平静下来，一根筋最大的好处，就是什么事都能快速往前看。才小半天工夫，白小米已经接受了自己的现状，她脑袋飞速运转，她需要先核算一下自己还剩多少余粮，才能做好后面开源节流，迅速摆脱困境的计划。

翻找钱包时，包里忽然掉出一本刚买不久的收藏品杂志，白小米捡起来歪着头看了一会，她本以为自己看完这些书，就能让顾华对她有个全面的改观，没想到真看完了，顾华却跟她彻底拜拜了。

白小米扯出一抹比哭还难看的笑，愤愤然要把这本书随手扔进旁边的垃圾桶里。出手的一瞬间，忽然又想起自己已经不是之前的白小米了，她现在是一分钱要掰成两分花的穷学生，这本书刚买不久，她完全可以把它转手卖给拍卖系的学生，苍蝇也是肉，不能浪费啊。

白小米拿着这本书，像洗牌一样翻了一遍，脑中不停盘算着除了卖掉那些她现在已经用不上的东西，还有什么其他的好出路。正想着，手中的动作慢下来，书页正好停在印着刚才她在会场里面看到的那只元代钧窑天青釉帖花鼓钉双耳尊上。

白小米盯着图册看了好一会，脑中忽然蹦出刚才那位叫傅斯晨的拍卖界男神，她记得他好像说，这次的拍卖就是选拔，如果能被选中，就能进入古德拍卖行成为实习生。

她心下一动，电光火石间，像是小黑屋里忽然出现了一个小天窗。

这段时间，白小米为了引起顾华注意，看过不少拍卖类书籍，至少今天桌子上的那些展品还有几样是她认识的，加上刚才傅男神点评顾华的点她也听到了。她这人平时就是人来疯，人越多她就越来劲，应该不存在上台紧张的问题，如果……万一……要是她真的走了狗屎运成了古德的实习生，那她不止能顺利拿到自己的毕业证，说不定还能逆袭成顾华心中牛×闪闪的女神吧？

白小米越想越激动，双手在地上用力猛地一撑站起来，一扫刚才的沮丧，瞬间便满血复活。

Chapter 3

班门弄斧

教室里的拍卖会已经接近尾声，台上坐久了的评委多少都有了不耐烦的神色，张德亮更是毫不掩饰眼中的失望，这里的好苗子有是有，但是不多。他隐隐觉得，来这一趟，把自己的时间浪费在这里，是一种失策。

傅斯晨看向底下的人群，有能力上来讲的都上过了，没能力上来或者不敢上来的，依旧只能观望。

他低头看了看时间，决定发出最后一次询问："还有没有同学愿意上来主持试拍的？"

底下一片安静，台上的评委相互看了一眼，就在大家准备收拾东西起身的时候，教室的大门忽然被推开，一个清亮的女声在门口响喊一声："有！"

突如其来的声音让所有人一怔，傅斯晨抬眼看去，走廊的尽头，那位偷穿大人衣服的瘦小女生再次出现在门口，他很意外，这么瘦小的她竟然能发出让所有人都为之一振的声音。

此时的白小米正踩着地上被窗台剪碎的阳光，带着一脸无所畏惧的孤勇，朝他大步走来。这个场景让傅斯晨再次怔住，记忆翻飞，在昨晚的梦中，那位梦中的女人，也如此刻这样向他走来。

场上人的目光都集中到了白小米身上，底下开始窃窃私语，白小米拨了拨利落的短发，依旧目不斜视大步流星。无知者无畏，她一向不在意别人的目光，也极少瞻前顾后衡量利弊，从来都是想做的事先做了再说，想追的人先追了再说。就像她第一眼看到拍卖系的顾华就开始倒追，丝毫没想过般不般配、合不合适的问题；就像锅炉系的她现在大步流星地走向拍卖系的拍卖台，没考虑过连顾华都铩羽而归，自己一个外系人成功几率到底能有多大。

在白小米一贯的思维里，做了就有机会，不做，就连机会都没了。

白小米大步走来，带起后面的风衣，犹如超人的披风。原本的尝试占住过道的人群，纷纷自动给她让开一条通往讲台的路。傅斯晨和台上的评委，对这位又重新杀回来的白小米都有些意外。傅斯晨不知道这位叫白小米的女生再次回来的目的是什么，如果她真的想上台，那刚才就不应该一直为别人争取机会。虽不知她意欲何为，但他能感觉到，再次回来的她，带来某种强烈的愿望，这让她看起来斗志昂扬。虽然还是刚才的那身行头，但现在她整个人竟然没了一开始那股子可笑的感觉。

随着白小米越走越近，傅斯晨心中昨日重现的感觉越发强烈，昨晚的梦竟然开始一点一滴慢慢清晰起来。

像是在一片花海里，云雾缭绕中忽然出现了一个女孩的身影，他欣喜若狂地朝她奔去，她却转身离开。等他急赶慢赶追上她，并最终把手上的戒指戴到她的手上时，烟雾散去，露出一张跟白小米一模一样的脸。

这个荒唐滑稽的梦让傅斯晨浑身起了一层鸡皮疙瘩，他当然不会相信梦中的事，但梦中人真实地站在眼前，多少让他感到荒诞和不安。他听过有些人会提前梦到未来的东西，但他傅斯晨在接近三十年的人生里，从来没发生过如此怪异的事，此时的他不想把这件事往太深的地方去联想，只能把这归结为巧合。

站在傅斯晨面前的白小米如他在梦中看到的一样，矮小纤细，即使穿着高跟鞋，头顶也刚到他的脖子。她有一米六吗？傅斯晨疑惑地看着她唇上大了一圈的口红和黑得有些发亮的瞳仁，努力收回分散的注意力，示意她可以开始了。

白小米慢慢走上讲台，看了眼宽大的讲台上摆放着的展品，她虽然不是拍卖专业的，但在她整个成长的过程中，曾跟父亲去过不少拍卖会，虽说都是乾市本地的小型拍卖会，跟锦城的大型拍卖会没法比，但大家为了一个宝贝出价争夺的场面，对白小米来说并不陌生。

她右脚微微比左脚向前多半步，这是老爸曾经告诉她的经验，在人多的地方讲话，只要把重心压在右脚上，让整个身子微微向前倾，整个人看起来就会显得更加自信有力。

傅斯晨微微一挑眉，抛开她的整体形象，此刻她的动作还是很科学的。

白小米站定后，扫了一眼全场，底下黑压压的人群望着乱入的她。有想看一个班门弄斧的人如何出尽洋相的，有想知道敢这么走上去的外系人，肚子里到底有多少墨水的。白小米咽了下口水，心虚一闪而过，说不紧张是假的，毕竟自己有多少分量自己心里清楚，然而箭在弦上，她下一秒便又挺直了胸脯看向那些想看她笑话的人，心说老娘反正不是拍卖系的，拍不好是正常，拍好了就是打你们脸。

迅速调整好状态的白小米煞有介事地学着拍卖会上看到的自信满满的拍卖师的样子，拿起那套颇为小众的版画。

傅斯晨下巴一扬，没想到她会挑这个，这个藏品之前上来的学生都没有试拍过，台上的评委全都目不转睛地盯着她。

白小米清了清嗓子：“各位评委们，各位老师同学们，大家好，我是本次的拍卖师白小米，很高兴能在这里为大家主持这次的拍卖会。我手上是一套上世纪三十到五十年代的日本版画大师川濑巴水创作的系列雪景图。这是全套八张的京都风景组合，八张图中刻画的全是风雪交加的京都，有繁华的街道也有静谧的山村。川濑巴水是一位享受国际盛誉的日本版画师，他的画多以刻画风景和城市闻名，大家耳熟能详的宫崎骏漫画里的场景，有很多便是以川濑巴水先生创作的风景为原型来加以创作的。”

底下坐的都是年龄相仿的学生，一说到动漫和宫崎骏，大家迅速从久远的年代和陌生的艺术家名字里找到了熟悉的东西，对这个版画自然有了兴趣。底下人情绪的变动傅斯晨看得真切，他沉默不语，抬眼看了看台上丝毫没有怯色的白小米，她显然比前面的学生更知道如何调动起下面客户们的积极情绪。但很明显，在开始时，她依旧忘了说清拍卖依据和拍卖时的注意事项。

傅斯晨看重的是工作态度，他可以原谅无知，却不能原谅知错不改。说清拍卖依据和注意事项这个点，他之前已经在给第一个上来试拍的顾华点评时就强调过了，傅斯晨相信当时还在台下的白小米是听到了他的话的，但现在上来试拍的她，依旧重蹈覆辙。拍卖时知识面不够是能力问题，拍卖过程中知错不改是态度问题，他没法接受一位态度有问题的人成为古德的实习员工。

台上的白小米全然不知旁边傅斯晨的想法，她其实并不是不记得刚才顾华踩过的雷区，是她根本就没背过那些拍卖依据和注意事项。看那些拍卖书籍也就是为了跟顾华有更多的话题，谁能想到有一天她自己也会站在拍卖台上？

看到台下的同学情绪反映不错，白小米的状态越发自如起来：“大家都知道，近几年日本的艺术品市场一直处于低迷期，藏品的价位连创新低，今天，我们也顺应一下国际趋势，来个从高到低拍卖。画作的起拍价是五千元每幅，每隔五分钟降价两百。应价人应价后，可以只挑其中的一幅或几幅，也可以全套购买。价位以应价时的价位为准，如果同时出现两个以上的应价人，则改为增价拍卖，感兴趣的同学，现在可以开始举牌了。”

白小米的话音刚落，场下的同学顿时炸开了锅。前面上台的学生全是用的英式拍卖，也就是所谓的最常见的增价拍卖形式，买家公开相互竞价，每次竞价都要比前一次的竞价更高。可以由拍卖师宣报价格，也可以由买家自己报价。当没有人愿意继续竞价时拍卖结束，出价最高者需支付所报出的价格。而现在白小米正好相反，用公开减价形式，又名荷兰拍的形式，拍卖师以相对较高的价格起拍，然后逐步降低，直至有人愿意接受拍卖师开出的价格，胜出者需要支付最后一次宣布的价格。

其实白小米在从进门的那一刻，脑子就已经在飞快运作，如何在一群拍卖专业的人中，能遮盖自己短板的同时还能出奇制胜。

她曾在书上看过，这种荷兰拍卖的方式适合用在数量较多的物品拍卖上，这套版画有八张，只要有人应价且把这八幅画全部要完，拍卖就可以结束。如果第一个应价的人只是挑选了其中一幅或几幅，则剩下的画作继续依次递减价位拍，直到售完所有即可。这样的形式在现今的拍卖会上已经鲜少有人在用，白小米却打定主意要尝试一下，一是因为少就是奇，二是因为白小米知道，如果她用常规的增价拍卖，自己没做过专门的“背阶梯”训练，一旦举牌的人多，不停加价的数额太大，她肯定会措手不及。所以她选择了这种先固定数额，再每隔几分钟依次递减的方法，既能保证她有足够的时间来计算，越来越小的数字又不会让她难以应付。毕竟她从小就帮着家里看店按计算器，对数字敏感，每隔五分钟算出小额递减价位是完全没有问题的。

不能不说，白小米除了一身孤勇，还是有些急智的。她很清楚，这里毕竟是拍卖专业的地盘，她得有点不一样的东西才能让人记住，与其千篇一律地鸡蛋碰石头，还不如独树一帜别出心裁，说不定就能逆袭成功。

白小米想得没错，她用这种方式开拍，果然让大家眼前一亮。

挑剔的傅斯晨因为梦的缘故，对眼前的白小米或多或少有了先入为主的排斥。他面无表情地拧开一瓶水，刚喝了一口，旁边的张德亮忽然侧身过来，开玩笑似的跟他说了一句："这位叫白小米的学生，风格跟你还挺像。"

傅斯晨嘴里含着一口水，毫无防备地被张德亮的话呛了一下，一阵猛咳，声音让旁边的人纷纷侧目，白小米也转头看了过来。张德亮示意她继续，然后转身递给傅斯晨一张纸巾。

傅斯晨忍着嗓子眼里喷涌而出的咳嗽，但咳嗽这件事，越忍就越咳得厉害，在一波汹涌而出的咳嗽喷出来之前，傅斯晨赶忙站起来，转身快速走出了教室侧门。

张德亮玩味地看了眼傅斯晨的背影，一起共事这么久，能看到他这样狼狈的时候，屈指可数啊。

出了门的傅斯晨顺了顺气，立刻拿出在教室里就不停震动的手机。他猜得没错，果然是死党陈柏年。傅斯晨咽了咽口水，压着声音接起来。

"有事？"

"嗯，你要我查的那件事，现在有了新线索。"

傅斯晨脸色一沉："怎么说。"

"你出车祸后被秘密处理掉的那辆车现在找到了，虽然改头换面了，但是发动机号是变不了的，你猜测得没错，这车果然被人动了手脚。"

傅斯晨语气发冷："知道是什么人弄的吗？"

"现在还在调查当中，不过现在至少可以确定一点，的确有人想要你死。"

傅斯晨自嘲似的低笑一声："真是个令人振奋的消息。"

陈柏年在那头也笑了起来："要不这样，我找几个人暗中保护你？"

傅斯晨拉了一下有点痒的嗓子："不用，他们失败过一次，知道我有防范，不会再轻易下手。"

那头的陈柏年想了想，还是不放心地叮嘱道："你还是小心点。"

傅斯晨边咳边应。

"病了？"

"没有，受了点惊吓。"

"你？受惊吓？"陈柏年觉得能让这个死过一回的傅斯晨受到惊吓，这件事很值得八卦一下，"快说来听听。"

"你现在很闲啊？"

陈柏年扫了眼自己偌大的办公室，伸了伸懒腰："是啊，快要闲死了，就等你的八卦开心一下了。"

傅斯晨转头看了看身后不时传出声音的教室，开玩笑说："咸你就喝水，我现在还有事，回头见面再说。"

傅斯晨推门进去的时候，那幅起拍价为五千的版画，价位已经到了三千八，依旧没人应价，这种拍卖方式就是在不停减价过程中的心理对弈，每个人都想要用最少的钱买到心仪的东西，又怕在等待降到心里价位之前被别人先拍走了。每个人都估算着最高的性价比，没人轻易举牌。白小米心中忐忑，只能在台上不时地看时间报价。十分钟后，价位又掉到了三千四百元。

"现在是三千四百元了，三千四百元有没有要的？"白小米急切地巡视全场。

终于有了一个举牌的。

白小米激动地朝着举牌方向高喊："98号的帅哥举牌了，还有没有跟的？三千四百元一次，三千四百元两次，三千四百三次！恭喜98号的帅哥！"

白小米这一闪电似的举动，让场上的所有人先是发愣，随后爆发出一阵哄笑，傅斯晨也跟着低笑了一声，没想到一个拍卖系的学生，竟然能犯这么低级的错误，张冠李戴，把增价拍卖的方式用到了荷兰拍卖上，这简直是他今天看到的最离谱的失误。

白小米蒙圈了几秒，台上的教授脸上挂不住了，开口问她："你是哪个班的？"

白小米犹豫两秒，报出家门："锅炉三班。"

全场静了几秒，然后是一片哗然，教授托起自己的眼镜，一脸难以置信："锅炉？锅炉系？你……你不是我们拍卖系的？"

白小米回答得干脆利落："不是。"

教授汗都下来了："那你来这里干吗？"

白小米一脸理所当然："当然是参加拍卖啊，你们又没有说别系的人不能参加。"

傅斯晨看着台上振振有词的白小米，揉了揉有些发胀的太阳穴，这个乱入他梦中的人，竟然在这里也是乱入，他到底为什么会梦到这样的奇葩？

此时旁边的张德亮第一次开口对台上的选手说话："我们的确没有说过一定要招收拍卖专业的学生，荷兰拍卖已经结束，那你现在能不能重新就这套版画，进行一场常规的增价拍卖？"

场上的人一阵骚动，傅斯晨看了老板一眼，张德亮总是喜欢给无聊的事增加点乐趣，即使这样的事会让他浪费更多的时间。今天这位叫白小米的女学生，算是给他的枯燥的行程增加了笑点和亮点，对于一个外系学生敢来参加拍卖系的实习选拔这件事，张德亮好奇她的能力也是情有可原的。

白小米咽了下口水，增价拍卖意味着暴露自己的短板，可眼下就两条路，要么现在自己走，要么露出短板后被淘汰，也或者，不被淘汰。白小米只犹豫了一秒钟，立马点头同意，这是她最后一次机会，她没理由主动放弃。

张德亮示意她可以开始了，白小米头一扬，豁出去了："各位评委，老师和同学们，我是锅炉系的白小米，非常荣幸能在这里为大家主持这次的拍卖。这次我们的拍卖方式为增价拍卖，今天我要拍卖的版画是日本近现代版画巨匠川濑巴水的作品。川濑巴水是日本‘新版画运动’复兴的领军人物，一生中创作了六百余幅版画。这些版画大部分描绘日本各地景色，也被誉为日本近代风景版画第一人。他的创作糅合了东西方的艺术元素。与江户时期和明治时期的浮世绘不同，新版画使用了自然柔和的色彩，在画面透视和构图布局上体现出强烈的空间感。此套版画为八张，不单独出售，全套底价为两万元，每次喊价递增五百，有喜欢这套版画的朋友现在可以举牌了。”

这最后一次机会，白小米如打了鸡血一样，把老爸曾经告诉过她的关于巴水的所有信息，一口气全部说了出来。

大家都不敢相信，一位锅炉系的学生，竟然能说出这样一番听起来还颇为专业的话，对于有些还不知道这些版画和这位作者的拍卖系学生来说，简直啪啪打脸。

傅斯晨也颇为意外，版画属于小众藏品，即使是拍卖系的学生，知道的人也不多，没想到她竟然还能比较客观地估出接近的底价，他不知道这白小米是真的知道，还是运气太好恰巧蒙中。

这次的白小米依旧在开头的时候没说注意事项和拍卖依据，然而傅斯晨这次没了刚才的不满，毕竟，你能指望一个锅炉系的人在拍卖台上有什么完美的表现呢？

底下的学生纷纷举牌，各个方位的手和牌此起彼伏，白小米没有经过专业训练，此起彼伏的举牌情况自然让她手忙脚乱。头随着一排排不断举起的手不停地点着，嘴里飞速地不停念道：“两万零五百元，两万一千元，两万一千五百元……”

傅斯晨和张德亮心中都有些微微惊讶，这个白小米虽然不是拍卖专业的，唱价过程中的表达不符合标准，说话技巧也完全没有，但她眼到手到口到的能力，却不比专业学生差，如果她没有做过这方面的训练，那就意味着她的确有做拍卖师的天赋。

数字越来越大，白小米感觉自己的大脑所有的弦都绷紧了，脑子飞快运算，整个头部跟雷达一样不停搜索着举牌的人，嘴里跟着大脑接连不停地报出数字正忙得不可开交。转眼一看，底下忽然一下子同时举起了十几个牌子，情况紧急，白小米瞬间懵了，手也不知道先指哪一个了，她脑中一片空白，脱口而出："都打住！"

全场再次哄堂大笑。

这次连傅斯晨都没忍住笑了出来，张德亮边笑边摇头，其实这样的情况，有经验的拍卖师只要提高价位就能解决了，傅斯晨对于白小米完全外行的表现还是那句话，你能对一个锅炉系的人要求什么呢?

白小米对着嘈杂的会场愣了两秒，忽然想起傅斯晨刚进会场那一招，她学着他的样子，故意把麦克风弄出一阵刺耳的噪音，底下果然迅速安静下来。

张德亮不动声色地看了傅斯晨一眼，傅斯晨敛了笑，抬头看向这个能现学现用的外行人，眼神不由自主又多了一丝探究。从白小米上台开始，给他的感觉就是跌宕起伏，每当他刚觉得她似乎还有些过人之处时，她又马上爆出极其低级的错误来打破他的想法。但当他觉得她作为外行人也就这样的时候，她又能迅速做出让他觉得她其实并不是那么的外行的行为。

控制住了场面，白小米这次终于开窍了，迅速报出比之前高一级的价位，举牌的人果然少了很多。对于她的无师自通，台上的傅斯晨都看在眼里。看着她比刚上台时更加娴熟的动作和神情，此时的他不能说不吃惊。但因为昨晚上的那个梦，白小米已经给他带来了怪异的感觉，加上她乱入会场以及外行人的身份，即便她在短时间内表现出明显的进步，也没法让傅斯晨对她有太好的评价。

价位拍到了两万九千五百元的阶段，终于没有人再举牌了。白小米心中激动，黎明的曙光终于来了，她提高声音："63号两万九千五百元第一次，两万九千五百元第二次，两万九千五百元第三次！成交！”白小米说完，兴奋地拿着槌子用力连敲了三下，一次比一次激动，终于在最后一声响完后，她手边飞出一块圆形木头，靠近讲台附近的同学一片惊呼。白小米瞪大眼一看，自己手中的槌子头竟然被她用力敲断飞了出去，最后掉在了第一排一位男同学的脚下。

傅斯晨脸色一黑，拍卖师连槌子都敲断了，这是使了多大的蛮劲？白小米赶紧朝底下受到惊吓的同学低头道歉，捡回槌子头，这才忐忑地转头看向台上的评委团，紧张地等待着评分结果。

不管过程多么惊险，这次的拍卖总算有惊无险地完成了。但是对于像白小米这样如此不专业的人，傅斯晨实在没什么可评价的。

张德亮看了眼闭口不谈的傅斯晨，居然心情不错地主动开口，问台上的白小米说：“桌上的藏品，除了川濑巴水的版画，你还熟悉哪一个，能说一下吗？”

白小米看了看桌上其余的藏品，心中迅速筛选出两个相对了解的东西，说：“鼻烟壶和天青釉帖花鼓钉双耳尊。”

傅斯晨再次抬眼看向白小米，如果鼻烟壶还算常见的话，那么元代钧窑天青釉帖花鼓钉双耳尊就不是外行人能说得出来的了。这位叫白小米的学生，还真让他看不懂她到底是真的外行，还是真的内行。

张德亮也略显意外，随即点点头：“你能不能给我们详细介绍一下？”

场上的教授不明白古德的人为什么要给一个不专业的外系人这么长的时间和这么多的机会，旁敲侧击地提醒说还有很多本系的学生没能上来，张德亮摆摆手说：“既然拍卖槌子都已经被敲坏了，今天的拍卖师选拔就到此为止吧。”

教授幽怨地看了白小米一眼，自己好不容易把古德拉成了合作伙伴，却被一个锅炉系的跑出来搅场，也不知这次能有多少人入得了古德的眼，如果完不成计划，他少不了去跟锅炉系的老苟打这个白小米的小报告。

张德亮坚持要让白小米说一说，白小米知道刚才自己在拍卖的时候出了不少漏子，现在这种展示知识面的机会简直是千载难逢的补救加分机会，她白小米就算吹破天也必须要表现啊。

白小米小心翼翼地拿起桌上的鼻烟壶，这玩意她老爸以前玩过不少，兴致来的时候也给她讲讲来龙去脉，有句话怎么说来着，你永远不知道那些曾经烦不胜烦的唠叨，会在以后的哪个重要时刻帮上你的大忙。

那些曾经在老爸嘴里念叨过的词语就像老朋友一样飘回她的脑海，她酝酿了片刻，脱口而出："我就先介绍一下这只四色套料渔家乐鼻烟壶。"

张德亮没想到她的用词竟然还颇为内行，推了推眼镜，饶有兴致地听她继续讲下去，一旁的傅斯晨注视着她，神色复杂。

白小米慢慢转动手里的小壶："这是一只清中期的白底套红、绿、黄等色的四色套料鼻烟壶，层次清晰色彩丰富，一面雕日出东升扬帆出海，一面雕夕阳西下满载而归，是一幅生动别致的渔家乐场面。"

"你怎么判断出它是清中期的？"张德亮开口问道。

所有人都看着白小米，在场的所有拍卖系学生在没有确切文件依据的情况下，都不敢这么轻易断定物品的时间年份，她一个没学过相关专业的外系人，竟然敢一口咬定，不是无知就是无畏。

白小米也不急，亏得她记忆力不错，把老爸那一套说辞原原本本地背下来："清早期的一套完整的鼻烟壶，壶盖以壶而配，有玛瑙、珊瑚、碧玺等配饰，大都用银包制，壶盖下面配的是根细银丝或铁丝，是用来搅拌壶内结固住的鼻烟。清晚期，内装有银、铁、象牙、竹、木等配制的各种小勺，而这只则没有这些，所以我推算它是清中期的。"

白小米的说法，内行人一听就知道略显幼稚且漏洞不少，但张德亮依旧点了点头，毕竟作为一个没受过专门训练的学生，能说出这些，已经实属不易。

“你对鼻烟壶了解多少？”

白小米斟酌着回答：“一般了解。”

“再说说。”

白小米咽了下口水，调动脑中所有关于鼻烟壶的记忆，说：“鼻烟，是将烟草碾成粉末，然后掺入薄荷、冰片、麝香等多种名贵中药材的物品。它有助消化、解疲惫、抗缺氧、提神、醒脑、明目等功效。至今，在青藏高原，少数藏族同胞仍有吸闻鼻烟的嗜好。据记载，早在明晚期，欧洲人就把鼻烟输入中国。因为鼻烟有一定的医用功效，所以在清初，上至皇室贵族，下至平民百姓，吸闻鼻烟几乎成为一种时尚。有了鼻烟，随之便有了鼻烟壶。由于王公贵族对鼻烟壶的喜爱，这种物品不仅数量大增，而且品种和工艺质地均进入全新的境界，产品制作细致规整，选材精良，不惜工本。金、银、石、玉、翡翠、珊瑚、玛瑙、象牙、水晶、玻璃、瓷器、骨雕、牛角等等，应有尽有。这种以珍贵材料制成的小瓶，很快就成为众人炫耀身份与财富的象征，成为受人喜爱的馈赠礼品。据记载，皇帝每年赠予宾客、赏赐大臣及其他属下的精美鼻烟壶数以千计。在各类鼻烟壶中，以玻璃、瓷质、玛瑙制的最为普遍，多在民间使用。”

张德亮一脸赞赏地转头跟旁边的傅斯晨说：“一个非专业的人能知道这么多，真不错啊。”

傅斯晨沉默不语，不得不说，她刚才的表现的确让人刮目相看，几乎让他忘了她是个锅炉系的乱入者，然而梦中情景和她刚才敲掉槌的情形又从他脑中跳了出来，让他觉得她下一秒就会做出让人大跌眼镜的表现。

张德亮似乎就想要探清白小米的能力，继续问她：“那你觉得，这个鼻烟壶大概在什么价位上？”

白小米拿着鼻烟壶又仔细看了眼，说：“这是多彩套料，虽然在料壶里属于精品，雕工也算精湛，但因为底料并不属于金贵材质，所以价格应该在两到三万之间。”

白小米得出这个结论其实并非乱猜，她记得老爸在几年之前曾带回一个类似的鼻烟壶，当时买回来的价位是一万左右，说是著名匠师周乐元的手笔，因为这事，老爸没少被她老妈数落败家。过了这么长的时间，她估摸着这个壶怎么着也要涨到这个价位了吧。

张德亮跟傅斯晨对视了一眼，傅斯晨迟疑两秒，终于开口说：“你再介绍一下这只双耳尊。”

白小米深吸一口气，转向另一头的双耳尊，小心地捧起来，细细观摩后，学着老爸以前点评古器的方式，开口说：“这件天青釉贴花鼓钉双耳尊器型独特、规整，胎质呈灰白色，护胎釉呈深棕色，施釉离底足较远，圈足外撇，器内留有鸡心状小凸点，贴花漂亮、大气，鼓钉规整，釉面莹润，流釉肥厚，釉色均匀自然，用‘鬼斧神工’来形容这件元钧釉色一点也不为过。口沿、双耳、贴花边、鼓钉这几处釉薄处是酱紫色，器颈是均匀的钧红色，器身是让人遐想无限的天青釉色。流纹变幻无穷，形如流云，灿若晚霞，具有引人入胜的艺术魅力，是一件极为少见元代钧窑精品。”

她的话刚落，底下的学生和台上的教授无不吃了一惊，傅斯晨也是一怔，接着问道：“你是怎么判断它是元代钧窑的？”

白小米记得书上对于这点是有过介绍的，她认真回忆了下，说：“元代钧窑器的胎不如宋代细润，特征是胎质较粗松，呈色白、灰白、黄、红、黑。积釉肥厚，浑浊失透，多棕眼，釉泡，光泽较差。施釉不到底，圈足宽厚外撇，内外无釉，足内胎面常留有尖状痕迹。元代钧窑器多施以天青、灰青、月白色釉，并涂抹含铜釉药，经高温还原后呈现红、蓝、紫色的斑块。由于钧窑釉质肥厚失透，刻、划、印花不易显露，所以除了饰以彩色斑块外，也常采用堆贴花为饰，这就是我判断的原因。”

这样一番话说出来，白小米已然从刚开始被大家小看的外行人状态变成了神奇的跨界之星。然而一直相信优秀是种习惯的傅斯晨，依旧不相信有逆袭的成功，她剑走偏锋，运气占了很大的成分，然而要成为一位合格的拍卖师，光靠运气肯定是不行的。

傅斯晨还是那副冷淡的表情，站起来跟大家宣布：“今天的考核到此为止，入选名单会在这两天通知到大家，谢谢大家今天的配合。”

台上的白小米动了动她那张唇型怪异的嘴，眼中全是掩饰不住的期待。

Chapter 4

慧眼识珠

晚上吃饭，古德一桌人边吃边讨论今天学生的表现，说实话差强人意，并没有多少学生有亮眼的表现。傅斯晨并没发表太多意见，陈柏年的来电和昨晚的梦让他有点心不在焉。

张德亮转头开玩笑似的跟傅斯晨说："那个叫白小米的女学生，你觉得她今天表现怎么样？"

傅斯晨停下正往嘴里送的汤勺，意外张德亮竟然还考虑了她。一想到那位白小米，傅斯晨的太阳穴就隐隐发胀，他几乎是下意识地脱口而出："不行。"

张德亮依旧面带笑意："我倒是觉得，她有成为拍卖师的潜质。"

傅斯晨用餐巾擦了擦嘴巴，坚决摇头："她不专业，不懂任何拍卖的技巧，做事马虎不严谨，完全外行。"

"技巧可以学嘛，但天赋，可不是人人都有的。"

傅斯晨看了张德亮一眼："那意思是，你想让她进古德？"

张德亮扶了扶眼镜，浮出惯有的笑容："以她现在的水平，当然不行。"

这话总算让傅斯晨暗松了一口气，他可不想每天在公司看到白小米那张让他觉得荒唐的脸。

心神恍惚地吃完一顿饭，张德亮让一众手下在乾市再休息一晚上，他自己在乾市还有点事，明天就不跟他们一起同行回锦城了。张德亮走后，傅斯晨立马回到下榻的酒店收拾东西，刚打包好，陈柏年的电话就打进来了。

“什么时候回锦城？”

“现在就走。”这个地方傅斯晨实在待不惯，他决定不跟其他同事的行程，自己提前一晚离开。

那头的陈柏年乐了：“那行，几点的飞机，一会过去接你，晚上正好有个局。”

几个小时后，傅斯晨跟着陈柏年走进锦城一所能俯瞰全城夜景的高档会所里。

落地窗外，整个锦城灯火辉煌，房间里每个人都衣冠楚楚，谈笑风生，看到陈柏年身后的傅斯晨，纷纷过来跟他打招呼。

傅斯晨接过其中一人递给他的烟，偏头点燃，慢慢走到一处沙发上坐下来，手中细长的香烟，在他指尖燃烧。

陈柏年拿了两杯酒过来，在他身边坐下。在这群都是玩伴的兄弟中，陈柏年算是傅斯晨关系最好的发小了，他把酒杯递给傅斯晨，笑着说道：“刚才车上跟你说的那个VR项目，你觉得怎么样？”

傅斯晨把烟蒂摁灭，喝了口酒：“挺好，前景不错。”

陈柏年往前靠了靠：“听说你们万里集团的电子部也正打算开拓这方面的业务，既然你也觉得不错，要不你跟我一起合作吧。我负责市场你负责技术，把这块蛋糕拿下来。”

傅斯晨看了发小一眼，笑笑：“电子部是我哥傅斯明一直在管，你要想合作，我帮你们搭线。”

陈柏年喝了一口酒，问他：“你真打算一直在拍卖行做个拍卖师，把万里集团都交给你大姐跟二哥了？”

傅斯晨又吸了口烟，吐出一圈白雾：“他们干得挺好，我就不去凑热闹了，现在这样，挺好。”

“你又不是不知道，老爷子一直想让你回公司。”

傅斯晨捻灭烟，半开玩笑说：“回去干吗？每天跟你一样，坐在办公室里发呆有意思吗？”

陈柏年怔了下，想了想自己的日常，笑说：“是挺没意思的。”背靠大树好乘凉，有个官职不小的爸和身居公安系统要职的姐，陈柏年自己闹着玩似的开了家公司，根本不需要跑什么项目，想要干点什么，只要放出风声，别人就拿着资金上门来求合作了。说实话，当年的陈柏年不理解傅斯晨为什么放着舒适的自家集团要职不任，非要辛辛苦苦地自己在拍卖界闯出一片天地。随着年纪的增长，现在他总算知道，那种在自己喜欢的行业里，靠自己的能力得到的成就感，是他这种在家庭庇护下做事的人永远体会不到的。

陈柏年虽然偶尔会对自己这种百无聊赖浪费青春的人生感觉厌烦，但他也很清楚，习惯了这样的生活，要让他自己再出去闯，估计会比现在要痛苦万倍，毕竟，不是人人都能成为傅斯晨。

两人抽了一会烟，陈柏年忽然想起来今天的事，问傅斯晨说：“你今天到底被什么事吓着了？”

说起这事，傅斯晨喝了口酒，揉了揉太阳穴：“你说，梦中看到的人忽然真实地出现在你面前，代表什么？”

“什么？你的梦中情人出现了？”

“说正经的。”

“我说的很正经啊，长得怎么样？”

傅斯晨被这哥们弄得哭笑不得：“营养不良的豆芽菜。”

陈柏年乐不可支，盯着傅斯晨帅气的侧脸：“谁让你这么薄凉，老伤那些对你投怀送抱的美女的心，报应啊。”

"扯淡吧。"傅斯晨低笑一声，把烟蒂丢进烟灰缸，双手往脑后交叉，往后面绵软的皮质靠垫仰下去。

此刻正在宿舍里吃着泡面的白小米猛打了几个喷嚏，刚抽出纸巾想要擦，低头一看电话响了，竟然是系主任老苟。

白小米颇为紧张，平日里因为经常翘课垫底，为拉低锅炉系在全校院系的排名做了不少贡献，跟老苟的关系自然也是好不到哪去。因着平时两人互把对方归结为"那傻×"一类，以至于即将拿不到毕业证的白小米都不知要如何去开口跟老苟求情。

白小米擦了擦手上的油，语气僵硬地接起来："苟……苟主任。"

老苟尖细的声音传过来："白小米，你今天又旷课去拍卖系了？"

白小米心说不好，老苟果然是兴师问罪来了，她原本就为难求情的事，现在就更不用开口了。正支支吾吾地不知如何接话，老苟在那头忽然语调一变："去得好！"

嗯？白小米摸不清状况。

"拍卖系的老师刚给我来了电话，说你今天去参加了古德的实习生拍卖竞选，古德拍卖行的老板决定要给你一个实习名额。"

白小米手中擦油的纸巾掉在地上："主任，这是真的？"

电话那头笑着应了一声，又接着说道："但是，在这之前，你要先通过拍卖系的基础技能考核，不然这个名额就作废。我跟系里的老师研究过了，如果你真能通过拍卖系的考核，顺利去到古德拍卖行实习并实习成功，系里就撤销之前不给你发毕业证的公告，之前的事，咱就一笔勾销。"

好事来得太快，白小米瞬间便忘掉自己跟老苟的恩怨瓜葛，感恩戴德道："谢谢主任！"

"先别谢这么早，等你通过了拍卖系的考核再说，不然你还是别想拿到毕业证。"

"好的主任！"

那边顿了顿，像是在酝酿话语，半晌后才说：“我老早就说过，你白小米要是把跟老师斗智斗勇的机智花一半用在学习的正道上，系里的前三都不是你的对手。可惜啊好钢没用在刀刃上。希望你这次能为了自己的前途，好好把握机会，尽全力把这个实习名额拿下来。”

白小米愣了几秒，没想到自己在老苟心中，竟然还有这样的评价。挂上电话，她拿着手机在宿舍里大吼一声，把正在旁边吃泡面的陈二货差点吓尿。

“二货，老苟说我要是通过拍卖系的考核进了古德，就给我发证了！”白小米说完抱着陈二货猛亲了两口。

陈二货兴奋得一把丢下泡面叉子，拿起手机就登陆进了拍卖系的BBS。两分钟后，白小米的电话又响起来，她低头一看，顿时把陈二货晃得泡面都快吐出来：“顾华竟然给我打电话！顾华竟然给我打电话了！”

陈二货推开这个轴人，捂着嘴巴指指手机：“那货肯定是看到了我发在他们系里说你通过古德初选的消息，这种人你不让他知道你的厉害，他还以为自己天下第一。”

白小米忍着激动接通电话，那头的顾华一改往日爱答不理的态度，也完全忘了上午刚让白小米有多远滚多远的话，语气亲切地问她：“小白，听说你得到古德的实习名额了？”

顾华一向直呼白小米全名，这是第一次叫她小白，白小米心中一动：“嗯，不过还需要先通过你们拍卖系的基础考核。”

顾华在那头少有的热络：“大家都是老乡，你需要什么帮助尽管开口，我这边什么书都有，一会就给你送过去。”

挂上电话，白小米的脸都快笑烂了，顾华果真说到做到，神速给白小米送来了考核书籍，顺带着把要考核的点都给她画了出来，热心地给她提点：“我们的基础考核主要包括拍卖主持开场白、介绍拍卖标，以及一分钟快速报价三项内容。开场白分为四部分：首先介绍拍卖师，接着是介绍拍卖标，然后是竞买人的权利与义务以及拍卖方式，最后是成交形式以及法律责任。至于一分钟快速报价，就要你背阶梯价位了，这本是我背过的，你拿去背吧，加油啊。”

看着变了个人似的顾华，白小米总觉得哪里不对，但无论如何，有了顾华的帮忙，白小米的确更快地找到了窍门。对她来说，介绍拍卖标是考验知识面，她从小接触并在这段时间经过大量阅读了解，这个算是她现在暂时的优势，她并不担心。至于开场白，她也能背下来临场发挥，唯一让白小米担心的就是一分钟报价，要连续不断却不能出错地报出价位，只能通过大量的练习。

从现在到毕业还剩不到一个月的时间，成败在此一举。为了毕业证为了实习机会为了忽然对她一百八十度大转弯的顾华，白小米彻底拼了。只要是醒着，她手中就拿着顾华给她的书，她白天看晚上背，走路背吃饭背，随时随地地背。同时为了锻炼反应度，自创报数法，眼睛只要看到数字，不管是手机号码还是车牌号码，她都能走火入魔般用报价的方式把它读出来。

欠下的债都是要还的，白小米感觉自己在这四年大学里所有浪费掉的时间，都在这个月里给补了回来，她从未像现在这么拼命地看过书，也从未像现在这样在短时间内迅速收获大量的知识。白小米还发现，自己看进去的很多东西，她都能举一反三触类旁通，看来老苟说得没错，她的确具有秒杀前三名的潜力。

回到锦城的傅斯晨忙于工作，很快忘掉了乾市和白小米这边的事。而此时老板张德亮却在自己的办公室里，通过视频观看白小米的现场考核。

白小米要考的拍卖内容是进入考场后随机抽取的。进门之前，她打开糖盒，挑了颗蓝色的水果糖放进嘴里，薄荷的激爽味道在嘴里蔓延开来，让她的脑子越发清醒。今天的白小米穿着一身专门买来面试的黑色小西装，让她看起来多了些专业的味道。

在一众老师的见证下，白小米从触屏的五个数字选项里毫不犹豫地选了第一个，反正哪个都是未知的，挑挑选选又有什么意义，她懒得费这个工夫，顺其自然地选了第一个。

这些题目是张德亮刚让秘书发过去的，其实这样的试题完全可以让学校的老师来出，但张德亮生性多疑，即便是这么小的事，也怕早早泄题后看不到真实的考试结果。那天他们带去的学校选拔时展出的藏品，也是他出发前临时让手下换掉的。

电脑屏幕跳出一只瓶子的图片，上面写着清乾隆粉彩西游人物纹瓶子。

白小米心下一动，运气不错，这个瓶子的介绍她之前还真到看过。上台前的焦虑因为熟知的题目而缓解了大半，考试时间临近，她嚼着嘴里那颗糖，又细细回顾了一遍拍卖流程，然后深吸一口气，抬头挺胸地向拍卖台走去。

再次站在台上，白小米不知是因为有了第一次的经验还是对考试有了把握，相比上一次，她看起来要沉着稳重得多。她扫了眼全场，面带微笑地开场："各位老师们大家好，我是今天的拍卖师白小米，今天很高兴为大家服务。"

底下一众老师和学生的眼睛全在盯着她，知己知彼，白小米又把台下的人看了一遍，竟然在一堆拍卖系老师和同学的后面，看到了自己的系主任老苟。

老苟踮着两条小细腿朝她用力点点头，白小米心中微怔，没想到最视她为"眼中钉"的人竟然来给她加油，说不感动是假的。有了"娘家人"来撑腰，白小米又多了些底气，把下巴又抬高了几分，清亮的声音传遍整个教室："今天的拍品为一件清乾隆粉彩西游人物纹瓶子。首先，根据拍卖法第四十九条的有关规定，在拍卖开始前，由我宣读拍卖规则以及注意事项。"

白小米淡定地扫了一下全场，现在的她已经没有一丝紧张，她力求不紧不慢，尽量做到最好，才不枉费自己过了一个多月猪狗不如的痛苦生活。

“为了确保本次拍卖的顺利进行，我就拍卖规则作如下特别说明，一，请与会人员自觉维护拍卖秩序，不得大声喧哗，否则本人有权要求其离场；二，竞买人不得互相串通，不得垄断或操纵价格，不得阻碍其他竞买人竞价，否则本人有权责令其离场，所缴纳的保证金不予退还。如果其行为造成了国家利益的损害或他人权益的损害，我们还要追究其经济赔偿责任。三，本次拍卖活动本人依照《中华人民共和国拍卖法》的有关规定来进行，采用增价拍卖方式，实行价高者得的原则。由于本次有些标底设有保留价，所以依照法律的规定，这些标没达到保留价的不能成交。四，拍卖开始时我会报出拍卖标的起拍价，凡是响应这个价格的竞买人可以举起手中的号牌，举牌请高于你的头部。五，当有人响应起拍价的时候，我会以一定的加价幅度往高增价，这个加价幅度我会在报价过程中非常明晰地提示给大家。比如说起拍价是两万元，已经有人应价，我会问有没有人出到两万一千元，这个增加的一千元就是加价幅度。我有权根据现场情况临时调整加价幅度，也就是说我可以调大也可以调小。

“六，当在座竞买人认为我的加价幅度太小，愿意加两千元、五千元甚至一万元，请你大声口头报出你所加的价格并高举您的号牌。七，当同一个价格有两个或两个以上的竞买人都举起号牌，本拍卖师有权确认先举牌者。八，当全场出现最高价的时候，我依然要给其他竞买人三次加价的机会，我会以这样的方式来表述，‘第一次、第二次、第三次’，如果三次机会以后再没有人加价，我将根据保留价的情况决定是否成交，如果达到或超过保留价，我将敲下手中木槌以示成交。一经敲槌的成交价是具有法律效力的，任何人无权并不得反悔，也不能推翻变更我的成交价，否则要承担法律的责任。九，我敲槌后将当场宣布该标的的买受人，请买受人当场与本公司当场签署

《拍卖成交确认书》，并依照有关规定向本公司支付货款和佣金。十，其他条款请大家认真仔细阅读拍卖文件。在这里特别提示大家，您的举牌、应价、加价、口头报价乃至成交，我们将视为您已经完全知晓、认同、并且愿意遵守我们拍卖文件中所规定的拍卖规则和成交确认书要求的条款。”

白小米顿挫有致地说完这一长串经过自己修改过的开场白，场上的教授纷纷开始勾选打分。视频前面的张德亮拿起茶几上那杯刚泡好的太平猴魁，端到鼻尖翕动鼻翼轻轻闻了一下，然后才慢慢喝了一口。

白小米环顾一圈会场，开始有条不紊地介绍：“这只清乾隆粉彩西游人物纹瓶子高五十五厘米，口径为十一点三厘米，属于中小型瓶子。此瓶子的器型规整，是清乾隆时期藏式传统瓶子型，胎体细腻，修胎工艺符合时代特征。同时画工精细，填彩艳丽，瓶子面主纹为唐僧、哪吒、白龙马、大象纹，瓶子上下边的万字纹、帆红八宝搭配非常协调，它的落款是楷书红字方章款‘乾隆年制’，书写规整，是一件民窑中的精品瓶子。这只瓶子的起拍价为三千元，每次加价幅度为两百，有对这只瓶子感兴趣的朋友，请举牌。”

一位老师率先举牌，故意喊了句“三千一”

白小米顿了一秒，马上接上去：“您可以加价到三千二百元吗？”

老师点了下头，白小米面带笑容：“十二号三千二百元，还有出价的吗？”

一位口音独特的同学举牌又喊了一个数，白小米犹豫了一下，捏不太准对方说的具体数字，她在脑中想了两秒，决定不贸然报数，而是停下来对举牌的同学说：“对不起，我没听清您的报价，您能重复一遍吗？”

视频后面的张德亮露出笑意，这些陷阱她都处理得很好，完全看不出是一个刚接触拍卖不久的人能做出的反应。

报价落槌顺利完成，接下来就是白小米最担心的一分钟报价，这是考验她对数字和价格的记忆能力，还有反应能力和诵读能力的关键。这其中又体现了一位拍卖师的语言组织能力和表达能力，是重中之重，总之，考验白小米这个月拼命练习的时刻到了。

教授让白小米从两万元起开始报价，期间每位老师会举一次号牌，要求她在报出号牌数字后继续报价。一分钟内，在保证没有错误的情况下，报价越高，得分也就越高。

白小米咽了下口水，看到后面的老苟已经紧张地站起来，朝她做了个加油的动作，她点点头，深吸一口气，集中精力开始报价。

白小米像是游戏里过五关斩六将做任务的小战士，脑中不停地算，眼睛不停地看，嘴里不停地说。她觉得自己已经完全融入了数字的世界，计时器响了都没听到，依旧继续飞快地背出那些数字。教室后面的系主任紧张地看着手表，超过一分钟后，才在后面长长地松了口气。视频后面的张德亮边盘着手里的珠串边看着还在速度极快地报数的白小米，可以看出，她是下了工夫的，但短时间突击的东西毕竟有限，有些东西，还是得经过时间的磨练啊。

等白小米停下来时，已经接近两分钟了，她喘着气，目光急切地看着打分的老师，她觉得自己已经背到了忘我的状态，期间有没有读错，她甚至都记不起来。

最后的评分出来，她的确在报数的时候说错了三次。在等待评委老师宣布结果的几分钟里，白小米手心微微发汗，觉得自己从未像现在这么紧张忐忑，长这么大，这是她第一次用自己的能力去争取前途和机会，无论是对前途的考量还是对自己的肯定，她都迫切希望能得到这次机会。

评委台前的教授们低头讨论，视频那头的张德亮沉思了几秒，拿起手机，拨通了学校教授的电话。

毫不夸张地说，很多像白小米这样即将毕业的大学生，都挤破脑袋想去锦城的大企业里工作实习，毕竟这里机会多薪资高。但相对的，这里人才多竞争大，所以一般来说，能拿到这边公司的实习邀请机会的，基本都是各个专业的尖子生。各路精英齐聚一堂，狭路相逢勇者胜，就看谁能在最后杀出重围成功留下来，成为真正的狠角色。

然而，作为锅炉系每年上榜的补考学渣白小米，竟然爆冷拿到了锦城四大拍卖行——古德拍卖行的实习邀约，消息一出，整个学校为之一振。

白小米应老苟之托，去给学弟学妹们做个毕业分享会，主要是把自己逆袭的这件事当做一个积极正面教材，激励那些同样是学渣的后辈，目的是让他们知道，比他们更渣的她都有成功的时候，他们还有什么理由放弃自己？

等白小米从胡说八道的分享会中走出来的时候，看到一直等在楼下的顾华。

白小米惊喜交加：“你……你在等我吗？”

“锅炉系我就认识你一个，不等你等谁？”顾华笑着走过来，“走，我送你回宿舍。”

顾华亲自送她回宿舍，白小米觉得自己对他的心意总算是没白费，心中激动的同时又有些不知所措。她这人对待爱情的心态有些奇怪，可能是受了父母常年争吵感情不和的影响，她单向喜欢别人的时候，可以由着自己的性子追求得风风火火，可一旦对方有了回应，她反倒缩手缩脚得不知如何是好了。

一路上在顾华的目光中，白小米都脸色绯红心情紧张，她曾听过毕业前表白这样的浪漫事，她不知道顾华是不是也有这样的想法。

不知不觉两人走到了宿舍楼下，顾华果然叫住她，白小米微微有些颤抖，觉得头重脚轻头晕目眩，连上台演讲的时候都没有这么紧张过。

顾华一脸深情地看着她，柔声地说：“小米，咱俩认识这么久，也算是关系不错的朋友了，你能不能帮我个忙？”

“嗯？”

顾华脸上一喜，接着说：“小米，你知道的，去锦城的拍卖行实习一直是我的一个梦想，特别是古德拍卖行，那里有我的偶像傅斯晨。我听说了，古德那边还没招满人，小米，等你去了那边，能不能帮我跟那边的同事说说好话，把我推荐进去？”

白小米的笑意僵在脸上，南辕北辙一厢情愿，这就尴尬了。

顾华盯着她表情僵硬的脸：“你不愿意？”

“不……不是，可你不是要考公务员了吗？”白小米憋了个大红脸，赶紧把话题引开。

“我是要考公务员，但不知道最后能不能考上啊，你知道的，现在能成功的，并不一定是有实力的。”他说这句话的时候，还特意看了白小米一眼。

这话让白小米着实不舒服，甚至还隐隐有些委屈。她虽说不是拍卖专业的学生，但她之前也是跟了老爸看过学过的，虽然她没有像他们那样学了四年，但这段时间她也是没命地看了书用了功的啊，尽管有运气成分，但不能说里面没有她的实力啊。

在顾华的深情嘱托下，白小米恍恍惚惚进了宿舍，刚关上门，“噗”的一声，宿舍里彩带四射，陈二货不知从哪跳了出来，对着吓了一跳的白小米喊，“恭喜你通过考核，成功拿到毕业证！”

白小米还没反应过来，陈二货转身就从柜子里拿出一大罐水果糖递给她，说：“这四年全跟着你混吃混喝，现在你要走了，我也没什么好东西送你，这个你拿着，咱再吃土也不能把这精神支柱给省了是吧，要是吃完了就给我打电话，我再给你寄。”

白小米当即感动得热泪盈眶。

陈二货也揉了揉眼：“看惯了你疯疯癫癫的样子，冷不丁这么煽情我可受不了，明天我还有面试，没法去送你了，你一路顺风吧。

另外我已经跟我姐说好了，到了锦城她会去接你的，在锦城实习期间你可以先住她那儿，我姐在锦城混了三年，在一家大集团里做会计，你是我姐们儿，她会好好照顾你的，这是她的名片，你记得收好。”

白小米一脸感动地接过名片，认真看了一遍上面的字：陈敏敏，万里集团会计师。

“会计师啊？你姐挺厉害啊。”

陈二货下巴一抬，从手机翻出一张照片，不无骄傲地说：“那当然了，我姐可是学霸，才刚进公司一年就被调进了财务总监办公室，接手的全是公司内部的重大资金走向。”

白小米看着照片感叹：“还是个美女学霸啊。”

陈二货噘着嘴哼哼唧唧：“我爸妈就是太偏心，把所有优点都给了我姐，我要是有我姐一半的能力，早不用每天挤破头去面试了。”

白小米同情地看了看陈二货，拍拍她的肩膀安慰道：“你可能是捡来的。”

Chapter 5

江湖侠女

锦城，全国最大的经济中心。

刚出火车站，白小米立刻感受到这座繁华陌生的大都市带给她的满满寒意。原本还想着刚转凉的天能有多冷，顶多起点风，穿件卫衣挡一下就过去了，谁曾想这个城市的冬天就跟它的房价涨幅一样，来得又早又猛。

白小米拢了拢身上的卫衣帽子，她买的是站票，为了减少累赘，她只背了一个双肩书包，随身装了些贴身物品，其他的衣服行李全都托运，导致现在想加件衣服都没办法。

她搓着双手不停张望，远远看上去犹如迷路的中学生。白小米特意站在车站广场附近的一面巨大楼盘广告旁，上面的价格让白小米不停咋舌，好在有了陈二货的大力帮忙，不然她要在这寸土寸金的城市里租房，估计连地下室都住不上。

广告牌这儿三面透风，但这里是这附近最显眼的地方，能让来接她的敏敏姐更容易看到。她在这撒风透气的牌子下等了半天也没见人来，即使不停跺脚也冷得浑身打哆嗦。她只能拿出名片，照着上面的电话打了过去，音乐响了好一会儿才被接通。

白小米感觉自己的上下牙不停打架："喂，敏敏姐吗？我是白小米，我已经到车站了，你什么时候才能过来？"

那头一个好听的女声连连抱歉道："真是不好意思，被总监临时叫去开会了，你再等一会，我马上就出发了，哦对了，今天有寒流，全市大降温，你先在车站附近找个地方避避寒，我到了再手机联系你。"

白小米哆哆嗦嗦地挂上电话，环视了一圈，不远处正好有个金碧辉煌的四层建筑物，上面的金字招牌上写着：玉器古玩城。她朝手心里哈了一口白气，甩开双臂，迅速朝古玩城跑去。

这个古玩城环境优雅，里面东西看起来价位也不低，平日里没这么热闹，今天因着寒流，人群不断涌入，多了许多还没接到人或是还没等到人来接的避寒顺带淘货的旅客，大厅里一派繁华景象。

白小米随着人群跨进自动门里，一股空调的暖气从里面冲了出来，让她赶快加紧脚步往里走，温暖的室温让她仿佛又回到了春天。

白小米舒服地呼出嘴里含着的那口寒气，顿时通体舒畅。抬眼看了下四周，大堂内装修得古色古香，一排清脆的绿植，环绕着淙淙流水的白玉假山，各个颇有特色的独门小店依次排列，这里应该是个老淘货地，说着本地腔的人不在少数。

白小米在靠近大门附近找了个有落地玻璃的角落，这样能第一时间看到来接她的敏敏姐。旁边一家专卖沉香物件的铺子里，有一对穿着体面的男女。女的保养得宜，看上去也就四十出头，肩上挎着一个长柄宽边的羊皮包，一副贵妇打扮。男的看起来二十七八岁，虽说是一身休闲打扮，但明眼人一看就知道这材质精良的一身行头价格不菲。两人边说话边挑选柜台上的沉香佛珠，一个平头男人在他们身后，也跟着他们浏览台面上的沉香物件。

浑身逐渐暖和起来的白小米忽然想自己还没给老妈打电话报平安，正要伸手往书包的右侧摸手机，刚才还在浏览物品的男人忽然转身朝大厅门口方向走去，经过白小米身边时，迅速地轻微地撞了她一下。白小米也没太留意，继续伸手掏手机，可怎么也摸不着，她把书包侧过来一看，里面的侧袋空空如也。

白小米心下一惊，她刚才还用手机打过电话的，怎么说不见就不见了，这还怎么跟老妈和敏敏姐联系？她心里着急，迅速抬头疑惑地看了一眼刚才撞她的男人，男人步伐着急，已经快走到自动门那里。正在此时，白小米身后那位穿着贵气的女人忽然惊叫一声："我的小包不见了！"

白小米转头一看，贵妇正敞开提着的大羊皮软包，一脸震惊，她旁边的男人闻言脸色骤变。

此时自动门一开，一股冷气涌了进来，男人拼命挤开挡在他前面的人群想要迅速溜出去，白小米反应过来，刚才撞她的男人果然是个小偷！

年轻男人显然也意识到刚才身后的男人有问题，想要追出去，贵妇却紧紧拉着他。白小米二话不说，边喊抓小偷边箭一样冲了出去，今时不同往日，她的手机现在对她来说至关重要，不能就这样让小偷给偷走了。

熙熙攘攘的路人都没反应过来，下意识给小偷闪出一条通道，转眼间小偷就出了大厅。白小米气得火冒三丈，甩开双臂加速猛追。

母子俩皆是一怔，没想到人群中竟会出现一位瘦小女生出来奋力追小偷，年轻男子沉思两秒，也追了出去，后面的贵妇惊呼一声："奕杉，别去！"

跑出古玩城的小偷绕进广场附近的偏僻小巷，转头看着后面无人，以为没人追来，慢慢松懈下来，从衣服里掏出一个女士小皮质软包，刚要查看今天的收获，就听后面有人跑步带杀声般冲过来。

小偷胆虚，先是吓了一跳，再一看追来的竟然是位矮小瘦弱的女生，顿时放下心来，刚要掏出裤袋里的小刀吓走她，再定睛一看，她后面竟然还跟着刚才那位年轻的高大男人，小小偷暗骂一声，拔腿就跑。

三人在弯曲逼仄的小巷里追绕了十来分钟，白小米虽然体瘦，运动能力却惊人得好，曾因为体能好跑得快，还被选入校田径队，最后因为她缺席训练太多被退了出来。现在虽说许久不练了，但耐力速度还在，这点路程对她来说如家常便饭，且因为运动，原本快冻僵的身体慢慢暖和起来，越跑越来劲。跟在她后面的吴奕杉虽然身高腿长，因着平日里极少运动的缘故，刚开始还跟得挺快，渐渐就拉开距离了，看着越跑越快的白小米，吴奕杉只能硬着头皮死命跟着，心想这个小个子哪里来的这么强的爆发力。

连着绕了八九圈后，小偷也不行了，上气不接下气实在是跑不动了，最后瘫倒在巷尾。看着越追越近的背包女侠，他干脆把手上的那个小包往地上一扔，指着白小米大口喘粗气：“还……还给你们，今……今天……算我倒霉，没见过……这么小，还……还这么凶残的！”

白小米喘着气慢慢调匀气息，看了眼地上的包，又指着小偷喊：“还我手机！”

“什么手机？”小偷喘着气看她。

“别装蒜，你碰了我一下，我手机就不见了！”

“我……”小偷有口难辩，“你不能因为我是小偷就随口诬赖我，我也是有尊严的！”

此时后面的吴奕杉因为半路肚子抽筋，此时才皱着眉头捂着肚子，半走半跑地赶过来。远远的，他看到背影纤细的白小米正在正义凌然地呵斥躺在地上一脸无奈的小偷，这样的画面在寒风中竟然有种莫名喜感。

白小米看此时来了帮手，更有了底气，粗声粗气地跟小偷喊：“你再不把我的手机拿出来，我就要报警了！”

小偷也是个小胆的，一听这话，一脸不甘心地乖乖掏出手机，丢到她脚下：“拿走吧。”

白小米疑惑地看了眼地上那台陌生的黑色手机："这不是我的。"

"废话，这是我的！"小偷咬牙恨恨道。

"我的呢？"

"我怎么知道？"小偷一脸冤屈。

白小米气得跳脚，忽然一阵熟悉的铃声从她的左侧口袋传来，白小米呆了一秒，手往左侧口袋一摸，自己那台白色手机正好好地躺在侧袋里，屏幕上敏敏姐几个字正不停闪烁。

白小米有些尴尬地看了一眼满脸郁闷的小偷，心想怎么回事？她记得自己明明把手机放在右侧口袋的啊，怎么跑左侧来了。

白小米接通电话，简单跟敏敏姐说了几句现状，匆匆挂上后又拨打了110。还没等拨打出去，吴奕杉一手揉着肚子，一手迅速伸过来，摁灭了她手上的号码。

吴奕杉的行为不止让白小米蒙圈，连小偷都蒙圈了。

白小米转头看了吴奕杉一眼，她确定他就是跟贵妇站在一起的年轻男人，在古玩城的时候她只是看到了他的背影和侧脸，现在他朝自己越靠越近，她才看清了这个男人的长相。皮肤很白，男人中少有的那种白皙，修长的丹凤眼光芒流动，短短的黑发散落在额头，整张脸活色生香，妥妥的小鲜肉。

"他偷了你的东西。"白小米指指地上的那个包包，提醒这位容貌漂亮但举动怪异的男人。

吴奕杉稍微平复了肚子里难受的绞痛，朝她点了点头，意思是他知道。

白小米疑惑地问他："确定不报警？"

吴奕杉坚决地摇摇头。

白小米心中一沉，不动声色地后退一步，跟这位靠她很近的男人拉开距离，三人形成一个等腰三角形，小皮包就躺在中间的地上，趁小偷和男人都没反应过来，尚有体力的白小米瞅准机会，忽然一个箭步冲过去，把地上的皮包揽在怀里，又一个冲刺，消失在巷尾。

不过半分钟的时间，形势大变，吴奕杉和小偷愣在原地面面相觑，等看清现状反应过来，小偷捶胸顿足："他妈的，同行才是赤裸裸的仇恨啊！"

吴奕杉想抬腿去追，不料刚才痉挛的肚子又开始隐隐作痛，这位矮个子小雀斑跑得太快，他估计是追不上了。小偷似乎也看出眼前这位高大的男人中看不中用，趁着他不备，一转身也溜了。

吴奕杉感受到明晃晃的蔑视，他揉着肚子看了眼小偷越来越小的背影，嗤笑一声："惹了我就想这么走了？"

他迅速拿出手机，这才看到老妈打来的十几通未接来电，他并没急着回电，而是先打了个电话，让人去附近几个路口堵那个不知深浅的小偷。

白小米拿着那个皮袋子一路狂跑，她的想法很简单，小偷偷了东西就应该把他送进警局，但那个看似跟物主很熟的男人即使看到人赃俱获也不愿意报警，如此异于常人的怪异举止，事情可能就没这么简单了，说不定他跟那位贵妇并无关系，只是站得近些寒暄说话。如果他跟那小偷是一伙的或是心怀不轨，她一个人必然制服不了他一个男人，况且还有个虎视眈眈的小偷。不过几秒钟的时间，她便决定先把这包裹拿到手，然后再把东西交给警察或者自己送到失主手上，如果她能碰到失主的话。

白小米依稀记得刚才在火车站广场等敏敏姐的时候，看到西侧有个小小的民警值班点，她一路狂奔，刚到执勤点附近，就听到有个温婉的声音在叫她的名字。白小米刹住车转头一看，一位画着淡妆、盘着头发、体态清瘦、眉眼有致的高挑美女正朝她招手。

"敏敏姐！"

在这人生地不熟的地方，白小米差点就要热泪盈眶了，她赶紧冲过去，扬了扬手中的小包包："敏敏姐，你来了就好，我们赶紧去报案，这是刚才失主被抢的包包！”

陈敏敏疑惑地看了看白小米手上那只她似曾见过的皮包，拉住激动的白小米，问她：“这个包包里的东西你看了吗？”

白小米喘着气：“还没。”

陈敏敏接过白小米递来的一包东西，轻轻捏了一下，手感又韧又软，她长年与钱币打交道，即便隔着外袋，一摸便知道这不是钱币的手感。她又看了看这个皮质的小袋子，这个包装她曾经在高档的进口日用品专卖店见过。

“如果我没有猜错的话，这里面应该是女性卫生巾。”陈敏敏抬起头，跟跑得太久、脸上透出红色热潮的白小米说道。

白小米张大嘴巴，不相信自己费劲抢回来的东西，竟然是卫生巾。

“要不，我们先看看？”白小米费力地咽了咽口水。

陈敏敏点点头，拉着她离开警点门口，两人满脸紧张，屏住呼吸，慢慢打开包包。

白小米满脸紧张，似乎已经看到一个毒贩因为她的机智勇敢而即将落网。当最后里面的东西被拿出来的一瞬间，白小米的太阳穴一连快跳了几下，此刻就算是一万只羊驼呼啸而过，也没法形容她的郁闷之心。那小偷搞了半天，竟然偷的是卫生巾？如果再让她碰到那个小偷，她会恨铁不成钢地对他说：没文化真可怕！然后再把他扭送进警察局！

垂头丧气的白小米要把手中的包包送进警局，被陈敏敏拦住：“算了吧，多一事不如少一事，这也不是什么值钱的东西，再说了，这东西你说你是自己抢回来的，谁也没法帮你作证。你刚来实习，还是不要跟警察局扯上关系，这会影响公司对你的印象。”

陈敏敏虽然只比白小米早几年入职，但情商和职商了得，才用了两年就调到了别人要花三四年都未必能爬到的位置。这其中除了能力过人，当然少不了敏锐的职场洞察力。对于亲妹妹的这位好闺蜜，她也是把她当了半个妹妹，设身处地地帮她考虑。白小米初来乍到，虽然觉得这事不应该这么处理，但陈敏敏说得不无道理，她也只能先把东西放进了自己的背包里，跟着陈敏敏往地铁口走去。刚走了两步，忽然笑了。

吴奕杉刚出现在巷子口，就看到老妈从自家的车上下来，跟着司机一起急急跑过来看他有没有受伤。

"我没事。"他有些好笑地拉住反应过度的老妈。

"你真是吓死老妈，为这么个东西，你追来干什么。"吴妈边嗔怪着边把那个小皮包包拿出来，愤愤地要扔掉。

吴奕杉一怔，立即抓住那个袋子，急急问道："妈，这东西怎么在你这？"

"刚才我在广场上到处找你，就看到了那个见义勇为的小姑娘，没想到她还真把东西给拿回来了。"

"你没问她名字电话？"

"没有……刚才急着找你，就跟她道了声谢就走了。"

吴奕杉想到那个矮小纤瘦却正义凌然的背影，嘴巴动了动，到嘴边的话又咽了下去。

吴妈看儿子没事，松了口气，话锋一转："这包东西扔了吧，被人拿来拿去的，谁还敢用。"

吴奕杉点点头说好，却随手把它放进了自己的衣服口袋里。

已经到了下班高峰，白小米一路跟着陈敏敏在煮饺子般的车厢里晕头转向地倒了几趟车，才回到陈敏敏租住的地方。

白小米环顾了一下这个环境还算不错的小区，跟着陈敏敏上了五楼，进了右边的一间屋子里。

这是一套两房一厅的房子，家具虽然简单了些，但桌上铺着绣花的桌布，茶几上放着煮咖啡的壶，即便只是简单的冲粉滴漏机，却也能看出陈敏敏是个追求生活品质的人。

"你就在这儿住吧，我已经把这间房子打扫好了。"陈敏敏指着其中一间稍小点的房子对白小米说。

白小米感激地点点头："谢谢敏敏姐。"

"不用客气，其实也是刚好碰到了跟我合租的人搬走了，房子的租金之前已经交了，空着也是空着，你来住还能多个伴。"

陈敏敏讨厌下厨，在家从不开火，看白小米归置好东西，便带着她出去吃晚饭。

小区附近的小饭馆总有股子地沟油味，陈敏敏吃了几口就难以下咽，白小米自然也吃不惯，好在她以前为了哄被老爸伤了心的老妈，经常变着法做些好吃的给她，所以厨艺还是有一手的。所谓技多不压身，现在自己在这白吃白住，既然敏敏姐不喜欢吃外面的东西，她便自告奋勇说："敏敏姐，要不以后家里的饭就交给我来做吧，只要我下班早，就去超市买点米和菜回来做，你下班回来就能吃了。"

陈敏敏先是一怔，笑说："不用了，你刚开始实习，事情多，你多花点心思在工作上，跟老同事多学点，对你转正有好处。你不用跟我见外，我知道你跟我妹妹关系很好，你就安心住这里，好好把这份工作签下来。"

白小米点点头："谢谢敏敏姐，要不这样，我们就每个周末在家吃吧，我的厨艺虽然比不上外面的，但至少干净。"

陈敏敏看她坚持，便也没再拒绝，她其实早就吃烦了外面的地沟油快餐，不管白小米做的味道如何，有人肯在家给她做饭，她就不用再叫外卖或者再吃泡面了，这么一想，不由对这个懂得你来我往的瘦小女生又多了几分好感，笑着问她："听我妹说，你去实习的公司是古德拍卖行？"

白小米点点头。

陈敏敏看似漫不经心地问她："那你知不知道，古德有个很出名的白手套拍卖师叫傅斯晨？"

"知道，面试的时候他也在场，你认识他？"白小米好奇地看向陈敏敏。

陈敏敏笑笑，喝了口茶："点头之交而已。"

白小米"哦"了一声，转身招呼服务生添水，陈敏敏的目光盯着对面白小米那个空了的茶杯，想起自己刚到公司时参加的那个公司年终自助晚宴。

那次的宴会规模不小，集团高层全部出现，包括总裁傅锦荣的三位子女。万里集团旗下有万里电子科技、万里房地产和万里外贸公司，总裁傅锦荣掌握着集团大权，大夫人生的大女儿傅斯月也就是她现在的直属上司，年纪轻轻便已经是万里外贸分部的负责人，为人玲珑八面，叱咤职场，巾帼不让须眉，却又生得美艳不可方物，活脱脱的人生赢家。

傅斯月下面有个亲弟弟傅斯晨，特立独行，无论傅锦荣如何威逼利诱，坚决不回集团上班，在拍卖界靠着自己精湛的业务能力在拍卖业名声大噪。

而二夫人生的儿子傅斯明，是个不苟言笑的男人，同样能力超强，带领着万里电子科技产业不停扩张版图，因一张万年冰封脸和铁面无私的奖罚严厉，被手下的人暗称"黑面阎罗"。也因为他的古怪性格，以及家族利益和人员关系复杂，跟大姐傅斯月剑拔弩张，跟小弟傅斯晨也关系一般。

或许是因为这样的关系，一家人极少同时出现，但那次晚宴，是因为公司提前实现了五年计划，意义重大，傅锦荣也想趁机缓和一下家里的气氛，所以强令所有家人到场，陈敏敏才有幸看到了总裁一家人的全貌。

那时的陈敏敏刚入职场不久，很多事情还做得毛毛躁躁，她拿着一杯香槟时隐隐听到后面有人叫她，没想到一个转身就撞到了身边正要过来拿酒的傅斯晨，她手里的香槟撒了他一身。众目睽睽之下，陈敏敏吓得不知所措，傅斯晨却靠过来，小声跟发蒙的她道谢，说让他有了开溜的机会。

陈敏敏不知道傅斯晨当时是为了安慰她的紧张还是真的想要开溜，总之，傅斯晨出人意料的反应帮她化解了尴尬，他出色的外貌更是让她久久难忘。

因着傅斯晨在古德的关系，陈敏敏连带着对去古德实习的白小米也格外关心。回来的路上她问白小米："我看你今天就带了个背包过来，天气预报上说这几天的气温要创锦城新低，你明天要穿什么去报道？"

说到这个白小米也一脸愁容："我本以为行李能今天到，没想到竟然滞后了，实在不行我就先穿着这套去，听说公司有制服，等领了制服就能穿了。"

陈敏敏看了眼白小米这身套头卫衣和运动裤，摇头说："去到新公司，你给人留下的第一印象很重要，在别人没了解你的时候，只能判断你的外表，如果你第一步给人留下了一个不专业的形象，以后就要多用很多步才能改变这个形象，这期间还有可能因为这个印象，让你失去很多机会。第一天报道不能这么穿，一会儿回去我找找看有没有你能穿的衣服。"

陈敏敏作为一个过五关斩六将的职场人，是真心想要帮这位白小米留在古德拍卖公司，除了受妹妹之托，她还想到了以后的便利，比如，能从她嘴里，时不时的听到关于傅斯晨的消息。

白小米对这位刚认识就对她如亲姐般的陈敏敏自然十分感激，她是独生子女，从来体会不到有姐妹的感觉，她跟陈二货虽然亲密，却没有现在陈敏敏带给她的这种感觉，或许是因为陈敏敏温柔的样子，也或许是因为身在异地更觉得亲切。

洗完澡，陈敏敏从自己房间里拿来了一堆衣服，她身材不像陈二货那般粗壮，倒是像白小米的纤细。但她长得高，白小米穿上她那些细长的气质型衣服，有些不伦不类。

白小米在陈敏敏的不停摇头中，脱下她拿过来的最后一件衣服，然后用湿黑的眼睛可怜巴巴地望着她。陈敏敏眼光一闪，忽然想起一件衣服，她站起身回屋，在衣柜最上层的一个隔间里，拿出一件还没去吊牌的黑色皮衣。

陈敏敏拿着这件衣服在白小米身上一比量，宽窄还正合适，这才松了一口气，说："这件有些短，我穿了不合适，准备拿去退的，一耽搁就忘了，既然你穿合身，你就先拿去穿吧。"

白小米认得这个牌子，她家之前还不愁吃穿的时候，她妈这个资深剁手党也买过一件这个牌子的衣服，每次穿的时候都小心翼翼，穿完从不放洗衣机洗，都是拿去干洗，回来还特地把衣柜最好的位置拿来挂它，宝贝得不行，可想而知是有多贵了。

白小米摸着这件剪裁精致用料考究的皮衣，又瞥了眼上面的价位，果然贵得令人咂舌，她犹豫道："敏敏姐，这件衣服太贵了，我还是穿别的吧。"

陈敏敏边收拾床边那堆乱衣服边说："没事，这个其实也不是我自己买的，是别人送的，所以号码才弄错了穿不上。"

"是男朋友吗？那我更不能穿了。"

陈敏敏笑笑，说："是我上司送的，别瞎想，是女上司。"

白小米这才放下心来，把衣服往上身一套，还真是剪裁合体大小合适。人靠衣装马靠鞍，衣服果然贵有贵的道理，白小米的气质瞬间就提了几个档次。

陈敏敏满意地看着白小米身上的衣服，帮她顺了顺衣领，叮嘱说："这样才有个精英白领的样子，千万别给我弄脏了，标签别撕，回头我要拿去退的。"

晚上，白小米躺在床上，想着明天的入职，心里满是对职场的期待。或许在不久的将来，她也会成为敏敏姐那样成熟又厉害的女白领，但目前她首先要搞定的，是如何完成实习任务，然后顺利回校拿到那本毕业证。

Chapter 6

初来乍到

锦城的天气预报可不是胡说八道的，一夜之间，强冷空气果然说来就来，竟然裹挟着初雪袭击遍布寒意的锦城。即便天气恶劣，苦逼上班族依旧要起早贪黑，才能在这个物价和房价让人恐高的经济中心生活下去。

早上刚过六点，睡意正酣的白小米就被闹铃吵醒，没有了陈二货踹床，她还颇不习惯。这定时闹钟是敏敏昨晚借给她的，她怕起不来，还特地调前了半小时。今天是去古德报道的日子，为了毕业证，别说天冷下雪，就算下刀子，她也要从暖被窝里爬起来冲出去，这里再不是能给她无数次机会的学校了，她绝对绝对不能在第一天就迟到。

起来匆匆收拾了一通，隔壁房的敏敏还没起来，白小米已经裹紧围巾，跟着无数行色匆匆的上班族一起在天寒地冻中奔向地铁站。

白小米早早出门，除了不想迟到之外，还有一件难言心事。她刚从小地方乾市过来，之前没坐过地铁，虽然昨天跟着敏敏坐过一趟，但敏敏没有详细解说，白小米当然也不好意思跟人说自己没坐过地铁，死要面子的她只能自己暗记了几个要点。可这大城市里毕竟新鲜玩意多，隔了一夜她就忘得差不离了，所以今天她只能笨鸟先飞，为了不迟到，只能早早先杀过来摸清情况。

一进入地铁站里面，错综复杂的路线和川流不息的人潮立刻就让白小米蒙圈了，她只能站在路线图前慢慢研究如何买票如何查询各种转乘路线，半天才站在自动售票机前开始操作。

白小米手里拿着钢镚，心里有些微微露怯，主要是怕出丑。早高峰逐渐逼近，后边排队等着买票的人越来越多，白小米身后的大哥看她对着屏幕左看右看就是不下手，很是着急，情急之下张口对她说了一串日语。白小米转过头来一脸茫然，大哥恍然大悟，赶紧又换了韩语说了一段，白小米这下整明白了，这哥们是把她当“歪果仁”了啊，思索三秒，心想：与其让对方知道真相后鄙视她土鳖进城，还不如干脆装到底！白小米瞬间换上另一副嘴脸，摇头晃脑地从口袋里掏出一张之前她预先列出的路线图，对方了然，唰唰两下，痛痛快快地帮她把票给刷出来了。

白小米竖着大拇哥万般感谢地坐着扶梯到达候车区，正巧接到敏敏打来的电话，赶紧麻溜地接起来，抖着手上的小塑料币连珠炮似的跟对方汇报情况，正得意忘形，一转头，看到刚才为她买票的大哥在旁边朝她翻白眼说：“擦，丫挺能装啊！”

白小米嘴角抽了两下，人群渐多，车子进站，她赶紧匆匆挤了上去。

时间还算早，加上站点也有些偏，白小米上来的时候竟然还剩了一个空位，她一脸欢喜地坐了下去，心想第一天上班就有座，果然是好兆头啊。

整个车厢不算太挤，白小米从车玻璃处看到自己身上那件高级外套，立体剪裁让她显得要腰身纤细修长，似乎连胸部都升了一级。即使以前的白小米家里还有点钱，但这么贵的外套她也是第一次穿，贵货穿在身上，感觉自己整个人气场都不同了，就连刚才的装傻，都装得底气十足，看着精神百倍的自己，白小米不由自主挺了挺胸脯。

正独自暗爽，车到站时上来一位四五十岁上下的男人，大腹便便的，夹了个公文包，摸了摸自己头顶溜冰场两旁铁丝网的头型，挤在人群中，一路挤冲到白小米面前。

这一长溜的座位上，多是中年往上的乘客，白小米坐在中间，敦实的小矮个加上刚剪的齐耳短发，看起来比学生还学生。

白小米本来正要站起来让座，忽听面前的秃头男一脸理所当然地对她说:“小姑娘，你起来，让我坐会儿，我是残疾人！”白小米愣了愣，看了眼对方健全的四肢和壮实的肚腩，顿时又一屁股坐下了：“大叔，我也是残疾人，我脑残。”

秃头男没想到现在的年轻人气焰这么嚣张，众目睽睽之下让他下不来台，不由得气得手都有些抖了，想站在道德制高点谴责白小米。车子恰巧到站，人群中上来一位抱着孩子的年轻母亲，白小米想都没想，挡着秃头男，站起来就把座位让给了母子俩。

秃头男嘴里要讨伐白小米的话被生生打了回去，只能满脸幽怨地继续站着，一旁的白小米得意地站在秃头男面前，刚从包包里掏出耳机，就见一条弧线水柱“嗖”地从小孩的裤裆处射出来，站在孩子正对面的白小米躲闪不及，胸口顿时被浇湿了一大片。

画风突变，所有人都惊呆了，年轻妈妈吓得赶忙给满脸错愕的白小米道歉，秃顶男一脸幸灾乐祸。看母子俩手足无措地道歉，白小米只能自认倒霉地说没事，然后自己抖掉浮在表面的温热尿液。拭擦童子尿的时候，白小米仿佛已经看到刘敏敏大惊失色的样子，这衣服可是她用人格担保说绝对不会弄脏弄坏的，这下好了，友尽无疑。

孩子尿完裤子，年轻妈妈索性给他全脱了，正找裤子替换之际，小孩眨巴着眼睛，盯着前面的白小米咿咿呀呀了半天，指指自己的“小丁丁”又指指面前的白小米，孩子妈妈笑笑，耐心跟小孩解释说：“姐姐才不看您的小丁丁，姐姐看的丁丁多了。”

这句话又让车厢里的空气霎时凝结了，白小米再次成为大家目光的焦点。秃顶男已经毫不客气地笑出声来，白小米这么脸皮厚的人，竟然也红了脸，这事越说越瞎，尤其在大庭广众之下，好在地铁正好到站，她拿好包包，顶着一身尿味，快速狼狈地下了车。

在站台出口处，白小米买了包湿巾，把胸前猛一个擦，好在衣服是暗色的，尿迹阴湿的地方也显不出来。走出地铁站，衣服上的尿味扑面而来，她皱着眉头碎碎念："真搞不懂，一个吃奶的小屁孩，怎么就能尿出这么浓烈的味道。"

任她再怎么擦，渗入衣服的皮质毛孔里的尿味依旧浓郁，白小米边走边想：如果没法把味道去掉，这衣服就有可能真退不掉了，她不能坑敏敏，肯定要自己买下来，但这么贵的衣服，她实习期那么点工资，半年不吃不喝也攒不够吧？麻蛋，说好的好兆头呢？难道这么快运气就用完了？

还没拿到工资就开始欠债，白小米心情一落千丈，古德的大楼就在眼前，她拿出湿巾又擦了一遍，顶着一身隐隐的尿味，走到古德的楼下。

刚进门，就看到候里面的一位长发大眼、身材高挑的漂亮女孩笑着迎出来为她开门。白小米有些受宠若惊，刚要跟美女问好，就看对方香气缭绕地越过她，笑吟吟地朝后面的人一鞠躬："刘经理好。"

白小米一愣神，再扭头一看，只觉得一声晴天霹雳，站在她后面的刘经理，竟是刚才在地铁上逼她让座被她蔑视拒绝的那位中年秃顶男！

白小米嘴角抽筋，顿时感觉自己的未来已经一片黑暗，别说毕业证，就连敏敏这件衣服，赔不赔得起，都要另说了。

秃顶男似乎也颇为惊讶，瞥了白小米一眼，这才转头看向美女："苏梦啊，你来得挺早的嘛。"

苏梦满脸堆笑："我也是刚到，第一天报到比较紧张，想着早点过来看看，笨鸟先飞嘛。"

秃顶男"嗯"了一声，一脸满意地对着苏梦含笑点头，随即又换了副冷面孔，转头看白小米："你谁啊？来这里有什么事吗？"

白小米露出尴尬的笑容干笑两声，朝着秃顶男自我介绍："刘经理您好，我是新来的实习生白小米，以后……还请您多关照。"

刘经理轻哼一声，眼睛朝上一翻："是要好好关照关照你。"

听白小米报完家门，本地人苏梦这才打量起眼前这位个子小小的短发女生，经过脑中一番迷之对比，得出结论是：杞人忧天害人不浅。之前因为担心对方实力太强，苏梦还怕自己留不下来，做不成傅斯晨的徒弟，如今一见，今晚总算能好好睡个安稳觉了。

古德对实习生一向要求严格，作为人力资源部经理，秃头刘亲自给她们发了实习守则，最后打着官腔下发任务："今天古德正好有一场楼盘拍卖会，由古德的精英拍卖师傅斯晨主拍，你们要在现场认真观摩学习，会后写出心得，作为以后转正考核的依据。另外，别怪我没提醒你们啊，古德招人一向苛刻严格，能来实习的人本来就少，录取率更是只有百分之五十，也就是说，你们是二选一择优录取，只要你们有一项考核不达标，都不会被录用。另外，在实习期间犯错误、让公司蒙受损失、在公司有不检点行为，这些统统不会被录用。但是，如果一旦被录用，就能成为傅斯晨的助手，我相信你们都知道这意味着什么。所以，在实习期间，你们最好都做好全力以赴的准备，有点眼色，少说空话多做实事！"

说完这些话，秃头刘特地意味深长地看了白小米一眼，可惜白小米没接收到他话中有话的信息，两眼偷偷看了看旁边画着甜美可人妆容、穿得前凸后翘的苏梦，不由挺直了腰杆，用手拨了拨被风雪吹塌的刘海。她本想今天涂"斩男色"过来，但敏敏说那个颜色太显眼，昨晚送了她一管颜色极淡，但细看又能看出不同的新口红，据说这样人畜无害的颜色，是大众调查选出的最能得到职场同事好感的色度。

她有些后悔没坚持自己的选择，即使差距有点大，至少也能给对方一个漂亮的回旋踢。

Chapter 7

命运重逢

清晨六点，傅斯晨睁开眼，眼前软木天花板上，隐约印着几条从窗户缝顶端透进来的柔淡光线，几样简约的木制家具配着黑色床单。男性气息浓重的房间，因着窗台边那盆翠绿的植物，多了些许明媚的生气。

傅斯晨伸手摁了摁额头，让混沌的脑袋稍微清醒些，随手又把落地窗帘用力一拉，整个房间的灰白黑色调顿时沐浴在晨光中，平添了几分柔和。

他坐起来，从床边的桌上烟盒中抽出一根，偏头点上。

傅斯晨其实没有醒来抽烟的习惯，但昨晚的梦实在让他郁闷，烟头在晨光中忽明忽暗，梦中的情景又时隐时现。

又是在一片花海里，他拿着花和戒指屈膝半跪，诚心诚意地对着一位背对着他的短发姑娘求婚。而那位他要求婚的姑娘，竟只比跪着的他高不了多少。等她终于肯转过头来时，他终于看清她的脸，白得有些透明的脸上，缀着几颗显眼的小雀斑，湿黑的有些瘆人的瞳仁和平淡无奇的五官，组成了白小米那张脸。她接过他手中的花，递到鼻尖嗅了嗅，才朝他伸出那只细瘦的右手。他激动地为她戴上戒指，不知是戒圈不合适还是她的手指太粗，戒指竟然卡在了手指的中段，她疼得龇牙咧嘴，他则急得满头是汗。戒指拔不出又推不进，一着急，脚一蹬被子，醒了。

傅斯晨深吸了一口烟，没错，他又梦到了那个叫白小米的女生，他竟然，又一次梦到她了。烟雾缭绕中，傅斯晨心头的憋闷越聚越多，不由自言自语道："跟没发育好的豆芽菜求婚？我瞎了吗？"

傅斯晨摁灭烟蒂，双手在头上胡乱抓了几下，松了松头皮打了个哈欠，刚要起身去洗漱，只觉得鼻腔有些痒，用手一碰，几滴红色鼻血顺着鼻腔留到手背上。

流鼻血？

傅斯晨怔了片刻，脸色难看起来，他暗骂一声，仰头冲进浴室，一阵温水冲洗后，脸上血迹总算干净了，看着水汽氤氲的镜中，自己那张被灯光照得有些发白的棱角分明的脸，他甩了甩头发上的水滴，满脸阴郁地返回床上。

他上一次整夜梦到白小米，醒来后也是流鼻血，这次依旧如此，他不得不隐隐担心起来。自从车祸过后，他的体内就发生了一些说不清的变化，虽然说不太清，但这种变化他是能感觉到的。

如果说之前的那些只是他的一种感觉上的变化，那么白小米的出现，就让傅斯晨真切地意识到变化的发生。这种亦梦亦真的事，他不知道算不算一种第六感的延伸，他希望跟真实没有一点联系，但他对梦到同一个人两次的行为无法解释。如果说这是一种潜意识和预兆，那他和这位才见过一次的陌生女孩到底会有什么样的关系？难道真的如梦中出现的那样，他会跟她求婚？

不不不，这太不可思议太疯狂了，傅斯晨被这突如其来的事件和想法弄得异常烦躁。他打开冰箱，里面三层隔间外加门扇背后，塞满一个法国牌子的矿泉水。他抽出一瓶，一口气喝下大半，压下心头的郁闷心慌，才走进浴室洗澡。

出门前洗澡是他多年的习惯，傅斯晨习惯性地对着镜中做了几个健美动作，修长健硕的身形上，肌肉块因他的使力依次鼓起，他颇为满意地扬起下巴，眼角扫过卫生间的不锈钢架，上面放了一包粉色的东西。

他伸手拿下来，是一包开了封没用完的卫生巾，那是他的模特前女友分手时忘拿走的，不知不觉已经过了大半年。傅斯晨一个转身，随手把它扔进了旁边的垃圾桶里。

作为古德拍卖行的金牌拍卖师，傅斯晨做事一向严谨守时，今天上午有场海瑞烂尾楼的拍卖会，尽管因为梦的影响，他的心情有些郁闷，但他还是迅速把自己打理好，提前半小时从公寓下到车库，整了整心情，坐进自己的车里。

打了几次火，从没出过问题的车子，竟然发动不起来。看看时间，还有一个多小时，开车从这里到公司要半个小时，傅斯晨只能打电话约车。但等了大半个小时，依旧没人接单，无奈之下，傅斯晨只能不停加价，直至加了六七倍的价位，才等到一辆掉了后包围的宝来。

穿着阿玛尼西装的傅斯晨，皱着眉头挤在杂乱的后座上，开车的黑胖司机是个乐呵的话唠，从上车就没停过嘴，路上恰巧又遇到事故堵车，车子彻底夹在车流中动弹不得。

傅斯晨不时看看手表，这个位置离地铁站还很远，走过去显然并不现实，胖司机看出客人的焦躁，尽职地想要给他制造一个欢乐轻松的氛围，灵机一动，转过头来对傅斯晨说："哥们，要不我给你唱首歌吧。"

傅斯晨刚要拒绝，对方的高音已经按捺不住飚了起来："我知道，我的未来不是梦……"唱到兴起，司机在位置上竟然扭动起胖胖的身体，朝后面的傅斯晨喊："掌声在哪里？"

傅斯晨摆着一张扑克脸，丝毫没有配合这种脑残行为的意思。

胖司机不愧是老司机，淡定面对冷场，自己开开心心地摁了几下车喇叭。

傅斯晨：“……”

胖司机属于自嗨体质，一开口就根本停不下来，一手拳起来当话筒，一手指向唯一的听众傅斯晨：“你们的双手在哪里？”

傅斯晨依旧绷着脸。

胖司机又淡定地摁了个按键，车前挡风玻璃的两个雨刷开始热情摇摆。

傅斯晨：“……”

本以为歌神就此嗨完了，没想到胖司机一手放在耳朵边，转头朝他又是一声吼：“后面的朋友，你们的欢呼声，尖叫声在哪里？”

说时迟那时快，忽然“嘭”的一声，后备箱门开了……

傅斯晨在心里叹了口气：昨晚的噩梦就是一个预兆，诸事不顺啊。

一路上忍受着胖司机五音不全的催促，傅斯晨又开始焦躁起来，司机一口一个梦梦梦，让他再次陷入昨晚那个梦的恐慌中。如果他的未来果真就如那个梦一样……傅斯晨浑身打了个激灵，在狭小脏乱的后座空间里自言自语：“不行，不能让它发生。”

古德的拍卖会开场在即，公司的其他员工都在紧张有序地准备会场，白小米和苏梦站在大厅听秃头刘训导。虽然还没正式入冬，大堂里的暖气却已经开得又足又猛，白小米胸前的尿味被暖气烘出来，一阵阵熏得她呼吸困难眼睛火辣。抬手擦眼的间隙，她透过玻璃大厅，看到外面忽然来了几辆面包车，从里面冲下来很多民工打扮的工人，手拿各种工具，朝着大厅围了过来。

白小米隐隐觉得不对劲，指着外面提醒秃头刘，“经理您看看外面！”秃头刘不快地瞪她一眼，刚想让她别插嘴，转头一看，马上傻眼了。来的这群人他有印象，全是曾在今天要拍卖的这个海瑞烂尾楼里干过活的、被跑路的开发商拖欠工资的农民工和被拖欠工程材料款的商户，他们一定是以为楼被卖掉后账就彻底烂了，钱就讨不回来了，所以才早早来包围古德，企图干扰拍卖会。

此刻正是上班时间，公司的员工都还没到齐，早来的也全在准备会场，大厅里就剩他们几个，如果让这群人冲进来，后果简直不堪设想。秃头刘简单地跟苏梦和白小米说了当前的状况，苏梦显然被拿家伙的民工给吓到了，声音发颤："刘经理，那现在怎么办？要不我先去打电话报警？"

秃头刘如梦初醒，看看苏梦又看看白小米，开始下命令："苏梦，你马上去报警，我去找老板，集合全公司现有人手设置安全屏障。白小米，你，你马上去把大门关上，然后守住。记住，警察和老板没来之前，你一定不能让他们进来，不然拿你是问！"

话音刚落，苏梦和秃头刘瞬间都不见了人影，白小米愣在原地，等反应过来，才百米冲刺，把两扇大玻璃门一关，然后站在门口，反手紧紧抓着门把手。她这时这才反应过来：秃头刘为什么要留她一个"手无缚鸡之力"的女流来守大门？是看她好欺负还是觉得她长得像门神？

看着空荡荡的大厅和眼看就要冲进来的那一群拿着铁锨砖头的民工，白小米独自顶门的背影忽然就多了些就义的英勇气概。看着外面人多势众和自己的势单力薄，白小米腿软了，她不是不想跑，是根本没处跑，人一进来，谁都跑不了。再说了，她还要想要毕业证呢，跑哪去啊？

警察什么时候才能到谁也不知道，门口的人已经在挑衅了，大门虽然被暂时锁上了，但人潮一推，摇摇晃晃。白小米站在门后不敢撒手，她怕门被撞倒，更怕人群冲进来。真是没想到，自己第一天来实习就要玩命，早知道在学校就好好学习了，毕业证再金贵也比不上命贵啊。

玻璃大门已经被撞得发出吱吱呀呀的声响，白小米觉得再不做点什么，自己还没来得及绽放的青春就真要被冲进来的愤怒人群踩扁了。定了定神，她忽然朝着门外一声厉喝：“住手！”

声音透过门缝，形成一个扩音，传出去颇为响亮，外面的人群听到这一声清亮女声，骚动慢慢静下来，都等着她的下一句。

从小到大，白小米跟着老爸去过不少地方也见过不少场面，大学四年，她又跟系里的教授斗智斗勇，练成了遇事再大也不慌的性子。刚才只听了秃头刘的三言两语，就基本判断出他们的来头和目的。她深吸一口气，手依旧紧紧把着门，力都集中在丹田，尽量让自己的声音听起来简洁有力：“我知道你们来的目的是想要回欠款，我们公司举行这次拍卖会，就是为了给你们解决这个问题。”

“放屁！”挤在最前面、拍得最嚣张的一个黑脸寸头，拿着棒子指向势单力薄的白小米：“你他妈瞎说，你们解决问题？你拿什么解决？卖了楼你们分了钱，谁他妈还管我们死活？你一张嘴就想把我们哄走？没那么容易！兄弟们，不要听她胡说，我们进去砸，让他们卖不成！”

人群被他一煽动，更是奋力地推门砸门，白小米真想冲出去拍死那几个煽风点火的烂番薯臭鸟蛋。但也就是想想，饶是她再大胆，也不是一个男人的对手。她努力保持镇定，用力朝外大喊：“你以为你们砸了这里，阻挠了这次的拍卖会，你们被拖欠的钱就能拿得回来了吗？”

外面又渐渐静下来，白小米继续深吸一口气，说：“你们来讨回工钱，这本来是合理合法的，但因为你们的打砸行为，不但钱要不到，还会被关进警局，难道这就是你们想要的结果？”

“我们拿不到钱，你让我们怎么办？”一位农民工终于放下举着的大棒，带着无奈的哭腔低吼。

白小米定了定神，她知道现在自己的每一句话都事关重大，她其实已经吓得小腿肚要抽筋了，面上还极力稳着音调，露出诚恳又坚定的表情告诉眼前的人：“只要我们能如常召开拍卖会，烂尾楼顺利卖出，政府就有钱去解决遗留问题。这其中，肯定包括你们被拖欠的各种款项，所以，你们现在要做的，就是马上离开，不要干扰会场，政府会给你们一个妥善安排的。”

农民工们面面相觑将信将疑，犹豫着要不要相信白小米的话，手中的家伙也慢慢垂了下去。但站在最前面的几个流氓习气重的刺头男，一人用砖头把大门的金属门把拍歪，一人指着白小米恐吓道：“你他妈什么人？你说话能算数吗？想几句话就打发我们走？没这么容易！我今天把话放这，如果今天拿不到钱，你们这场子今天就别想开了！”

两个人三两句话又把民工们的情绪重新煽动起来，白小米使出吃奶的力气去顶门，大玻璃门在铁锹和砖块的拍击下，雪花状从点到面，越来越多。白小米头冒冷汗，听着玻璃内裂的声音，大门已经摇摇欲坠。她心里一紧，叫了声：“不好。”

在下意识往后退的时候，白小米觉得今天大概是凶多吉少了。

她赶紧用手捂着脸，想着就算受伤也千万别毁了脸。就在万念俱灰的时候，眼角的余光处忽现一个高大的身影，紧接着一只修长有力的手臂从后面伸过来，牢牢攫住她纤细的腰身。白小米只觉得胸口一紧，她看到环在自己腰间的，是只非常干净修长的手，而被带起的一瞬间，她也落入了一个宽阔而温热的怀抱中。她闻到了对方身上散发出来的一种淡淡的、类似于被阳光晒过一天后的被子上发出来的、让人想要埋头进去深吸一口气的温暖味道。

他的力气很大，一带就把她带离了大门的正后面。白小米在他的手臂力道下，细腰几乎要断成两截。

白小米心惊胆战，抬头间，看见一双极黑极深的眼睛里，那目光清冷而锐利，令她心头一凛。乌黑的短发、高大挺拔的身姿、柔和深邃的五官都让她有刹那的恍惚。

傅斯晨？

傅斯晨今天坐的车子一直堵车，他干脆让司机绕路过来，但单行线转不到西侧的大门，他赶时间，让司机停在了大楼南边，那里有一个平时很少人走的逃生通道小侧门，从那可以直接通到公司大厅。

等他踩着点赶过来，本以为大家都已经准备就绪，谁想刚进到大厅就看到惊险的一幕。摇摇欲坠的大门下竟然还傻傻站着一个不知深浅的瘦小黑色身影，她心理素质似乎很强大，丝毫看不出慌张，还颇为镇定地背对着大厅跟外面的民工喊话，试图要劝退对方。

情况危急，傅斯晨想都没想就冲过去把她带离。在抱住她的那一刻，他感觉这个身体实在太纤细了，抱在手上简直没有什么重量，自己毫不费力就把她迅速带离了门后。

就在他们离开的下一秒，大门就应声倒下，一地玻璃碴飞得到处都是。白小米倒抽一口冷气，无法想象被这么厚重的玻璃门砸成肉饼的自己是哪般模样。破门而入的民工们举着棍棒到处挥舞，想跑已经来不及了，傅斯晨根本无暇顾及怀中人的样子，反身就把她护在怀中，任由身后的人把大堂一阵乱砸。

白小米背后倚着墙，脸抵着傅斯晨坚实的胸膛。长这么大，这是她第一次跟男性用如此亲密的姿势抱在一起，闻着他身上混合着烟草味的男性味道，白小米的心中莫名狂跳了几下。

公司的其他员工吓得四处躲闪，好在这群人只砸东西不打人。外面的警车呼啸而来，闹事的人听到警笛这才慌了神，顿时四下逃窜，几十名警察冲进来迅速制服了几个带头闹事的人，另外一些煽动闹事的领头人看到不妙早早溜了。剩下一群民工群龙无首，只能乖乖丢下武器，束手就擒。

看到局面被控制住，傅斯晨这才松了口气，下意识地吸了吸鼻子，从刚才开始，他就隐隐闻到一股怪味。他疑惑地看了眼还缩在他怀里的短发女人，皮肤苍白，脸上还带着还未褪去的震惊表情，鼻子两边的几颗褐色小雀斑在白皙的肤色上显得尤为清晰，漆黑的眼睛带着慌乱。

只一眼，傅斯晨便触电一般将她从手臂中松开。

怎么又是她？

白小米原本还稳稳地靠在傅斯晨怀里，谁知这靠山忽然毫无征兆地一撤，她反应不及瞬间支空，身子一歪，眼看就要摔倒在地。好在她的运动神经还算发达，眼疾手快地在半空中迅速伸手一扯，在落地前的几秒，如掉进水里的人伸出手紧抓救命稻草，慌忙紧紧拽住对方。

白小米想要抓住傅斯晨的手臂，但抓到的却是他外套里的白色衬衣，不知是下坠的力道太强还是衣服的纤维不紧密，就听“刺啦”一声巨响，原本吵吵嚷嚷的大厅里，霎时就安静了。

收拾残局的同事纷纷转过头，看向大厅中间姿势怪异的两人——扑倒在傅斯晨脚下，手里还拿着一片衬衣料子的白小米。以及，前胸的白色衬衣被上下撕开，刚好诡异地只露出里面一对健壮胸肌的傅斯晨。

在古德拍卖行里，集颜值和实力于一身的傅斯晨一直是众多拍卖师心中的ICON，他严谨苛求的形象长期固定在完美的画风里。没人能想到，一个神一样存在的人，有朝一日会以这样大跌眼镜的形象示人。

考虑到傅斯晨在古德的身份，大家一时间都屏住呼吸，想笑又不敢笑，更不敢贸然上前，只能眼睁睁地等着看傅男神的下一步行动行事。不少对傅斯晨有贼心没贼胆的女色狼甚至无师自通地学会了凌波微步，只为了再多看一眼男神的性感大胸肌。

傅斯晨黑着脸一言不发，从早上起来他就觉得事事不对劲，这种如在乾市时的怪异感觉让他心神不宁，果不其然，还是遇到了她。傅斯晨冷冷扣上自己原本敞开的外套上唯一的一颗扣子，但这并没有什么用，腰扣的设计依旧遮挡不住他胸前露出来的肌肉。

跌坐在地的白小米这才回过神来，吓得赶紧从地上爬起来，急忙拦住傅斯晨：“等……等一下。”

傅斯晨深吸了一口气，冷着脸停住脚步，张着口子的衣服挡不住呼呼的冷风，饶是古德的暖气吹得再猛，也架不住冷风从破碎的大门往里直灌。为了不让别人看到胸前揪起的一片鸡皮，傅斯晨不动声色地拢了拢胸前依旧光鲜的领带，这才转头，眼光冷淡地看向他最不想见却又再次遇见的白小米。

白小米咽了咽口水，一脸歉意，不知要先道歉还是先道谢。她的身高决定了她的视线平齐的地方正是傅斯晨露出的饱满大胸肌，她不由自主地盯着他那一片结实有力的大胸肌，下意识地咽了下口水，这样的眼神和动作，让白小米在这一刻显得尤为像个女色狼。

看周围人都在低声暗笑，白小米这才惊觉抬头。看到傅斯晨隐忍发青的脸，她脑子顿时一团糨糊。刚经历了生死一刻又被摔到地上，任谁在这时脑子都无法正常运转，她脑中一热，向傅斯晨递去手中的布条，说："这……这个还给你。"

傅斯晨看了眼那块被她撕下来的衬衣布，觉得一股快要冲破理智的怒气直往上顶："你叫住我，就为了这个？"

白小米木然地点点头，她现在根本不知道自己在干什么。

公司里已经很久，哦不，从没有人敢这么大胆地当众对大神傅斯晨进行如此明目张胆的先撕衣再调戏，今天的好戏看得一众八卦人士内心戏破表。而一直强装"我不冷"傲娇表情的傅斯晨差点被白小米匪夷所思的行为气得破功。他不想再跟她纠缠磨蹭丢人现眼。深吸一口气，即便冻得胸口已经泛起一片鸡皮，傅斯晨依旧迈着四平八稳的常速步子，慢慢走进办公室，直至关上门，他才猛地一缩，不停搓着两只手说："靠！冻死我了！"

此时的白小米杵在原地，暗骂自己脑子短路，可他刚才明明可以提醒她站稳了再不撒手啊，为什么忽然不声不响地就放手了呢？她瞅了瞅自己的衣服，难道是被她衣服上的尿味熏的？她满脸疑惑地朝自己衣服上深吸了一口……呕呸！

原来如此！

看着傅斯晨含恨离去的背影，白小米心想完了完了，刚报道就因为这泡尿得罪了古德两个重要的人，自己以后还能不能在古德好好实习下去啊？

等傅斯晨上楼走远了，看热闹的同事才捂着快笑成内伤的肚子，迅速围聚在一起。

男A好奇地看向不远处的白小米，满嘴兴奋：“哇，没想到这次的实习生这么生猛，一言不合就撕衣调戏，目测有了这条女汉子，咱以后上班就热闹了。”

女B愤愤不平：“哼，未必，就她一来就扒大家男神衣服，这样的，还想安安稳稳地留到实习结束？估计半道就被看不爽她的人给撵走了！”

女C嘴巴一撇，说：“你刚才不是看得挺爽的嘛，公司里太沉闷，有点刺激多欢乐，再说没有她，大家能看到傅男神的大胸？照我说，咱还要谢谢人家。”

一位人称李娘娘的男同事满场看了看，压低声，一副爆猛料的姿势，竖起兰花指招呼大家把耳朵靠过来，说：“我听人事部的人说，这次来的这两位实习生中，有一位还是秃头刘的亲戚。”

“哪位是？”有人问。

李娘娘白人一眼：“这还用问吗？你想啊，两个实习生明明是一起在听秃头刘训话，可为什么刚才就只剩白小米一人顶着门？能跟着秃头刘跑的那位肯定才是自己人嘛。”

众人一副恍然大悟的表情，旁边不知谁提醒了一句：“嘘，来了来了。”

大家一同朝门口看去，见苏梦正带着一群安装新门的工人走过来。

李娘娘扶了扶眼镜，忽然捏着兰花指捂着胸口：“哎呀我去，看来我办公室一枝花的地位是不保了。”

众人一阵哄笑，其中有个声音笑得特别夸张，大家诧异回头，看到身后秃头刘那张油光满面的脸，正皮笑肉不笑地问："各位，什么事这么好笑啊？"

原本正伸长脖子专心看美女的各位顿时如鸟兽散，秃头刘满意地看了眼正在门外指挥工人安装的苏梦，转头朝着里面还惊魂未定六神无主的白小米喊："你还愣着干什么，没受伤的话就跟大家一起收拾大厅。别光站着，多学学人家苏梦，真是的，同是实习生，差距怎么这么大！"

傅斯晨在自己的办公室里连喝了两杯热水，身子才逐渐暖和起来，心里却依旧拔凉。他没想到做完这个同样的梦，他又再次见到了白小米，这件事，简直诡异得可怕。

他烦躁地脱下身上这件在他三十年人生中第一次在身上穿烂的衬衣，转手扔进办公桌旁的垃圾篓里，再从容打开靠窗边的一个抽屉，又拿出一件干净的范思哲黑色衬衣换上。工作的时候，他一向偏爱能让人冷静理智的深色，仔细扣好包括领口最上面的那颗扣子，又戴上配套的领带，恢复了平日里一丝不苟的正常形象，他才松了一口气，转身窝进了皮椅里。

作为古德最严谨的拍卖师，每场拍卖会之前，傅斯晨都会事先准备两身衣服，两双大一码的鞋，两支笔，两把拍卖槌。对待工作，他喜欢有备无患，有了两手准备，才能万无一失，这次的意外，果然让他准备的东西派上了用场。

喝了口热咖啡，傅斯晨把宽大的办公椅一转，隔着落地玻璃看向远处错落有致的建筑物。在傅斯晨遇到的情况里，极少会出现让他慌乱的时候，但今天在公司里竟然看到白小米，对他来说真真切切算是突发状况了，比被人来砸场还要震撼吃惊。

一直以来，傅斯晨都是坚决拥护科学的无神论者，他从不相信托梦或者梦境会变成现实的事情，梦就是梦，现实就是现实，两者无法混为一谈。

但现在，似乎确实发生了一些他现有的认知无法解释的事情，就像他只要一梦到白小米，第二天就会在现实中见到她。

他还发现，每次他梦到白小米之后，醒来都会流些鼻血，梦中的镜头和细节越清晰详细，他流的鼻血也就越多越严重。昨晚的梦让他在今早上班之前，用冰块把鼻子整整冷敷了半个小时才出门，没想到一到公司，就遇到了白小米。可以这么说，这次他受到的惊吓比第一次更甚，如果说第一次还可以用巧合来解释，但这第二次，这个说法连他自己都无法信服。

傅斯晨又给自己冲了杯特浓咖啡，一饮而尽，情绪才稍稍平和了些。

当初在学校选拔实习生的时候，他就跟张德亮明确表达过不让白小米入选的意思，如今她出现在这里，只有一个原因，张德亮是真看好她了。在古德这些年，傅斯晨做过的决定，张德亮极少反对，这次却为白小米的事不顾他的提议特例让她进来，这让傅斯晨对梦中的荒唐事越发觉得担心。

白小米的出现，让傅斯晨有种说不出的对未知事情的担心以及对以前自己所笃信的东西的怀疑。这种反复纠结，对梦中事和人的排斥，让他生出无法言语的怪异和不舒服。如果这只是一般的噩梦，又为什么重复两次一样的内容和情况？

心烦意乱中，傅斯晨对梦因已经不想深究，他现在满脑子想的只有一件事：绝对不能让这事发生，无论白小米为什么来到这里，他都要把这个名叫白小米的女人，彻底从他的工作生活以及视线范围内清除出去！

心情复杂地揉着太阳穴刚喝了一口咖啡，就听到门外有敲门声，傅斯晨收回乱七八糟的思绪，沉了沉声音：“进来。”

门把手被轻轻扭开，一头长发、青春可人的苏梦拿着药包站在门口。

傅斯晨抬头看了眼来人，问："什么事？"

苏梦看着换了一身黑色衬衣的傅斯晨，竟不由自主地脸色微红，挺了挺胸，迈着方步走近："傅老师，刘经理让我上来问问您的情况，您刚才……有没有受伤？"

傅斯晨摆摆手："我没事，您去看看别人吧。"

话还没说完，就见苏梦大惊失色地指着他的手臂说："傅老师，您流血了。"

傅斯晨扭过手一看，上面的确划了一道三四厘米的口子，估计是刚才把白小米拎出门后时，被大门飞出的玻璃碎片划到了。

他淡然收回目光："不碍事，一会儿我自己处理。"

"那怎么行，这么长的伤口，一定要好好看看。"苏梦不由分说，打开手上的药包，拿出消毒药水、棉签和止血的药膏，就要上前给傅斯晨清理伤口。

傅斯晨隐隐皱眉，古德的员工都知道，傅男神不喜欢别人靠他太近，谈话的时候，他基本都会自动与别人保持半米以上的距离，大家也都是识时务的人，极少有人主动去讨嫌。公司的同事都知道，傅斯晨看起来温文尔雅，但相处久了才知道，他长得有多帅，心肠就有多硬，无论是对心仪他的女同事还是女客户。

傅斯晨面对新来的实习生苏梦，不动声色地把椅子下面的滑轮往后推了推，跟她保持着大半米远的距离。

苏梦又往前靠了靠，发现距离依旧还是那么远，心里正纳闷，就看到傅斯晨语气加重了几分，面无表情地指了指大门，说："这点小伤我会处理的，我一会还有点事，你先下去吧。"

大概这是美女苏梦第一次被人拒绝得如此直接，脸上挂着僵硬的笑容，直到走出门听到身后毫不客气的关门声，这才垮下脸来。

自打早上见过白小米之后，苏梦就自动把自己定位成了傅斯晨的准徒弟，现在自己的师父受了伤，她当然要争取机会亲自上来表现了。可没承想，对方并不领她的情，让她之前在白小米面前的优越感顿时荡然无存，这位拍卖界的精英傅斯晨，果然如传言中一样，冷得让人捉摸不透。

古德大堂陆续清完场，苏梦拿着药包，无精打采地从楼上下来，一不留神，撞上正沿着台阶收拾玻璃碴的白小米。

苏梦条件反射般刚想行礼道歉，一看对方是白小米，话语和表情瞬间就随意了许多，问道："刚才好险，你没受伤吧？"

长得漂亮的好处就是即便知道是竞争对手，即使知道她在关键时刻脚底抹油，白小米依旧对漂亮的苏梦板不起脸："我没事，多亏了傅老师及时相救，不然这么一扇大门砸下来，不死也残了。"

苏梦看了眼正在新装的大门，忽然反应过来，难道是自己没帮着一起去挡门，所以才没给傅斯晨留下好印象？那现在是不是说，白小米已经比她早一步在傅斯晨心中占了先机？

这么一想，苏梦不由懊恼起来，但转念一想，又安慰自己：算了吧，如果真去充这个大头，万一傅斯晨失手了，自己真被门砸扁了怎么办？白小米这次是侥幸，谁能保证一定百分百没事？留个烈士的好名声有什么用，师父再好，也不如自己活着好，再说了，这白小米虽然立了功，但也闯了祸撕了傅斯晨的衣服呀，功过相抵，她顶多算是白忙活，谁能占先机还不一定呢。

抬脚要走之前，苏梦又对一旁的白小米说："你没事我就放心了，我刚去傅老师的办公室帮他包扎了伤口，他手上流了一大摊的血啊，你真是太幸运了。"

白小米心里一惊，什么？傅斯晨因为救她受伤了？

"我上去看看情况。"她说着就要往上走，被苏梦一把拉住，扬了扬手上的药包："我已经给傅老师仔细清理过伤口了，傅老师现在需要休息，不希望有人上去打扰。"

白小米不知道苏梦嘴里说的一大摊血到底有多大，一颗心七上八下的，这傅斯晨万一真是伤情严重，那她过完今天估计就不用再来了。

心里正在打鼓，白小米就看到傅斯晨从办公室出来，目光划过众人，大家都关心地问他情况，傅斯晨的脸上恢复了常色，俊朗的轮廓带着些许淡笑。他跟众人打过招呼后，墨黑色的眼睛朝白小米和苏梦这边看了一眼，

苏梦微微一怔，立即乖巧又脆生地朝他喊了句："傅老师。"

白小米也小心地喊了一声，眼睛却直往傅斯晨两只胳膊上看，他的黑色衬衣把手指以上的地方都遮挡得严严实实，让她看不出实际的情况到底有多严重。

傅斯晨习惯性地点点头，毫无停顿地略过，面色如常地朝旁边的一台专用直梯走去，眼睛的余光不动声色地扫过一直盯着他手臂看的白小米，眉头微皱，步伐也跟着快了几分。

光顾着注意傅斯晨有没有受伤，而没看到他黑沉脸色的白小米自顾自地冲了过来。傅斯晨心中反感她的再次靠近，长腿快走两步，尽量跟她拉开距离，他只在公司放了一件备用衣服，不想再有什么差池。

白小米急急跟在傅斯晨后面，想到他刚才救了自己还受了伤，她的神情语调都颇为紧张："傅……傅老师，刚才谢谢您。"

傅斯晨面无表情言语简短："不用客气。"

白小米一脸惶惶地又说："傅老师对不起，听说您在救我的时候受伤了，那个……能不能让我看看伤口。"

傅斯晨脑中一闪而过她刚才看他胸肌时差点流口水的表情，没有停下来的意思，速度走到电梯旁，面无表情地用卡刷开电梯门："我没受伤，另外，别叫我老师，我不是你师父。"

傅斯晨这句话的意思是想跟白小米撇清关系，梦中两人的关系太过诡异，他不得不提前先给对方和自己打上预防针，再说了，他的确也绝不可能是她师父。

白小米微微一怔，心想什么情况？他不是我师父？刚才苏梦叫他师父时他没反对，难道还没开始实习，徒弟的名额就已经内定成苏梦了？怪不得刚才苏梦要上去给他包扎伤口，原来是谁的师父谁伺候啊。

亏得那个刘秃头还说有百分之五十的录取率，看来也就是这么一说，其实早就内定了苏梦。实习完转正这事，看来跟她是彻底没半毛钱关系了。

虽说白小米只要不出什么差池地完成这几个月的实习，就能拿到保底的毕业证。到时就算不能留在古德，也能回老家找份稳定工作陪着老妈缠着顾华。

但这毕竟是她有生以来第一次这么努力地靠着自己的能力拼来的机会，即使她留下的几率不大，但至少也要走完所有的实习程序再判定啊，第一天报到就跟她说这个是几个意思？

白小米是个藏不住事的急脾气，看着傅斯晨进了电梯，她眼疾手快身子一闪，也跟着傅斯晨一起进了电梯。

傅斯晨看着一起挤进来的白小米，沉声说："你要干什么？"

此刻的白小米再傻，也能感觉到傅斯晨对她的排斥和不满，这种感觉似乎从他救下她后就开始了。她知道他因为救她受了伤还出了丑，但事出意外，这不能成为他立即否定她的理由啊。即便她做得不够好，他可以说出来让她注意改正，而不是一棒子就把她打死啊。

白小米一脸愤愤不平："我只要问清楚。"

傅斯晨皱着眉头等她说话。

"我感觉你对我有些误会和看法。"

傅斯晨没有承认也没有否认。

白小米深吸一口气，尽量想在对方面前保持自己强大的气场，无奈衣服上的尿味让她怎么看都显得怂气逼人。傅斯晨冷眼看她，电梯门适时自动关上，气味在封闭的空间里越发刺鼻，傅斯晨又离她远了两步，两人顿时处在一种怪异的氛围中。

“我知道因为刚才的事您可能受了伤，加上您的衬衣被我弄破了，您心里不高兴我也能理解，但这并不能成为您排斥我的理由。虽然我没多少钱，但是伤口我可以付你医药费，衣服我也可以赔。我知道自己不是拍卖专业毕业的学生，但我可以学啊，既然你们招收我为实习生，就说明我符合了古德的要求，如果我真的在最终的考核里没能通过，你们不录用我我无话可说，可如果你们什么都没测试，就全盘否定我，直接内定了苏梦，那我不服！”

因为情绪激动语速过快，说完这一串，白小米脸红脖子粗地喘了几口大气。

“说完了？”傅斯晨面无表情地看她。

白小米恍恍惚惚地点点头，傅斯晨重新摁开电梯门：“出去吧。”

白小米急了，又往前靠了靠：“你还没回答我呢！”

傅斯晨毫不避讳地用手捂着鼻子，不紧不慢道：“不要动不动就感慨自己被我否定被我抛弃，我什么时候接纳过你？”

白小米被噎得说不出话，脑子转了两圈，才蹦出一句：“你……你不能这样，做人要讲道理。”

傅斯晨像听到了笑话一般，唇边的线条微微翘起，捂着鼻子，朝她逼近了几步，顿时把白小米笼罩在自己的阴影里。

狭小封闭的空间里，傅斯晨那双幽深的黑眸猝不及防地凑到了白小米的跟前，让她心头突的一跳。

他俯下身子，在她的耳朵边故意压低声音，语气轻慢：“很多道理，我只是懂而已，但做不到。”

白小米身子一僵，看着转过身，又若无其事退到了电梯最远一侧的男人，气得说不出话来。

傅斯晨抬头看了想要跳脚的她一眼，又慢悠悠道：“我不知道你是怎么进的古德，我对你的不专业有意见，跟今天的事无关。至于你的去留不归我管。另外，你身上的味道太浓，别靠我太近。”

Chapter 8

神秘女郎

古德拍卖行顶层。

一出电梯门，眼前就是巨大的红木屏风，屏风后面摆着一张金丝楠木的大案几，窗台前一盆君子兰开得正好，旁边还有一盏落地的八角宫灯，案几上摆着一套还冒着热气的茶具，整个房间布置得古意盎然。

傅斯晨坐到屏风后的案几边，修长而骨节分明的手里握着一杯清茶。

案几对面是戴着金丝边眼镜、手盘一串紫檀佛珠的老板张德亮。

傅斯晨把刚做好的推迟计划书往桌上推了推："今天的事情已经处理妥当，海瑞烂尾楼的拍卖要延期，媒体和客户方面都要再沟通。"

张德亮满意地点点头，有了傅斯晨这个得力干将，他丝毫不担心这场拍卖会的后续问题，看傅斯晨的茶杯见底，张德亮拿起手边的紫砂壶，慢慢又给他续上："只要你没事，这些都是小事，这次叫你上来，是有个事要跟你说。"

"正好，我也有事想要跟你说。"傅斯晨抿了口茶。

张德亮心里大概能猜到傅斯晨要说什么，他呵呵一笑：“好，你的事先等等，先听我说。”

傅斯晨看了眼表情神秘的张德亮：“什么事？”

“你知道那个号称当代油画界奇才的画家肖海明吧？”

傅斯晨点点头，这个画家的作品他主拍过一次，并不陌生。

“有个警局的朋友跟我透露说，他昨晚在他锦城的公寓里自杀了，消息估计马上就会公布。”

“自杀？”傅斯晨皱了皱眉。

他跟这个肖海明曾有过一面之缘，这是个想法独特颇有才气的画家。肖海明的画以人物肖像见长，画工扎实，近几年他的作品价位不断走高，前景看好。按理说一切向好的时候，不应该会发生这种事情的，但世事无常，每个人都有不为人知的事。傅斯晨虽然对他的自杀感到意外，但并不想深究，他也知道，这个画家的死，也并不是张德亮想要告诉他的重点。

张德亮顿了顿，脸上忽然闪过一丝商人见利的兴奋之色，不自觉地压低声说：“你说巧不巧，今天一早，有个陌生的客人邮来一幅肖海明的人物肖像作品，要委托我们拍卖。”

傅斯晨一怔，就见张德亮从身后抽出一块半米多高、用包装纸包装完整的木框，三两下撕掉包在表面的那层牛皮纸，露出一幅镶了木框的油画。细腻的笔触勾勒了一位盘着公主发髻、穿着深绿色连衣裙、露出洁白脖颈的年轻女子的后侧面。女子戴了一串细长的珍珠项链，从她光洁的脖颈处一直垂到了腰部，最底下还缀着一颗S形的钻石装饰挂坠。

“画的来源可靠吗？”

拍卖公司一般是靠自己的专业知识和人脉征集到可拍卖的、品质好的书画瓷杂等真品精品，通常会有专门的人员通过相关的人脉关系，拜访藏家、画家、画廊等来征集拍品，再定拍卖价签合同。而这幅画的来历在傅斯晨的眼里来得蹊跷，张德亮不愿过多透露，画的主人一定也是个神秘的匿名人士。从张德亮嘴里说出来的意思是，只要古德愿意拍卖，对方没有任何要求。画的主人不露面不议价不到场，只通过邮寄的方式把画送达古德的行为，不得不让傅斯晨对他的行为好奇。

张德亮拿起茶杯，又慢慢呷了一口："来源不重要，重要的是这幅画可不可靠。"

傅斯晨顺势从桌上拿起一把放大镜，俯下身子仔细辨看。这幅画肌理感十足，色调柔和，是肖海明一贯使用的偏印象派的画风。构图采用的是典型的焦点透视，很好地突出了主体女子微侧的背部，人物侧面的轮廓线条准确，体现了作画人对人体结构的精准把控。整幅画显得十分顺畅，能看得出作者在创造这幅画的时候心情应该是喜悦的。而这画中的美人，只露出四分之一的侧脸，让人无法猜测出她的身份。

傅斯晨看着画，半晌问道："这女人的身份是普通的模特还是跟他有关系的人？"

"委托人也没说清楚，估计也就是肖海明的一个模特。"

傅斯晨沉默着继续观察，从这幅画的笔触和感觉看来，他觉得这个女人应该不是普通模特这么简单。

张德亮看了眼画里的女人，难掩兴奋，说："我已经让人专门验过了，的确是肖海明的真迹，他的作品最近市场价位不错，这又是一幅从未公开的作品，现在他一死，这幅画就成了遗作。我有个想法，策划一个艺术画作的专题活动，把这个遗作的消息发出去，价位上应该能创个新高，同时还能把古德今天被民工来围堵砸门的负面新闻给淡化掉。"

傅斯晨的目光从那张女人背影画上离开，抬头看了眼张德亮，对于他这种利用刚死之人的热度来竭尽所能盈利的做法，傅斯晨是反感的。但站在张德亮的角度，这一切都无可厚非。商人的目的就是赚钱，不然这么大个拍卖行，一睁眼就是流水账，要是顾及这么多道德问题，他干脆喝西北风得了。再说了，这事就算他们古德不做，也会有别的拍卖行做，古德只是比别人多个运气。这么天时地利人和的事，他要是不做都对不起这份运气。

张德亮放下茶杯，身子往前倾了倾：“这事越快越好，肖海明死的这件事，热度最多能维持一星期，趁还在舆论浪尖时拍，收效才最明显。这样，你看一下最近送拍的和委托的艺术品有多少，精简出一些来做个小场精拍。安排下去，马上制作拍卖图录，申报备案，发布拍卖公告，时间最好就定在下周。”

要在一个周之内策划安排好一场拍卖会，这并不是一件简单的事，但只要傅斯晨没有拒绝，再大的事，张德亮都可以放心了。

傅斯晨作为古德的招牌拍卖师，这几年为古德立下汗马功劳，毫不夸张地说，古德发展到今天，积累下的许多大客户，尤其是购买力强的VIP客户，几乎都是冲着傅斯晨来的。有钱人喜欢跟有钱人做生意，傅斯晨有万里集团三公子的身份，本身就有很大的说服力，这样的财神爷，就算是身为老板，张德亮也不得不敬他三分。张德亮跟傅家的三个姐弟都认识，跟傅斯晨的大姐傅斯月关系还要更近一些，所以平日里待傅斯晨如弟，对傅斯晨在工作上的一些没问过他这个老板就擅自改变作法的行为，也不多说。但有时候不多说，不等于没有想法。

傅斯晨放下手中的放大镜：“这件事说完了，我要说我的事了。”

张德亮点点头，像是又想起了一件事，说：“对了，还有件事要跟你说，公司新来了两位实习生，一位是之前跟你一起去面试的白小米，一位是锦城大学拍卖系的学生苏梦，你到时挑一个来带吧。”

傅斯晨眼皮一跳，他是从来不带实习生的，这事张德亮也知道，他跟着去乾市挑选实习生，完全是因为张德亮要他一起去考察人才培养基地，可没有说是要挑选他的徒弟。

这越不想沾上的人，就偏偏有各种事情把人往他身边推，这难道是一种预示？细思极恐，傅斯晨头皮一阵发麻。

不可否认，如果没有昨晚上的那个噩梦，他的确觉得白小米这个新人潜力不错，但现在，他本能地拒绝跟这个女人有任何瓜葛，在没想到任何阻止事情发生的办法之前，拉开距离就是最安全的办法。如果可以，他甚至想要马上取消她在古德的实习资格。傅斯晨再看一眼深思熟虑的张德亮，想必他是知道自己这次想要说的话，所以才特意把这番话说在他前面的。

傅斯晨语气淡下来："我说张总，我看起来很闲吗？"

张德亮擎着杯子，脸上带笑，语气却是不容拒绝："这事也是我考虑不周，没提前跟你先说，我也知道你比较忙，没心思带实习生。但凡事总有个开头嘛，带实习生也是件大事，你就当帮帮我，给古德培养一些得力的后备力量吧。这次进来的两位实习生潜力都不错，苏梦是锦城大学拍卖系的高才生，至于那个白小米，你在乾市也见过她在台上的表现，虽然不是拍卖专业的，但的确是块好材料。"

傅斯晨不答反问："我记得张总当时在乾市，说的是不会录取白小米。"

张德亮点点头："对，当时的她的确不够资格，但是，她在一个月后的拍卖专业测试中，她的现场反应和专业知识都比一个月前进步了不是一星半点，跟专业的拍卖系学生已经相差不大。虽然现在还不能说她优秀，但能在这么短时间内迅速提升到这个程度，我觉得还是值得培养的。"

傅斯晨微不可闻地哼了一声："在这个世上，有三种情况是不能相信的。一是商家的亏本促销，二是懒人的奋斗目标，第三，就是突击出来的好成绩。我还是那句话，优秀是一种习惯，突击的都是侥幸，白小米不适合留在古德。"

张德亮喝了一口茶，对傅斯晨的坚决态度有些意外，在他的印象里，傅斯晨一向愿给新人机会，现在为何单对这个白小米如此反对？还两次主动开口要断了一个刚才学校出来的毫无背景的实习生的前途。这样的情况，的确有些蹊跷。

张德亮转了几圈珠子，探了句：“你跟白小米之前认识？”

傅斯晨面色如常：“没有。”

这就更让张德亮意外了，傅斯晨这人虽然高冷，却很少与人为难，为何单单对这个白小米如此？傅斯晨做事不拘一格，张德亮不相信他只是因为白小米不是拍卖专业的就如此态度。

“理由？”张德亮颇有兴致地探究，他倒不是真舍不得一个实习生，他只想知道这位心腹手下更多心里的想法。

“不专业。”

张德亮呷了一口茶，毕竟是老狐狸，以他对傅斯晨的了解，这肯定不是全部原因。他本来心思就多，思量几秒，慢慢说：“你的意思我也明白了，徒弟是你带，当然是你说了算。但你看，上午发生的砸门事件，我听说是那位白小米独自守着大门对峙外面的众人，有了她帮着拖延时间，警察赶到时我们才不至于损失太重。她今天也算是帮了古德一个大忙。砸门事件正在风口浪尖，尽量不要给媒体制造太多的标题。当然了，你是师父，选哪位徒弟的决定权在你，你对白小米有这样的判断肯定有你自己的理由，但能不能先等等，等过了这一阵，等她们实习期满，你还是不想要她，那就直接让她的考核不过，这样事情不就顺其自然地解决了吗？也就几个月的时间，毕竟也不是什么大事，是吧？”

白小米独自在门下强撑的瘦小身影在傅斯晨的脑中一闪而过，这个背影让傅斯晨莫名开始动摇。毕竟只是一个梦而已，况且张德亮大费周章地把白小米招进来，就是真心想要留她，现在为了他答应会把白小米踢走，也算给足了他面子。虽然想早一天把白小米赶走，但现在张德亮既然这么说了，他当然也就不好再坚持，这几个月，咬咬牙隔离她也就过了。

又喝了杯茶，傅斯晨起身离开，张德亮特意又点了他一下：

“带徒弟的事，多上点心，古德的后备力量培养就拜托你了。”

傅斯晨点头算是答应了，既然张德亮答应了要赶走白小米，礼尚往来，他当然也会教好剩下的那位实习生。跟了张德亮这些年，他的心思其实不难明白。在公司发展之初，傅斯晨的确功不可没，但当公司发展到了一定规模，他就显得功高盖主了。尤其是他手上掌握了太多的客户，那些大客户的忠诚度都较高，不管他傅斯晨有没有二心，这样的事对张德亮来说总归是个威胁。傅斯晨能理解张德亮让他带人传授武艺并分散客户的用意，既然张德亮已经把这事提到了面上，他就算再不想带，也只能当是任务一样完成。

回到办公室，傅斯晨点燃一支烟，深吸一口后整个人陷进沙发里。想起自己当初第一次接触到拍卖，便被这种槌子一起一落间，便能成就几千上亿的风云变幻的金钱游戏产生了兴趣，对台上那个宣判游戏的职业，更是兴趣浓厚。

入行不久，他便因为成交率达百分之百而获戴白手套称号。国际惯例是一个专场拍卖中倘若拍品成交率达百分之百，执槌的拍卖师就会受颁一副白手套作为荣誉和奖励。傅斯晨年纪轻轻就获此殊荣，更是让张德亮器重，一跃成为古德的头号拍卖师。

傅斯晨没想到自己在拍卖界这么些年，竟然会因为一个梦，跟一位刚来的实习生过不去。这事说出来有些可笑，他把烟灰掸进烟灰缸里，想到那个小小的身影和她强装镇定地跟门外的人周旋的样子，吐出一口气：“算你倒霉吧。”

Chapter 9

区别对待

对于这两位实习生，按照规定，人事部经理秃头刘在制定考核任务上要跟傅斯晨交流，根据他的要求来考核。过程由人力资源部的秃头刘把控，但最后的确定人选，还是得由傅斯晨来定夺。

秃头刘一为商量考核任务，二为探风声，进了傅斯晨的办公室。

“傅老师，您觉得这次的任务，要怎么个布置法？”对于古德的这位明星拍卖师，秃头刘还是很恭敬的。

傅斯晨沉默几秒，问：“这两位新实习生，你有什么看法？”

秃头刘一听，赶紧习惯性地干咳两声，装着深思了几秒，才迫不及待说道：“一句话，差距巨大。”

傅斯晨眼眉一抬：“怎么说？”

“首先，从在校成绩来说，苏梦那是绝对完胜白小米。另外苏梦在学校时特长突出，每年都主持学校晚会，唱歌唱得好，还做过平面模特，所谓八面玲珑，太适合我们这个拍卖行业了。”顿了顿，他又继续说：“反观那个白小米，不是本专业毕业的，您想啊，就算本专业的都未必能干好，她一个别的专业的学生，能干好了吗？苏梦无论是从专业底子上来说，还是人品气质上来讲，都能甩白小米一条街。”

看傅斯晨若有所思的沉默，秃头刘又像是漫不经心地压低声音说：“当然了，这个白小米是老板亲自招收的，老板的决定嘛，呵呵呵。”

“无论是谁招的，不专业的人，一律不用留。”

秃头刘一怔：“那……那意思是？”

傅斯晨波澜不惊地看他一眼：“字面意思。”

秃头刘心中一喜：“好好好，我明白了，傅老师您放心吧。”

离开傅斯晨的办公室，秃头刘哼起小曲来。刚开始他还担心傅斯晨因为老板这层关系会力挺白小米，现在知道了傅斯晨的态度，他也算是安心了，只要傅斯晨不挺白小米，那苏梦的成功率就大多了。就算白小米是老板招进来的，但毕竟带哪位徒弟由傅斯晨决定，到时要踢白小米，就拿傅斯晨当说头，这样自己既不会得罪到老板又能留下苏梦，真是一举两得。

想想也是，这白小米当着这么多人的面让傅斯晨光着身子下不来台，傅斯晨怎么能挺她？秃头刘摇摇头，这个白小米，见个人就得罪，这小地方来的人果然不适合在大城市混啊。

白小米和苏梦被安排在综合办公室里，下午刚上班，秃头刘就扛着一沓文件过来安排她跟苏梦的工作。

秃头刘把文件往白小米的桌上重重一放，然后从最上面抽出订在一起的那几张递给苏梦，这才撸了撸自己的秃头，干咳了两声，说：“作为新人，你们要对公司的业务和现有的情况尽快了解和上手，公司对你们都比较器重，所以希望你们不要辜负了公司对你们的培养。”

开场话说完看了两人一眼，秃头刘指着那沓资料说：“本来，你们刚来，作为新手，你们是还没有机会接触到下面的工作的。但是现在有个紧急的任务。你们也知道，今天由傅先生主持的地产拍卖会由于意外状况延期，但下周会有一个紧急插入的艺术品拍卖会，也是由傅老师主拍，时间紧任务重，你们就先负责协助傅老师的工作。白小米，你的任务是把公司现今收到的艺术品资料都梳理一遍，然后把这些物品标的名称、作者及其生辰、年代、样式、质地、尺寸、参考价等内容都一一对应好，并重新录入到电脑里，三天后给我。”

白小米看了眼那沓厚厚的文件，重复问了一遍：“三天？”

秃头刘板着脸看她：“作为一个合格的古德人，效率和速度是最基本的素质，三天，有问题吗？”

白小米看看自己那沓任务，又看看苏梦眼前的那几张薄纸，言不由衷地说：“没问题。”

秃头刘白她一眼：“量多量少不是问题，问题是完成的质量。他说完把头转向苏梦，换了副温和面孔，说：“苏梦，你的工作是把这次拍卖会的拍卖活动名称、预展以及拍卖的时间和地点、拍卖规则等相关各方应知悉的内容熟悉一下。总之，你就是把这场拍卖会的有关辅助资料都熟悉一下，然后根据上面的要求来协助傅老师开展工作，他让你怎么做你就怎么做，这是千载难逢的好机会，有什么不懂的就多跟傅老师学学。”

白小米和苏梦同时张大嘴巴，同样的表情，一个兴奋一个气愤。苏梦高兴之情溢于言表，白小米愤愤之情表露无余。

说完任务，秃头刘看了眼表情各异的两人，开始打官腔：“任务都是经过合理考虑才安排的，内容虽然不同，但目的都是一样的，都是要考察你们的能力。作为新员工，你们可以相互交流沟通，有不懂的，也可以请教同事，你们要记住，这些可都是要算进你们最终的考核分数里的，你们要竭尽所能去完成。最后一件事，下班前你们记得去后勤部领我们古德的制服，我希望你们在古德的时候，都能保持仪容仪表的整洁，注意自身的形象和味道，这是职业标准和专业素养。因为你们站在这里，不是代表你们自己，而是代表着古德。一个一身尿味的公司职员，如何让客户对你和公司产生信任？”

秃头刘说完，特意瞥了白小米一眼，看她一脸郁闷又没处说的样子，秃头刘早上在地铁上的气总算是出出来了，神清气爽地跟白小米交代道：“刚才忘了说，整理录入资料之前，你还要先帮着做一下小拍的展区布置，把上次流拍的符合要求的拍品，一起挪到下周的拍卖会上。”

笑得合不拢嘴的苏梦手舞足蹈地送走秃头刘，心花怒放地拿着手上那几张薄薄的任务纸，又看了眼不服气的白小米，尽力想表现出一副平和又热情的样子，跟白小米说：“别担心，等我弄完了会帮你的。”

白小米呵呵一笑没说话。从堵门时苏梦先跑了这事就能看出她根本指望不上，靠人不如靠己，白小米跟着也正要往仓库去的李娘娘一起下到仓库看看到底有多少拍品要整理，不看不知道，一看彻底惊了，这上百件的东西，她要怎么在三天内弄完?

虽然东西多压力大，但第一次看到满库的宝贝，白小米还是万分激动的。以前家里虽说也有不少宝贝，但跟这里比，就是小巫见大巫了。

搬东西毕竟是个体力活，白小米一副弱不禁风的样子，干起活来还挺卖力。李娘娘看她还挺实在，话语也多了起来：“你还别看搬东西这活，要不是遇上这次的紧急任务，你们新人也就是复印整理个文件，查查资料发发邮件，再不然就是跑跑腿接接电话，哪能有机会搬宝贝呢。所以啊你也别觉得你的任务重有怨言，吃亏是福，这都是机会。”

“谢谢李哥提点。”公司里暖气足，白小米擦了把汗真心道谢，初来乍到，肯提点帮助自己的人都是贵人。

两人来回又搬了几趟，白小米拿着几幅日本古代手卷，放到了展厅一角。经过她身边的李娘娘看了两眼，提醒道：“那个画要展开来，不然别人看不到。”

白小米道了谢，慢慢把画展开，刚看到里面的内容，她就被这幅精美的手卷惊到了。日本人民在爱情动作绘画上果然非常到位给力，整幅画活色生香绘声绘色，让白小米看得面红耳赤。

白小米知道，春宫图一直都是收藏的一个并不冷门的类别，即使是清朝的春宫，也是有尺度很大的精美手卷。就像《金瓶梅》一样，他们对民俗学和社会学的研究都有重要的意义，只是现在的她，站在人来人往的展厅里摆弄这些图，的确显得别扭。

展厅里不时有同事走进来，白小米拿着那四幅一套的手卷，试图想把它们展开到一个略微得体隐晦一些的程度即可。可岛国人民的创作力惊人，无论她是正着放侧着放还是倒着放，也不管她是半开还是全开，里面的内容都一目了然。

摆弄了半天，白小米终于哆嗦着把它全展开来。不远处的傅斯晨把这一幕都看进眼里，没想到她竟然对这几幅岛国手卷兴趣这么浓厚，翻来覆去地看了这么久，真是人不可貌相。

秃头刘安排的工作量对白小米来说，加班是毫无疑问的，原本应该是今晚举行的迎新聚餐会，也因为今天的突发事件改期成了待定。

根本不用加班的苏梦为表积极，也跟着白小米一起加班，并在没下班之前，就已经在办公室里张罗着帮一群要加班的同事定晚餐。人漂亮又会来事，半天工夫就把整个办公室的前辈们哄得妥妥的。跟时不时能与前辈们插科打诨打成一片的苏梦相比，工作量超大的白小米整个人几乎都埋在了那堆拍品和那沓文件里，一下午都没抬过头，连口水都没空喝，更别提跟其他的同事寒暄搞好关系了。

苏梦问了一圈，偏偏漏了在电脑前没命输入的白小米，直到提着大家的快餐进来，看到白小米站起来，才惊讶中略带抱歉，说："哎呀，我刚才远远看过来，这沓文件太高没看到你，还以为你先走了，所以刚才订餐就漏了你，要不这样，我把快餐电话给你吧？"

白小米盯了电脑一个下午，眼睛都僵硬了，瞥了眼苏梦快餐袋里的宣传册，最便宜的土豆肉丝饭也要三十，想想自己剩下的钱和要赔给敏敏衣服的钱，白小米摆摆手："算了，太麻烦，我自己出去随便吃点就行。”

苏梦耸耸肩，提着盒饭走了，看着不远处跟苏梦热络地打成一片的同事，根本没人注意她，白小米喝了一大口凉水，扭头走出了办公室。

走出公司新装好的大门，白小米立刻感受到这座繁华陌生的大都市满满的寒意，这会也顾不得衣服有味了。她拢了拢前襟，忽然在吹过来的一阵大风中闻到一股奇特的臭味，仔细辨别后，她心中一喜，顺着味就走到了对面十字路口的红绿灯下，那里果然搭着一个简易臭豆腐小摊。

冷冽的大风里，白小米坐在街头风口的小摊凳上，埋头呼哧呼哧的吃得开心。果然，在寒冷的大风天里，只有吃这种加了重辣的家乡美食，才是去除身心寒气的最好办法。就像广告里说的一样：大风天跟臭干子才是绝配哦！

傅斯晨开车回家的路上，经过路口等红灯时，恰好看到满天飞舞的垃圾袋，被吹得东倒西歪的椅子板凳，以及，那个在垃圾袋和风沙中依旧稳如泰山欢快进食的小小身影。

看垃圾飞舞中依旧吃得一脸满足的白小米，傅斯晨只觉一阵反胃。别说吃那一瓶子辨不清颜色的臭东西，光是闻到那味道他就要吐了好吗。他想不明白怎会有人喜欢吃这样的东西，他更想不明白，自己在梦中怎么会跟这样的人求婚？

第一天上班就要加班到晚上十点多，白小米拖着累得快要抬不起来的手臂坐最后一班地铁回到家。上楼前在小区门口买了两包泡面，饥肠辘辘地提着泡面进门。白小米站在门口愣了一下，家里只有一盏昏黄的落地灯亮着，不知从哪冒出来的古典音乐时而激扬时而轻快，白小米环顾了一圈模仿音乐会气氛的出租房，疑惑地喊了一声：“敏敏姐？”

一个人影从沙发上慢慢撑起来：“你回来了，怎么这么晚，我刚才都差点睡着了。”

白小米定睛一看，敏敏脸上敷着一张黑色的面膜，昏暗的灯光下猛然竖起来吓人一跳，亏得她胆子大才没有叫起来。白小米暗暗呼了口气，举起手里的泡面：“最近公司有一场紧急的拍卖会，这段时间都会比较忙，我买了泡面回来，一起吃吧。”

敏敏慢慢撕掉面膜：“你自己吃吧，最近公司饭局多，又长了几斤，我要减减肥了。”

饥肠辘辘的白小米干脆把这两包面都放进锅里一起煮了。太饿了，一包根本不顶事。火急火燎地刚煮好一大碗面，坐下来刚要吃，老妈的电话就到了，一接通就传出浓浓乡音，在两个相隔遥远的空间来回飘荡。

“小米啊，吃饭了没？”

白小米看了眼热气腾腾的面条，咽了下口水：“正准备吃消夜。”

“小米啊，就算你怎么吃也吃不胖，但也不能这么吃啊，晚上吃东西对肠胃压力大，不好。”

白小米揉了揉快饿扁的肚子：“知道了妈。”

“你那边冷不冷？”

“还行，屋子里有暖气，衣服也穿得厚。”

“工作怎么样？你第一天上班，还适应吗？”

白小米放下筷子，揉了揉还在酸痛的胳膊：“适应，放心吧妈。”

“哎哟，那我就放心了。”

本以为谈话就要在这样相互嘘寒问暖的温馨氛围里结束了，结果电话那头话锋一转，白小米的老妈开始机关枪一样地扫射：“小米啊，你在那边一定要好好干啊，争取早日转正签约，我们楼下的街坊邻居都知道你在锦城的一个大拍卖行做事情，都夸你有出息。你老妈真是多亏了有你，那些等着看咱娘俩笑话的人才不能如愿，咱可不能半途而废了。小米啊，妈还想跟你说件事，家里的店因为位置太偏店面太小，原来的租户租期满了也准备要走了，现在根本没人来租。老妈虽然还有点积蓄，但可能也撑不了多久了。你知道老妈做了一辈子的家庭妇女，除了花钱就没什么别的本事了，以后妈可能就要靠你了，所以小米你一定要留在这个拍卖行里好好干，这样老妈我才能放心啊。”

白小米张了张嘴，想到今天傅斯晨的话，讪讪安慰老妈说：“您放心吧，就算留不下来，等我实习完拿到毕业证，回到乾市照样可以找份稳定的工作。”

老妈在那头赶紧叫起来：“别回别回，乾市不比锦城，你要是回来了，别人会说你能力不行，背后是要看咱们娘俩笑话的。”

“好好好，我努力留下。”白小米一头汗，知道现在跟认死理的老妈说什么都是白搭，只会让她越发絮叨，白小米干脆先答应下来，等后面再慢慢动之以情晓之以理。

哄着让老妈挂了电话，抬眼看到对面的敏敏正在削苹果，她狼吞虎咽地把满满一锅的面条吃完，敏敏目瞪口呆地看着她：“没想到你这么瘦竟然这么能吃。”

白小米一锅面下肚，才觉得自己又满血复活了，抹了抹嘴，笑笑：“我妈老说我是白吃，吸收不好，光吃不长。”

陈敏敏一脸羡慕地削好苹果，切了一半递给她：“这多好，不像我，过了九点，连苹果都只敢吃一半。”

白小米嘻嘻笑着拿过苹果大口吃起来，陈敏敏轻轻咬了一口，说：“对了，你刚说到毕业证的事，我差点还忘了告诉你。我妹今天打电话过来问你的情况，然后让我转告你，说你们院里今年毕业生工作签约率创了新低，你们的系主任说让你加油，拿到实习转正合同，才能发毕业证。”

“什么？”白小米手里的苹果差点掉在地上，“之前不是说好了实习完就能拿到毕业证吗？现在怎么又变成要转正才能拿证？”

敏敏看她着急，安慰说：“也可以理解，如果不给发毕业证，就相当于人还没毕业，学校的就业率就不会被拉低。”

“可是古德拍卖行哪有这么容易留下？而且我今天还得罪了人力部经理和傅斯晨。”

听到傅斯晨的名字，陈敏敏放下苹果：“你怎么得罪了傅斯晨？”

白小米叹了口气，把今天一天遇到的狗血事一股脑告诉陈敏敏，末了问道：“敏敏姐，你说那个傅斯晨让我不要叫他师父，是不是已经内定了苏梦？我和苏梦从实习内容到同事对待我们的态度都差别巨大。俗话说势利眼们就是风向标，敏敏姐，你说我是不是真没戏了？”

陈敏敏用纸巾擦了擦手，沉思片刻，说：“在公司做事情，最重要的就是懂得察言观色。内不内定我不知道，但你不是拍卖专业毕业这是事实。那位叫苏梦的是对口专业，傅斯晨更青睐她也是情有可原的。至于有戏没戏，要看谁笑到最后，那个叫苏梦的，接到了不用太出力又容易出彩的活，现在看着是占了上风，而你看着像是接到了吃力又不讨好的事处于下风。但事情都有两面性，你可以这么想，大家都觉得容易干的活，如果她还干砸了，那大家怎么看她？大家都觉得工作量大且不容易的事，你如果做不好，别人觉得理所当然，但是，如果你做好，那大家是不是觉得你神了？”

白小米眼睛一亮：“敏敏姐，你果然是白领精英啊，见解就是跟一般人不一样，我今天是听君一席话，胜读十年书啊！不过说实话，我这十年读的书，统共也没多少本。”

陈敏敏被她如此坦白的话逗乐了，白小米也笑：“敏敏姐，那你的意思是，我还是有希望的？”

“当然是有希望的，你想啊，你不是拍卖专业的，竟然能被选中进入古德，这就说明你比很多拍卖专业的学生要强了啊。古德这么好的公司，不可能随随便便地选人，你身上肯定有他们看上的能力和潜质。我觉得你既然不是拍卖专业的，你跟拍卖专业的学生之间应该就有差距，如果你想要争取到哪百分之五十的机会，唯一的途径，就是在实习期间，提高自己的能力，把自己提升到一个拍卖专业优秀生的级别，这样你才会有机会留下。”

白小米瞬间又被灌满了鸡血：“我会加油的！”

陈敏敏淡然一笑，然后皱起眉头吸了吸鼻子，问白小米说：“你有没有闻到一股骚骚的怪味？我从刚才就一直隐隐地闻到，也不知从哪儿散发出来的。”

白小米脸上一红：“敏敏姐，忘了跟你说，你今天借我的这件衣服……沾上尿了。”

“嗯？”陈敏敏对她的话一时没反应过来。

白小米详细解释了一番，最后一脸歉意说：“敏敏姐，衣服我会赔的，那个……能不能等我领了工资再把钱还给你？”

陈敏敏脸上闪过一丝不快，又迅速烟消云散，淡淡地说：“没事，我先拿去退，退不了再说。这衣服太贵了，我现在三个月的工资也买不起，你要是赔的话，负担就更大了，毕竟实习期工资也不高。”

白小米觉得这么重的味道，够呛能退了，敏敏大概是知道她现在有难处才给她缓缓的。白小米觉得自己能碰上陈二货姐妹俩，简直就是自己的福气，自己当初一进宿舍就认准了陈二货，简直是慧眼识珠啊。

看陈敏敏小心翼翼地把衣服收起来，白小米带着些许拍马屁的用意，在一旁羡慕道：“敏敏姐，你的领导能送你这样的礼物，肯定对你很欣赏很器重吧。”

陈敏敏笑笑，看了眼衣服，说：“我的上司是万里集团的大千金傅斯月，能让她欣赏的可不是我这样的普通人，我也就是帮了她一个忙，她才送了我这件衣服。”

晚上，白小米躺在床上翻来覆去睡不着，计划没有变化快，这突发情况让白小米措手不及又责任重重。本想着不出岔子地在古德实习完，留不下就回校拿着毕业证在老家找份工作。没想到现在老苟竟然改变了条件，要签约了才能拿到毕业证。自己的生存，老妈的养老，敏敏姐的衣服，如今看来，也只有在古德留下来，所有问题才能迎刃而解，即便现在留在古德的情况不容乐观，她白小米也只能放手一搏了。

一大早，傅斯晨就已经坐在了办公室里，他本来就是工作狂，现在又加上了这个急插的拍卖。为保万无一失，他要提前把所有工作都做好，包括应付各种突发状况的方案。

师父这么拼命，想要做他的徒弟就更不能偷懒。白小米和苏梦比赛似的，把闹钟又调快了一个小时。

一大早天还没亮，闹钟就发出恼人的噪音，白小米在床上挣扎了两下，想要放弃，但脑中一个声音跟自己说："白小米，比你优秀的人还比你还努力，你还有什么资格懒惰下去？"

"因为我知足常乐。"她习惯性地自问自答。

躺了半分钟，她一下从床上蹦起来："呸呸呸！现在可不能知足常乐，要奋发图强！"

这几天白小米每天越走越早，几乎天天都是提前一小时到公司。虽然两位新人都极力表现，但公司里的人都不傻，明眼人都能看得出来，和秃头刘沾亲带故的苏梦显然才是以后能跟着傅大神的"自己人"，而要干各种杂活的白小米，说不定实习完就拜拜了。

时间就是金钱，谁也不想花费时间和精力去接触以后再也没交集的人。对公司的人来说，跟现在的苏梦搞好了关系，就相当于跟傅大神以后的助理搞好关系。同样是新人，有了这层利害关系，苏梦和白小米受到的区别对待也越发明显起来。

每当白小米拿着看不懂的资料问题出去请教，得到的答案一般不是"正在忙"，就是"准备忙"，时间紧急，跳脚的白小米只能转身而去请教随时恭候她的"度娘谷哥"，以及不离不弃的搜狗。

而另一桌的苏梦则刚好相反，每当她要找“谷哥”聊天的时候，身边就会冒出几个热心的大哥，替她三下五除二地搞定疑难杂症。几次之后，苏梦发现自己根本不用做任何事情，只要给乐于助人的前辈泡杯茶说个笑话，大哥们就会鞍前马后地给她完成所有工作，真是省时省力又省心啊。

古德有自己的员工食堂，傅斯晨闻不惯食堂里用的油的味道，很少在这里吃，有时间就自己带饭，没时间就出去吃点。

中午已经过了下班的点，傅斯晨从自己的办公室出来去附近吃午饭，路过大办公室时，离门口最近的位置上，一个背影从他眼角一掠而过。这时候大家都在食堂吃饭，他下意识地停住脚步，倒退几步往里一看，一个瘦小的身影坐在电脑前噼里啪啦地不停敲打输入，桌子边是一块咬了两口还没来得及吃完的干面包，这情景让他又莫名想起那天摇摇欲坠的大门下，跟门外的众人对峙却毫无畏惧的瘦小背影。

即便傅斯晨想要远离和无视这个莫名其妙的女人，但好奇心是天性，从她真实地出现在他的面前开始，他便对她产生了巨大的好奇，即便是带着抵触的情绪，也无法阻挡他对她的探究。

他不知道她之前为什么要在实习筛选时竭力为别人争取机会，然后又班门弄斧地自己上台；更不懂她为什么明明身材瘦弱，却还要不自量力地去独守大门竟然还能镇定自若。她的出现像个谜，她的行为也让人费解。

虽然不想承认，但她身上的确有做拍卖师的潜力，无论是临场应变能力还是临危不惧的心理素质，都是拍卖师身上十分重要的能力。如若没有那个怪异的梦，以他的脾气，应该也会力荐她进古德，但现在，梦中的事情已经影响到他的行为判断，即便她是个可塑之才，也不能消去他对她的反感和排斥。傅斯晨抬眼看了看她输入屏幕的内容，慢慢转身离开。

白小米这几天都是最后一个离开公司的，看着周围空荡荡的位置，不禁沮丧情绪上来，她好几次都赌气说：“算了，管它呢，做不完就做不完吧。留到明天，说不定明天就被那个阴人傅斯晨解雇了，这样就不用做了。”

抱怨归抱怨，在自己自娱自乐的吐槽中，她还是分秒不停地在电脑前奋力地敲打着。

转眼就过了三天，白小米用几乎废了胳膊的代价，总算把这个非人的任务给完成了，以至于拿到那沓资料和看着电脑里重新录入好的资料时，秃头刘还有些不敢相信地看了又看，最后才把苏梦那沓薄薄的纸叠在白小米那沓文件上搬走了。

办公桌前，傅斯晨浏览着白小米和苏梦提前交上来的各种资料文件，越看越皱眉。

就像陈敏敏说的那样，把困难的事做好了跟把简单的事做砸了同样让人印象深刻。傅斯晨没想到不专业的白小米竟然能把上百件的藏品资料在这么短的时间内整理得如此完整，有些藏品之前有描述得不够或是模糊的地方，她竟然还加了备注。张德亮说她短时间内的学习能力惊人，看来的确不假。

傅斯晨仔细看了一遍，除了个别有争议的年份，竟然没有找到明显的错误。傅斯晨深吸了一口气，脸色复杂地慢慢合上这些资料，他本以为她会做得一团糟，这样他就能以此作为借口，提前让她离开。没想到她竟然上手很快，东西做得不错，这让他一时没有了踢她离开的把柄。

和以往一样，苏梦一大早就来了公司，刚兴高采烈地拿着抹布要进傅斯晨的办公室里打扫，就被坐在桌前的傅斯晨吓了一跳。

她没想到今天的傅斯晨会来这么早，定了定神，忙打招呼：“傅老师您来得真早，您吃早餐了吗？没吃的话我去给您买点？”

傅斯晨面无表情，声音冷淡地指着桌子上苏梦做了三天的资料，问：“不用了，这就是你这几天做出来的东西？”

苏梦一愣，瞅了瞅桌面上那薄薄的几张纸，这的确是她做的，因为有了热心男同事的帮助，没花三天，一天就基本完成了，剩下两天她基本用在了跟同事们交流感情上。这份答卷她自认为还不错，但眼前的傅斯晨毫无表情的脸和语气中难辨的音调，让她一时难以判断他到底是要表扬她还是要批评她，只能呆呆点头。

傅斯晨依旧操着听不出情绪的声音：“你觉得你自己做得怎么样？”

苏梦稍稍迟疑了几秒，犹豫道：“我……我觉得还不错。”

白小米忙了几天，终于睡了个好觉，等她挤上地铁踩着上班的点冲进到办公室的时候，苏梦已经在座位上哭过一遍了。看着周围三三两两轮番过来拍她肩膀的同事，不明就里的白小米也过去拍，边拍边说：“岔气了是吧？你试试捏着鼻子用嘴喘气，让屁放出来，你试试，保准管用。”

苏梦上气不接下气地瞪着两只通红的眼睛，背后被白小米拍得啪啪响，又气又恼，一甩头刚想骂人，就见秃头刘拿着两人的实习资料进来了。

苏梦把脸一擦，迅速挤出委屈的笑容，叫人看着比哭还心酸：“刘经理好。”

白小米也赶紧把手上的早餐放进包包里，喊了一声“刘经理早”，就偷偷溜到自己的座位上。

秃头刘破天荒地没有批评白小米，而是摆摆手放她一马，直接转向一边的苏梦，稍显遗憾地说：“傅老师是我们古德要求最严格的人，无论是对自己还是对别人，虽然他对你交上去的资料不太满意，但并不是说你做的东西一无是处。总之，这次的资料他自己已经准备了，你这边也不用太在意，后面继续好好跟着学，拍卖会好好看好好学，不用有什么心理负担。”

苏梦咬咬牙，声音越说越小："那傅老师那边会不会对我……"

秃头刘摆摆手："这些只是实习期间的其中一个任务，后面的任务还有很多，你只要好好实习，其余的都不用担心。拍卖会上你记得好好做好笔记，回头写一份报告交给我和傅老师。"

苏梦点点头又红了眼眶，一副梨花带雨惹人怜的样子。

从小到大都是学渣的白小米以前最爱看的戏莫过于好学生考了九十九分然后趴在桌子上大哭的戏码。现在她看着众人捧着苏梦在那抽抽搭搭，不由悄悄竖着耳朵旁听。几分钟后，她大概听明白了七八分，心中暗爽，虽然不知道自己交上去的东西会不会像苏梦的那样被打回来，但是，竞争对手苏梦这次做烂了，那就表明，她白小米就算做得再烂，也只是烂和更烂的区别而已嘛。这样一想，她也总算是安心了。

看秃头刘一门心思光顾着安慰鼓励苗红根正的苏梦，丝毫没有要管她的意思，饥肠辘辘的白小米偷偷摸出在地铁上已经被挤成饼的面包，边吃边偷偷继续偷听情况。

秃头刘安慰完苏梦就转身出去了，丝毫没有过来教育提点白小米的意思。这要在平日，白小米能把脸笑烂了，但现在不一样，所谓知己知彼，对手的情况是清楚了，但自己的还不知道呢。

白小米三步并作两步追了过去，问："刘经理，那我的任务呢？"

秃头刘估计是没想到她会追过来问，顿了顿，才满脸疑惑地问她："白小米，这次的任务你是不是找谁帮忙了？"

白小米差点被又反上来的面包噎到，用不大不小、刚好让办公室里的同事听到的声音说："没有啊，大家都这么忙，哪有空帮我？"

秃头刘看了眼没人出声的办公室，干咳了两声，才说："你这次虽然在规定的时间里完成了任务，但是……"

挨批经验丰富的白小米就知道少不了这句，正等着后面的狂风暴雨，秃头刘却戛然而止，一副没有得偿所愿的讪讪表情，继而话锋一变，说：“就像我刚才说的，这只是实习期间的第一个任务，无论做得如何，都要戒骄戒躁，别以为完成了第一个任务就洋洋得意。”

洋洋得意？白小米放空了三秒才回过神来，秃头刘这是在含蓄地夸她吗？

看秃头刘一副苦大仇深的样子，要不是人太多，她白小米真想仰天长笑三分钟。她怎么也没想到，在苗红根正的苏梦被骂哭的时候，她这个学渣竟然还能得到表扬！这样看来，那个叫傅斯晨的，也不是像她想象中的那么小家子气，还是能公平公正地处理事情的嘛。

事实上，白小米还真想错了，要跟她撇开关系拉开距离的傅斯晨一开始就没打算把时间浪费在她身上，只给苏梦一人下了任务。累了三天的白小米根本没想到，她之所以有这么大的工作量，全是因为秃头刘不小心把公司电脑里关于这些艺术拍品的有关资料都误删了，所以才逮着白小米让她照着纸质资料赶补到电脑里。

秃头刘本以为白小米三天肯定干不完，故意把时间压短，好让她知难而退，没想到她还真干完了。他拿着她填好的资料去给傅斯晨看，傅斯晨竟然也没能挑出她的毛病，真是走狗屎运了。

首次回合险胜的白小米浑身充满干劲，乘胜追击赶紧跟秃头刘表态：“刘经理您放心，我会虚心学习的，旁听完拍卖会后，我会给您和傅老师也交一份心得报告的。”

秃头刘摆摆手：“不用，你有别的任务。”

白小米一怔，问：“什么任务？”

“你先去帮着把拍卖会要用到的展品抬到展厅里，回头我再告诉你。”

Chapter 10

贵人相助

白小米对于这些体力活并不排斥，她想要表现得积极一些，洗白自己之前在秃头刘心中的形象。

因为上次来搬过东西，她颇为轻车熟路地去到仓库，心中还在想着自己的下一项任务，心神一恍惚，就不小心手抖了一下，手中的东西轻轻碰到了旁边一只颈部修长的清朝样式蓝色琉璃器。那只长琉璃瓶子原地晃了两下，白小米手忙脚乱地想要扶好它，可惜手上拿着东西速度不快，只见蓝色的高瓶子头一歪，轻轻磕在了另一件展品上，啪的一声，一碎两半。

白小米顿时浑身一激灵，第一反应是抬头看了看仓库有没有摄像头，没想到这里还真没有装摄像头。白小米挣扎了两秒，还是决定老老实实地去找秃头刘。真是乐极生悲，没有想到琉璃器这么脆弱，而她接下来的前途，怕是比这琉璃器还要脆弱了。

秃头刘刚到公司，就接到老板的电话，赶紧屁颠屁颠地过去。

张德亮坐在太师椅上慢悠悠地喝茶，看了眼坐在旁边拿着茶杯满脸堆笑的秃头刘，问："这两个实习生这几天表现怎么样？听说那位叫苏梦的实习生还被斯晨骂哭了。"

秃头刘脸色一僵，说：“是是，是有这么一回事，我个人觉得吧，傅老师的要求对实习生来说太高了，一般的实习生基本没法达到他的要求，我的意思不是说苏梦一般，她底子不错的，专业很扎实……”

张德亮打断他的话，问：“一样的任务，那位叫白小米的实习生，这次完成得如何？”

秃头刘没想到老板会亲自过问实习生的事情，脑子一下没反应过来，支吾道：“那个……白小米她有别的任务。”

“什么任务？”

“我让她整理了收集到的所有艺术品和流拍展品的拍卖资料。”

“斯晨安排的？”

“我……我安排的。”

张德亮顿了顿：“那些资料，之前不是清点过了吗？”

秃头刘咽了咽口水：“傅先生比较忙，所以我们就分工合作，他主要布置苏梦的任务，白小米的我来负责。”

张德亮若有所思地用手指在椅子扶手上有一搭没一搭地敲着，问：“白小米的任务完成得如何？”

“呃……一般。”

“一般？”

“呃……还行。”

“还行？”

秃头刘看了眼老板的表情，小心地答说：“还……还不错。”

“不错？”

秃头刘汗都下来了，心中暗暗着急，他捏不准张德亮的心思，饶是他再八面玲珑，说了三次还说不到点子上，就不敢再轻易开口了。

两人沉默了几秒，张德亮忽然哈哈一笑，话中有话道：“不用紧张，我只是随便问问，这次的两位实习生各有长处，最终选择哪一位主要看斯晨的选择，你就只管按着他的意思，辅助他好好培养新生力量，方式方法我不过问，但结果记得跟我汇报一下。”

秃头刘满头大汗地从老板办公室出来，心想自从看到那个白小米，他就没遇上什么好事，既然老板都关照说要以傅斯晨的选择为准，那谁也救不了她了，走完实习的过场就出局吧。

刚进到办公室，秃头刘就看到白小米在等他。

“你没事干啊？”秃头刘刚在老板那受了气，一开口就冒火。

白小米咽了下口水，犹豫了两下：“刘经理，我刚刚……不小心打碎了一只瓶子。”

“什么？”

秃头刘一颗心几乎要跳出来了，他不知道白小米打碎的是什么展品，如果是贵重的瓶子，那就麻烦大了。而且是他叫白小米过去搬的，要是追究下来，他也难辞其咎啊。

虽然拍卖行里都给这些宝贝们上了巨额保险，但秃头刘向来胆小，火速去看了白小米磕坏的瓶子后，才松了口气，把心放进了肚子。还好，并不是天价瓶。

白小米忐忑地在位置上等着秃头刘的发落，秃头刘不放心，拿着单子仔细核对了瓶子收入时的价位，果然不贵，只有两千元。他松了口气，眼珠一转，马上给傅斯晨打了个电话，把这件事告诉了他。

傅斯晨先是一怔，然后淡淡应了声：“知道了，你让她来我办公室一趟。”

白小米走到傅斯晨的办公室门口，深吸一口气，即便知道了那个瓶子她咬咬牙也可以赔得起，但刚来就打碎东西，这件事肯定会影响她最后的结果，她想表现得努力积极，没想到却闯了大祸。

轻轻敲了敲门，里面传来一声醇厚的男音：“请进。”

白小米咽了下口水，有些紧张地推门进去，傅斯晨背坐在整面玻璃墙后接电话，他示意她自己先坐。白小米慢慢走进去，这是她第一次进傅斯晨的办公室，这间房布置得颇有特色，并不像一般办公室那样呆板，整间房里的书架书桌和椅子款式都颇为复古，像是上世纪八九十年代的那种粗犷简约的样式。墙上挂着一幅抽象画，颜色夸张线条却十分简单，配上背面的落地玻璃和一进门宽大皮实的沙发，很有现代工业风。

白小米坐在沙发上，没想到外表斯文的拍卖界的男神，竟然喜欢这样粗粝的风格，暗暗吃惊过后，她才想起自己是来等着挨训的。傅斯晨打着电话，眼角有意无意地扫过沙发，不知是体重轻还是紧张，她坐得很浅，在宽大的沙发上更显得小小一团。阳光从后面的玻璃窗里照进来，她的身子完全陷进了他的影子里。

看傅斯晨挂了电话，白小米咽了下口水，决定先表态，她犹豫了下，说："傅……傅先生，我今天搬展品的时候不小心打破了一个瓶子，这个瓶子我会按照收入的价位，两千元来赔偿的。"

傅斯晨没有马上说话，看了她一眼，看来她是记住他的话了，没有再叫他傅老师。

他拿起桌上的钢笔在纸上划拉，说出口的声音没有任何情绪："赔偿是要的，但不是收入价格而是落槌价，这个瓶子，已经交易了。"

白小米心里一惊："卖……卖出去了？什么时候卖的？"

傅斯晨淡淡说："昨天。"

白小米张大嘴巴："买了多少钱？"

傅斯晨慢慢吐出两个字："一万。"

白小米嘴角抽了两下，自己还能再背点吗？同样一只瓶子，她为什么不是昨天打碎而要今天才打碎？按今天的价位，她昨天本可以打碎五个的……她脸上一副吃了亏的不甘，她为什么要手抖啊，为什么没速度再快点扶住它，老爸留给她的钱只剩五千多还要熬到发工资，这一万块，现在上哪拿出来啊？

傅斯晨看她一脸纠结，问："有困难？"

"是……是的。"白小米老实回答。

傅斯晨慢慢悠悠地看她一眼："拍卖行里的东西，动辄上千上万，老实说，像你这么马虎的人，拍卖行真的不适合你。我记得你之前学的是锅炉专业，你的性子，跟你的专业其实还挺对口，你可以考虑一下，去重新找一个有锅炉的地方实习。"

"我……我……"白小米我半天，竟然没说出个反驳的话来。这里的确处处都是金贵的东西，她这种风风火火的性子，很难讲下次会不会弄坏上亿的东西，她在这里赚这么点工资，又怎么够赔偿？

看她似乎在考虑，傅斯晨加了一句："你如果真要离开，我可以给你推荐。"

白小米有些意外，说："我……考虑考虑。"

傅斯晨脸上悄无声息地闪过一丝喜色："好，后续的事我会帮你处理，你去填一下拍品损坏报告。"

"那赔偿的钱……我能不能分期给？"白小米小心翼翼地问道，她现在真没这么多钱。

傅斯晨看她拳头握在一起紧张着急的样子，忽然就没有了捉弄她的心。他本就不是这种狭隘的人，只是想让她知难而退，现在目的也达到一半了，干脆就告诉她实情吧。

"拍卖行是不会让员工赔弄坏的展品的，因为员工根本也赔不起。"

白小米张大嘴巴："那……那弄坏了就弄坏了？"

"公司给每个展品都买了保险，会有保险公司来赔。"

白小米如释重负，忽然想起他刚才吓她的那些话，没有了担心，她的四肢伸展开来，在他的影子里慢慢变大。

"傅先生，您刚才是想吓唬我吗？"她不明白，他为什么就这么不想让她在这里工作。

傅斯晨看她一眼：“不是吓唬，是提醒。你知道你打碎后，其他同事平白要多出多少工作吗？”

白小米愣了愣神。

“你只要填好拍品损坏报告，但其他有经验的同事要来帮你修复这个颈部断了的琉璃瓶，然后要对这个瓶子做特别说明，接着拍卖行就会重新评估一份拍品状况报告，表明这个拍品是损坏后修复过的。中上颈部位置会有一道裂纹，这些拍卖行必须写明的，这关系到拍卖行的声誉。你可能都没听说过瓷器发现裂纹，价钱变成原价十分之一这种说法。对于这些易碎的宝贝，裂纹、小磕碰都是硬伤，这个琉璃瓶虽然是玻璃的，重新估价后价钱大概也只有十分之一左右，所以，我们只能把这只瓶子，放到更低档次的拍卖级别里拍卖，你听明白我说的损失了吗？”

白小米没想到自己的失误会带来这么多的麻烦，她喃喃道：“对不起，我真的不是故意的。”

傅斯晨面无表情：“没人会故意打破这里的东西，这是一个态度和专不专业的问题。我还是那句话，如果你考虑清楚了就告诉我，我会给你推荐一个更适合的地方。”

白小米有些发蒙地慢慢站起来，走到傅斯晨的桌边，拿起他从文件夹里抽出来的一张拍品损坏报告单，脑中还在不停思索着他的话。想着想着，她似乎觉出点味来了。不对，他就是想把她赶走，她不能中计。

白小米心中腾起一股怒意，想要问清楚这个傅斯晨为什么要如此处处针对她想赶她走。她心里有火，动作就有点大，转身的时候力道过猛，脚下的鞋又不防滑，忽然身子一歪，好巧不巧往后一跌，不偏不倚，正好坐在了傅斯晨的大腿上。

两人皆是一愣，傅斯晨吃惊的表情僵在脸上，白小米则是脑袋一片空白。

自己之前为外公拍的那个蓝色琉璃瓶。

他的外公是个瓶子收藏家，之前委托他把那只琉璃瓶买下来，说是他那儿已经有一个了，现在要凑够一对。

吴奕杉抹了把脸，披上浴巾走出温泉，高大的身形和出色的外貌，犹如杂志上的男模特在拍外景。他擦干身上的水，拿起电话拨了出去。

傅斯晨今晚的心情格外不错，睡前还特意喝了杯红酒，他觉得白小米应该听进了他的话。实际上白小米的确一个晚上没睡好觉，全在想一个问题：傅斯晨这么想要她离开，她要怎样才能留下来？

第二天一早，白小米刚叼着面包进办公室，跟她关系还算不错的李娘娘便激动地拿着那个蓝色破瓶子向她冲来。白小米吓得差点噎着，心想怎么又是这个瓶子啊，我都郁闷了一晚上，心中也忏悔一百遍了，这事儿还有完没完啊？

李娘娘把瓶子递给白小米，说："好消息啊好消息，那买主一听瓶子要收回重拍竟然着急了，坚持要原价买回摔破了的瓶子！"

"什么？竟然有这么慈善的买主？"白小米惊呆了，看来这世上还是好人多啊。

李娘娘眉飞色舞："你真是幸运啊，这个买主喜爱收藏琉璃器，有好几件类似的，想凑成一个系列，所以不管怎么样他都愿意要，甚至还愿意出钱修补。"

剧情竟然如此反转，白小米感动得咽下最后一口被挤扁的面包。这么说来，东西被原来的买家买走，公司就不用再重新评估，也不用再重新拍卖，更不用像傅斯晨说的那样，降到十分之一的价格出售了。她心中的愧疚总算是平息了，对这个不在乎瓶子市场价的买主感激涕零。因为他的举动，直接帮她解决了一个实习期的大麻烦。白小米天真地认为，既然是个圆满的大结局，那秃头刘和傅斯晨应该就不会再揪着这件事不放，也应该影响不到她实习转正的问题了吧。

白小米还沉浸在这个好消息中，就接到秃头刘的内线电话。

“刘经理好。”白小米以为秃头刘是特地来通知她这个好消息的。

“白小米，你的实习任务有所调整，你就不用再接触拍卖会的准备工作了，今天你的工作就是接咨询客户的电话。”

白小米愣了几秒：“可是经理，明天就是拍卖会了，不是说拍卖会结束之前，我和苏梦一起协助傅先生的工作吗？”

“这个就不用你来操心了，你从今天开始，就好好接电话。”

白小米不死心：“那明天的拍卖会，我可以去看吗？”

那头沉默了几秒：“看情况。”

白小米急了：“经理，那我以后的工作都是接电话？”

“不是。”

白小米这才松了口气，慢慢挂上电话，

接电话的工作在前台，白小米准备往前台去的时候，看到苏梦在桌子前偷偷照了下镜子，然后起身朝着傅斯晨的办公室走去。

白小米心里嘟囔，上一个任务明明是她得到了表扬，可现在为什么继续跟拍卖会的是苏梦？

正想着，一阵尖细的男音传过来：“别想那么多了，吃亏是福，接电话也能学到不少东西。”

白小米转头看了眼同样满脸郁闷的李娘娘：“你怎么知道我要去接电话？”

李娘娘愤愤然：“我就是那个要带着你学接电话的人。”

打来拍卖会咨询的电话各式各样，有咨询公司周末休不休息的，有咨询进场参加拍卖需要什么条件的，也有问拍品情况的……这些都是正常的业务问题，由有经验的客服来接听回答。打进电话的还有很多无聊找乐的无关人士，问的是坐哪路公车才能从哪儿哪儿，来到古德附近的大型超市诸如此类的问题。专业客服时间和经验都有限，这些奇葩问题，就暂时统统由实习生白小米来接听回答。

前台长桌上有一长溜电话，铃声此起彼伏，根本应接不暇。白小米刚开始还有些拘谨，好在她模仿力强，很快背了一套电话客服标准的答案，接了几个电话后，终于放开手脚，也学着李娘娘的样子，细声细语，口齿清晰，热情洋溢地用假声来真诚回答电话那头匪夷所思的问题了。半天下来真是口干舌燥，眼看快下班了，李娘娘已经提前走了，她刚抽空喝了口水，一个电话又打了进来。

“您好，这是古德拍卖行，请问有什么可以帮到您的？”

“我想问明天拍卖会入场的事，我明天的入场牌号弄丢了，想问一下要怎么办？”

白小米愣了一下，没想到是个正常的客户，李娘娘已经提前离开了，她只能清了清嗓子，跟对方说：“这样吧，您把您的消息发邮件过来或是告诉我名字，我们这边会为您快速补办登记并给您发送补办好的信息，明天您来入场时就出示信息就可以了。”

吴奕杉打来电话帮外公问明天拍卖会的事，听到这个前台的声音，忽然心头一顿，脑中闪过那天在古玩城里看到的瘦小女侠。这个带点外地口音的声音听起来跟那天叉腰教训小偷的声音很像啊，想起那个颇有喜感的场景，他不由轻笑起来。

电话那头的白小米感觉到了对方的低笑，有些莫名其妙，暗自思忖自己刚才的话是不是哪里说错了。

想到那个小钢炮一样的小雀斑，吴奕杉忽然心血来潮，想要跟这个声音颇像她的小客服开开玩笑。

“这么麻烦吗？”

“是的，先生，这是公司规定的流程。”

“只是丢了而已。”吴奕杉嘴唇抿了抿，“捡起来不行吗？”

那头的白小米静止了两秒，顿时明白了，这是升级版的奇葩，已经学会了先假装问个正经的问题，然后再原形毕露。她深吸了一口气，接了一天这样的电话，没想到都快下班了，这些无聊人士还不消停，看来不下点猛药是不行了。

白小米露出微笑，用尖细的声音礼貌客气地回答他：“为了您的安全，我不建议您弯腰去捡号码牌，因为脑中里面的水会撒出来。”

说完，白小米不由分说地挂上了电话。吴奕杉一愣，随即哈哈大笑，这个客服还挺带劲，别说，跟那小雀斑的性子还挺像。

虽然是接这样的电话，一天下来，还真像李娘娘说的，能学到不少东西，至少把一些常规的问题给摸清了。同时也知道了如今来参加拍卖会的人，除了上流社会爱好艺术的人士，还有暴发户和土豪，以及那些凑热闹的无聊人士。

下班之前，白小米纠结了半天，为了明天能去现场看拍卖会，她还是决定硬着头皮去找找秃头刘，说一下自己到拍卖会现场学习的渴望，以及对之前打破展品的事做个口头道歉。目的就是想让秃头刘知道，她是真的想要好好努力，希望他可以给自己和苏梦一样的机会。

白小米刚走到门口，就听到秃头刘虚掩的办公室门里，传出苏梦的笑声。白小米停下脚步，这时候进去肯定不是时候，她又不能在这干杵着，索性就拐了个弯，先去了趟厕所。

这个点，公司的人都加班了，上厕所的人少。白小米站在镜子前捯饬额头那几撮刘海，最近有些长了，她得找时间自己修修。

正想着剪头发的事，就听后面卫生隔间里有两位人力资源部的同事边上厕所边聊八卦。白小米刚心想大姐你也不嫌臭，就听到自己的名字从她们的嘴里出现了。

“哎你听说了没，秃头刘打算让那位叫白小米的实习生明天去发征集传单。”

“不是吧？那两个实习生不是要培训拍卖师技能吗，怎么干起了兼职小时工干的活了？”

“嗨，二选一，估计早就定了苏梦了，你看布置给她的那些任务全是能跟着傅大帅哥学真本事的。再看看白小米干的那些，就是来打杂的嘛。不过也正常啊，男人嘛，谁不希望自己有个漂亮的助理跑前忙后？傅大神又没瞎，肯定会选那个漂亮的嘛。”

白小米气得鼻子都歪了，这简直不能忍，说谁不漂亮呢？

黑着脸转身走出厕所，白小米疾步来到秃头刘的办公室门口想要问清楚，发现里面竟然没人了。她转身又“蹭蹭”跑上了傅斯晨的办公室，“咚咚咚”地敲门。

傅斯晨正在给明天的拍卖会做最后的检查，就听到有人在用力擂他办公室的门，他紧皱双眉，在办公桌前声音不悦地问道：“谁？”

问了几遍没人回答，傅斯晨停下手中的事情，揉了揉发胀的太阳穴，冷着脸去开门。

外面空无一人。

傅斯晨莫名其妙地看了看楼道，又把门关上。

白小米躲在楼道拐弯处，听到关门声，才慢慢从楼梯上下去。敲完门的下一秒她才想起来，自己之前已经质问过傅斯晨了，他不但当面不认还背后捅她一刀。这里是公司不是学校，吃一堑长一智，她不能再傻乎乎地逞一时之勇去问他，他就算承认了，她又能拿他怎么办？搞不好还提前弄得鸡飞蛋打，连最后这争取的几个月的时间都没有。白小米心里门儿清，如果真被赶出古德，那就什么机会都没了。越王勾践为了等个机会连苦胆都吃了，她发发传单算个屁啊。时间就是机会，总之，想要留下来，她就不能冲动，现在唯一能做的，就是在实习期结束之前，想尽一切办法、抓住一切机会留下来！

Chapter 11

再次相遇

第二天是古德小型艺术精品画作“梦回纸上”拍卖会举办的日子。有了肖海明的噱头，准备的时间虽然仓促，但依旧吸引到肖海明的一众拥趸和爱好艺术品收藏的玩家。为了造势，古德也下足了力气宣传，所有能展示的渠道都轮番滚动着有关肖海明的作品《神秘女郎》的画面。

来上班的路上，白小米一直希望秃头刘今天能开恩，没想到刚到办公室，就看到西装革履的秃头刘在看着表等她。

“白小米，你今天有新的任务，收集到的拍品今天都拿出来拍了，我们要加大征集拍品的力度。现在派发拍品传单的人手不够，你今天就去帮着发传单吧。”

白小米嘴角一阵抽动，没想到秃头刘还真是让她去发传单，她转头看了眼不远处穿着公司套装、妆容比平日里更加艳丽的苏梦，心中愤愤不平，但又不得不先忍着，既然要留下来等机会，就不能再激怒秃头刘。

可白小米还是不甘心，拍卖行只有春拍和秋拍最为盛大，其他的都是小拍，这次古德把阵势摆得这么大，谁都想要看一看啊，毕竟错过了这次，就要等到明年的春天，谁又知道她能不能留到明年春天？

白小米一副楚楚可怜的神态：“刘经理，今天是傅先生的拍卖会，我是作为拍卖师来古德实习的。这次的机会难得，我就是我想旁听一下，我能不能……”

她还没讲完，秃头刘就一口回绝道：“不能。”

白小米压着火，耐着性子继续争取：“经理，我上次的任务不是完成得不错吗？为什么苏梦都能去，我就不能去？”

秃头刘没想到白小米还敢跟他讨价还价，不由提高音量道：“谁说你完成的不错了？我只是说你按时完成了，这第二个任务你可以选择不做，但你想清楚了，不做就相当于放弃这次的实习，主动退出。”

一听这话，白小米怂了，乖乖拿着一沓传单，走出了公司。

当同事们都穿着笔挺有型的西装和剪裁得体的套裙站在温暖如春的大厅迎宾时，白小米正包得像个球一样，在寒风冷冽的古玩城发着古德的征集拍品的宣传册。

她前一秒递出去的宣传册，下一秒就被人丢在了地上。白小米裹紧衣领，又把帽子往下拉。外面的温度实在太低了，她干脆进了古玩城里喘口气，顺便发给各位摊主和来这里逛的客人。

吴奕杉开车路过这边，特意绕了个道，进古玩城取上次老妈定做的一串沉香佛珠，拿了东西正要走，忽然有人递了张宣传单给他，他抬眼一看，不禁笑了。

商场里暖气足，白小米摘下帽子忙着发传单，抬头一看，一个男人正冲着她笑。

这个男人，正是上次她追贼时，跟着追来的那位怪异男。

今天的他穿了一套休闲西装，更显得高大修长，细细的短发修剪得十分有型，一双光芒流动的丹凤眼配上嫩白的肤色，看起来比韩剧里的男一号还要鲜嫩。

“又见面了，女侠。”吴奕杉噙着笑意，往前又走了两步，站在白小米面前，高大的身影瞬间将她笼罩住。

白小米不动声色地往后退了一步，看了眼旁边人来人往的大厅，皱了皱眉，满脸提防地问他：“你要干吗？”

白小米的表情神态吴奕杉都看在眼里，他没想到她对自己还挺防备，嘴唇抿了抿，说：“不用紧张，我只是想谢谢你，上次见义勇为地帮我母亲抢回了一袋……女士用品。”

白小米努力忽略掉吴奕杉最后的几个字，满脸疑惑地问他：“你母亲的东西？”

吴奕杉双手插兜，嘴角上翘地点了下头。

“既然是你母亲的东西，你为什么不报警？”

吴奕杉眼神一闪，继而又嘴角上翘：“这个又不是什么贵重东西，再说那小偷也已经还了东西。你知道去了警察局，事情太多，还不够耽误工夫的，得饶人处且饶人吧。”

“小偷都是被你这样的想法惯坏的，偷了东西，不管得没得逞，都要受到惩罚。”

吴奕杉含笑点头：“女侠说的是，那天多亏了女侠。为表谢意，我想请你去喝茶，既然今天这么巧又遇到你，就今天吧。”

白小米又疑惑地看他一眼：“我想你弄错了，我那天并不是见义勇为，我以为自己的手机被他偷了，所以才追的。”

“无论如何，是你帮着把东西拿回来了。”

“喝茶就免了，我还要工作，再见。”

吴奕杉看着已经转身离开的白小米愣了几秒，对自己被拒绝的这种情况还不是很适应。他看着故意跟他保持距离、走到别处继续发传单的白小米，有些哭笑不得，不由细细打量起她来。白小米今天穿了件白色的羽绒服，却不显得臃肿，脖领处围了条枚红色的围巾，衬得她脸色更白。他低头看了眼她刚才递给他的宣传单：古德拍卖行拍品征集。

吴奕杉忽然想起昨天他为外公打的那个咨询电话，难不成，昨天呛他的人真是她？他有些失笑，没想到他跟她还挺有缘分。

看白小米戴上帽子像是要走，吴奕杉赶紧快走两步，挡在她的前面："女侠留步。"

白小米皱眉看他："你还想怎么样？"

"女侠，你在古德拍卖行工作？"

白小米看看自己发的宣传册，没承认也没否认。

吴奕杉已经肯定了她就是昨天接他电话的人，他沉默片刻，说："既然你要工作，那我就等你下班，然后一起喝茶。"

白小米看了他一眼，不知道他为什么要执意跟她喝茶。她已经说清楚了不是因为帮他们才追的贼，就算帮他们拿回了东西，那也的确不是什么值钱的东西，这样的情况，硬要一起喝茶的确有些勉强，"下班的时候饥肠辘辘，谁会去喝茶？"吴奕杉的嘴角扬起一道漂亮的弧度，凑近她："不一定要喝茶，如果你想干点别的……也可以。"

这男人的奇怪举动，让白小米不得不留个防范的心眼，毕竟现在针对年轻漂亮女人的犯罪率逐年攀升，在这个不熟悉的城市里，她得好好保护自己。

白小米看眼自己手上还有三分之一没发出去的宣传单，不再理会这个奇怪的男人，戴上帽子继续在广场上发。吴奕杉跟着走到广场上，找了个露天凳子坐下，没两分钟就冻得站起来。他一直待在空调暖气房里，衣服的薄厚只适合室内，现在穿着单衣直接出到室外，根本挨不了两分钟。他转头看了看似乎真没在注意他的白小米，哈了几口白气，跺着脚搓着胳膊，往有暖气的地方走去。

冬天的傍晚黑得早，白小米发完最后一张传单，又下意识地看了眼广场四周，刚才那个奇怪的男人不见了，她松了口气，快速走进地铁站，准备搭地铁回家。

吴奕杉坐在古玩城的大厅里，隔着落地玻璃，抬眼就能看到广场上不停发传单的那一抹白色小身影。吴奕杉生得高大漂亮，在古玩城一直坐着，自然引起别人的注意，几个古玩店的老板认得他就是偶尔陪那位贵妇来买东西的主顾，都套近乎地踱过来跟他寒暄，他转头跟人应付了几句，再看过去，广场上哪里还有那个白色的身影？

吴奕杉一下站起来，着急地环顾了四周，人的确不见了，他心有不甘，花了一个多小时呆坐在这里等，竟然还把人给等丢了。他思量着要不要出门去找找，手机信息忽然响了一声，他低头一看，是他刚才托人问的古德员工的信息，他抬眼看向一片昏黄的广场，嘴里玩味地念出几个字：“白小米。”

Chapter 12

画家遗作

白小米在外发传单的这天，是古德热闹非凡的一天。古德拍卖会开始前，傅斯晨才在办公室里把黑色西装外套穿上，完美地在自己的领带上打了一个“绅士的酒窝”，再扣上西装外套最外面的那颗扣子。一切准备就绪，正要抬腿出去，忽然鼻子一痒，猝不及防地打了个响亮的喷嚏。

力道过大，傅斯晨头上的发型顿时乱了几分，他抽过一张纸巾，迅速把鼻子擦干净。室内的温度适宜，这种突然的状况让他有些多心。他本不是这样婆妈的人，但最近的事情太多，特别是白小米来了之后，他隔三差五就会有这样那样的联想，让他烦不胜烦。

强迫自己收了心神，傅斯晨深吸了一口气，这才自信从容地稳步走出办公室。

经过一周的筹备，古德小型拍卖会终于大张旗鼓地开场了。门口彩旗飘扬，红毯从大门一直铺到了一百米远的地方。来参加拍卖的人依次入场，好不热闹。为了让这场赶上热点新闻的小型拍卖会得到最大的媒体曝光率，古德对这次的入场客户并没收取保证金。这一举动果然吸引了无数人来到现场目睹著名画家生前的遗作，容纳五百人的小厅里，过道和进出口全都挤满了人。

傅斯晨身穿剪裁得体的黑色西装，修长而骨节分明的双手戴着一副白色的软皮手套。跟平时的雅痞味道不同，穿上拍卖师制服的他，举手投足间平添了几分制服诱惑。

傅斯晨头上戴着配套齐全的耳麦，一出场，便带着巨大的气场光环，原本嘈杂的现场顿时慢慢安静下来。镁光灯闪烁，走上台前的傅斯晨跟在台下截然不同，举止神态略带慵懒，面对着几百双眼睛依旧波澜不惊淡定如常。跟平时的高冷寡言不同的是，一站到拍卖台上，傅斯晨那张原本毫无表情的扑克脸瞬间就灵活生动起来，让他看起来极具亲和力。

坐在下面的苏梦也是第一次现场看傅斯晨拍卖，台上穿着制服的傅斯晨在聚光灯下熠熠生辉，帅气的侧脸和举手投足间特有的慵懒，让他显得有味又性感。这个台下英俊台上耀眼的男人，实在是让人移不开眼，台下的苏梦不由看呆了。她一早就从刘经理那听说了傅斯晨的家族身份，如今看到真正站到台上的他，不得不感叹他的优秀，无论是能力、外貌，抑或家庭条件。

早在学校的时候，苏梦就从杂志上看到了获得白手套称号的傅斯晨，那时，他就是她的偶像，如今真正看到了站在离她几米外的台上的傅斯晨，苏梦心中原本那些遥远的、虚无缥缈的崇拜忽然变得触手可及，而那些原本就有的好感，更是在看到台上的傅斯晨时，隐隐升华成了另一种更奇妙的感觉，犹如一颗希望的小种子破土而出。她希望自己也能成为像傅斯晨那样的人，有朝一日能站在他的身边，成为他最得力的助手和最亲近的人。

这次的艺术品拍卖会虽然是个小场，但拍品不少，傅斯晨从容地环视了会场一圈，缓缓开口："女士们先生们，上午好，欢迎参加古德拍卖公司今天举行的小型艺术精品'梦回纸上'拍卖会。我是本次的拍卖师傅斯晨，国家注册拍卖师，拍卖号60000。今天的拍卖由我来主持，很高兴为大家服务，希望在座的每一位，都能高兴而来，满意而归。”

傅斯晨的声音是标准的男低音，略微沙哑的音色加上字正腔圆的低频，醇厚动人，声声入耳。按照惯例程序，以及考虑到这次不设置入场保证金，会有不少新来的买家前来，傅斯晨详细说明了这次的拍卖规则：“本次拍卖依照《拍卖法》的有关规定来进行，采用增价拍卖的方式，实施价高者得的原则。拍卖开始之后，我会报出起拍价，凡是响应这个价格的竞买人，可以举起手中的号牌，号牌请高于你的头部。

“当有人响应起拍价之后，我会以一定的加价幅度往高加价，这个加价幅度，我会在报价过程当中，非常明晰地提示给大家。比如说，起拍价是一百万，已经有人应价了，我会问有没有人出到一百一十万，这个增加的十万就是一个加价幅度，我有权根据现场的情况，临时调整加价幅度，也就是说我可以调大，也可以调小。当在座的竞买人，认为我的加价幅度太小了，愿意加二十万或者三十万甚至五十万，那么请您大声口头报出您所加到的价格，并高举您的号牌。当同一个价格有两个或两个以上的竞买人都举起号牌，我将确认先举牌者。

“当全场出现最高价的时候，我依然要给其他竞买人三次加价的机会，我会以这样的方式来表述，第一次，第二次，最后一次机会。如果三次机会以后，再没有竞买人加价，我将根据保留价的情况，决定是否成交。如果达到或超过保留价，我将敲下手中的木槌，以示成交。一经敲槌的成交价是具有法律效力的，任何人无权并不得反悔，也不能推翻或变更我的成交价，否则要承担相应的法律责任。

“我敲槌之后，将当场宣布该标的买受人的号牌和姓名，请买受人当场与本公司签订‘成交确认书’以及现场记录人员提供的‘拍卖现场记录表’和需要买受人签字的其他相关材料。并依照有关规定向本公司支付成交价款和佣金。”

一气呵成地把先前要说的规矩表达清楚后，傅斯晨扫视了一圈，手一挥，身后的大屏幕出现了一幅画作。

傅斯晨开始语速平稳地介绍：“我们来看一下当代油画大师廖秋游的名作《四季》系列。一共有七幅，其中四幅都保存在国家级美术机构，其余三幅均曾有过上拍经历。此次拍卖的这幅《晨露》在七幅中尺寸相对较小，曾经在二零一五年拍卖，并以七百一十万元成交，创下了当时廖秋游单幅作品拍卖纪录。此次它再入市场，行情普遍看好，这次的起拍价是八百八十万，每次加价以二十万递增，有喜欢这幅作品的朋友可以举牌了。”

虽然压轴的是那副肖海明的神秘遗作，但光是这幅遗作，还不足以吸引到足够多的实力买家，为了吸引人气，古德这次下了血本，把之前自己收藏起来的一些珍品也放了出来。收藏的行家都知道，现在的新兴富裕阶层普遍呈现一种趋势，艺术品市场上一些比较好的拍品一旦被买去，短期就不会在市场上再出现了。不像上世纪九十年代，大部分艺术品在锦城成交以后，又会在其他城市出现。或是一个好东西被一个买家买走了，过几年又会出来，有很多艺术品在不断流通。现在相当多一部分艺术品出去了就再也回不来了。而现在新的拍卖公司成立得越来越多，市场上对好东西的需要也在不断地增加。古德这次拍卖的图册一发出去，便吸引来了众多实力收藏爱好者。

现场大多都是识货的人，加上傅斯晨娴熟流畅的主持，气氛很快热络起来，卖家热情瞬间被点燃，举牌人此起彼伏。

傅斯晨戴着耳麦，集中全身的心力，眼到、耳到、脑到、手到、口到、心到。拍卖师就是拍卖场上的灵魂，傅斯晨除了要把控整个拍场的局面和走向外，同时还要考虑到公司的立场。除了现场的竞拍，还要考虑到电话和书面委托竞拍的客户，在拍卖现场需要照顾到方方面面的利益、信息，并且随时准备处理各种突发情况。他心中有各方买家的竞价标准以及卖家的底价，在瞬息万变的竞投中平衡各方利益，以求实现所有拍品的价值最大化。

即便气氛热烈，傅斯晨也能沉着冷静地控制场上的节奏，清晰有力又面面俱到地报出每一位的举牌人的价位。

“98号八百四十万有了！八百六十万206号，八百八十万36号，后排的红衣女士出到了九百万！还有加价的吗？九百二十万，九百四十万……一千万在48号手中，还有感兴趣的吗？一千一百万307号，紧随其后的289号一千二百万，还有出价的吗？一千二百万一次，一千二百万两次，一千二百万三次！”傅斯晨做出一个双手平摊的动作，这是他在成交落槌前的一个习惯动作，也是他的经典动作。随后，他手中的木槌稳重有力地敲下来：“恭喜289号，这幅画是您的啦！”

加价，争夺，再加价，三次唱价，落槌！速度上来，场上的竞争也越发激烈，艺术品拍卖会是最考验拍卖师技能的，它跟房地产拍卖会、物资拍卖会不一样，后者一场没几件，每一件拉得很慢。艺术品拍卖会一场可能就要拍个几百件，节奏快，中间也没有什么逗留，最是考验眼观六路耳听八方的技能。

这次因为没设入场保证金，很多入场的买家是新手，考虑到这些人对拍卖场的认识及拍卖过程并不那么了解，很多人甚至以为这是那种一件拍品在一个价钱上叫了又叫，好几分钟拍一件，不慌不忙磨洋工似的拍卖，根本跟不上现在的拍卖节奏，还没反应过来一件拍品就结束了。所以在开场的前两件拍品里，傅斯晨尽力让这些新买家知道这样的节奏和速度，让所有人迅速适应这样的气氛。

速度上来后，拍品基本一分钟拍一件，傅斯晨依旧延续了之前高质量的拍卖功力。前面所拍的东西没有一幅流拍且屡创高价，不出一小时，屏幕上就出现了肖海明的《神秘女郎》。

当那位身着墨绿色连衣裙的窈窕背影出现在屏幕上时，底下顿时出现了一阵小小的骚动，傅斯晨对着大家做了个手掌向下的动作，场上才又慢慢安静下来。

“这是今天拍卖会的最后一幅作品，肖海明先生的《神秘女郎》。我们对肖先生的离开表示遗憾，这幅作品是他在离世前不久的作品，这是首次面世。画中人的身份成谜，可以说是肖海明先生留给大家的一个悬念。喜欢肖先生作品的各位应该对他的画作十分了解，他的人物肖像画多以光影昏暗的色调为主。但这幅有别于他以往的作品，整幅画作笔触细腻节奏明快，是肖海明先生的肖像画中不可多得的明快作品。这幅《神秘女郎》的起拍价是五百五十万，每加价一次递增五十万，喜欢这幅作品的朋友，请开始举牌。”

傅斯晨详尽的描述对氛围的烘托的确起到了立竿见影的作用，底下举牌的动作此起彼伏，气氛一下就火爆起来。

为了跟上众人的举牌速度，傅斯晨的报价速度非常快，快语连珠，干脆利落，言语中又极富韵律感，让坐在场下旁听的苏梦瞠目结舌。这种快速的报价最能体现拍卖师的语言功力，一边要头脑清晰叠加运算价位，一边又要保持场上的节奏氛围眼到口到，这就需要有敏捷的思维和动作以及迅速的语言能力。像傅斯晨这样，无论何种场合都能从容淡定控场的拍卖师的确少见，怪不得年纪轻轻就已经是白手套级别的拍卖师了。苏梦越想越兴奋，如果以后能在他手下干活，严师出高徒，自己离白手套也就不远了。

傅斯晨快速而准确的报价让现场的节奏既紧张又高效，转眼间价位就已经破了一千万大关。

肖海明的这幅画是今天的压轴主角，在拍卖会开始之前，傅斯晨就已经在心里估过价，这张画现在被炒作吹捧后，又有了这么多外加因素的刺激，应该能过一千五百万，加佣金不超过两千万。这是一个又对得起这张画、又对得起古德前期投入的一个价钱。

不出傅斯晨所料，从起拍价开始，迅速就突破了八百万，从九百万之后略有停滞。拍卖叫价至九百五十万时，现场突然杀入一位新的买家，叫价节奏再次变快，突破了一千一百万后，节奏再次慢了下来。

跟傅斯晨预想的一样，基本到了一千万就是大家一个先前的心理价位了。所以从一千万之后，这种竞价的幅度和节奏一点点慢下来。经过六十多个激烈的竞价回合，现场逐渐进入白热化阶段。

对顾客的熟悉加敏锐的直觉，使得傅斯晨在竞价的关键时刻把控节奏，因势利导。当竞价达到一千三百五十万的时，傅斯晨隐约感觉到了最志在必得的那位73号黑衣男买家在犹豫。在与黑衣男瞬间的眼神交流和沟通之下，黑衣男现场又加价至一千四百万，此时的傅斯晨特意加重了报价的语气，用洪亮有力的声音和语气提示委托席上的电话委托报价达到一千四百五十万。这个时候，正像一个大的交响曲进入尾声的急板，结果呼之欲出。

正当大家屏息等待落槌之时，场内那位黑衣男买家叫到了一千五百万。傅斯晨以敏锐的直觉和迅捷的判断力，早已料到这位场上的黑衣男买家才是最终的志在必得者，等他报完价，全场果真再没有举牌的人。傅斯晨满意地看着跟自己预估价一样的落槌价，台下的黑衣男买家朝他点点头，等着傅斯晨那个双手平摊的经典。

然而，傅斯晨一怔，意外地没有做出那个全场期待的动作，而是单手扶着耳麦，沉吟了几秒，望向那位73号的黑衣男，在脑中迅速组织了语言，缓缓开口道："这位先生，我首先要代表古德拍卖行向您道歉，因为委托方忽然提出中止拍卖的缘故，这幅肖海明的《神秘女郎》，暂时无法跟您达成交易。"

此话一出，底下顿时一片哗然。

这完全就是一个意想不到的意外，在众多媒体的镜头下，古德的全体上下的名誉和希望全都寄托在傅斯晨一个人的身上。如果这时候不能说服买家，或是买家当场大闹起来，古德的这场原本是要锦上添花的拍卖会转眼就能变成雪上加霜。

内部人都知道，这场拍卖会举行得太过仓促，很多程序都只是走了个过场，就连寄出去的协议，委托人都没有签字寄回。要是买家真的不依不饶地深究起来，打上官司的话，古德是没有胜算的。张德亮坐在台下，紧张地看着台上傅斯晨的一举一动，古德此刻的荣辱全担在他的身上，不怕一万就怕万一，饶是张德亮再相信傅斯晨的应变能力，也不得不担心起来，他甚至已经开始考虑起傅斯晨失误之后的公关问题。

台下的人火急火燎，台上的傅斯晨依旧面色如常，等着落槌的73号准买家黑着脸坐在位置上正等着傅斯晨说出来解决方案，傅斯晨保持语速语调，不卑不亢道："73号这位朋友，我们很理解您现在的心情，但请先不要着急，我们会马上派出专人再跟委托方沟通联系。如果确定要重新开拍，我们会第一时间通知您，当拍卖中止继续进行，我们之前已经完成的程序依旧有效，同时，如果您在这期间改变主意不买了，恢复拍卖中止之后，您将不用承担任何违约金。"

底下又是一阵窃窃私语，一时间，媒体的镜头在买家和傅斯晨的脸上来回转动，这位买家估计也是被人委托过来参加拍卖会的，跟背后的真正买家电话沟通后，这才沉着脸慢慢点了点头，然后一言不发地站起来，转身离席。

古德所有的人都松了一口气，张德亮朝着台上的傅斯晨点了点头，然后才掏出电话，拨了出去。

谁也没想到这次的拍卖会会在这样的情况下结束，大家都为傅斯晨的精彩表现和急中生智叫好，苏梦更是崇拜得两眼放光。客人渐渐散去，拍卖厅恢复了原貌，这场拍卖会除了这幅压轴的《神秘女郎》，其他的拍品都顺利成交，这要是在其他的拍卖师看来，已经算是一次成功的拍卖会，但这对事事追求完美的白手套傅斯晨来说，却是不可原谅的失败。他因为太过相信张德亮收集到的拍品，没有再细追委托人的来源。造成现在的结果，他是有责任的。他着实觉得自己辜负了自己在每一场拍卖会开场之前都会说的那句“让每个买家都高兴而来，满意而归”的话，从拍卖大厅出来后，傅斯晨转身就去了张德亮的办公室。

张德亮像是早知道他会来一样，已经早早泡好了茶，看他进来，赶紧让他坐下，没等傅斯晨开口，就先自己开了话头：“我知道你要说什么，但是，你先听我说完，”

傅斯晨稳着气，拿起茶杯一饮而尽，张德亮赶紧又给他续了一杯，这才盘着珠子慢慢开口说道：“其实我刚才也跟你一样气愤着急，所以拍卖会还没散场，我就回到办公室想跟对方联系，没想到对方早已发来了邮件，说他手上还有一幅肖海明的画，跟现在这幅是同一个模特同一个系列的，如果我们要拍卖，就要一起拍，这就是他要中止这次拍卖的原因。”

傅斯晨脸色难看：“这不是明摆着耍我们玩吗？如果他真心想要我们拍，一早就把两幅同时拿过来了，这样的画，不收也罢。”

“斯晨，先消消气，我之前也在邮件中问了，但对方不愿细说。总之，如果我们想要继续拍卖肖海明的这个《神秘女郎》系列，就要接受他的条件，你想啊，如果就这样算了，那我们古德的前期投入和脸不是白丢了？我们不止要收，还要把两幅都收回来，把之前受的损失全都赚回来。”

傅斯晨沉思了几秒，看向张德亮说：“你真的觉得这是一件好事？委托方的情况你摸清了吗？”

张德亮慢慢喝了一口茶，说：“我不知道什么是好事，什么是坏事，我只知道什么事赚钱，什么事不赚钱。我也不关心委托的人，我只关心委托的东西，只要东西是真的好的，我都愿意跟他合作。他说的条件，我觉得没什么不可以的，这画今天的价值你我都有目共睹，如果是一个系列，价值更是无法估量。我们是做拍卖的，不是做慈善的，有钱赚为什么不做？”

傅斯晨别有深意地看向张德亮：“就算有可能再次出现今天的情况，你也要冒这个风险？”

张德亮呵呵一笑：“斯晨啊，你要这么想，高风险往往代表着高收益，对方没跟我透露太多情况，但是他手上有肖海明死之前还没面世的遗作，这不是几百万，是几千万的价值，难道这还不足以让我们为他冒这个风险吗？再说了，同样的事情，再发生第二次的几率有多少？我觉得你是多虑了，今天的确是多亏了有你，古德才没在大家面前丢脸，这件事呢我也有责任，但是现在机会摆在面前，即使有风险，我也一样会去做。”

张德亮说完，喝了一口茶，看了傅斯晨一眼，不紧不慢地问：“我知道你对这些画的收益不在乎，但是，据说肖海明从来不会画重复的人像，现在他画的同一个女人的第二幅画，你真的一点都不感兴趣？”

张德亮对傅斯晨的心思一抓一个准，现在的傅斯晨虽然搞不清楚那位神秘的委托人到底是什么意思，但的确无法抑制对神秘女郎的好奇。不可否认，傅斯晨和张德亮虽然关注的点不一样，但两人都同样对第二幅画有着浓烈的兴趣。光是这好奇心，就足以让傅斯晨同意张德亮的选择，再冒一次险。

回到办公室，傅斯晨揉了揉发胀的太阳穴，一把扯下领口的领带。刚转头，看到了那幅架在他办公室画架上的《神秘女郎》，这应该是刚才拍卖结束后，不知道要如何处理的同事暂时先放进来的。

他快步走到画架前，仔细端详着整幅画作。从笔触到风格再到签名，的确是肖海明的作品无疑。他顺手拉了张椅子过来，默默坐在画中人的前面，似乎想从她的背影中猜测她的样子。自从接手拍卖肖海明遗作开始，傅斯晨就有意识地留意起有关肖海明死因的报道。他一直觉得那位正如日中天的肖海明就这样忽然自杀有些不可思议，加上曾经有过一面之缘的肖海明留给他的印象是个有着强烈的创作愿望、精力旺盛的人，这样的人，很难让人接受他自杀的事情。

如果真的是自杀，那这幅画中的最后一位特别的女主角，又是否知道他自杀的内情？

傅斯晨自己也知道，这些问题都不应该是他关心的问题，但不可否认，他因为这些问题，的确同意了再冒一次险。

下班后，陈柏年给傅斯晨打了个电话，说他正在参加一个艺术派对，有很多知名的艺术界人士也在，问他要不要也过去看看。

傅斯晨被今天的事弄得心情糟糕，本想着拒绝，转念一想，肖海明也是艺术界的人，这群人中或许有认识甚至熟知他的人，也许能从他们嘴里听到一些关于这幅神秘画像的信息。

傅斯晨反打了方向盘，直奔陈柏年说的地方。

金碧辉煌的会所里满是衣冠楚楚的男人和香气缭绕的女人，即便有人不知道低调的傅斯晨是万里集团的三公子，也不会不知他是拍卖界的名人。在场的都是跟艺术沾边的人，或多或少都去过拍卖会，对傅斯晨的威名都有所耳闻，主动过来跟他攀谈的人不在少数，加上古德今天闹得沸沸扬扬的《神秘女郎》事件，过来跟傅斯晨说话的人，不出三句便会绕道这件事上，这正合傅斯晨的意。可聊了一圈，他发现这些人中，认识肖海明的人并不多，跟他熟知并知道这幅画中人的更是没有。

傅斯晨颇为失望地把端着的酒杯放下来，独自走到阳台处，一位服务员过来小声问他需要什么帮忙，他摆摆手，等服务员离开，他摸出打火机，偏头点上一根烟。

今晚难得繁星密布，傅斯晨看得有些出神，想起自己很小的时候，半夜他偶尔惊醒，会看到母亲一个人站在阳台看着夜空的星星自言自语。他曾问她在跟星星说什么，母亲苦楚无奈地摸了摸他的头，跟他说，父亲迷路了，她希望星星能带他回家。

长大后傅斯晨渐渐明白，一个月回来几次的父亲不是迷路了，是外面有了另一个家。他的母亲抑郁而终后，父亲带来另一个女人和她的儿子。也就是现在傅斯晨的大哥傅斯明，从外面正式搬进了傅家。

细细长长的香烟在指尖燃烧殆尽，他弹了弹烟灰，刚摁灭烟头，陈柏年从房间里探出头来，看到傅斯晨站在那儿，扣了扣身上的衣服，慢慢朝他走过来。

“怎么样，有没有问到什么有用的信息？”

傅斯晨摇摇头，陈柏年点了根烟，又给傅斯晨燃了一支，说：“我看了今天的新闻，知道你拍卖的画出了点问题，晚上刚好赶上这场聚会，想着叫你过来探探风声。”

傅斯晨倚着栏杆吐出一口烟圈，慢慢笑了：“知道你的良苦用心，不过没想到这肖海明竟然这么神秘，连圈内人都不了解这个人。”

陈柏年弹了弹手上的烟灰：“他也是近几年才出名的。说也奇怪，一个刚出名的画家，作品的价格在短短的时间里竟然能迅速达到几百万，这背后应该离不开一些内幕和炒作成分吧。”

傅斯晨吸了口烟，没说话。在有名才有利的时代，艺术家们自我炒作、抬高自己的作品价格早已不是什么新鲜事。有不少所谓的艺术家的作品在拍卖会上的拍卖价格往往远远高于其平时的市场价，这其中有偶然的因素，当然也有人为的操纵。

在这个行业，往往有一些囤积了某个或某些艺术家大量作品的庄家，与艺术家本人联手，大肆利用拍卖会的平台进行操纵炒作，制造虚高的成交行情，以吸引后来者跟风入市，这颇似股市的拉高出货。特别是拍卖会上形形色色越来越盛行的所谓当代书画家个人作品拍卖专场，其中虽然也有拍品和拍卖价格名实相符的，但更多的是虚拍假拍。往往是某些庄家和书画家一手出一手进，自卖自买，卖家和买家同出一门，蓄意操纵拍卖纪录，以诱导经验不足的收藏者接盘。

很多庄家都会注册一家公关公司作为掩护，通过不停交易，提高手头艺术家们的名气和人气，达到为他们改头换面提高身价的目的，从中谋取暴利。

傅斯晨也留意过曾经包装过肖海明的团队，一家名叫千秋文化的公关公司，它除了包装过肖海明，之前还捧过不少书画家。从它表面上看并没有太大的问题，傅斯晨不知道肖海明和这家公司之间到底有着什么样的协议和约定，如果想知道这张画的消息，那家公司有可能是个突破口。

傅斯晨叼着烟，跟陈柏年说："最近忙吗，不忙的话帮我查查一家名字叫千秋文化的公关公司。"

陈柏年点点头："行，我明天去问问我姐。对了，关于那台车子，我在锦城最大的二手市场里找到了新的线索，有人认得送这车来的人是一个矮胖的板寸。他是那一带的一个二手气场零部件的一个小老板，我们去堵过他，但一直不见人，等有消息了再告诉你。"

傅斯晨感激地拍了拍他的肩膀："谢了兄弟。"

"你这是在跟我见外？"

傅斯晨低笑一声："哪敢。"

"这就对了了，你的事就是我的事。"陈柏年说完向空中吐出一口烟圈，转过头来笑说："再说我特么实在太无聊了，查查这个感觉还挺刺激。"

傅斯晨把烟摁灭："你姐没被你烦死？"

"再烦她也是我姐啊，我让她帮忙哪能不帮。"

傅斯晨扯了扯嘴角："真是麻烦你们姐弟了。"

"别说些没用的了，对了，你上次说的车祸后遗症那事怎么样了，有没有后续？"

一说到这事，傅斯晨便敛了笑意，皱皱眉说："说了你可能都不信，我梦到的那个人，现在就在古德。"

陈柏年怔住，摁灭烟头："看来有点意思啊，怎么回事？"

“没什么事，一个实习生，上次去学校选拔时看到了，没想到这次被张德亮选中，进了古德实习。”

“就是你上次说的梦里的人出现在你面前那位？”

“嗯。”

“那她再出现之前，你有没有再梦到她？”

傅斯晨看了他一眼，沉下声说：“梦到了。”

陈柏年来了兴趣：“神了，这么有趣的事，我这么无聊的人必须要看看啊。”

“没什么可看的，估计过两天她就辞职了。”

“辞了？古德这样人人争破头想进的公司，她竟然会主动辞职？”

“人各有志吧。”傅斯晨缩了缩衣领，“回去吧，太冷了。”

一连两天，傅斯晨脑中都是那幅《神秘女郎》，中午的饭点已过，手机忽然响了一声，有条信息进来，傅斯晨看了眼手机短信，是一个陌生的号码，上面写着：傅老师，我是苏梦，刚才拍卖结束后您就没下过楼，也不知道您吃没吃饭，我把盒饭放在您门口了，您记得吃饭哦。PS：您主持得太好了，希望以后我能跟您学习，变得像您一样优秀！

他打开门，果然看到地上放着两盒白色便当。只有了解傅斯晨的人才知道，他对事物挑剔，食物也不例外，基本是自己带饭，从来不吃外面的盒饭，更不用说让他吃堆放在门外、跟垃圾袋一样摆放着的外卖盒饭。

估计苏梦是从别人那拿到了他的电话。傅斯晨极少花时间跟人发信息，时间就是效率，能打电话的事情绝不微信短信黏黏糊糊，他一个电话回拨过去，想要叫她把东西取走，谁知电话一直占线。傅斯晨放下电话又喝了杯咖啡，他不习惯欠这样的人情，干脆提上东西去到综合办公室。

午休时间，办公室里的人回家的回家，睡觉的睡觉，傅斯晨把盒饭往桌子上一放。他不记得苏梦坐的具体位置，反正是这附近的其中一桌，这种盒饭没人会要，他给她搁这儿，她回来自会看到。

公司下午有个培训，正好在附近发完传单的白小米回到公司吃饭，李娘娘跟她发短信说公司食堂中午有好吃的，又冷又饿的白小米忍了一路，就想回公司吃顿好的。

发了一上午的传单，差点冻成狗的白小米回到温暖如春的办公室，感觉终于从地狱回到了人间。再看到自己的办公桌上竟然放着一袋便当，顿时整个人又从人间飞到了天堂！这是谁给她送的？她想了半天，李娘娘说食堂中午有好吃的让她回来吃，难道是看她久久不到，帮她留了一份？

这种同事间的友爱简直比暖气更暖心啊，白小米流着口水迫不及待地打开塑料袋。哇，满满一盒鸡腿饭，她眉开眼笑，这难道就是传说中的天上掉鸡腿？

白小米环视一圈，李娘娘不在位置上，她迅速给他发了条致谢短信，感谢他给她留了美味的鸡腿饭。短信发出后，白小米坐下来心安理得地大快朵颐。等她心满意足地吃完最后一口，正喝水顺肚缝时，李娘娘的短信到了：什么鸡腿饭？食堂中午吃的是猪脚面线，那玩意留不了，一泡就烂了。

白小米嘴里的水差点喷出来，心怀侥幸地又回了一条：不开玩笑，真不是你给留的？

对方秒回：谁有空跟你开玩笑。

白小米吓得打了个饱嗝，看着便当盒发了会呆，心想算了，一会主人来了就把钱还给人家。可等了一下午，也没人过来问起这事，她心想难不成这东西是真有人要送给她吃的？可又是谁这么好心呢？

下午的培训由秃头刘主讲，傅斯晨在结束前的最后半小时露面，说了一些拍卖时的小技巧，同时告诉两位实习生，等《神秘女郎》的拍卖会结束后，将会对她们进行一场评估考核。

上完课，傅斯晨的眼角余光瞥了一眼似乎心事重重的白小米，收拾东西准备离开。一旁的苏梦不知什么时候走到了傅斯晨旁边，帮着收拾培训室里的一些教具，脸上一双笑盈盈的眼睛里带着些许兴奋和期待地看着傅斯晨："傅老师，我今天中午看您一直没出门吃午饭，就自作主张给您订了一份鸡腿饭，不知道合不合您的胃口。如果您喜欢，我可以每天都帮您订的，他家还有很多好吃的各色风味。"

傅斯晨和白小米同时愣了一下，白小米心中暗叫不好，傅斯晨则疑惑地看了苏梦一眼："谢谢你的关心，我不太习惯吃外面的盒饭，快餐我已经送回到你的桌上，你没看到吗？"

苏梦的笑僵在脸上，他送回的盒饭她的确没看到啊，要是早看到她就不会提这茬了，真是马屁拍到马蹄上了。

傅斯晨看她的样子像是真没看到，心中也纳闷，以为这个东西不会有人要的，没想到还真会有人要。

一旁的白小米咽了下口水："那个……不好意思，盒饭被我吃了。我发完传单回来，看到盒饭放在我的桌子上，我还以为是给我留的。"

苏梦惊讶地张了张嘴，傅斯晨则表情冷淡地皱了皱眉，没想到这世上还有她这样的人，莫名其妙的便当也敢随便吃，也不知她是怎么活到现在的。

回办公室的路上，傅斯晨一直想着白小米的话，怪不得最近在公司都见不到她，原来她被刘经理叫去发传单了。他想到上次她打破瓶子时他故意把事态说严重，让她主动辞职，现在想想真是可笑，她就连被安排去发传单都没要辞职，区区不用赔偿就写个破损报告，还能把她吓走了？

看来他还是太小看她了。

发了一段时间的传单，尽管每天的路线都不相同，但白小米日渐熟练，一样的任务量，完成的时间用得越来越短，基本可以按时下班。回家路过超市，买了些菜回去，她之前说过要给敏敏做点家常饭菜，今天正好有空，便想着要露两手。

白小米是个吃货，爱吃就会吃，会吃就会做。之前因着父母关系不好，她便时常下厨，给老妈做些她喜欢吃的东西逗她开心。

经过这段时间的相处，白小米多少也了解了些敏敏的饮食喜好。她费了点工夫，做出几样稍微拿手又对敏敏胃口的菜，等饭菜都上桌了，敏敏才急匆匆地进门。

“好香啊。”敏敏一进门就喜笑颜开。

白小米笑嘻嘻地端出最后一个汤：“敏敏姐你怎么这么晚才回来，赶紧吃，天气冷，凉了就不好吃了。”

敏敏赶紧洗了手出来，一脸疲态说：“最近万里集团在计划成立海外的新能源项目部，由我的上司傅斯月来主导，这段时间我估计都没法按时下班了。”

白小米边盛饭边问：“海外分部？那你以后会不会调到海外去工作？”

敏敏尝了一口菜，朝白小米竖起大拇指，笑笑说：“那边只是分部，有个空降的魏总过去分管，我只是个会计，还轮不到我过去。”

白小米歪着头想了想：“空降兵是不是都很厉害？”

敏敏嘴里塞满菜：“还行吧，我对这魏总不太了解，他在公司的工作只跟我的上司傅斯月一个人对接，平时也很少跟别的同事接触，是个沉默寡言的成熟男人。”

估计白小米做的饭菜是真合胃口，敏敏一连吃了两碗才停下：“不行了，撑死我了，小米你的手艺真不错啊，以后你要是晚上再有时间做饭，你可以多做些，这样第二天就可以自己带着盒饭去公司了，又美味又营养。”

说到盒饭，白小米又想起今天中午的那盒无主盒饭，她放下碗筷，一脸迷惑问道：“敏敏姐，你帮我分析一下，我来古德这么久，除了刚开始的第一个星期是在公司整理了资料，再后面不是接电话就是发传单。而另一位跟我一起来的苏梦，从来的第一天就跟着傅斯晨学东西，你说我还有没有机会留下来？”

陈敏敏喝了口汤，说：“机会只留给有准备的人，你在干的那些活虽然杂，但也是拍卖行里的工作，这对你了解拍卖行的运作不是没有帮助的。学校里的成绩只能代表以前，从工作的第一天开始，才是现在。另外我看你最近晚上一直在看书，你虽然不是拍卖专业的，但我相信勤能补拙，你不笨，只要肯学，不会比专业学生差的，不到最后一刻，不要轻言放弃。”

陈敏敏的话让白小米深受鼓舞，这是她现今唯一的机会，无论如何，她都不能轻易放弃。

古德这几天都处在舆论中心，但白小米感受不到，她每天一早到公司打完卡拿好传单，就屁颠屁颠地坐地铁倒公车，奔向秃头刘指定的一个个遥远的发传单的地方。而留在公司的苏梦，则开始准备拍卖中止继续的公告，古德要专门为肖海明的这两幅《神秘女郎》开一场拍卖会，给公众舆论一个交代，给自己的钱包一个交代。

傅斯晨和张德亮站在办公室里，看着神秘委托人再次邮寄过来的第二幅《神秘女郎》，各怀心事。

张德亮忙着拿着各种工具测试真伪，傅斯晨盯着依旧是个背影的画像有些心不在焉，有种莫名的失落感。他本以为能从这幅画里看到神秘女郎的正面，没想到这幅画中的女人在角度上只是比第一幅转过来的幅度稍微大了些。项链不知道是换了一条，还是只是在原来那条上换了个挂坠，这次的挂坠是个O型的钻石装饰物，神秘女郎依旧神秘。

还是那个墨绿色的背影，只是光线和色调上略微有所不同，应该是不同时间画的同一个场景同一个人，同一个画面，为什么肖海明要画两次？闲的蛋疼？傅斯晨以为这第二幅画能解开他之前的谜团，没想到反倒增加了新的问题。

“跟第一幅是一样的，应该是真品。”张德亮放下工具，转头看旁边一直不说话的傅斯晨，心悬了起来：“我说你这站半天了也不说话，是不是这画有什么问题？”

傅斯晨顿了顿，收回目光，踱步到太师椅上坐下来说：“没什么问题。”

张德亮这才松了口气，总算放下心来。

对于这位神秘的委托人，张德亮始终没有跟傅斯晨细说，傅斯晨试探过多次，均被他打太极避开了。傅斯晨心中虽有疑虑，但张德亮毕竟是老板，他不说必然有他的道理，共事多年，吃过亏要长记性这点，傅斯晨觉得张德亮还是知道的。不然他也不用再跟他混了。

肖海明的这两张画经过媒体这么一渲染，古德第二次拍卖《神秘女郎》当天吸引了全国各地的买家，发出的号牌超过四百个，五百个座位的大厅被挤得满满当当。

傅斯晨站在拍卖台上，依旧是黑色西装深色领，头戴耳麦手戴手套，扫视了一圈，缓缓开口：“女士们先生们，上午好，欢迎参加古德拍卖公司今天举行的肖海明画作专场拍卖会，我是傅斯晨，国家注册拍卖师，拍卖号60000，今天的拍卖由我来主持，很高兴为大家服务，希望在座的每一位都能高兴而来，满意而归。”

底下一阵掌声，大家都翘首期盼，等着一睹两幅画的真迹。像这种价位的艺术品，能收入囊中的买家毕竟是少数，台下的大多数人，还是以看新鲜为主。不少来纯看热闹的买家甚至暗中打赌猜价，所有人都对着两幅遗作抱有着前所未有的好奇。

轻车熟路的开场过后，之前拍下第一幅的买家竟然迟迟未出现。事不宜迟，傅斯晨看了眼台下的张德亮，当机立断，对着全场说道：“为表对上一次拍下第一幅画作的买家公正和歉意，我们会把神秘女郎系列里的第一幅画留到拍卖会的最后一个小时，如果最后一个小时里，之前的73号买家还是没有现身，那第一幅将从之前的一千五百万开始起拍。”

傅斯晨点开第二幅的电子图片，说：“这是肖海明先生《神秘女郎》系列的第二幅画，跟第一幅一样，同样是肖先生留给我们的一个悬念。这幅画在光线和色调上区别于第一幅，内容相似但意境不同，起拍价同样是一千一百万，以一百万为阶梯递增，喜欢的朋友请举牌。”

熟悉傅斯晨的人都知道，他在主持拍卖的时候很少说出刻意煽动竞买者的词语，再好的拍品，再激烈的竞价，他也是一笔带过点到为止，这才是一个拍卖师应该有的职业素养和人品。正因为傅斯晨的这种不推销不渲染的心态，反倒让大多数的买家觉得舒服放心，加上他的身份和对买家心里的把控，不少有实力的买家成了他的忠实客户，形成良性循环，这才正是傅斯晨成为整场拍品没有一件漏拍的白手套拍卖师的真正原因。

举牌的人此起彼伏，傅斯晨犹如一台高精密的雷达，满场收集着稍纵即逝的消息。有了媒体造势，第二幅的势头很快盖过了第一幅，拉起的价位迅速超过了第一幅的最高价，这也在傅斯晨预料当中。整个热潮持续不下，第一幅的买主迟迟没有现身，第二幅在疯狂突破了两千万大关的时候，终于停滞下来。张德亮在下面眯着眼盯着时间，盘算着如果这第一个买家真的不来，那古德今天少说也要多赚一百多万。

正当张德亮打着如意算盘时，台上原本嘴角上扬的傅斯晨忽然表情一沉，复杂的表情持续几秒之后，脸色终于又恢复如常，沉思几秒，才慢慢对刚才那位出价最高的买家鞠了个躬。

傅斯晨的这个动作让张德亮一下从靠背上坐直，心里大叫不好！

张德亮的确没有猜错，傅斯晨的担心也成了现实，这位神秘的委托人，再次在高潮的时候，狠狠耍了古德一把，再次要求中止第二幅画的拍卖！

张德亮绝没想到，同样的事竟然真会发生两次，他竟然真会在同一个地方跌倒了两次。这样的事情连竞拍者也不能忍两次，这次的买家显然没有第一次的买家这么好说话了，把牌子一摔，指着台上的傅斯晨："你们古德是在耍猴呢是吧？"

底下乱成一片，看热闹不嫌事大，有人趁机起哄，有人站在竞买者一边，要求古德赔偿买家损失。

傅斯晨看了眼脸色阴沉的张德亮，朝全场做了个少安毋躁的手势。他的一举一动似乎有着一种不容反抗的力量，底下的人竟然渐渐安静了下来。

傅斯晨又朝着全场鞠了一躬："首先，古德因为拍卖会的再次中止，向在场的每一位竞买者道歉。其次，这次的拍卖价位还处在竞价阶段，尚未确定具体的竞得人，所以赔偿事宜不具备任何法律的依据，但作为你们信任的老朋友，我很惭愧，再次发生这样的事我很抱歉。"傅斯晨顿了两秒，底下的人全都在看着他，他扫了眼全场，慢慢说出自己的承诺："我现在用自己的职业生涯跟大家保证，如果肖海明先生的这两幅画作还能继续拍卖，一定不会再发生这样的事，如果再有，我傅斯晨将不会再走上拍卖台。"

底下一片哗然，张德亮清楚，傅斯晨是在拿自己的职业信誉挽回公司的信誉，为的就是两害相权取其轻。

看了眼议论纷纷的众人，张德亮铁青着脸，离开观众席。

顶层办公室里，傅斯晨坐在张德亮对面，张德亮破天荒地点燃了一支烟。他的办公室一直是禁烟的，这让傅斯晨看出了他此时极度郁闷的心情，傅斯晨黑着脸猛灌了几杯茶，等着老板给他一个解释。

张德亮颇为尴尬，想要解释什么却又说不出来，狠狠吸了两口烟，才把烟掐灭在喝水的茶杯里。这事现在说什么都没用了，委托人那边一直用邮件来跟他联系，现在根本不回复他的消息，不知是什么情况。

张德亮气归气，但这两幅画毕竟已经在古德了，对方要想拿回去，肯定会主动跟他联系。如果不联系，那更好，他光明正大地拿着，把他逼急了，他有的是办法偷天换日。

看了眼一言不发的傅斯晨，张德亮拿起手边的紫砂壶，慢慢又给他续上："这次都是我的失误，事已至此，你就借此机会休息一下吧。对了，乾市的雅江拍卖行明天有一场艺术品拍卖会，你去看看有没有什么好东西。乾市跟锦城虽然相邻，但行情差别巨大，你在那边转转，就当给自己放放假，这次的事先搁着，别想太多。"

傅斯晨眼眉一挑，想到之前去乾市选实习生，本来员工就能完成的事，张德亮作为老板竟然亲自前往，晚饭后让他们再住一晚，他自己却另有安排。这一系列事情，似乎都在暗示着一件事，这张画，可能比他想象的更复杂。

傅斯晨刚回到自己的办公室，陈柏年的电话就打过来了。

"那位肖海明在没成名之前，的确在乾市有一处老住所，听说现在还偶有人过去，地址我一会给你发过去。"

"谢了。"

傅斯晨看了眼手机，随后收到的一个地址，张德亮虽然什么都不肯透露，但他傅斯晨在一件事上栽两次跟头是第一次，也是最后一次，他不能让人这么耍着玩，无论对方是谁，他都要去会会。

他提前回家拿上行李，便开车直奔乾市，他本来订了明天的机票，但收到的地址信息和脑中的各种疑惑让他等不及了，他恨不得现在就去敲那个地址的门，问清楚里面的人到底在想什么。

要是走高速公路，乾市到锦城用不了多长时间。他决定到乾市还要去探探地方，没有车不方便，便干脆退了明天的机票，自己开车过去了。

Chapter 13

电梯惊魂

初冬，乾市。

华灯初上，路上行人稀少，从火车站出来，汤敬筱用手把脖颈处裹着的连帽大围巾往精致立体的口鼻上扯了扯，想挡住逼面而来的寒气，身上又长又厚的黑色羽绒服垂到膝盖，身材修长的她即便穿着这样的大面包服，也丝毫看不出臃肿。

掖了掖衣摆，她提着小包快步进了一栋半旧的楼道电梯间，刚摁开电梯门进去，后面一个黑色身影恰时也跟着闪了进来。

她有些意外，眼角余光扫了对方一眼，二十多岁左右的男性，带着低沿棒球帽，身材略微壮实，她没多想，这栋楼里住户虽然不多，但进进出出的也会有些眼生的人。对方的右手一直插在口袋里，让她不由多看了两眼，电梯门关上的瞬间，他看向她的脸上竟有一闪而过的似笑非笑。

汤敬筱以为自己看错了，心里有些暗暗发毛，有种不好的预感，听说乾市最近治安不太好，她果断要把电梯门摁开出去，不料后面的男人一个箭步往前，抢先她一步摁了三楼的按键，电梯接到指令，开始缓缓上行。男人退到她旁边时特地瞥她一眼，汤敬筱心里

"咯噔"一下，三楼正是她住的楼层。这个老楼一层两户，她自己住右边一户，左边一户是对老夫妇。为了节省暖气费，两个人早在供暖之前就已经搬去跟孩子同住了。邻居家没人，而这个行为怪异的男人她又不认识，无论他来敲哪一户的门，估计都不会是好事。

在这样不明朗的情况下，她贸然跟这个陌生男人同在一个楼层，要真发生什么事，她就算呼救也没人听到。男人看了眼电梯里的摄像头，不紧不慢地跟她保持着半人的距离。

汤敬筱意识到情况危险，尽力抑制住心里的慌乱。情急之下急中生智，她摁了四楼的按键，四楼一直有人住，那家有个七八岁的孩子，经常不分时段地在楼上拍篮球，让她头疼不已。投诉过几次，那胖胖的两口子总是护犊子，次次跟她打太极。

现在，她只希望那一家三口都在家，此刻她最想听到的声音，莫过于那恼人的拍球声。

汤敬筱背靠着电梯，余光一直注意着旁边男人的举动，男人则毫不顾忌，面无表情又目不转睛地盯着她。电梯开始上行，一分一秒对于汤敬筱来说都是漫长的煎熬，楼层的灯一一闪亮，一楼，二楼，三楼，叮！

门开了，汤敬筱俨然已从打开的电梯门里看到近在咫尺的自家的房门，但她不能动，她要去的是四楼。男人最后一只脚跨出电梯门时，特意转过身来，一直插在右口袋里的手轻轻往上抽动了一下，寒光乍现，汤敬筱分明看到了他右手里握着一把宽背尖刀。电梯门缓缓关上的瞬间，他忽地朝她扯出一个古怪瘆人的笑容，抬脚提刀就朝四楼走去。

汤敬筱顿时吓得不轻，那个男人知道她要上四楼，已经提前从三楼爬楼梯上去，只等她一出电梯……

毫无疑问，那个男人是冲着她来的，电梯已经开始往上走，每上升一点，她就离鬼门关更近一步，每一秒都是要命的关头。电光火石之间，求生的本能让汤敬筱迅速摁下五楼的按键，然后连续拍打四楼按钮，想以此来取消电梯在四楼的停顿。她不知道这样做是否真的有用，她像只被困在死亡之笼里的老鼠一样在抓狂。手机在电梯里根本没有信号，随时会打开的电梯门铃成了她死亡的钟声，而躲在电梯后面的男人会在电梯门打开的一瞬间，在她脖子上或者其他要害部位捅上一刀。

对死亡的恐惧和对求生的渴望让汤敬筱嘴里无意识地念念有词，浑身因为紧张而微微发颤。她不能死得这么不明不白，她还有很多事要做，时间紧迫，她伸手在包包里一阵划拉，手指碰到从小化妆包里滑出来的眉钳。尖锐的小钳头一下刺到她的指腹，清晰的痛感瞬间让她的大脑冷静下来，她把钢制的小眉钳紧紧抓在手里，身体尽量靠着电梯摁键处。如果男人扑上来，她就用小钳子往他眼上扎，她算准了时间，此刻正是吃晚饭的时候，四楼那一家子应该在家，如果她喊失火，一定会有出来查看的。只要男人没能让她一刀毙命，她就有逃脱的机会！

汤敬筱喘着粗气，眼睛死死盯着电梯门上的楼层数字，控制案板上的数字“4”亮了！汤敬筱心里一沉，而此刻在门外，男人也已经抽出口袋里的尖刀。随着电梯门的震动，汤敬筱的心几乎就要从胸口跳出，她似乎已经看到门边男人脸上那抹瘆人的笑意。就在她竭尽全力要大声喊叫之时，电梯门上的数字竟然变成了上升的标志。

汤敬筱浑身一震，脑中短暂的空白后，才明白她刚才摁的取消指令起作用了，这表明她逃脱的几率又大了很多。她紧紧攥着利钳，目不转睛地盯着着控制案板，嘴里不停念着“快点快点快点”。

门外的男人等了一会，发现电梯门迟迟不开，等反应过来，电梯已经上行。他暗声骂了句粗话，提着刀又从楼梯口往上冲。他不知道汤敬筱摁的是哪一楼，但楼梯口的门是正对着电梯门的，这让他可以算着电梯的开门时间，以及听着电梯开门的铃声判断电梯的停留位置。

电梯在五楼开门的瞬间，男人的头也刚好出现在五楼楼梯口。汤敬筱看着越来越近的男人，躲在面板后面迅速摁了一楼的摁键。电梯老旧且反应缓慢，每一秒钟对汤敬筱来说都是生死攸关，她眼睁睁看着男人从楼梯间往徐徐关上的电梯门口冲来，她害怕门真被他拦开。她用手拍着电梯内壁嘴里不停喊着“快快快！”恨不得自己手动把门关上。

看到即将关上的电梯门，男人显然有些着急，在最后一级台阶处被绊了一下。就一个趔趄的工夫，电梯门稳稳合上了，汤敬筱两腿发颤，手心里的小眉钳上全是冷汗。

时间就是生命，只要汤敬筱能比歹徒早一步到达一楼，早一步跑出街面，她就能获救。她看了眼脚下七八厘米高的半粗跟皮靴，心中暗叫不好。

电梯直上直下，速度的确要比爬楼梯要来得快。但男人也不是吃素的，用尽全力狂奔而下。汤敬筱刚跑出电梯间，他就从楼梯间冲了下来，汤敬筱的高跟鞋踩在雪地上一刺一滑，好在男人的脚在楼梯上崴了一下，踩在雪地上也不利索，但手里的匕首始终寒光闪闪紧逼而来。

汤敬筱用尽全力狂奔，边跑边呼救。寒冷冬夜，路上的行人本来就少，加上歹徒手里有刀，人们避恐不及，歹徒依旧紧追不舍。汤敬筱见势果断朝大道奔去，一头扎进来来往往的滚滚车流里。

天黑路滑车多，傅斯晨虽说不是第一次开车来乾市，但也头疼于一个小城市竟然也如锦城那般拥堵。纵使他开得再慢再小心，还是把人给“撞”了。随着“砰”的一声，一位着急奔跑、逆行横穿马路的女人一头撞到了他的车前，又顺着车体斜斜地歪了下去。傅斯晨被这突如其来的事故打断了通话。他眉头一皱，迅速挂上耳机，脑中一闪而过的是碰瓷的处理方式。傅斯晨停好车打开安全警示按钮，又看了看运转正常的行车记录仪，这才快速开门下去。

车流因为这起意外事故排成车龙，喇叭声四起，有改道的，有下车查看的。汤敬筱捂着膝盖，满脸扭曲地扶着黑色奔驰轿车的引擎盖，挣扎着要站起来，无奈膝盖吃痛，只能半躺半坐地倚在车前。

傅斯晨从车上下来，在距眼前这位裹着羽绒服罩着大帽子的女人半米的地方蹲下，表情冷淡，语气中带着隐隐的怒意："有没有受伤？"

汤敬筱惊慌失措地转头看了看后面，不管三七二十一，一把抓住眼前的男人哀求道："我的腿好像断了，快，快送我去医院。"

傅斯晨眼里闪过一丝厌恶，鬼才信轻轻一擦腿就断了，这起交通事故是因为这个女人冲进车流逆行才发生的，不是他的责任，就算报警，他还有行车记录仪作证。他不是怕担责任怕出医药费，他只是看不惯这些为了钱用命来要挟别人的人。

傅斯晨冷着脸，拉下对方缠过来的手："送你到医院可以，但我先说明，这起事故，跟我没有关系，是你自己撞上我的车。"

汤敬筱看出他的心思，急急表态："你放心，你只要送我到医院，我一分钱不要你的。"

女人的话让傅斯晨将信将疑，后面的车子不停地嘀嘀，过往人群不停张望甚至有人拍照。汤敬筱着急，担心眼前的男人丢下她不管，想着随时可能冲过来的黑影，咬咬牙哀求道："你就权当给我搭一站顺风车不行吗？"

傅斯晨并非怕事之人，只是这次来乾市有任务，他不想因为这些小事耽误了正事。但这女人倒在他的车前，他又没法坐视不管，衡量再三，他终是俯身搀起她，把她扶到了副驾驶座。

关上车门落下门锁的瞬间，汤敬筱的眼睛依旧紧张地盯着车外。车流慢慢行进，刚才跟着她的黑衣男人已经隐入夜色，汤敬筱不敢大意，依旧紧紧扣着帽子，恨不能把全身都裹进这件大衣里，同时催促傅斯晨："麻烦你开快点。"

傅斯晨也不说话，车子慢慢提速，直至把身后的夜色甩得只剩下灯光的模糊亮点，汤敬筱这才松了口气。

借着往来车流和路灯的光线，她认真打量这位出手帮她的男人，眉色乌黑均匀，眼眸修长，挺拔笔直的鼻梁下是微抿的薄唇，身高腿长，黑夹克里是暗色衬衫，给人一种冷峻的感觉。

汤敬筱看得有些发愣，电话适时响起，她猛然回过神来，摁掉声音，指着前面的一个岔道对他说："谢谢你的顺风车，把我放这就行了。"

傅斯晨心中疑惑，余光瞥她一眼："还是去医院看看吧，别留下什么后遗症。"

"不用了，在这放下。"

傅斯晨也不强求，路边停车，对下车的汤敬筱说了句："注意安全。"

汤敬筱一愣，关上车门时，轻轻传来一声："谢谢。"

车子消失在夜色中，汤敬筱揉了揉刚才撞疼的膝盖，裹好围巾，步伐有些怪异地朝岔路口的小巷走去。

Chapter 14

一眼之缘

在酒店休息了一晚，傅斯晨第二天便去了雅江的拍卖会。会上倒没看到有什么惊艳的东西，却在拍卖会结束后，在雅江拍卖行前台大厅里，看到了一个送藏品来拍的年轻男人。

年轻男人身上穿着不合他年纪的廉价西装，脚下穿着一双沾满尘土的皮鞋，像是从很远的地方赶路来应聘保险推销员的毕业生。这样的形象本没什么可注意的，但他手上拿着的一只瓶子，却让傅斯晨不得不多看了两眼。

近期古德正在为明年的春拍征集拍品，但近一年拍卖业的行情跟前几年比并不理想。拍卖公司多，想要好东西的人多，但真正“艺价比”高的东西少。那些手上真正有好东西的人，都觉得现在行情不好卖不上价而惜售。那些手上有钱的、想买好东西的人又买不到想要的东西，这样的局面造成了现在征集拍品逐年困难的现状。即便是古德这样有名气的拍卖行，今年的春拍征集也并不顺利。正因为如此，公司今年才加大拍品征集的力度，加大各种渠道宣传，连派发传单的人都比往年多了一倍。

估计年轻人是第一次来拍卖行，不知道送拍东西要提前预约，雅江这边的两位负责接待的年轻女孩也是眼力不足，没能看出这个东西是个宝贝，就以没请到相应的鉴定专家为由，让他先把东西拿回家等信息，专家来了再让他拿来鉴定。

年轻男人白跑一趟，一脸郁闷地往回走。好东西转瞬即逝，傅斯晨不是专门收藏艺术品的，但作为古德的员工，既然看到了好东西，就有义务为公司争取。再说对方也没跟雅江签合同，机会难得，傅斯晨赶紧快走两步跟上他，在出了雅江的大厅后，拦住年轻男子。

对方停下脚步，下意识地把瓶子护在怀里。

傅斯晨拿出名片递给他："你好，我是锦城古德拍卖行的拍卖师，我对你手里的瓶子感兴趣，不知你有没有意向拿到锦城拍卖行去拍卖？"

年轻男人本来就是要拿着这只瓶子到雅江拍卖行来给懂的人看看，碰碰运气，如果家里这旧卖真能卖得上价格，那他买房娶媳妇的事就有着落了。现在一听傅斯晨是锦城的拍卖行，竟然也对他的瓶子感兴趣，如果拿到大城市里卖，应该能卖个更高的价格，这么想着，不由激动起来。再看傅斯晨穿着得体，举手投足也像是专业人员，便动了心思。

毕竟还是年轻，也不想锦城拍卖行的人为什么会出现在乾市的拍卖行里，接过傅斯晨的名片就打着心里着小九九，急迫地开口问道："如果这东西送去你们那儿，能卖多少钱？"

"这个要等拿到我们古德拍卖行去现场鉴定过了才能给你估价。"

"还要去一趟锦城？"年轻男人面露难色。

"你放心，我们包你的行程机票和食宿，另外，你的误工费也会算进去。"

"真的？"年轻男人明显心动了，讨好地把瓶子递过来："专家，你帮我掌掌眼。"

傅斯晨小心地接过这只约有四十厘米高的瓶子，瓶细口，长颈，丰肩，圆鼓腹，内部和圈足内施青釉，外部图案为宫廷生活，一个打瞌睡的侍女为午睡的主人摇扇。器身图案以各种深浅不同的红彩、黄彩、绿彩来绘制，口沿金彩，外口沿下一圈如意云头边纹。整个瓶子造型流畅，图案生动逼真，纹饰立体感极强。

以傅斯晨的推断，这应该是乾隆粉彩瓶，但他毕竟不是专门做鉴定的专家，具体结果还要请专业人员出鉴定结果，他现在能做的，就是尽力先把这件藏品给谈下来。

两人正商量行程，不远处忽然冲来一位花白头发的老人。虽年过半百却身子硬朗步伐很快，转眼间便怒气匆匆地来到年轻男人面前，二话不说就抽了他一个耳刮子。

“你个败家的玩意儿，家里就这么点传家的东西，你竟然敢背着我来把这宝贝卖了？”老人气得脸上的褶子又深了几层，浑身有些微微发颤。

年轻男人挨了一巴掌，也恼了：“我不卖，你给我钱娶媳妇买房子？你能拿出钱来，我就不卖！”

“败家玩意儿，你……你还有理了！”老人气得脸色暗红，指着年轻男子的手不停发抖。“我告诉你，有我在一天，你就别想把家里的东西给卖了！”

老人说完，不由分说，从年轻男人手里抢过那只瓶子，转头就走。

年轻男人气得一脚踢翻立在旁边的垃圾桶。

傅斯晨看在眼里，皱了皱眉。像这样家里有矛盾的拍品，他是不想征的，因为就算征了，到后面签订合同时，也容易出现一些别的纠纷和问题。

正想转身离开，一旁气急败坏的年轻男子忽然转身问傅斯晨说：“专家，你跟我说句实话，这个瓶子是不是挺值钱的？”

傅斯晨淡淡看他一眼，还是那句话：“这个要验过才能估价。”

“我说专家，你就不用搞这套虚的了。我这瓶子肯定值钱，不然你也不能包我来回机票和食宿去锦城验货。我就跟你说实话吧，刚才那是我爸，一个老顽固，守着个破瓶子几十年了也不舍得卖，我这次就是想偷偷把它拿出来看看情况。如果真能卖上钱，我就想把它卖了。但是我爸的脾气你刚才也看到了，就想守着这瓶子入土，你想要这瓶子，我想卖这瓶子，那咱俩就得合作。你是专家，你如果能帮着我去说服我爸，那对咱俩都有利，你看怎么样。”

傅斯晨看了眼急吼吼想要把东西变成钱的年轻人。说实话，对于急功近利的人，他向来不太愿意打交道，但今天的这只瓶子的确让他惊艳。干拍卖这几年，他的眼光越来越刁，看上的东西，基本不会失手，既然对方这么想卖，那他试试也无妨。

看傅斯晨答应了，年轻人赶紧从包里掏出一张纸，在上面歪歪扭扭地写了两行字，递给傅斯晨说："我叫李瑞，这是我家的地址和电话，您要是来就提前跟我说。不过傅先生，这事您得抓紧啊，刚才这边的工作人员可说了，他们会尽快找我。我急用钱，谁先到就谁先得，当然了，如果您这边的价格更高，我肯定会留给您的。"

傅斯晨表情淡然地接过纸条，李瑞讪讪一笑："那……那我就先走了，您记得一定要给我打电话啊。"

等年轻男人一走，傅斯晨也转身上车，照着陈柏年发来的地址，驱车来到一个靠近市郊的老旧楼房里。

地址是肖海明在没出名之前在乾市的老住所，自从他有了名气之后，便搬去了锦城定居，直到他的尸体在锦城市郊一处高档楼盘里被人发现。

傅斯晨又认真看了看手机上显示的肖海明旧住所，确定就在这栋楼的三楼出电梯右手边那家。他坐着摇摇晃晃、贴满小广告的电梯慢慢上去。这个楼的格局是一梯两户，电梯口对着逃生楼梯口。他出了电梯，朝右边的房子走去，铁门上落满灰，看样子是很久没擦过了。

敲了好久，没人开门，傅斯晨有些不甘心，又转身去敲左边的门，想问问情况，然而左边的门也敲不开。傅斯晨等了一会，刚想离开，忽然听到头顶一阵开门关门声，紧接着过道里传来一连串的拍球声，一个男孩在自言自语地数着拍子。

傅斯晨犹豫了两秒，坐电梯上了四楼。

男孩看到一个陌生男人忽然从电梯里出来，吓了一跳，粗声粗气地开口问他："你找谁？"

对方是个七八岁的孩子，傅斯晨忽略他语气中的不客气，耐心问他说："你好，我是来找住在你家楼下的人，可怎么敲门也敲不开，我想问一下，你最近有没有见过楼下的人？"

小孩没想到这位穿着不凡的男人竟然对他这么有礼貌，也不好意思凶了，老老实实地告诉他："住楼下的是个凶巴巴的女人，以前经常上来说我拍球影响到她。"

傅斯晨看着拿球的小孩，问："女人？没有男的吗？"

"男的……"男孩想了一下，"有！很久之前，我有见过那个凶女人跟着一个像我爸一样老的男人手拉手一起从超市买了东西回来。有次在电梯里碰到，那个男人还拿出一包士力架问我要不要吃，态度比凶女人和蔼多了。"

"那个男人，是不是一米七出头，脸比较方，戴副眼镜？"

"对，还比较脏，我每次见他，他衣服上总有各种颜料的颜色，手上也是黑黑的，他给我递士力架的时候，我都没敢接。"

"他们大概是什么时候回来的？"

小孩有认真想了想："女人在这里的时间比较多，经常上来投诉，男人就见过几次。"

"那你说的那位凶巴巴的女人，是不是长头发，皮肤很白，二十多岁的样子？"

"几岁我就不知道了，反正挺漂亮。"孩子说完转身看了看自己身后的家门，压低声音，故作老成地跟傅斯晨说："我听我爸妈说，那个凶女人是个脑子有病的二奶。"

傅斯晨愣了一下："脑子有病？"

"对啊，不然长得这么漂亮，为什么要跟着一个又老又脏的老头在一起？"

傅斯晨失笑，告别这个早熟的孩子，转身进了电梯。他现在可以确定，楼下住着的应该就是肖海明，而那个女人，说不定就是画中的神秘女郎。

小孩既然见过肖海明几次，那说明肖海明这些年虽然在锦城定居，但因为有这个女人住在这里，他还是会时不时地回来。因为画像的事，傅斯晨还专门看过肖海明的介绍，说他在去锦城之前就已经离婚且并未再婚。如果是这样，肖海明却不接这位情人一起去住，反而让她留在自己的乾市老住所，要么是他在锦城还有别的情人，要么就是这个老住所兼画室有他放心不下的东西，需要有人经常来住。

之前因为怀疑画中人是肖海明的情人，傅斯晨也让陈柏年偷偷查过肖海明在锦城的人际关系，可并未发现他跟什么女人有特别的来往。那只能说明，那幅画里的人，有百分之八十的几率就是住在这里的这个年轻女人。或许找到她就能知道委托人的消息，再或许，她就是委托人。

傅斯晨为了等消息，一连两天都在这个小区晃荡。每天早中晚都去敲一次门，可惜毫无收获。这个女人在乾市应该还有别的住所，并不是每天都回这里。他这样干耗着也不是办法，干脆先打道回府，再想别的办法让神秘女人现身。

Chapter 15

饭桌定情

车子刚开到锦城，傅斯晨就接到张德亮的电话："我听说你今天回了锦城，正好今晚公司要聚餐，我这边要跟几个重要的朋友吃饭，没法参加，你作为实习生的老师可不能缺席。你也知道这段时间公司里传言太多，我们要先自己稳定军心，要给大家打一剂强心针。"

傅斯晨之所以今天赶回锦城，除了暂时找不到人，没有时间继续耗着，还有另一个原因就是他家里今晚有家庭聚会，老爷子还特地打了电话给他，让他按时回家吃饭。

在外独自打拼的傅斯晨因为不在自己家族的公司上班，已经跟老爷子关系紧张了很长一段时间，近两年才逐渐缓解。老爷子让他每个月都要抽出一天时间回家吃饭，虽然家里早已不是他小时候的样子，女主人也早不是他的母亲，但老爷子毕竟还是自己的亲生父亲，每月回去一次也是应该的，他早已答应下来。现在张德亮又打电话来让他去吃饭，他当然要讲究先来后到，推掉公司的聚会。

那头的张德亮犹豫了两秒，说："要不然这样，我让刘经理把晚餐的时间改改，提前一个小时，你先跟公司的人去聚餐，然后再赶回家。我刚才刚跟你姐傅斯月通过电话，她还在公司，估计没这么早回去，等你聚会回去，应该能赶上她回来。”

“聚会不能改成明天吗？”

张德亮顿了顿：“明天……还有重要的事，再说刘经理把定金都已经交了，你就受累赶赶场吧。”

话都说到这份上了，傅斯晨就是说什么都推辞不掉了。他看了眼时间，把车子直接开去了饭店。

今天对白小米来说真是个好日子，传单没发完就早早接到秃头刘的电话，让她赶回公司，参加公司今天的迎新晚宴。说是老板为了犒劳新实习生报道那天的勇敢表现，破例把晚宴地点改成全锦城最豪华的生鲜自助酒店，在全市最高级的锦绣饭店三十二层旋转餐厅里吃最贵最好的生鲜料理。

能边吃美味边看美景，这简直是人生的一大享受啊。此时还在寒风中狂奔的白小米咽了咽口水，心想今晚一定要大吃一顿，把这段时间饿瘦的肉都给补上。

酒店门口，老板张德亮临时缺席，傅斯晨理所当然地成了众人簇拥的对象。几个部门经理和其他几位元老级拍卖师环绕左右，后面跟着部门主管和一众老员工。苏梦身边是一群献殷勤的单身男同事，走在最后的，才是新入职又不受待见的白小米。

众人按照位置和关系亲疏纷纷在大厅落座。席间颇有眼力劲儿的苏梦不停跑前跑后，为前辈们特别是金牌拍卖师们跑腿，端茶递水面面俱到，深得秃头刘的真传。人美加上会来事，自然得到一众老员工的青睐，很快融入了“自家人”的圈子里。鉴于她是傅斯晨的准徒弟，大家都颇有默契地让她坐到了傅斯晨的旁边。傅斯晨本尊今天也特别亲民，似乎对这样的安排也并不反对，苏梦兴奋得小脸都红了。这代表什么？这代表连傅斯晨都默认了她以后的位置啊。

桌子再大也架不住人多，反观被挤得独自去角落开了新桌的、跟傅斯晨相距十万八千里远的白小米，隔着长长的迂回的自助餐桌，傅斯晨恰巧在空隙里跟她坐成了斜对脸。要是一般人看来，被热闹的人群排斥到了另一张寂寥的桌子上，应该就是自讨没趣没有食欲了，但白小米可不是什么一般人，她可是号称“肉见怕”的食肉动物！

跟其他想减肥要吃素或者装斯文的女同事不一样，白小米奉行的人生格言是：老娘活到这么大，可不是为了吃素的！大学四年，她有着连续吃倒校外五家自助烤肉店的辉煌纪录。甚至有商家看上了她的食力，请她到竞争对手的店里去狂吃的经历。这样一个吃货到了这样的高级自助餐厅里，又怎会被独坐冷清的餐桌这件小事吓到没有食欲？

吴奕杉正坐在大厅一个靠窗的位置上，今天他本不想来这儿，但老妈一直跟他叨念，让他去和她一位老朋友的女儿吃顿饭。吴奕杉当然知道老妈的心思，这事被他推了几次，最后实在受不了老妈的唠叨，这才答应来这家自助餐厅见面。对于应付差事的事，吴奕杉从来没有耐心去猜测对方的口味。一应俱全想吃什么自己拿什么的自助餐，便成了最好的选择。

他见过那女孩的照片，说实话挺漂亮，跟他交往过的那些漂亮的女朋友一样，腰线纤细四肢修长下巴尖细，可能就因为类型太过相似，才让他有些兴趣索然。

正想着，门口忽然涌进一群人，吴奕杉朝门口扫了一眼，人群中竟然出现一个熟悉的小身影。他有些惊讶，又认真看了看，还真是那个小雀斑，没想到在这里也能碰上她。他以前不太相信缘分这件事，但现在不得不相信他们有缘了。毕竟锦城这么大的地方，能碰到同一个陌生人三次，那可不是件容易的事。

客人陆续进来，就在白小米摸着干瘪的肚子，正喝水充饥等着上菜时，一个高瘦的人影忽然在她对面的座位上坐了下来。

“女侠，没想到这么快我们又见面了。”吴奕杉扯着嘴角，一双眼睛坦荡中透着好奇。

白小米没想到在这又遇上了这个怪人，吓了一跳，很快又平静下来："怎么到哪都能碰到你。"

"这说明我们有缘啊。"

白小米没搭话，只是夸张地翻了个大白眼。

吴奕杉狭长的双眼闪过笑意："没想到你是这种人，翻白眼也能翻得这么好看。"

白小米刚喝进嘴的柠檬茶差点喷出来，没见过能这么睁眼说瞎话的。

吴奕杉的漂亮脸蛋又往前凑了凑："女侠，今天是自己一个人吗？"

"我……"白小米看了眼隔着过道的另一桌同事，正好看到李娘娘在找位置，她朝他挥了挥手，示意他过来一起坐。李娘娘想了两秒，挤出笑容摇摇头，硬是挤进了痘痘男和烫着方便面头的大姐之间。

吴奕杉顺着她的眼神看了看那一大桌热热闹闹的人群，也猜到了是公司聚会。那群人应该就是古德的员工，怪不得有几个还颇为面熟。

白小米给李娘娘摆了个"你不来这里坐是你的损失"的表情，心想那桌人多虽然热闹，但今天是来吃饭的又不是来说话的，人多意味着东西摆不下，还意味着人多事情多顾及也多，李娘娘过去坐那边，肯定吃不尽兴。白小米心中为李娘娘的决策性失误而惋惜。但她的表情在吴奕杉的眼里，却被理解成了被同事冷落的尴尬神伤。他看了眼独自一人的白小米，语气自带救世主色彩："你的同伴不愿意过来，正好我的同伴也没来，这样，今天我们拼桌，就当互相帮忙吧。"

白小米奇怪地看他一眼："互相帮忙？"

吴奕杉以为她是被人看穿孤独而强撑面子，心说你还挺奇怪，明明看起来小小一个，却做出很多大男人都未必敢做的事。这么柔软，却又那么强硬。既然这么潇洒，却又在这样的事情上放不开。

他扯扯嘴角，换了个说法："那女侠你就好人做到底，帮我个忙，跟我拼桌可以吗？"

白小米心想你一个大男人还真矫情，竟然还觉得自己一个人出来吃饭丢脸？不过话说回来，她想起他追贼时还没跑几步就捂着肚子哼哼唧唧的样子，的确就是这个FEEL。

白小米一向是用第一感觉来判断是否要跟对方继续交往或者交往深浅的依据，吴奕杉在抓贼时给她留下的是"中看不中用、傲慢又怪异"的第一印象。而当她第二次在古玩城遇到他时，这位傲慢怪异的路人，竟然要在寒冷的冬日傍晚，非要请她喝茶，这更让她确认他的确异于常人。对于这种怪人，她当然是有多远躲多远，只是没想到锦城这么大，还是能第三次碰上他。

白小米叹了口气，算了，反正在这里也是各吃各的，只是拼桌而已，他也不能怎么样。

两人正各自喝茶，吴奕杉口袋里的电话一直发震，他转头一看，自己原先坐的靠窗那桌，坐了位四处张望的长靴短裙的网红脸，他暗自打量了一眼，果然就是那位要跟他见面的女人。

吴奕杉转头看了眼白小米，随即低头给对方发了条短信，说自己临时有事来不了，随后又装作喝水的样子，把头埋了下来。

菜一道道地被端上自助台，白小米咽着口水暗暗欢呼，刚要起身去取，转头看到把脸快埋到桌子上的吴奕杉。

白小米忍不住提醒他："喂，你在干吗呢，菜都上来了，赶紧去拿啊。"

吴奕杉有些尴尬地微微抬起头，余光看到那位还坐在原位的网红脸，只能用杯子挡住脸，压低声音跟白小米说："这个自助餐厅跟一般的自助餐厅不同，无论你想吃什么，都不用自己动手，看图点单，自然有服务生给送到桌上。"

果然是家高级的自助餐厅，还有这种服务。白小米跃跃欲试地转头拿起桌角放着的烫金菜单，上面果然有跟自助台上对应的图片。她招招手让服务员过来，边激动地翻着让人垂涎欲滴的各色菜谱，边对一旁的服务生说："这个这个，这个这个，还有这个！"

吴奕杉见惯了这种要一盘吃一口的点法，他以前以为只有美女们爱干这事，今天才知道，只要是女人，不分美丑，都爱这么干。

服务生记下菜号，看了眼桌上的两位客人迟疑道："就你们两个人吃吗？"

白小米看了眼吴奕杉，对服务员摆摆手说："不是，这是我自己的，他自己另点。"

吴奕杉瞥她一眼，又看了看已经起身往外走的网红脸，终于可以直起身松了口气，抻了抻身上的运动休闲服，逗对面瘦小的白小米说："你可想清楚了，这家餐厅点了吃不完是要罚款的。"

白小米一脸恍然大悟，把菜单丢给他："明白了，那我就暂时先点这么多，一会不够再加。"

吴奕杉好笑地看她："这么多东西，你确定自己一个人能吃得完？"

"我从来不浪费食物。"

"那你要是吃不完呢？"

白小米没想到还有人质疑她的食量，哼笑一声："要是我吃不完，发了工资我再请你来这里吃一次。如果我吃完了，你就再请我吃一次！"

一听这话，吴奕杉低笑两声，原来她这么迂回，就是为后面的有来有往做准备。他的确小看了她，以为她是个不懂风情的小家伙，没想到她还是个高手。

既然如此，那他也不矜持了。

吴奕杉凑近她，一双迷惑众生的眼睛眨了眨，问："为什么有下一次？难道你喜欢我吗？”

白小米一愣，摇摇头：“不喜欢。”

吴奕杉心说，得，玩欲擒故纵是吧，行，我陪你。

他似笑非笑地看着她：“太好了，我喜欢你，这样我们在一起可以互补。”

白小米定定看了他十秒，忽然笑了，这人果然不正常。

服务员依次把白小米点的菜端了上来，几乎摆满了一整桌，每一盘都是大荤的肉菜。光闻味道看颜色，白小米就兴奋得想要嗷嗷叫了。这样的肉块要大口吃才过瘾，白小米也顾不得斯文了，噼里啪啦就直接上手。

吴奕杉这是第一次见女孩子在自己面前吃肉吃得这样欢实，当场就被她的凶猛吃相给震了，如果这是她演出来的，那他觉得该给她发座小金人了。

白小米自顾自地吃，丝毫没有要在他这个帅哥面前稍微端一下，更没有招呼他吃的意思。吴奕杉乐了，这姑娘还真有意思啊。

看她嘴边沾了一小块肉末，吴奕杉递过去一张纸巾想让她擦擦。刚拍了拍她的肩膀，就看她嘴角一转，肉末被吸了进去，手上还马不停蹄地夹着一筷子肉丢进嘴里。一扭头的间隙，顺带着把汁水甩了吴奕杉一脸。

“哎呀呀……”吴奕杉大叫一声，赶紧把原本要递给白小米的纸巾自己用了。

白小米吃东西的时候如同开挂，她面部的肌肉会自然放松，嘴角自然带着一种幸福的微笑。这样的嘴型丝毫不耽误食物进出的速度，这种有规律的咀嚼声和由内而外散发出的满足感，自然而然地形成了一种莫名的感染力，让一旁看着的人也食欲大增。

吴奕杉咽了咽口水，才不过半小时的时间，桌上的菜竟然下去了大半。他还没见过这么瘦小还这么能吃的女人，有些不敢相信地看着这位女中豪杰，刚才他还十分肯定地认为，这个女人是想用“吃不完”来制造以后跟他再次约会的机会，现在看来，纯粹是自己想太多了，这女人就是正经来吃饭的，完全没有别的想法。甚至在她吃东西的时候，眼睛都没看过他一眼。

吴奕杉看她吃得这么香，咽了咽口水，一改刚才只想坐下来喝茶聊天的想法，竟莫名有了那么点久违的想吃东西的欲望。

他大手一挥，叫来服务员，破天荒地刷刷刷点了五六个大菜，有了女“食神”坐镇，反正点再多也不会剩。

吴奕杉夹起自己面前的一大块红烧肘子，凑近鼻子闻了闻，才小心翼翼地慢慢放进嘴里。皱着眉头含了会，一秒，两秒，三秒，他松开眉头，嘴里似乎没有了往日那股难以下咽的味道。他开始慢慢咀嚼，一口，两口，食物在他口腔中慢慢成为碎块，口中的唾液混合着肉香，慢慢滑下喉咙。一块肉咽下去，吴奕杉愣了半秒，整个人的脸色都变得兴奋起来，紧接着又夹了第二块，转眼间又下肚了。当他夹起第三块的时候，脸上的表情已经满足不已，这种又能吃进东西的感觉太奇妙了，让他不由自主闭起眼睛享受这个过程。

白小米抬头看到吴奕杉一副几百年没吃过肉的欢快表情，被他虔诚的样子戳到笑点，正在嘴里咀嚼的食物被她连同笑声喷了出来，不偏不倚，洋洋洒洒落了吴奕杉一脸。

傅斯晨的视线从围绕身旁的众人里穿过去，看到了远处拍着肚子正跟一个男人比赛吃饭的白小米。男人是背着他坐的，看不清是谁，但白小米那忽然从鼻子里喷出米饭肉粒的吃相，是完完全全落进了傅斯晨的眼里。让他不得不赶紧移开视线，连喝了两杯热茶压惊，心想这个女人简直太奇葩了，跟她坐一桌吃饭的男人今天真是五行缺心眼啊。

然而这事在当事人吴奕杉看来并非如此，看着自己这桌一个个垒起的碟子，他心满意足地跟着白小米一起打了个饱嗝。说实话，自打他一年多前患上了间歇性的轻微厌食症，他都不记得自己已经多久没体会过这种被食物填满整个胃袋的感觉了。

医生说他得的这种厌食症跟一般的厌食症还有点不一样，是一种身体内部的机体抵抗。不是说他不想吃，是胃里很饿但脑中没有想吃的欲望，进而让口腔阻挡进食。别说大快朵颐那些重油重盐的东西了，就连清淡的饭菜，他也只敢细嚼慢咽，生怕胃部又起了反应，连这粗茶淡饭都不让他吃。

别人约人都说是一起吃饭，自从患上了这个厌食症，吴奕杉约人只能说一起喝茶。好在他的家人为了保证他的营养，在粗茶淡饭之外，想尽办法让他吃些营养胶囊保持营养均衡。有了这个补充，他除了没法用味蕾体会各种美味，身体还算正常。因为吃了一年的素食，他原本的大肚子和有些臃肿的体型慢慢消瘦下去，整个人看起来倒是较之前更加有型挺拔。

吴奕杉曾以为自己这辈子就要一直靠着营养胶囊来补充体力了，万万没想到，今天因为看了这位大胃奇女子白小米的豪迈吃相，竟然被勾着吃下了这一年中最饱的一顿饭，找到了弥足珍贵消失已久的食欲。此时的吴奕杉心里只有一个想法：这世界上，找到性找到爱都不稀奇，稀奇的是能找到让他吃得下饭的女人，不管她是谁，以后她的饭，他都管了！

白小米和吴奕杉这种不管不顾的野性吃法，让给这桌端菜的服务员差点累死在往返拿菜的途中。人群后面，傅斯晨每次偶然的抬头，都能看到那个小小的身影跟那位看不清样子的男人在奋力埋头吃饭。看这两人一副快饿死的样子，傅斯晨皱了皱眉头：这是多久没吃饭了？

说实话白小米今天也属于超常发挥，有了吴奕杉在旁边你追我赶，白小米不知不觉就破了记录。她在吃饭的间隙看了眼这位帅哥毫不逊色于自己的吃相，心中不禁纳闷：看他今天和上几次的行头，不像是经常吃不到好东西的人啊，难道他身上的这些衣服，全都是淘来的仿品？能淘到做工这么真的仿品，还真有两下子。

吃完桌子上最后一块提拉米苏后，吴奕杉和白小米终于在打着混合着各种食物味道的饱嗝中心满意足了。这顿饭过后，白小米对吴奕杉的看法终于有了一丢丢改观，他虽然矫情，但在吃饭这件事上放得开。她一向喜欢以吃会友，难得遇上一位实力相当的饭友，此刻跟她一起吃得欢快的吴奕杉，看起来也就没那么让人讨厌了。

酒足饭饱，饭店离地铁站还有一段路程，有车的同事都会捎带着把坐地铁的同事带到地铁站点。大家三五成群地早早打好招呼以免落单，因为白小米没跟大家坐一桌，所以并没人想起还有她这么个人。

苏梦拿起围巾围上，满眼期待地看了眼旁边的傅斯晨，鼓起勇气，心跳加快地轻声问道："傅老师，您的车还有空位吗？能不能捎我一程？"

傅斯晨想着赶回家，刚想要帮她找别的车还有没有空位，一旁的秃头刘也凑了过来，打着哈哈说："我也没车位了，能不能也把我捎上？"

傅斯晨看了眼时间，站起身对苏梦和秃头刘说："走吧。"

对于刘经理插的一脚，苏梦有些庆幸，刚才如果不是他，她说不定就坐不上傅斯晨的车。但这样一来，三人同车，她也就没法更进一步的表露自己的想法了。

白小米吃了个刚上的小奶油甜点，抬头一看，大部队已经准备起身撤了，她赶忙站起来跟还坐着的吴奕杉说："我要先蹭车走了，这里离地铁站还有段路呢。"

吴奕杉茫然地看了眼往外走的那群人，又转头看看白小米，说："蹭谁的车？"

"就是不知道能蹭上谁的车，我才要赶快过去看看啊。"

吴奕杉有些想笑，刚想说一会我送你回去，就看到白小米拿上外套，朝着电梯百米冲刺过去。

电梯本来就不宽敞，现在又重力加速度地多挤进来一个人，里面的人被这忽然的冲击波推得有些不稳。集体晃动时，苏梦身子一歪，无意间撞进了旁边的傅斯晨怀里，傅斯晨下意识地一把抱住她，旁边的同事纷纷佯装没看到。苏梦闻着他身上那股隐隐的海盐和薄荷混合在一起的男士香水味道，不由脸一红，看向他的眼神也越发闪烁起来。

傅斯晨放开站稳的苏梦，朝始作俑者白小米看了一眼，心想她果然是吃饱喝足了，一进来重量就增加了不少。

进了电梯里，白小米碰了旁边的李娘娘一把，问他能不能捎自己到地铁站。李娘娘一脸抱歉，说车子已经没了位置。白小米又把里面有车的同事都问了一圈，无一例外都是满员。站在最里面的傅斯晨的车上只坐了三个人，本是可以捎上她的，但一想到梦中的情景，多一事不如少一事，便没有吱声，反正地铁站口离这里也就两站，就让她走过去当消食吧。

大家依次出了一楼电梯，来到门口才发现外面正下着大雨，之前约好车位的同事纷纷一个萝卜一个坑地鱼贯上车。白小米垂下蹭车的手臂，看了看越来越密的雨点，心想再等等吧，说不定雨一会就停了，就算不停也不会一直这么大吧。等再小一点，她就能一路跑过去，反正自己跑得快，淋得也会比别人少。

雨天路滑道窄，所有的车子都依次排队从停车场来到门厅接人。大厅里的同事陆陆续续上了车，原本熙熙攘攘的大厅里很快就只剩几个稀稀拉拉等雨停的人影。白小米跺着脚不停看天，早不下晚不下，怎么就偏偏这个时候下？

傅斯晨扣好安全带，把车慢慢停在大厅门口，让搭他顺风车的秃头刘和苏梦上车。苏梦本想坐在副驾驶，又怕傅斯晨觉得她不懂规矩，索性先打开副驾驶的车门，让刘经理坐进去，秃头刘是个有眼色的人，他推脱着坐到了后座，苏梦心中一喜，顺利坐到了傅斯晨的旁边。

傅斯晨的余光透过玻璃窗，看到没蹭上车、还在大厅里躲雨的白小米，他的脚放在油门上犹豫了两秒，心想就捎上她吧，反正到了地铁口一起下车。

刚要摁喇叭让她上车的时候，一辆白色的玛莎拉蒂一下横蹿到整列车队前急刹，切断了那条单车道去路。这一拦，傅斯晨和后面的一串车都被迫停在了原地。

事情来得太突然，所有人都看向从堵他们路的车里开门出来、朝着大厅走去的帅气高瘦男人。

白小米本来还在大厅里来回踱步等雨停，一个转身，忽然看到本应该还在上面吃饭的吴奕杉忽然就站在了她的面前。

这时傅斯晨车上的秃头刘像发现了一件不得了的事一样，指着那位拦住所有人去路的男人背影，一脸惊讶地说："那不是无限集团的太子爷吴奕杉嘛？他……他怎么跟白小米在一起？"

同在车上的苏梦一听，也摇下车窗循声望去，还真看到一位高瘦帅气的男人撑着伞，把白小米送上了那台车牌号超拽的玛莎拉蒂。

大家这一发现不亚于哥伦布看到了新大陆，所有人都百思不得其解，这个白小米到底是何方神圣，明明是一位毫不起眼的人，却能让老板破格录取她，富二代撑伞送她。

秃头刘在车上自言自语地咂咂嘴："真没想到啊，白小米还有这样的背景。"

苏梦看着白小米被护着坐上那台白色的车子，转头看了眼傅斯晨，心中开始有了隐隐的担心。如果白小米跟那位吴奕杉真的关系匪浅，那最后谁能成为傅斯晨的徒弟就不好说了。无限集团作为古德的VIP大客户，说话的分量肯定不容小觑。傅斯晨暗自思忖，难道刚才一起跟她拼命吃饭的人就是这个吴奕杉？

同样惊叹的，除了那些看到白小米坐上车的同事，还有坐进吴奕杉车里的白小米。她虽然不太懂车，但也看得出这车价值不菲。她爸之前开的是奥迪A4，现在吴奕杉开的这台车，她一个外行人也能看出这车能甩他爸那台很多条街。

“谢谢你捎我一程，到地铁站就可以了。”白小米对这个在雨夜里愿意捎她一程的吴奕杉多了分好感，她坐在车里看了一圈，感叹说：“刚才看你吃饭的样子，真没想到你开的是这种好车。”

吴奕杉扫了眼老气横秋的车内饰，略带嫌弃地说：“你弄错了，这车子不是我的。”

白小米愣了一下：“你……是司机？”

吴奕杉扯了扯嘴角，话中有话：“对，我现在就是司机。”

白小米没听出来，反倒是一脸的恍然大悟：“我就说嘛，有钱人怎么会跟我一个吃相。”

吴奕杉哈哈大笑，倒车时把手扶在白小米坐的副座上。从后面傅斯晨的车子看过来，就像是两人正在亲密搂抱。

坐在后面的秃头刘发出一声惊叹：“看来两人真的是关系不一般啊！”

傅斯晨皱了皱眉，头一次碰到这么瞎的富二代。

玛莎拉蒂轰着油门，车上的吴奕杉摁开音乐键，问白小米：“你住哪？”

白小米看了他一眼：“离这挺远的，你就把我送到最近的地铁口就行。”

“不行，下这么大的雨，我怎么放心让你自己回去。”

吴奕杉的坚持又让白小米警觉起来，听说雨夜中单身女性消失的几率更大。她不动声色地拿出手机，看了眼哼着曲子、时不时看她两眼的吴奕杉，坚持要坐地铁。

此时吴奕杉的电话一直在震动，估计是网红脸跟老妈告状了，他有些烦躁地把手机扔到一边，说：“行，那你至少告诉我你的名字可以吧？”

白小米想了想，告诉他也无妨：“白小米。”

“白小米。”吴奕杉嘴角上扬，把这个已经在心里念过多遍的名字又重复了一遍。

路遇红灯，吴奕杉停好车，忽然一把拿过白小米手中的手机，输入一串手机号码拨了出去，然后再笑着递给她说：“我叫吴奕杉，记住了。”

白小米皱了皱眉头，夺回手机放回包里。车子再次启动，几分钟后就到了地铁口。看白小米毫不犹豫地开门下车，吴奕杉转头看到车后座放着一盒老妈让他拿给网红脸的糕点，他灵机一动，叫住白小米，从车后座拿出那盒点心递给她：“这是你刚才走了以后才上的点心，味道不错，我打包了一些，你拿回去尝尝。”

白小米疑惑地接过点心：“自助餐还能打包？”

“当然可以，那家店跟别家不同。”

“那你不吃吗？”

“我刚才在那儿吃太多了，你没尝过，拿回去尝尝。”

白小米想着敏敏姐可能也没吃东西，道了谢，大大方方地接过点心盒，毫不留恋地挥别吴奕杉。

吴奕杉拿着一直震个不停的手机，看着迅速跑向地铁口的白小米，一转方向盘，一脚油门开了出去。

白小米刚打开家门，就一脸激动地朝房间里喊：“敏敏姐，快看看我给你带回了什么好东西！”

躺在沙发上敷面膜的敏敏懒懒地动了动：“这么兴奋，估计是吃的吧？”

白小米一脸“你懂我”的赞赏表情，掏出包包里那一小盒糕点放在桌上，说：“快起来尝尝，这个可是从锦城那个最贵最高的自助餐厅里打包回来的。”

敏敏揪掉面膜，一幅累散架的表情慢慢爬起来：“是那个二十三层的锦绣大饭店自助餐？”

“对对对，那的东西可不是一般的好吃。”

敏敏掀开甜点盒的盖子，吃了两口，不住点头：“真不愧是锦绣的糕点，香糯绵软，入口即化。不过我也去了几次，怎么没听过那里的东西能打包？”

白小米细细笑了两声，问道：“对了敏敏姐，那件衣服你今天去退换了吗？”

陈敏敏把糕点吃完，犹豫了几秒，跟白小米说：“小米，我今天拿干洗好的衣服去退了，可那味道挺大的，人家不让退。”

白小米愣了愣，赶忙说：“敏敏姐你放心，我一定会把这件衣服的钱赔给你的，只是我现在暂时没有这么多，估计要分期还给你。”

陈敏敏忙安慰她：“你别着急，先把眼前实习转正的事搞定了再说，这衣服的事，等你有钱了再说吧。”

傅斯晨一路无语地把苏梦和秃头刘送到地铁站后，抬头看了眼前面的朦胧夜色，又低头看了看手表，莫名地叹了口气。然后发动车子，朝着自家郊外的别墅驶去。

Chapter 16

复杂关系

傅斯晨把车开进自家院子里时，大姐傅斯月的车子也正好进来。傅斯晨拔了钥匙，靠在车边等着。傅斯月体态清瘦，穿着一套白色的套裙，从奔驰车上下来，娉娉婷婷地站在傅斯晨面前，象牙白的高跟鞋着地，发出铿锵有力的声响。

“大姐，今天回来得挺早啊。”傅斯晨伸手揽住傅斯月的肩膀，两人并排走向别墅大门，姐弟俩都让人赏心悦目。

傅斯月转头看了眼自己的亲弟弟，笑容浅淡又不失温和：“这话应该是我说你吧，家庭聚会你向来不是能躲就躲吗？”

“我哪有躲？拍卖行太忙了，我睡觉都时间都不够，看我这黑眼圈。”傅斯晨笑着指指自己的眼睛诉苦。

傅斯月眉眼细致，笑起来眼睛弯弯，但目光却极为清亮锐利，说笑时也会显出一种冷冽的气质，她嘴角轻微翘起：“那要不要我去跟你们那位不爱惜员工的张总投诉一下？”

“行啊，记得帮我讨个十天半个月的假期回来。”傅斯晨一脸慵懒地跟这个姐姐说笑，别人都觉得傅斯月是个做事说话都厉害的女人，对她敬而远之。家里也就只有他这个弟弟才敢跟她开玩笑。

姐弟俩一前一后进门，傅斯月还特意朝车库方向看了一眼。

傅锦荣照例坐在长桌的主位，续弦的老婆张兰在旁边给他盛汤，看到姐弟俩一起回来，连忙招呼他们过来吃饭。

菜已经上桌，张兰有些着急地看了看墙上的挂钟，起身到房间，偷偷给自己的儿子傅斯明打电话，催他赶紧回家。

张兰刚离开桌，傅斯月的脸就下来了："还真以为公司没了他不行吗？装给谁看？"

"够了。"

傅斯月还要继续说，被傅锦荣轻喝一声，讪讪闭了嘴。傅锦荣在家里一向说一不二，虽然因身体抱恙不再插手公司的事，但因为没定下谁来接任万里集团的董事长一职，公司的重大决策，还是要过问他的意见。

傅斯晨不说话，低头把玩手机，他一向如此，作为家里最小的孩子，他从小就以旁观者的姿态来看自己家人的打闹争吵。而这样的事情自他十岁那年，张兰母子住进这个家里，代替去世的母亲成为这个家的女主人后，每天都在上演。

几分钟后张兰脸色难看地从房间出来，说傅斯明在公司忙，赶不回来了，傅斯月的讥讽全写在脸上："看来傅斯明比万里集团的董事长还忙啊。"

在这个家里，谁来坐第一把交椅一直是个敏感话题，除了傅斯晨以外，傅斯月和傅斯明在各个分公司各司其职。两人因为出色的能力一直没让傅锦荣失望，也让傅锦荣对让谁来最终接手公司这个事情犹豫不决。

张兰满脸不快，但毕竟是后妈，傅斯月又是厉害角色，她再生气，也只能放在心里，只管伺候老爷子吃饭，就当没听见这位千金小姐的叫嚣。

傅斯晨没理傅斯月扫过来的眼神，点头继续吃饭。

傅锦荣也不接她们的话，直接看向儿子傅斯晨："今晚你在这里睡吧。"

傅斯晨在市中心有自己的公寓，一直一个人独住，但今晚父亲既然开口了，他留下住一晚也无妨。

看儿子点头答应，傅锦荣这才有了笑意，指了指满桌子的菜说："多吃点。"

吃完饭，傅斯月回公司，傅斯晨直接回房间洗澡，出来时发现父亲坐在他的房里。

"爸。"

傅锦荣眉头紧锁："你到底什么时候才回公司。"

傅斯晨边擦头上的水珠边在父亲对面坐下来："我现在在拍卖行干得挺好……"

"再好那也是别人的公司，你宁可去帮人出力，也不回家帮家里？"

"家里有大姐和大哥，再说我也帮不上什么忙。"

傅锦荣摇摇头，这个话题他们重复过很多遍，每次都会陷入循环的僵局。傅锦荣有心培养他，处处给他机会，谁知他竟然无心进公司，反倒依着自己的性子，去拍卖行做了拍卖师。

傅锦荣是个倔脾气，儿子傅斯晨也继承了他这点，两人围着这事耗了这么多年，现在眼看自己的身体一日不如一日，怕是要耗不下去了。但这个他最看好的儿子却依旧没有要回来的意思，说不急那是假的。但他光着急并没有用，他太了解自己的这个儿子，吃软不吃硬，他不愿意的事，谁都逼不了他。

傅锦荣表面上虽然恼怒儿子的不听话，但他也看得出来，这位小儿子之所以去拍卖行并不全是因为兴趣。他跟自己一样，希望家和，为了避免跟傅斯月和傅斯明起正面冲突，他宁可出去独自闯荡，也不进自家的公司。这份心胸，让傅锦荣更加认定傅斯晨就是万里以后的接班人，即便傅斯晨现在还是意志坚决，但他终归是有信心让傅斯晨回到公司接任的。

父亲出去后，傅斯晨偏头点燃一根烟，烟雾缭绕中，思绪万千。

自从他出了车祸之后，父亲的身体便大不如前，时常会出现一些小毛病，让他回归公司的想法也越加强烈。傅斯晨不是不明白父亲的意思，也多次明确自己想要做自己喜欢的事的态度。然而老爷子依旧坚持己见，时常让秘书把公司的重要决策文件抄送一份发邮件给他。理由很简单，既然他是傅家的人，理所当然就要知道傅家发生的大事。

傅斯晨也不愿为这样的事再跟父亲起争执，对于这种抄送，傅斯晨向来都是只看不说。只有老爷子非要问了，他才浅谈自己的想法。在傅斯晨的意识中，一直有种避免跟大姐傅斯月和大哥傅斯明直面竞争的意思。父亲工作繁忙，母亲走后，年长他几岁却早熟过人的傅斯月便成了他身边唯一的亲人，虽然不能像母亲那样事事护着他，却也不容许别人欺负他。特别是傅斯明母子搬进来后，傅斯月担心被他们母子俩骑在头上，更是把身上的刺都竖了起来，处处跟母子俩针锋相对，时常把家里闹得乌烟瘴气。

不知是不是看到了傅斯月的厉害，傅斯明母子并没有想象中鸠占鹊巢般的嚣张跋扈。傅斯明年纪比傅斯月小些，却是个极其冷静的人，平日沉默寡言闷头做事，即便受到傅斯月的无理挑衅，也是漠然置之，让傅斯月气得跳脚又跟他吵不起来。

傅斯明跟傅斯月年岁相差不大，一个学校一个年级。傅斯明没来之前，傅斯月一直是年级第一的天之骄女，傅斯明来了以后，她便时常屈居第二。两人从学校时就暗自较劲，直到进了公司，依旧如此。在傅斯月眼里，傅斯明就是眼中钉般的存在。两人在这十来年的时间里，从家里斗到学校，再斗到公司，让一心想着和气生财的老爷子烦不胜烦，也就是从那时候起，他才留意到了自己的小儿子傅斯晨。

不知从何时开始，那位一直躲在傅斯月背后的小男孩，不知不觉间已经长大。他跟傅斯月傅斯明一样，拥有同样聪明的脑袋和光彩夺目的外形。更难能可贵的是，他不争不斗心态平和，比处处总要压人一头的傅斯月沉稳低调，又比铁面无情的傅斯明更懂得处理人际关系。而他的眼光和处理事情的能力，有时甚至比傅斯月和傅斯明要来得成熟，更得老爷子的心。

当傅斯月和傅斯明还在谁也不服谁地争董事长位置的时候，傅锦荣就已经决意把位置留给了小儿子傅斯晨。

楼上隐约传来父亲和继母的争吵声。有钱人的家庭亲情本来就淡薄，加上现在又是个半路重组的家，更是暗流汹涌。以前的他就因为不想参与家里的明争暗斗而离开公司，车祸过后，他更是不想再回到这个随时会因为权势而跟亲人反目的公司。

他不想再听下去，起身穿衣，下楼开车，消失在浓重的夜里。

傅斯晨回到市中心自己的公寓里已是半夜，最近因为神秘女郎的画像弄得他颇为疲惫。虽然此行没有找到人，但也有所收获，至少他知道了神秘女郎有可能会出现的地方。

劳累了一天，傅斯晨一沾床就睡。梦中，还那片花海，他拿着戒指屈膝半跪，诚心诚意地对着白小米求婚。而对方似乎还在犹豫，他忐忑不安地等着，迷雾越来越大，白小米的面目逐渐模糊，他站起来寻找她，却一下栽进了悬崖。

傅斯晨一下惊醒，翻身坐起来，梦中的场景历历在目。以前在梦中白小米接过他的花后便伸出手指让他戴上戒指，今晚的梦不知道为什么变成了她转身离开。他暗自思索，难道是因为看到她上了别人的车?

这个念头一出来，傅斯晨赶紧刹车，白小米上谁的车都不关他的事。或许是刚才的梦让他惊吓过度，傅斯晨再睡不着，他随手点了根烟，伸手摁了摁额头，让混沌的脑袋稍微清醒些，随手又把落地窗帘用力一拉，整个房间的灰白黑色调顿时沐浴在晨光中，平添了几分柔和。

想到梦中那张满是雀斑的圆脸，脑中又出现白小米坐在玛莎拉蒂里跟吴奕杉抱在一起的画面。他百思不得其解，这样一个女人，他为什么会跟她求婚?

傅斯晨被这莫名其妙的压力弄得异常烦躁，他打开冰箱抽出一瓶矿泉水，一口气喝下大半，压下心头的郁闷心慌。走到阳台上，拿起一对二十斤的哑铃，调匀气息，慢慢举了起来。

只要有时间，傅斯晨就会做些锻炼，有时间就出去晨跑，没时间也会在家做些简易器械的锻炼。

随着傅斯晨的半蹲用力，他T恤里的肌肉开始凸显出紧实饱满的轮廓曲线，原本高大修长的身形因为这些凸起，显得壮硕起来。直到练出了一身汗，傅斯晨才把器械放下，擦了把汗，舒张的肌肉又慢慢收了回去，他走进浴室准备洗澡，热气氤氲的镜子里，留下他重新变得修长匀称的身影。

Chapter 17

峰回路转

傅斯晨刚踏进公司，没挤上高峰线的白小米也提着在地铁上被挤扁的面包，火急火燎地踩点冲了进来。

四目相对，白小米谨记着自己要留下来的目的，朝着眼前面无表情甚至还带着一丢丢厌恶眼神的傅斯晨讨好搭讪："傅先生这么巧，你也迟到啊？"

傅斯晨脸上一黑，这个女人简直是哪壶不开提哪壶。他板着脸看了她一眼，径直去了张德亮的办公室，留下一头雾水、不知哪里又得罪人的白小米。

傅斯晨敲开张德亮的办公室门之前，已经猜到张德亮让他过来应该跟昨晚那几位重要朋友有关。果不其然，看傅斯晨进来，张德亮就满面春风地跟他说："上面的关系已经打点好，之前海瑞烂尾楼因为拖欠工人和原料商款项的事情解决了，最近就要重新举行海瑞的拍卖会。日期和安排已经发送到你的邮箱，你最近准备一下。"

这样的事，其实打个电话或者内部邮件通知就可以，张德亮没必要这么急地让傅斯晨一上班就过来，傅斯晨慢慢喝了口茶，看向张德亮："您叫我上来，不会就只说这件事吧？"

张德亮盘着手里的盘珠，神秘兮兮地笑说："给你看个东西。"

他转身从办公桌下面搬出一幅包着牛皮纸的画，傅斯晨眼皮一跳，打开包装，眼前这幅画，竟然还是肖海明的《神秘女郎》。只是这幅画的光线暗了许多，像是接近傍晚的时间。画中的人也比前两幅转头的幅度更大，接近于九十度的侧脸。整个人的侧面轮廓已经很清楚，但依旧看不到正面，而这次画中人的那串珍珠项链上，什么吊坠也没有。

此时的傅斯晨，好奇心已经被调到了最高点，他站起来仔仔细细地观察这第三幅画，盯着画中露出侧脸的女人看了许久，不知道为什么，从第一眼看到这个侧脸，他就有种好像在哪见过的感觉，但又一时间想不起来在哪里见过。

张德亮又喝了口茶，慢悠悠地看了眼画中人，说："这次还是像之前那样快递邮寄过来的，我是今天上午收到的，这次委托人连邮件都没有联系，就直接寄了过来。难道上次让我们暂停第二次的拍卖，就是因为还有第三幅？"

"无论如何，一定要联系到委托人。"

张德亮一脸为难地摇摇头："这次对方好像真的消失了一样，再也没回信息。"

傅斯晨沉吟片刻："这次对方没说什么就匆匆寄了过来，这么莽撞的行为，是不是对方遇上了什么事，连通知我们的时间都没有？"

张德亮想了几秒："对方的事我们不用管，只要画在我们古德，这些都没关系。物主如果还想要这些画，迟早会现身，如果不想要这些画，放在古德这里，我也没什么意见。"

傅斯晨脑中闪过那扇敲不开的门，他没跟张德亮说他去找过肖海明在乾市旧住址的事，事实上张德亮也没时间关心这些事。整个公司的大事都需要他打点，这些画只是其中的一件事。只要这几幅画是真的，只要画还放在古德，张德亮就不想管画的来龙去脉，他只要等物主现身，然后想办法让对方签好合同，再让这几幅画给古德创造出利益即可。

傅斯晨不动声色地走到垃圾篓旁，拿起那个早上被张德亮拆开还没丢掉的快递单。仔细看了一眼，果然还是那家新安快递送的货。锦城作为一个超一线城市，快递行业发达，每天都有不计其数的快件运送。拍卖行收到第二幅画的时候，傅斯晨就曾自己去查过运送的快递，发现这个快件是从城南的新安快递部接收并派送的。他猜测委托人之所以选择作为中心枢纽、人流量大货物堆积如山的新安快递部，就是因为那里的快递员每天接待无数客户，根本不会记得她的样子。

如果寄快件的人真的是画中的神秘女郎，而她又是委托人的话，那她为什么不直接送拍而要偷偷摸摸地邮寄？而且邮寄的时间还挑在了肖海明死后，难道这其中还有什么关联？

这个想法在傅斯晨的脑中一闪而过，不知是不是经历过离奇车祸的原因，让他对很多事情都多了一分怀疑。这件事越想疑点越多，而神秘女郎或许就是整件事情的关键。她不想让人知道是她寄的快件，说明她想要躲人，难道说她在寄之前就预料到会出事，只是没想到时间这么快，所以这第三幅才会寄得这么急？现在寄出画后她消失不见了，那是不是代表她真的发生了什么不可预测的事？

傅斯晨忽然抬头问张德亮："这段时间，有没有人来打听过这些画？"

张德亮慢慢喝了一口茶，意有所指地提醒他："这些画现在这么热，有人来打探这很正常。斯晨啊，这世界这么大，发生几件不同寻常的事很正常，保持一定的好奇心很好，但不要太多了。毕竟我们只是拍卖行，不是警察局。"

看傅斯晨不说话，张德亮又继续说道："这些画的价值有目共睹，我是不会轻易让出去的。现在委托人的情况不明朗，画像肯定是没法拍卖了。而《神秘女郎》画像的事经过两次中止停拍，已经弄得全城皆知。这第三幅画的事现在就你知我知，先别放出风声，等联系到委托人，我们再亲自上门签订合同。在这之前，这些画，就暂时先放在你的办公室里吧。”

傅斯晨有些意外，这些东西一向都是放在藏品的专用仓库里，现在却要放他这里，说明一定有人跟张德亮打探过这些画，并且张德亮觉得有必要防备一下，才会把画放到他的办公室里。至于是谁打探的，傅斯晨知道他是不会说出来的。

既然张德亮不说，傅斯晨也就不问。这些画放他办公室里，他正好可以看着这画中的人，好好回忆自己到底在哪里见过她。

张德亮给傅斯晨的杯子满上茶：“对了，这次去乾市的拍卖会，有没有看到什么好东西？”

傅斯晨顿了顿，想起那只瓶子，跟张德亮说了下情况，张德亮兴趣很大，如果真如傅斯晨推测的那样，那将会给古德带来非常不错的收益。

等傅斯晨离开，张德亮立马给公司另一位拍卖师张大奇打电话。他在这个方面比较专业，还跟一位国内鉴定哥窑比较出名的宋老师有点亲戚关系，张德亮想等这次的海瑞拍卖会结束后，让他请宋老师来帮鉴定一下。

张德亮亲自交代的任务，周大齐拍着胸脯保证：“老板您放心，您交代的事我一定给您办好了。”

傅斯晨回到办公室之前，在楼道又碰到白小米。白小米刚想打招呼，他莫名又想到今早的梦，黑着脸快速走开。白小米朝他背后做了个鬼脸，刚转头，就碰到了秃头刘。

白小米暗叫不好，赶紧把手上的早餐放进包包里，喊了声：“刘经理好。”就想赶快溜进办公室，刚走了两步，就听秃头刘在后面喊了声：“等等。”

秃头刘一脸疑惑地看着一身狼狈的白小米，问“小白啊，你今天……是坐地铁来的？”

白小米转过身来，迅速挤出一脸讨好的笑容解释：“经理我知道我今天来晚了，主要是地铁人太多没挤上正点的车，不过我拿了传单就出发，不会耽误时间的，三百张，今天一定发完。”

秃头刘心里纳闷，她真是吴奕杉的女朋友？要真是的话，她还用得着天天挤地铁？可要说不是，那昨晚这么多人都看到吴奕杉送她回家，这到底什么情况？

秃头刘不愧是个老油子，想了两秒，忽然咧嘴一笑：“小白啊，你今天不用再发传单了。”

“嗯？”白小米一脸疑惑，半信半疑地看着秃头刘。

“你就留在办公室跟其他同事们学习一下。傅老师之前不是说了吗，近期会有个考核测试，这个测试将会作为你们能否留下来的考量依据。剩下的时间，你就在公司里好好准备一下吧。”

其实实习生在办公室里跟老同事学习做事，做的也无非就是在办公室里帮大家跑腿打杂，但这也比白小米在外面发传单要好上千万倍。

秃头刘安排给白小米的办公室杂事包括但不限于维持办公室环境，比如摆放图录、开关电视、给各界名人寄送图录、收发快递、买咖啡买水等等，其中最让白小米觉得有难度的，就是收发邮件。

虽然办公室的员工都是中国人，但是大家发邮件都用英文，这让白小米这个学渣着实忙了好一阵子。从刚开始一个单词一个单词地查意思，到后来基本能看懂整封邮件并回信，又过了好几天。

白小米学东西挺快，很快这些便做得游刃有余。但这些都是杂事，眼看这考核就快到了，她心想得再找点什么正事来干，不然想在这里留下根本就是扯淡啊。

她一脸诚恳地去找别的同事，想帮着干点活，可自从看到白小米上了吴奕杉的车，办公室里谁还敢明目张胆地让她帮着打杂？大家拒绝得都颇为礼貌，这种陌生的客气让白小米心中越发不安，觉得前途渺茫。

忙完杂事便无事可干的白小米撞上忙了一上午才抽空上了一次厕所的苏梦，两人面色如常地相视一笑，内心却波涛汹涌。

自从看到同事们对白小米的态度转变后，苏梦就危机感暴增，加上傅斯晨最近被神秘画像的事搞得焦头烂额心情不佳，自认为是准助理的她自然也忙得昏天黑地提心吊胆。每天要从各种渠道打听那位死去的画家种种。虽然毫无头绪却又每天都做，无非就想大海捞针，找到一星半点有用的信息来讨得傅斯晨欢心罢了。

然而这事本来就扑朔迷离，神秘女郎的身份并不好找。谁都知道现在的傅斯晨没有好脸，需要他签字的文件干脆都交由苏梦送上去。碰了几次冷脸，苏梦也打怵了，生怕加分不成反倒减分。既然这个时候谁去都要碰钉子，她灵机一动，看到在办公室无所事事的白小米，拜托道："亲爱的，我这边还有很多事情要忙，你能不能帮我把这沓文件送到傅老师的办公室签字？"

白小米这些天回了办公室，对公司里的汹涌暗流总算是略知一二，大家都在暗中猜测神秘女郎的身份。特别是傅斯晨在拍卖会上公开说过《神秘女郎》画像再出现中止的事就不再上拍卖台后，白小米显然也对《神秘女郎》产生了兴趣。但公开拍卖时她被支去发传单，等她现在能回公司了，古德已经吃了《神秘女郎》的两次亏，张德亮早已让人把所有关于《神秘女郎》的画像都撤了下来，她根本没有亲眼目睹真迹的机会。适逢公司流言四起，张德亮更是严明事情没有清晰之前，本公司员工不能散播和发表任何关于这幅画的言论，白小米也听不到关于这两幅画的内幕。现在实习时间即将结束，白小米更是没精力和闲心去关心这起神秘事件了，对她来说，想办法留下来才是她目前最重要的事。

看着大家好像都挺忙，貌似就她自己闲着，白小米就算不乐意去看那张冷脸，但为防止秃头刘巡查的时候说她游手好闲，只能乖乖拿着这沓海瑞拍卖的资料给傅斯晨送上去。

在门口敲了几声，里面才传出沉闷的男音："进来。"

白小米推门进去，傅斯晨头都没抬，脸埋在一堆资料里：“东西放桌上。”

白小米撇撇嘴，嘴里不发出声音只做嘴型地学着他的话。把东西一放，转过身来刚想走，眼角忽然瞥到沙发后面的画架上，并排架着三幅女人的背影画像，转头的角度逐渐变化。白小米听闻有两幅画，可为什么这里有三幅？

她好奇地凑到跟前，想仔细看看这几幅名噪一时的神秘女郎真迹，当看到最后那幅全侧脸的时候，白小米心中忽然一紧，脸上全是震惊之色。

神秘女郎……竟然是汤敬筱？

傅斯晨久久没听到关门声，抬头一看，这才看到一个小小的身影正立在几幅让他焦头烂额的画前，他眉头一皱，怎么是她？

傅斯晨不悦的冷声问道：“还有什么事吗？”

白小米震惊的瞬间已经过去，此时的她沉默地看着画架上的三幅画。画中的这个女人，让白小米的整个童年和青春都过得鸡犬不宁。白小米在父母的争吵中，曾经无数次地希望画中的女人和她的母亲从这个世界上消失。随着年龄的增长，她虽然理解了感情无法勉强，却一直没法原谅汤敬筱母女介入她的家庭、让她的父母最终分开的事。

毫无疑问，白小米对画中的女人是厌恶的。但此时，也就只有汤敬筱能让她抓住这个机会。白小米知道，因为她的不专业以及基础不扎实，加上又在刚来的时候惹了傅斯晨，她知道傅斯晨一直对她颇有微词，很有可能在最后的考核里投她反对票，所以现在，她白小米要抓住这个唯一的翻身机会。

白小米慢慢转过脸来，脑中飞速运转。她要赌一把，用这三幅画，来赌自己的一个机会。就算不成功，最坏的结局，无非也就跟即将到来的现状一样，被淘汰出局而已。

她吸了口气，极力表现得淡然：“没什么事，看到个熟人而已，我走了。”

傅斯晨不耐烦地继续低下头，下一秒才猛然抬起头：“你说什么？”

果然押中了宝！

白小米看了眼焦急想知道答案的傅斯晨，内心的把握又大了几分，平静地指了指画中人：“画中的女人我认识。”

傅斯晨“腾”地一下站起来，不敢相信地看着这位让他纠结万分的白小米。他深吸一口气平顺了呼吸，才加重语气：“你确定你认识她？”

白小米淡定地点头。

“她是谁？”

白小米看向画中的人，沉默了几秒：“是害我父母离婚的女人的女儿。”

傅斯晨微微一怔，没想到是这样的关系，他看了眼神色复杂的白小米，问道：“这只是一张侧面，你确定就是你说的那个人？”

白小米嘴角扯出一抹淡淡的讥笑，虽然故作潇洒，眼中的伤痛却是一闪而过：“谁会记不住让自己家都散了的人？”

四目相对，有那么一瞬间，傅斯晨在白小米的眼中，似乎看到了小时候的自己，那种看着母亲痛哭时的无力，对移情别恋父亲的怨恨，对破坏他们家庭的第三者的愤怒……那些已经封藏在内心多年的感觉，忽然扑面而来。

傅斯晨的语气也不自觉地柔了下来：“那……你能找到她人吗？”

白小米转过头来看着傅斯晨，一字一句道：“可以，但是有个条件。”

傅斯晨没想到她还会提条件，眼皮一抬，眼里的神色又复杂了几分：“什么条件？”

白小米感觉到自己飞速的心跳和微微发颤的指尖。她微微握拳，努力让自己镇定下来，然后看着傅斯晨的眼睛，说："让我留在古德，成为你的徒弟。"

傅斯晨脸色一沉，没想到她会用这件事来做交换条件。他压着心头的恼意对她说："这要看你最后的考核结果以及整个实习期的打分情况，不是我一人说了算。能不能留下来，要看你的能力和实力。"

此时的白小米已经豁了出去，她下巴一扬："那你就当我没说过刚才的话。"

白小米说完转身朝门口走去，每走一步都在跟傅斯晨打心理战，她赌的就是他的好奇心。她不停给自己拖延时间，三十秒就能走到门口的路，白小米硬是用了一分钟。

在这一分钟里，看似冷静的傅斯晨内心也在激烈斗争，一边是他极力想要撵走的人，一边是他极其想要知道的事。傅斯晨僵在椅子上，一时间竟难以抉择。想知道画中人是真的，不想让白小米留在古德也是真的。虽然不想承认，但在她说出跟他差不多的经历时，他心里的确犹豫了。如果真要留她，他怕自己要白天黑夜地做噩梦；如果不留她，他又抑制不住对这画中人的好奇。能让他像现在这样为难的情况，这些年来的确不多了。

直到白小米的手触及到了门把手，傅斯晨还是没有开口，白小米心中那把希望之火已经燃成了灰烬。就在她垂头丧气即将要跨出门口时，傅斯晨的声音在背后响起来。

"等等！"

他破天荒地站起来叫住她，白小米犹如死而复生，心中的星星之火迅速燎原。她重新把门关上，转过头来热切地望着这位决定她去留大权的拍卖界精英。

傅斯晨像是做了很大的决定，顿了几秒，跟她说："我可以答应让你做我的徒弟。但是，我也有个条件，你必须通过最后的考核，如果你连公司的要求都达不到，那我不可能留下你。"

“谢谢傅老师！”

“别高兴得太早。”傅斯晨冷淡地看了她一眼，然后把三幅画的简单问题跟她说了一下，最后又继续说道：“我知道你对画中的人有其他的看法，但是现在情况可能不乐观，时间紧急，你要尽快帮我找到她。”

以前看着母亲伤心，白小米也曾诅咒过汤敬筱母女，但老爸既然最终选择跟汤敬筱的母亲在一起，如果汤敬筱出事，老爸必定伤神。汤敬筱的母亲介入了老爸和老妈的感情，本质上跟汤敬筱是无关的。白小米毕竟不是硬心肠的人，于公于私，现在的她都要全力以赴地帮傅斯晨找到汤敬筱。

白小米又转头快速地看了看这三幅画，听老妈说，因为汤敬筱要跟一位著名的画家学画，所以父亲偷偷变卖了家中不少东西来给她交学费。父亲的生意日渐萧条，在白小米过二十岁生日的时候，父亲少有地花大价钱，给她买了个她名字“米”的缩写——镶钻的M形挂坠给她。她本来很高兴，后来她发现，老爸也给汤敬筱买了一个X形的镶钻挂坠给她。这以后她为了不惹老妈生气，便很少戴着这个坠子。现在看着画像上的两张画里都有这个类似的挂坠，白小米不禁想到了自己那个，可父亲明明给她的是X形的，为什么她挂的却是“S”和“O”形的？

“S”和“O”让白小米百思不得其解，这三幅画都是一样的内容，为什么前两幅有挂坠后一幅没有？

白小米仔细盯着前两幅的挂坠看了一会，的确跟父亲买给她的那个挂坠的做工和钻石装饰都是一模一样的。她转头跟傅斯晨说了心中的疑惑，然后大胆说出自己的看法：“我觉得汤敬筱是在跟我们传递一个求救信息，原本三幅画加起来应该是SOS，但就像你说的，她在画第三幅画的时候遇到了忽然情况，不得不马上邮寄，也就没时间把最后那个S画上去。”

傅斯晨一只胳膊随意地放平在椅背上，另一只胳膊撑着下巴，眼眸幽暗地盯着白小米："你是说，你猜测这些画不全是或者说不是肖海明画的，有可能是汤敬筱画的？"

"汤敬筱从小跟一位画家学画，我爸没少给她交学费。如果我没猜错，汤敬筱拜的师傅就是肖海明。虽然现在还不能确认这些画是不是汤敬筱画的或者后期加工的，但汤敬筱毕竟跟肖海明学了这么多年，要模仿他的风格和颜色，当然会比别人要更容易也更相似。"

傅斯晨与她对视了几秒，转头看向画中几乎看不出添加痕迹的项链吊坠，跟白小米说："现在只有汤敬筱才能解开这个谜，时间紧急，我们现在就出发，你带我去乾市找她。"

"现在？"

"对，你回办公室收拾一下到门口等我。对了，这件事，先暂时不要对任何人说。"

白小米看了眼不像开玩笑的傅斯晨，只能乖乖地回到办公室收拾东西。刚关好电脑拿起包包，一转头看到苏梦正一脸疑惑地盯着她。

"小米，还没到下班时间呢。"

"我……有点事要先走了。"白小米说得有些慢，刚才这一系列事到现在还让她有些恍恍惚惚。

苏梦看她急急拿了东西就走，心想从傅老师那儿一回来就要走，难道发生了什么事？

白小米刚出去，傅斯晨便安排好所有工作。这趟出行他预计要两到三天，他以身体抱恙为由跟张德亮口头请了假。临出办公室，他又折回来，翻出最近更新的员工联系表格，找到白小米的号码并记到了手机上。他没想到，本想要把她撵出古德，现在自己竟然主动加了她的手机号。

打点好公司的事情，傅斯晨把自己的黑色奔驰开到门口。白小米已经等在门口，看车过来，她急忙走过去打开副驾驶的门坐上去，车子扬长而去，留下偷偷跟到门口、一脸吃惊的苏梦。

Chapter 18

乾市遇险

车子上了沿江大道，为了赶时间，傅斯晨便开始提速。白小米第一次坐他的车子，傅斯晨开的速度虽然很快，却感觉很稳。两人各有心事一路无语，在休息区加油时，傅斯晨买了两瓶矿泉水，递了一瓶给白小米："先喝点东西，还有一段距离。"

"谢谢。"白小米接过来拧了两次，盖子纹丝不动，傅斯晨面无表情地伸手过来，用力扭开，递给她。

白小米刚想道谢，傅斯晨已经转身打开车门上了车，她只能赶紧小跑到副驾驶上扣好安全带。

天开始黑下来，开了这么久的车，傅斯晨隐隐有些疲惫，想跟白小米说话解困，可谁知白小米一上车就直接睡了，他只能强打精神。等红灯时，拿起水又喝了几口，放下来后才发现好像有些不对劲，刚才自己喝的时候已经下去了大一半，这瓶怎么还有这么多啊？

他立马转头看向自己左手边的车门置物栏，那里果然有个只剩下几口水的矿泉水瓶。他平时自己开车，习惯把水放在中央扶手的位置，今天旁边坐了白小米，他便把水放在了自己的左侧，没想到一下忘了。正懊恼不已，旁边的白小米一下醒了，拿起他刚才喝过的水，刚要喝，傅斯晨下意识地急急说了句：“等会儿。”

白小米手上拿着瓶子，奇怪地看向他，傅斯晨左右为难，不想告诉她，他喝过了她的水，但如果不告诉她，她现在就要喝他已经喝过的水。

“怎么了？”白小米看着他。

“没……没什么，快到了。”傅斯晨瞬间就改变了主意，不能说出来。

看白小米畅快淋漓地喝了一通，傅斯晨皱了皱眉，心想罢了罢了，就当不知道吧。

晚上十点之前，车子终于开到了白小米的家。

白小米不知道汤敬筱母女曾经的住处，但曾经偷偷跟踪过老爸行踪的老妈知道，所以他们要先回家问老妈。

白妈刚看完了连续剧准备睡觉，忽然听到像是自己女儿在外面敲门。她打开门一看，果然是白小米，旁边还跟着一位高大帅气的男人。

“妈，这位是我的上司傅老师。”

白妈一把将女儿拉进屋里，把傅斯晨关在外面，然后紧张兮兮地问道：“你跟你这男人私奔了？”

门外的傅斯晨一头黑线，他看起来眼光真的这么差？

“妈你别乱说，我怎么可能跟他私奔。”

白小米的话让门外的傅斯晨差点挠门，她还不想跟他私奔？

这两母女真是奇葩中的极品。傅斯晨告诫自己，现在找到汤敬筱是最重要的，其他的，就当耳旁风吧。

等白妈听明来意，脸就黑了下来：“那个狐狸精的事，我才不管。”

看老妈生气，白小米知道她的倔脾气一时半会是劝不下来了。天色已晚，白小米转头跟傅斯晨说：“这事今晚估计是办不了啦，这样吧，我今晚先做做我妈的思想工作，明天一早咱们再去。”

事到如今也只能这样了，傅斯晨准备转身离开去酒店，白小米叫住他："先在这儿吃了东西再走吧，乾市不比锦城，现在这么冷，这个时候外面早就没有东西吃了。"

傅斯晨刚要拒绝，白妈插了一句："对啊傅老师，家里正好有藕，我们家小米做的炸藕盒比外面卖的都好吃，你就留下吃了饭再走吧。"

听到炸藕盒这几个字，傅斯晨的动作停在半空。想起今天是周末，的确应该吃炸藕盒。加上开了一路的车，肚子的确也饿了。傅斯晨看着已经撸起袖子拿出莲藕的白小米，点点头，坐了下来。

白妈倒了杯水，笑眯眯地给傅斯晨端过来，又搬了张凳子坐到他的身边："傅老师啊，我女儿白小米在公司表现怎么样啊？"

傅斯晨眼皮一跳，说："阿姨，你叫我傅斯晨就可以了，她在公司挺努力的。"

白妈看了眼在厨房忙活的白小米，叹了口气说："这孩子虽然不是学拍卖的，但是她从小就跟着她爸去拍卖会看热闹，也算耳濡目染。你别看我们家现在什么都没有了，以前鼎盛的时候，可是摆得满满当当啊。那些什么藏品，小米都是从小拿在手里看大的。"

傅斯晨看着站起来的白妈一脸兴奋地在房子各处比画说着以前藏品多的盛世，他的眼光越过白妈，看到厨房里忙活的白小米，终于明白了她为何总给他时而内行时而外行的感觉了。

白妈滔滔不绝地跟他说完了家里的收藏史，然后话锋一转，问道："对了，你们公司有没有条件好的男青年？有的话给我们家小米介绍一个吧。她这丫头平时看起来疯疯癫癫，其实很疼人的，每次回家都不让我下厨，每次回来都会给我做我爱吃的东西……"

傅斯晨听着白妈絮絮叨叨的拜托，看了眼还在厨房里挥铲的白小米，想到梦中的自己，有些后悔留下来吃饭。

等白小米端着热气腾腾的生滚肉粥和新鲜金黄的炸藕盒上来，

白妈赶紧招呼他说："赶紧趁热吃，小米熬的粥和炸的藕盒都是最好吃的。"

傅斯晨看了眼卖相还不错的粥，在白小米隐隐期待的目光中慢慢尝了一勺粥。米粒饱满涨开，肉片爽滑，粥的外层包着一层细细的油花，入口即化，一口进肚，身上的寒气逐渐就往外走了。

"不错。"傅斯晨说了句中肯的评价。

毕竟还是年轻，得到表扬的白小米脸上是收不住的笑意。她忙着给老妈把粥盛进一个大碗里晾着，嘴角含笑低着头，一只手不经意地把挡在额前半长不短的头发撩到了耳朵后面。这个颇为女人的小动作，让刚好看到的傅斯晨不由愣了一下。

"傅老师，你尝尝小米炸的藕盒。"白妈热情地把碟子往他那推了推。

傅斯晨回过神来，客气地夹了一块，轻轻地咬了一口，只一口，动作便停了下来。

白小米感觉到他的异样，抬头看他："是不是吃不惯？"

傅斯晨表情复杂地看了她一眼，要不是他亲眼看到是她自己做的，他怎么也不会相信，这炸藕盒中间夹的配菜和味道咸淡，竟然跟他母亲做出来的一模一样。都说一个人一个味道，每个人做出的菜，多多少少在味道上是有差别的，他的味蕾一向挑剔。但今天，不知是饿了还是什么原因，他竟然挑不出任何的不同，完全就是他心心念念的那个味道。他无数次去不同的地方吃这道菜，就为了能找到跟她母亲做的味道一样的餐馆，但却一直未能如愿，没想到，让他做噩梦的白小米，竟然做到了。

怀着复杂的感情，傅斯晨破天荒地吃了大半锅粥和大半碟藕盒。白小米本以为傅斯晨会挑剔，没想到他这么捧场，一高兴就忘形了，说："你要喜欢吃，我以后经常给你做。"

这话一出口，傅斯晨怔了一下。白小米一向喜欢以食会友，这样的话她并未觉得有什么不妥，但梦到跟她求婚的傅斯晨可就想多了，有些不自在地慢慢放下筷子："谢谢你的招待，时候不早了，你早点休息，我明天再来接你。"

白小米看着几乎吃干净的饭桌，高兴地送他出门。

傅斯晨临走时，白妈还跟他又叮嘱了一遍："傅老师，有好的男孩子，记得要介绍给我家小米哦。"

傅斯晨看了眼脸色有些发僵的白小米，客套地点点头，转身下楼。不知是不是胃跟心比较近的缘故，吃了白小米煮的粥，他竟然对她没这么反感了。想起她刚才事事体贴母亲的样子，对她的好感不自觉多了一分。

一关上门，白妈便拉着白小米逼供道："老实说，你跟他真没事儿？"

白小米一屁股坐下来："没事。"

白妈闻言，颇为可惜地说："虽然配你老了点，但人我还是挺喜欢的，要不然……"

白小米正喝着的一口水差点喷出来，一时心急说漏了嘴："想什么呢，我……我有喜欢的人了。"

白妈迅速抓住女儿不经意透露出来的重要消息，一脸机智道："终于被我诈出来了吧，哪儿的人？在哪儿工作？家中几口人？速速招来！"

知道瞒不了，白小米叹了口气，老实招供："他以前是我们大学拍卖专业的优秀学生，叫顾华，现在听说已经考上乾市的公务员，在西片区的工商管理局做街道巡逻片警。"

白妈看她一眼："说这么复杂，不就是城管嘛？"

白小米："……"

"既然是拍卖系的优秀学生，为什么连你都能去古德实习，他都去不了？"

白小米：“……”

“不是老妈说啊，你现在年轻，不着急找对象，你在锦城那种大城市里多看看。见得多了眼光自然就提高了，就不会拘泥于小城市里的男人……”

白小米一头汗：“可是妈您刚才可不是这么说的，您刚才还说我老大不小了，还不顾我的脸面拜托我上司给我找男朋友。”

白妈白了她一眼：“那不一样，你那个叫傅斯晨的上司，一看言谈举止和穿着长相就是好家庭出身的男人，他认识的朋友肯定也差不到哪去。你那个城管，我一听就觉得不靠谱。”

白小米撇撇嘴，为顾华争辩道：“莫欺少年穷，是金子在哪儿都能发光。”

“那意思是你就跟定他了？”

“哪跟哪啊，我们八字都没有一撇。”

看女儿不像撒谎，白妈这才松了口气，点着她的脑袋说：“现在你最重要的事就转正，别的以后再说。我知道你上司跟着来就是想要让你带他去找人，我一会就给你画去狐狸精那里的地图。”

“那你刚才为什么一直不告诉我们？”

“你傻啊？凡事要多点难度，才能让人觉得你是花了心思的。你还等着他给你转正，你要让他知道你做的这些事并不是这么容易的，他才觉得你是个得力干将啊。”

白小米恍然大悟：“姜还是老的辣啊。”

自从去了锦城，有关顾华的消息，全都是留在乾市工作的陈二货帮她打听到的。白小米一手拿着手机一手拿着老妈给她画的地图，图上的位置正好是城西片区一个叫兰苑的楼盘，她犹豫着要不要借此机会跟顾华联系一下。她打开微信，想给顾华发微信，又担心傅斯晨有别的事要她去做，思来想去，还是等到明天事情做完了再联系吧。

刚放下手机，傅斯晨就打了进来：“我是傅斯晨，今天谢谢你的招待。地图的事，拜托你多跟你母亲沟通，有什么进展随时联系我。”

白小米呆呆地应了两声后，对方挂断了电话。她盯着手机看了两遍，哈哈笑起来：“老妈你真是神机妙算啊。”

挂上电话的傅斯晨在夜色中就近找了家中高端酒店入住，这里毕竟不比锦城，稍微高档些的酒店入住率都不高。傅斯晨用手在床单上摸了一下，指尖上一层细细浮灰。他和衣在床上坐下，从烟盒里抽出一根烟，偏头点燃，深吸了一口。手机的信息闪了一下，他拿起来看了眼，是个请求添加的微信消息。

傅斯晨做事讲究效率，能打电话说清楚的事，绝不发磨磨唧唧的短信微信。但微信是现今社交的必要工具，他即便不常用，也下了一个装在手机里以备不时之需。此时他看了眼请求添加的人是白小米，他沉默着抬手又抽了口烟，烟雾缭绕中，他点击了添加。几秒钟后，白小米发来信息：地图拿到了，明天八点准时出发。

傅斯晨给她回了个“OK”的手势。等发送出去，手上的香烟已经快燃到头。他熄灭烟头，把手机丢在床上，自己也斜躺下来，幽淡地看着天花板，想起她今晚做的炸藕盒，自然而然的，又想到自己的母亲，以及，童年时便失去母亲的那个自己。

一直以来，傅斯晨都是个矛盾体，他在工作时喜欢不拘一格出其不意，但对于生活习惯，却是极其固执。比如每天的早餐只喝牛奶吃吐司面包；每次吃苹果一定要切成均匀大小的一瓣瓣；每周末都会吃一顿糖醋藕盒，无论身在哪里，他都会想尽办法办到。

有时候傅斯晨也会觉得自己拧巴，但这已经形成了一种习惯，这种根深蒂固的习惯要追溯到他的童年。他的母亲，每天都会给他准备牛奶吐司面包，每次给他吃苹果的时候，都会为他切成一瓣瓣，并用苹果皮在每瓣苹果上卷成小兔子的形状。

母亲走后，家里有了新的女主人。在金钱味重、人情味淡的家里，这些习惯便成了他思念母亲的一种方式。年岁增长，他成了三兄妹中最特立独行的一个，然而这些习惯，却被他自始至终地留了下来，形成现今矛盾拧巴的性子。

早上醒来，傅斯晨一抹鼻子，果然又流了鼻血，昨晚上他又梦到了自己跟白小米求婚。他见怪不怪地翻身下床，迅速到浴室洗了一通，然后打电话叫了客房服务，让他们送来切片吐司和牛奶。没想到送来的那几片吐司烤得黄中带黑，牛奶是水牛奶。傅斯晨赶时间，皱着眉头随便吃了几口，到前台退房时投诉了一番，才赶往白小米的住处。

昨晚到得太晚，没看清她家附近的环境，现在靠着GPS导航到了她家楼下，发现楼下有一间狭小的店铺门口，贴着一张已经被雨淋得字迹模糊的招租广告。看方位，这间店铺应该就是昨晚白小米的老妈跟她闲聊时说的那间没人租的店铺，他看了眼周围，忽然听到有人在叫他。

傅斯晨转过身子一看，一身运动装的白小米正从跑过来，手上提着一个早点袋子，一脸抱歉地跟他说："我妈喜欢吃闻喜街的糯米糕，我刚才去给她买了一份，你再等我两分钟，我马上就下来。"

傅斯晨看着白小米小小的身影迅速跑进电梯，半分钟后只听见楼上一阵开门关门声，转眼间她又跑了下来。可能是跑着去买早点的缘故，她脸上细白的皮肤上是一层运动过后的健康潮红色，她的头发已经比刚去古德时要长了些，她干脆用皮筋绑了起来，五官凸显出来，竟然显出小巧精致来。

为了节省时间，她连运动服都没来得及换就下来了，整个人倒比穿制服时显得活泼了不少。

白小米上车的时候，把一盒糯米糕放在了中控台上："我给你也买了一份，这是我们乾市的特色小吃。"

傅斯晨看了眼放在透明快餐里的糕点，淡淡地说："我吃过早餐了。”

“那好吧。”白小米也不勉强，自己拿出一块，这种带着特殊荷叶香味的糕点味道瞬间在车内弥漫。傅斯晨用余光看了白小米一眼，她正一脸陶醉地在软糯的糕点上咬下去一口，那一脸满足的幸福表情，让刚才拒绝得太快的傅斯晨开始后悔起来。早上的糟糕早点让他此刻饥肠辘辘，傅斯晨咽了咽口水，把注意力放在开车上。

白小米本已吃了早餐，尝了一块，便把剩下的放在盒子里，留着一会儿饿了再吃。

傅斯晨握着方向盘，按着地图的路线，开了大半小时的车程，去到了那个叫兰苑的小区。这是一个半新不旧的小区，白小米环顾了一圈，心情有些沉重。不知道老妈跟踪老爸过来的时候，是什么心情?

“你也可以在车里等。”开门下车的时候，傅斯晨转头跟白小米说了一句。

白小米一愣，心想他是担心她看到自己的老爸跟别的女人在一起会尴尬吗?

“没事的，有我爸在，她才更相信我们。再说我见过她，我在你才不会认错人。”

傅斯晨看了她一眼，点点头，两人按照白妈给的门牌号，上了五栋的八楼。

傅斯晨敲了敲东边朝向的那户铁门，里面传出一个女人的声音：“你们找谁?”

白小米愣了一下，说：“汤敬筱。”

门那头沉默了几秒，开了一条缝，探出一张五十多岁的女人脸：“你们是谁?”

白小米认得她，只是比以前看到的样子老了不少。白小米从门缝里看进去，并没看到老爸的影子。

“你好，我是古德拍卖行的拍卖师傅斯晨，我收到您女儿汤敬筱寄来的画，但是现在我们联系不上她了，你能告诉我她现在在哪儿吗？”

女人警觉地看了傅斯晨一眼：“你们弄错了，我不认识你们找的人。”

女人说着就要关门，旁边的白小米一下拉住门把：“阿姨，你还记得我吗？”

女人疑惑地看了她几眼，白小米往前一步：“我是白小米。”

女人愣了一下，这才慢慢把门打开，把白小米和傅斯晨请了进去。

“你爸爸和我……”女人有些尴尬地看着白小米。

白小米打断她的话：“阿姨，我今天不是来找我爸的，我们找汤敬筱。”

两人把现在的情况跟汤敬筱的母亲说了下，白小米言辞诚恳：“阿姨，为了汤敬筱的安全，你最好马上告诉我们她的下落。”

涉及女儿的安全，女人犹豫了一下，拿笔写了个地址递给白小米。傅斯晨拿过来一看，正是他之前去过的肖海明的老住所。

“我前段时间去过那里，但并没有人在那儿。还有没有别的方式可以找到她？”

女人一听这话也着急了，赶紧拿着电话拨了出去，但打了几次也没人接通。

“怎么办，我现在，我现在也找不到人了。”女人开始急得有些语无伦次。

白小米尽量让自己的声音听起来冷静平和：“阿姨你先别急，你认真想想，你最后一次看到汤敬筱是什么时候？”

“26号……两天前，她那天说要去寄个东西，然后就没有回来。她有时会去我给你的那个地址那边住，所以我也就没太在意。”女人眼眶一红，攥着手说道。

“两天已经48小时了，赶紧报警。”傅斯晨催促道。

女人慌了神，赶紧报警说了个大概。挂上电话后，傅斯晨沉着脸问她：“汤敬筱寄的东西，是不是一幅画？”

女人六神无主地点了点头。

“那肖海明是不是汤敬筱的老师？”白小米追问道。

女人又点头。

傅斯晨皱了皱眉，心中有种不好的预感，看来他猜测得没错，神秘女郎就是委托人。她到底在躲谁？为什么在肖海明死后把画寄来拍卖？肖海明的死跟她有没有关系？

女人不停地拨打女儿的电话，直到手机没电关机，这才抹着泪，拉着白小米的手说：“你们一定帮我找找敬筱，之前我就偶尔听到她碎碎念说要让坏人得到惩罚，好像是跟肖海明的签约的事有关。我劝过她，让她不要去冒险，但这孩子就是铁了心要给死去的肖海明讨公道。你说现在她也不见了，我可怎么办啊。”

傅斯晨和白小米对视了一眼，事不宜迟，两人决定去一趟肖海明以前住的地方再看看。走出门的时候，白小米忽然拉着女人的手说：“别担心，有什么情况会马上通知你的，你在家等着汤敬筱，有消息也请通知我们，另外……请你跟我爸好好生活。”

傅斯晨闻言，转过头看了白小米一眼。女人没想到白小米会这么说，愣了一下，随即含泪点了点头。

上车的时候，傅斯晨的肚子叫了几声。他看了眼中控台上的那盒糯米糕，咽了咽口水，看了眼旁边的白小米，想到自己刚才逞强说不吃的话，只能忍着饥饿。一脚油门，驱车前往肖海明的住址。

两人开了接近一个小时，才来到肖海明位于城郊的老房子。这栋老楼地处偏远，从大道上下来，要先穿过一条冗长的小巷，才能看到这栋老楼。这边位于郊区边界，附近就是山头树林。近几年乾市大搞房地产开发，这边也在陆续开发新的楼盘。交通不便让原本住在这里的很多住户都签了搬离补偿的拆迁协议，在没拿到新房之前，留下的大都是家中的老年人。人气本来就不旺，加上大冷天的，路上的行人就更少，他们一路开进来，只碰到一位买菜回来的老太太。

两人停好车上了楼里老旧的电梯，白小米看了眼电梯上贴着的杂乱的各种开锁小广告。电梯的风扇有点问题，不时发出沉重喘息的声音，她不由自主地朝傅斯晨那边靠了靠。

感觉到她的情绪变化，傅斯晨莫名挺直了腰杆，原本就挺拔的身形更显得高大，身边的白小米犹如他的小尾巴，紧紧跟在他的后面。

不出傅斯晨所料，肖海明的门依旧敲不开，两人等了一会儿毫无收获，只能坐电梯下去。进电梯门的时候，白小米无意中往后面的安全楼梯口看了一眼，一个深蓝色的身影迅速闪了一下，不见了。

白小米揉了揉眼，难道是自己眼花了？

白小米早上喝了两大杯水，现在天气冷，她刚走到车子旁就想上厕所。小巷的尽头刚好有个公厕，傅斯晨先上车，她自己朝厕所走去。

车上的傅斯晨又看了眼拐进厕所的白小米，眼神落到中控台上的那盒糯米糕上。天气冷，饿得快，再说他今早也没吃几口早餐。他犹豫了两秒，用纸巾擦干净手，慢慢打开盒子，拿起一根放进嘴里，嚼了一口，还真是Q弹爽滑回味无穷。一根意犹未尽，盒子里看着还挺多，他伸手进去拿起第二根放进嘴里，嚼完还是不垫饥，他又拿了第三根……刚要把盒子原封不动地盖好，就感觉到有些不对劲，他转头抬眼看向副驾驶的车窗，白小米正嘴角含笑地指了指他，又指了指已经落锁的车门。

傅斯晨一脸尴尬地把锁打开，把还露在嘴边的那一小截糯米糕迅速咽了下去，跟坐上来的白小米说："今天的早餐吃得有点少，有些饿了。"

白小米也拿了一根放进嘴里笑说："这些本来就是给你准备的，你要是喜欢吃，我以后再给你买。"

傅斯晨动作一滞，才知道她刚才这句话和她昨晚说的那句"你要是喜欢吃，我以后再给你做"一样，只是她的口头禅。

两人又坐在车里等了一会儿，傅斯晨要下车上厕所，他刚走，白小米就拿出手机，想要给老妈发信息，没想到却错点进了昨天刚加上的傅斯晨的微信聊天页面。刚要退出来，就听到驾驶位的车门被打开，白小米以为是傅斯晨回来了，抬头一看，却看到一个穿着深蓝色风衣的陌生男人迅速坐了进来。

男人黑着脸，右手用刀顶着白小米，沉声威胁道："别乱动，不然一刀捅死你。"

白小米吓得差点叫出声来，刚才傅斯晨下车后她光顾着看手机，忘了摁锁车键，现在遇到了险境，她只能自己想办法逃走了。

白小米慢慢把拿着手机的右手放到大腿下，压下惊恐，跟男人说："我包包里还有几百块，你可以拿走，请不要伤害我。"

男人听到她说的几百块，似乎受到了什么侮辱，用力瞪她："你放老实点，别说话，不然别怪我不客气！"

白小米没想到对方竟然不要钱，眼角瞥了瞥远处的厕所和没人走动的小巷过道，恨不得傅斯晨此时能马上出来。

男人的左手在方向盘下摸了几下，摸到了钥匙，他迅速把火点着，在小巷口调转车头。白小米紧张地看向窗外，此时傅斯晨刚走出厕所，看到车子开走也吃了一惊，隐约看到在驾驶室里坐着的是个男人，傅斯晨心说不好，一个箭步往前冲去。

傅斯晨跑得再快也是晚了一步，车子调转车头，迅速朝巷子口冲出去。

车上的白小米吓得心口直跳，不知道这个男人到底要干什么。难道想要抢这台车？那为什么不让她下去？难道想要顺道劫色？白小米越想越怕，趁着歹徒正专心开车，她看了眼自己右腿边的手机，上面正是傅斯晨的聊天页面，她庆幸自己早上怕吵醒老妈，把手机调成了静音。此时她用眼角余光点开位置共享，把此刻的地图位置发送给傅斯晨。歹徒一路上都在飞速开车，没注意到她的小动作，白小米便可以每隔一段就发一个定位消息，直到车子拐进了一个小区里，在一栋楼下停了下来。白小米迅速发完最后一条信息，然后把手机偷偷塞进了裤袋里。

男人拔下车钥匙，把刀换了手，再一把拎起白小米的带帽卫衣的后衣领，用力一拖，一下便把身材瘦小的白小米拖出了副驾驶位。

白小米被衣领勒住，叫了一声，双手下意识地抓住自己的衣领往下扯，想要减少衣领对脖子的施力。男人的力气很大，用力拽了几下，便把白小米生生地从副驾驶位置拖到驾驶位再拖出车外。

白小米刚站稳，就感觉到背部被坚硬的刀刃顶着。刀尖隔着厚厚的衣服，仍然让她感觉到刺痛。男人紧紧贴着她，刀在两人的中间，男人低声威胁道："你要是敢喊，我就马上捅死你。"

天色渐晚，这个大冷天里，新建的小区路上根本没有人，白小米喊也没有用。她不知道傅斯晨有没有看到消息，也不知道他现在人到了哪里，机会只有一次，她要看准时机才能行动。

男人胁迫着白小米走进楼里，白小米知道只要一进去就生死未卜了。她心跳得厉害，深吸一口气，强迫自己镇定下来，跟着男人上了电梯。

电梯停在十二楼，男人推着白小米走到西面的一间房子前，掏出包里的钥匙开了门。外面已经黑下来，里面更是漆黑一片。男人伸手用力一推，白小米便被推进了黑屋子里。

身后的门"砰"的一声关上，男人打开灯，白小米被突如其来的灯光刺得睁不开眼，等她看清屋内的情况，才发现屋子角落里，还有个被反绑着手脚、嘴里塞了条毛巾、一脸虚弱的长发女人。女人看到他们进来，嘴里发出了“呜呜”的叫声。白小米睁大眼睛，从女人披头散发的脸上，辨认出她就是消失不见的汤敬筱。

汤敬筱对于出现在这里的白小米显然也吃了一惊，虽然几年未见，但汤敬筱对她还是有印象的，她就是继父的女儿白小米，她为什么也会被抓到这里？

趁着白小米没有防备，男人一下从背后抓住她，用力把她的两只手翻转，找了根绳子把她的手脚都绑到了一起，然后把她推倒在汤敬筱身边。

“你放开我们，你到底是谁，为什么要抓我们？”白小米朝男人吼道。

“个头不小火力还挺大，我告诉你，你们要是不把藏起来的东西交出来，谁都别想走出这里。”

白小米并没有过多的反抗挣扎。她刚才偷偷观察了一下，这是间一房的小户型，房里除了汤敬筱就是这个男人。汤敬筱现在这个样子已经站不起来了，她要保存体力，寻找机会带着汤敬筱逃出去。

男人拉了张凳子，坐在白小米和汤敬筱面前，自己倒了杯水喝完，放下杯子，指着白小米说：“你跟她是不是一伙的？”

白小米摇头：“不是。”

男人低哼一声：“你当老子是傻子啊？不是你会去肖海明的老房子门口叫她的名字？”

汤敬筱闻言，转头看了白小米一眼，白小米明白了，她在安全通道那里看到的那个一闪而过的人影，就是眼前的这个男人。

男人点燃一根烟，看向白小米：“那些资料是不是在你手里？”

白小米顿了顿，说：“我不知道什么资料。”

男人摁灭烟头：“行，嘴硬是吧，那咱们就慢慢熬，没有水喝没有饭吃，我看你们能熬多久。”

男人说完站起来朝厨房走去，白小米碰了碰旁边的汤敬筱，小声说："一会我们找机会逃出去。"

这几天只喝了几口水吃了几块饼干的汤敬筱虚弱地喘着粗气，点了点头。

另一头的傅斯晨在看到车子被开走后，一路跑出小巷跟着来到大道。因为这里地形偏僻车子不多，他着急地拿出手机想要报警时，看到一条白小米发来的微信，那是一张微信地图，显示她此刻所在的位置。

原本毫无头绪一团乱麻的傅斯晨当下一震，顿时看到了希望。地图显示车子正在往北边的机场方向行驶。他心中着急，正好路上来了一辆出租车，傅斯晨一头冲了出去，司机一个急刹车，差点吓死。

傅斯晨用了三倍的价格，才让这位赶着去跟人换班的司机同意拉他追人。白小米在这期间又发来了三条地图定位，傅斯晨没想到白小米在这么危险的时刻，竟然还能沉着地找到机会给他发送地图，看来他以前真是小看她了。

出租车司机一路跟着地图定位，追到了北郊一个连绿化带的树都是刚栽的名叫"通天元"的新建小区里。小区面积挺大，但因为偏僻，入住率极低。出租车在小区里转了一圈，在西南角一栋标着二十五号的楼下，傅斯晨终于发现了自己的车子。

此时天色已经渐暗，整栋楼里只有十三楼的西户亮着灯，傅斯晨付了车钱下车，躲在暗处观察了窗帘上隐约而过的人影。他不知道上面的房里有多少人，不敢贸然上去敲门，只能先上去探探情况。正巧楼下的防盗门还没通电，一直敞开着。他偷偷走进去，不坐电梯，而是走安全通道上去。在快到八楼的时候，他给当地警察局打了电话，说自己的朋友被人挟持到了到了北郊的通天元，并报上了具体的楼栋和楼层，让他们赶快出警。

屋里的男人从厨房出来时端了一锅面条，白小米看了眼旁边快要饿晕的汤敬筱，跟男人请求说："能不能给她一点吃的？你再不给她吃的，她就要饿死了！”

男人冷冷看了汤敬筱一眼：“饿死活该，谁让她死鸭子嘴硬就是不说。”男人狠狠说完，又看了白小米一眼：“我说你自身难保，还有心情关心别人？你不说迟早也跟她一样，你他妈再多嘴，小心我抽你。”

白小米咬牙盯着他：“你要是把她饿死了，你也跑不了！”

男人顿了一下，把筷子“啪”的一声拍在桌子上，进厨房找了条抹布，一把塞进白小米嘴里。一股油味直冲脑门，白小米恶心得只想吐，她不停地“呜呜”乱叫。

此时男人的手机响了起来，他看了眼来电号码，脸上露出一丝笑意。女朋友是个醋缸，刚被塞了嘴的小个子又一直叫唤，房间就这么大，男人怕女友误会，只能开门出去。这栋楼里就他一户，他放心地随手把门留了条缝，自己在走廊里站着跟女友煲电话粥。

傅斯晨走到十三层的楼梯口时，正好听到楼道里有个男人打电话的声音。他在暗处仔细听了一会，好像在跟女友调情。他侧身微微探头，看到昏黄的过道里，有位穿着深蓝色风衣的男人正来来回回地边走边打电话，这个男人，应该就是掳走白小米的男人。

门朝着傅斯晨那边开口，他听男人说话的腻歪劲，估计一时半晌不会结束。他又竖起耳朵听房里的动静，如果还有别的人，应该能听到别的声响。但里面很安静，傅斯晨判断这里只有这个男人。有了这个推断，他借助斜开着的门的掩护，等男人再掉头朝另一头走去时，傅斯晨侧着身子，迅速朝房门口移动，在男人再次转身的时候，傅斯晨成功地闪进了房间里。

白小米被嘴里的脏抹布弄得头晕眼花，一抬头，忽然看到进来了一个男人，再定睛一看，竟然是傅斯晨。

“你没事吧？”傅斯晨边迅速解开她的束缚，边一脸关切的把她全身上下都看了一遍，确定没有什么外伤，这才松了口气。

本来以为凶多吉少的白小米，如今看到犹如天降神兵的傅斯晨，就像是做梦一样。发消息给他的时候，她还怕他没看到，怕自己这次就这样英年早逝了，没想到他真的追来了。

从没经历过如此凶险境遇的白小米刚松开束缚，便一头扎进了傅斯晨怀里。

傅斯晨全身一滞，看到怀里不停颤抖的人，想要推开她的手，竟然慢慢放到她的背上，语气是自己都没发现的坚定温柔："我来了，别怕。"

白小米闻言心定，迅速抹掉眼角的泪，抬起头急急说："汤敬筱就在这。"

外面的男人边聊边发出笑声。汤敬筱太虚，自己无法走路，傅斯晨一把将她背到背上，三人靠到门口。白小米看到进门的边桌上放着傅斯晨的车钥匙，麻利地将它放进口袋里，几个人一起屏住呼吸，等待男人朝另一边转身的时机。

男人刚转身，白小米立马拍了拍傅斯晨的手，示意他背着汤敬筱先走，她紧随其后。

傅斯晨转头看她一眼，压着低沉的声音："一定要跟紧我。"

白小米极少看到他这样担心的神情，心中莫名一动，用力点了点头。

背着一个人，动作自然没有那么灵活，门的开缝本来就小，汤敬筱的脚不小心碰了一下防盗门，发出一声轻微的响声。即便声音不大，但在这无人的楼道里，已经足够引起注意。

果不其然，男人一顿，立刻转过身来，三人原本还想蹑手蹑脚地走开，这下不得不迅速撤离。傅斯晨背着高大的汤敬筱，即使用尽全力，动作也慢了半拍。白小米跟在后面，帮着傅斯晨一起护着汤敬筱，更是跑不快。男人随身带着一把折叠刀，他抽出刀刃，朝着三人就追了过来。

最后面的白小米很快就被男人一把抓住了头发，她吃痛地大叫一声，举起靠近男人身体那边的左手，狠狠地往他的裤裆部位打下去。男人没想到这么瘦小的女人竟然这么有力，忽然被击中要害让他痛苦地弯下腰。白小米看准机会，赶紧往傅斯晨那边奔去。

傅斯晨走到电梯处，知道跑不掉了，一场硬战是免不了了，现在是三对一，对方虽然有刀，但他们也不一定输。男人拿着刀咬着牙追上来，白小米边跑边喊傅斯晨的名字。傅斯晨转身把汤敬筱放了下来，然后毫不犹豫地迎着男人跑过去，

就在男人的刀几乎要刺到白小米的脊背时，傅斯晨一个箭步冲上前，用力拉住白小米把她往前一拖，刀刃跟她差了几个厘米。傅斯晨把白小米护在自己的怀里，一个转身的瞬间，刀就插进了傅斯晨的左后臂。

男人迅速把刀拔了出来，傅斯晨吃痛闷哼了一声。他转过身，把白小米护在身后，扑上去跟男人扭打在一起。

男人虽然没有傅斯晨高大，但他手上有武器。傅斯晨的一只胳膊受了伤，不得不想办法去夺对方手上的刀。两人在扭打的过程中险情频发，白小米在旁边看得胆战心惊，赶紧拿出手机拨打报警电话。对方刚接通，就听到楼底下由远及近传来了警笛的呼啸声。男人一分神，傅斯晨趁机打掉他手上那把小刀，男人迅速爬起来，朝着旁边的楼道口跑下去。

白小米赶紧过去把喘着粗气的傅斯晨扶坐起来，紧张地问道：“傅老师，你怎么样了？”

傅斯晨捂着那条流血的胳膊：“没……没事。”

饶是白小米心理素质再强大，看着傅斯晨左臂上不停往外溢出的血，也吓得脸色发白。她战栗着摸出手机，声音发颤地给急救中心打了求救电话，再转头看向脸色发白身体逐渐发虚的傅斯晨，强迫自己镇定下来。此时最重要的，是要先给他按压止血。

白小米环视了四周，这里根本没有可以用来止血的东西，傅斯晨指了指自己的左边口袋，让白小米摸进去。

白小米伸手进去，掏出一根深蓝色的领带，傅斯晨从公司出来后把领带解下直接放进衣服口袋里。有了这条领带，傅斯晨忍着疼，急促地吸着凉气跟白小米说："你现在照着我说的做，把领带绑在我上臂关节往外三分之一交界处，松紧以看血流变小为度，然后看手机，记下现在的时间。"

白小米点点头，眼角瞥见用来顶住安全通道木门的一块长方形的木块，她转身迅速把木块捡了过来，然后将领带用力在傅斯晨的胳膊上绑好，利用那根木棍，使劲转动让整条领带绞紧。动作一气呵成利落干净。

傅斯晨眼中的探究越发深沉，没想到这白小米不仅懂得拿个助力的东西，还能把伤口包得如此干净利落，实在让他意外。

白小米之所以会这些，完全是因为有段时间她的父母为离婚的事闹得很凶，她老妈为了阻止老爸离婚，曾扬言要自残。虽然老妈只是说来吓唬老爸的，但白小米却真真吓坏了，担心老妈一时想不开，真做出什么伤害自己的事。为此她偷偷学了紧急情况的急救知识，并自己对着玩具熊练习了无数次，就是怕万一发生突发事件时她能应个急。没想到这些知识今天还真派上了用场。

这里地段偏僻，救护车在短时间内也没法赶过来，听到警车却没见警察上来，三人不知刚才的男人到底有没有被抓住。现在傅斯晨伤了一只胳膊，汤敬筱走路都成问题，白小米怕他又重新杀回来，只能尽快跟傅斯晨把汤敬筱夹在中间，三人进了电梯。白小米说要下去跟警察说明情况，虚弱得说不出话的汤敬筱用力地摆头，脸上一副痛苦之色，嘴里不停地小声重复："别找警察，别找警察……"

傅斯晨看了白小米一眼，白小米跟她说："不找警察也可以，但你要答应我，把事情的原委告诉我们，你放心，我们不会伤害你的。"

毕竟是把她救出去的人，汤敬筱对他们还是相信的，她有气无力地点点头。三人出了电梯，发现楼下并没有警车，那个男人也不知道是跑了还是被抓了。

这里离市区远，又不好打车，刚才情况紧急，傅斯晨又忘了在房里找找自己的车钥匙，如今两个伤病一个弱小，要如何走出去？

正想着，只见白小米伸手从口袋掏出车钥匙递给傅斯晨，说：“刚才出门的时候，我看到钥匙放在桌子上，就顺手拿了。”

傅斯晨看了她一眼，脸上的赞许一闪而过。

两人扶着汤敬筱坐到了后座，看她已经虚脱得厉害，白小米往口袋里一摸，拿出一盒硬糖，往汤敬筱嘴里塞了一颗。接着又拿出一颗往傅斯晨嘴里塞，他刚要拒绝，白小米不容分说：“我们现在都要补充体力。”

他的嘴唇碰到她冰冷的手指，顿了一秒，乖乖含住那颗她放进嘴里的糖。

傅斯晨受伤开不了车，白小米一屁股坐在驾驶室上，朝他一甩头：“上车！”

傅斯晨坐在车里，不太放心地问：“你有驾照吗？”

白小米边调试座位和后视镜边说：“没有，但我偷开过我爸的车，不止一次。”

情况紧急，事到如今傅斯晨也顾不了这么多了，只能听天由命地对她说：“开车！”

好在大冬天夜里的车不多，在傅斯晨的一路提心吊胆中，白小米终于把车开到了乾市人民医院，三人相互搀扶着进了急诊室。

汤敬筱迅速输了液，而傅斯晨好在伤口提前做了止血处理，刀刺得并不算深也没伤到神经，包扎处理过后，就被推进了普通病房里休息。

一直守在病房外的白小米看到傅斯晨被平安无事地推出来，一颗悬着的心终于落地。这已经是傅斯晨第二次在紧要关头出手救她了，想到他刚才奋不顾身冲过来把她紧紧护在怀里的样子，白小米就生出一种奇异的感觉。那是一种混合了感激、感动、惊讶和另外一种说不出的情绪，像是一种隐秘的，敏感而细微的感觉，就像是女人对男人的好感。如果说傅斯晨在第一次救她时她只有感激感动，那这第二次，她确切地感觉到，自己除了这些感动之外，的的确确还生出了其他的感觉。

这个认知让白小米暗暗吃了一惊，她长这么大，除了初中时的青春萌动，真正让她动过心的就是顾华。然而现在，她竟然对这个经常对她黑口黑脸、冷言冷语的傅斯晨有了这样的感觉，白小米觉得这简直有些不可思议。

"你在发什么呆？"傅斯晨的眼睛睁开一条缝，哑着嗓音问道。

白小米像是被人看穿了心思，心虚的脸上一红："没……没什么。"

傅斯晨看了她一眼："你有没有受伤？"

"没有。"

他暗暗松了口气，又问："汤敬筱怎么样？"

"正在另一间加护病房里输液，医生说没什么大问题，就是饥饿过度，体力消耗殆尽，电解质有些紊乱，调理一下就能恢复了。"

傅斯晨点点头，忍着疼痛问她："那个歹徒是什么时候出现的？"

白小米认真想了想，说："你刚走出去有一分钟左右，他就进来了。"

傅斯晨沉思了两秒："知不知道他为什么抓汤敬筱？"

"好像是为了一份什么资料，汤敬筱没拿出来。"

傅斯晨皱着眉头，沉默了几秒："只能等她醒了以后再问了。"

白小米点点头，又看了眼他被血染红的衣服，轻声说："谢谢你。"

傅斯晨一抬头，发现她的眼眶已经红了一圈，心中涌起一股暖意，忽然有了逗她的心："怎么谢？"

"我……"白小米语塞。

看她一脸窘样，他面无表情地摸了摸肚子："你是想要饿死救命恩人吗？"

白小米立马醒悟过来："我去医院食堂去买点吃的，你想吃什么？"

躺在床上的傅斯晨也虚得够呛："什么都可以，能吃就行。"

等白小米拿着两盒饭回来时，傅斯晨刚吃了两口就皱起眉头："这都什么东西？"

"茄子炒肉。"

"我不喜欢吃茄子。"

"可你刚才不是说什么都行吗？"

"什么都行的前提是味道不能太差。"

白小米没想到这傅斯晨都这么饿了还这么挑，她反正是饿得不行了，赶紧又扒了两口饭，说："今晚上你就先凑合吃吧，我从明天开始给你送饭，保证让你在住院期间吃好住好。"

傅斯晨也不推辞，点菜说："那我明天要吃炸藕盒。"

白小米有些哭笑不得，他昨天才刚吃了一大盘，难道还没吃够？不过既然是他想吃，她给他做就是了，反正这个菜对她来说，简直是闭着眼睛都能做出来。

Chapter 19

有点动心

白小米走后，傅斯晨挣扎着坐了起来，左边肩膀的刺痛让他倒抽了一口冷气。他拿出手机直接打给了陈柏年，详细说明了情况，叫他赶紧请他姐去仔细调查那个叫跟肖海明签合同的千秋公关公司。

傅斯晨原本打算三天就能回锦城，但现在情况有变，他只能又打了个电话给老板张德亮，简单说了下情况。那头的张德亮沉默了几秒，说："你自己注意安全，另外，如果可以，尽量劝说汤敬筱跟我们古德签下合同。"

挂上电话，傅斯晨靠在床头想要抽支烟，但病房里不允许抽烟。他的嘴巴动了动，看了眼自己身上的伤口。当时他这么英勇，现在想想却有些后怕，如果那刀再扎深些，他可能再也没法敲锤；如果位置再往中心偏些，他可能现在就躺在ICU。都是血肉之躯，他并非不怕死，但那时候的他，就是下意识地想要去护住她，就像他在古德看到她站在摇摇欲坠的门后时，毫不犹豫地出手救她一样。他不知道这种潜意识是不是跟那个求婚的梦有联系，但看她处在危险之中，他就是无法袖手旁观。傅斯晨对这样的认识感到有些沮丧，难道，这都是所谓的命中注定？

第二天一早，白小米提着刚熬好的骨头粥和刚炸好的藕盒送到了医院。推开病房的门，傅斯晨因为药物的原因，还睡得迷迷糊糊。白小米轻手轻脚地把东西放在病床旁边的桌子上，一转头，看到傅斯晨的头上竟然挂着一层薄汗，俊脸上的眉毛也微微皱到了一起。病房里暖气不算太好，即使盖着被子，也不可能热到这种程度，难道是伤口疼的？

白小米吓得靠近他的脸，紧张地轻声呼唤他："傅老师，傅老师你怎么了？"

梦中的傅斯晨正在花海的迷雾中焦急地寻找消失不见的白小米，忽然就听到耳边有个清亮的声音在叫他，他一个转身，就掉进了万丈深渊。这一激灵，便猛地睁开眼睛，忽然看到梦中那张他一直寻找的脸就抵在他的面前。

他一时间竟分不清这是现实还是梦境，他疑惑地伸出那只没受伤的手，轻轻地抚上那张带有小雀斑的小巧脸庞。真实柔软的触感让他越加迷糊。他又顺着脸往下摸，发现脖子以下的胸部……竟然也是丰满而柔软的。

傅斯晨触电般浑身一震。

凑在他面前的那张脸显然也吃了一惊，已然清醒的傅斯晨飞速收回自己的手，尴尬地望向眼前那双湿黑的眼睛。

为掩盖心中的慌乱，他神色冷淡的把头转向一边："你什么时候来的？"

白小米被傅斯晨刚才温柔的眼神和突如其来的动作弄得愣在原地，晕晕乎乎。现今听到他恢复如常的表情和语气，才回过神来说："我……我刚才看你满头是汗，以为你出了什么事。"

"我没事。"傅斯晨说着就撑了起来，刚坐稳，鼻血就滴了出来。

"你左边鼻子流血了。"白小米惊叫起来。

傅斯晨把头一仰，举起右手，从容淡定地指挥她拿湿毛巾。

白小米边递给他毛巾边担心地说："昨天做了检查不是说除了左臂受伤没有别的问题吗，现在怎么忽然流鼻血了？"

傅斯晨止住鼻子的血，眼角瞥了眼她那看着瘦小却意外饱满的胸部，幽幽道："天干气燥。"

晨检时白小米特意嘱托医生为傅斯晨好好检查一下，但也没查出什么问题，一切正常，医生在药剂里只能又多开了些降火的药给他。白小米这才放心地把早餐端到傅斯晨面前。

傅斯晨每天早晨的习惯是吃吐司和喝牛奶，但他昨晚忘了提醒白小米，他以为她中午才会做炸藕盒，毕竟谁会在大清早就炸东西？

如今看着这两样不符合他生活习惯的东西，他丝毫没有动筷子的意思。

白小米看看保温壶里的东西，又看看纹丝不动的傅斯晨："傅老师，是不是刚流了鼻血没胃口？"

傅斯晨看了眼炸得金黄的藕盒，咽了咽口水："是，我现在只想吃点面包喝点牛奶。"

"好，那我现在到医院食堂去给你买。"

傅斯晨看着转身出门的白小米，看了眼她送来的早餐，用力抖开护士新送来的报纸。

好一会儿白小米才喘着粗气拿着一包吐司和一瓶牛奶进来了放在他的桌上说："医院食堂没有，我是出去找了个超市买的。你先吃早餐吧，我要去菜市场买菜了。粥和炸藕盒就先放在这儿，我中午送饭过来再一起拿走。"

"中午吃什么？"自从尝过她的手艺后，傅斯晨对她要做的菜色还挺期待。

"不知道，去市场转转，什么新鲜买什么。"

傅斯晨点点头，这个想法倒是跟他的挺像。

等白小米一走，傅斯晨便打开牛奶，谁知刚喝了一口，马上又吐出来。他就不明白了，这乾市的牛奶为什么全都是水牛奶。

傅斯晨把看着就不好吃的吐司和怪味水牛奶搁在了一边，只能不情不愿地打破习惯，打开白小米带来的粥。刚喝了第一口，便再也停不下来，咸香味的骨头粥配上香喷喷的炸藕盒，简直绝了。他一口气把所有的食物都吃了进去，肚子撑得滚瓜溜圆。

吃饱喝足，傅斯晨打开手机邮箱开始处理工作邮件，现在事情还没有完全解决，伤他们的歹徒也不知道抓没抓到。即使在病床上，他也没法安静地躺下来，干脆倚在床头看邮件。

刚到十二点，白小米就提着两个保温壶进来了。

傅斯晨提着鼻子暗自闻了闻，还挺香。

“傅老师，我今天给你煲了竹荪鸡汤，趁热喝。”白小米边说边拧开盖子，盛了一瓶给他。

傅斯晨点点头接过来：“卖相不错。”

看他一只手实在不方便，她擎着瓶子说：“我喂你吧。”

经历了这场事件，两人似乎有了些生死之交的意思，相处时也没有了一开始的拘谨。但即便如此，傅斯晨还是不习惯跟女人太过亲密，更何况是他之前一直想要疏远的白小米，他伸出没受伤的右臂，拿起勺子，淡淡说：“不用，我自己来。”

白小米也不勉强。除了食物，她还带了些水果，既然不让她喂，她便侧身对脸坐在病床边的椅子上，给他慢慢削苹果。

她一手拿着一把小刀，一手握着苹果，速度很快技术娴熟，一条不断的苹果皮就从苹果身上掉落下来。从傅斯晨的角度来看，她低着头，柔顺的刘海贴着前额，白皙的脸上一副认真的表情。她的动作有些前倾，连帽的运动卫衣没能遮住她光洁的脖子，在细细的脖子根处，有一道清晰可见的衣物勒出来的红色痕迹。

傅斯晨放下勺子，看着正准备给苹果切瓣的白小米，想必在他还没赶来之前，她跟歹徒已经周旋过了。他脑中一闪而过她毫不畏惧、独自站在摇摇欲坠的大门后，跟一群民工对峙的场景，眼中不由多了些深意。

白小米正削着苹果，感觉脖子上被勒肿发热的皮肤有微凉的触感，她身子一僵，前倾的身子下意识地往后一缩，傅斯晨的手停在半空，脸上有些微窘，手又慢慢缩回去："你脖子上的伤，一会让医生来看看。"

白小米出门时，老妈已经给她敷过了冰袋了，她摆摆手说："不用了，只是被勒了一下，没什么大碍，我晚些时候再回家敷冰袋吧。"

傅斯晨声音淡淡的，语气却不容拒绝："一会儿做个全身检查，是我叫你来的，确定你没事我才能放心。"

明明是很正常的话，从高冷的傅斯晨嘴里说出来，却让白小米有种意外的暖。她顺从地点点头，考虑到他现在吃东西还不方便，她把苹果切成了一瓣瓣，还把每一瓣的苹果皮分两边分别往后卷起来，用牙签扎好，让每一瓣苹果看起来都像是一只粉红色的小兔子。

等傅斯晨喝完鸡汤，抬头看到白小米刚弄好的一盘"小兔子"，不由心神一震。

如果说炸藕盒是个巧合，那这个苹果呢？也是巧合吗？

傅斯晨手上拿着一只"小兔子"，眼神复杂地看着白小米。

白小米感觉到傅斯晨的目光，又看了眼他手上的苹果兔，以为他嫌她的做法幼稚，有些窘迫地解释道："我是看你还没吃完饭，还有时间……"

"很好，我很喜欢。"

Chapter 20

画像之谜

白小米正在莫名其妙的时候，门被推开，高高瘦瘦的汤敬筱穿着病人服朝房里的两人点了点头。她的五官长得十分立体漂亮，不像是亚洲人的扁平面孔，倒有些类似混血儿的样子，站在人群里，一下便能脱颖而出。即便她现在瘦得有些脱形，依旧还是美女一枚。此时的她精神明显好多了。她慢慢走进来，傅斯晨跟白小米对看了一眼，白小米便麻利地去把门反锁上。

汤敬筱坐在椅子上，对着傅斯晨和白小米缓缓开口："谢谢你们来救我，还有小米，我真没想到，来救我的竟然会是你，谢谢。"

白小米淡淡看了她一眼，一语双关说："我也是自救。"

傅斯晨看向汤敬筱，问道："《神秘女郎》那三幅画是你寄的吗？"

汤敬筱点点头。

傅斯晨神色一敛，沉下声音："既然寄来画像同意拍卖，为何几次三番反悔？"

"十分抱歉，我也是走投无路没有办法，才想出这个办法。"

"你的目的是什么？"

汤敬筱顿了顿，看了看眼前的两人，一个是古德著名的拍卖师，一个是继父的亲女儿，心里虽然犹豫，但她现在孤立无援，他们既然救了她，她也只有相信他们了。

汤敬筱咬着牙，红了眼眶恨恨地说："我只想为肖海明申冤，他不是自杀，是被害的。"

傅斯晨其实一早就对肖海明自杀存有疑虑，现在听到汤敬筱说出这话，并没有太多的意外，一旁的白小米倒是瞪大了眼睛。

汤敬筱稳了稳情绪："肖海明是我的恩师，也是我的男朋友。抓我的那个男人，是之前跟肖海明签约的一家名叫千秋文化公关公司派来的。早在肖海明还没太多名气的时候，千秋文化公司就找到他，说可以捧红他，但前提是要跟他签署分成协议。当时的肖海明刚跟妻子离婚，过得并不如意，一心想出人头地，便跟他们签下了为期五年的合约。没想到合同即将到期时，又被他们胁迫着签了个十年的合约。这几年里，千秋虽然捧红了肖海明，但他的画卖出去的钱，有九成是属于千秋，只能拿一成的肖海明其实过得跟没红之前没太大区别。他一直想等合同到期后就可以自己发展，没想到千秋并没有要放他走的意思。他多次跟千秋交涉未果，开始拒绝动笔，千秋不想失掉这个赚钱的机会，就找来了枪手仿照肖海明的画出售。为防止已经起了二心的肖海明透露消息，对方用照顾他起居让他腾出更多时间创造的名义，一直把他囚禁在锦城市郊的一栋公寓里。"

汤敬筱越说越激动，歇了口气，继续说："这些年肖海明一直过得很压抑，却摆脱不了千秋的控制。他暗中收集了他们做假画、炒作哄抬画家画作的证据。并跟我说他要以此作为解约的筹码跟千秋交涉，说等他解约后，就马上带我离开。没想到，等到的却是他在公寓死亡的消息。事情发生后，媒体和警方都一口咬定他是自杀的，前一天他还兴奋地打电话跟我说对方已经答应只要他交出资料，他的合同就可以解约，他马上就能带我离开。这样的情况下，他又怎么会忽然自杀？肯定是对方想要用解约来做诱饵，想要骗他拿出收集的那些证据，然后被他发现，达不到目的的千秋公司才恼羞成怒，干脆杀人灭口，然后又把这一切弄成自杀的假象。”

汤敬筱想象着那一幕，泪如雨下，接过白小米递来的纸巾，接着说：“他们一直找不到肖海明收集的证据，担心总有一天事情会曝光，所以才一直蹲守在肖海明的老房子那里，同时偷偷跟踪我。他们肯定也偷偷进房子去找了，应该没找到，所以才把我抓起来让我交出东西。我知道老肖是被害的，但凭我一人之言，根本没法让人相信，所以我只能先让这几幅老肖的画引起全城人的注意。我并不是真正想要出售这些画，我只是想要让世人看到这三幅画上面的SOS，造成公众舆论，只有让这件事得到足够多的关注，才能让警察推翻之前自杀的定论。”

汤敬筱说得太过激动，不得不停下来喘气。

白小米插了一句嘴：“所以画上的那些项链吊坠，是你画的？”

汤敬筱顿了顿，看着白小米说：“对，我的继父……你的父亲，曾经给我买过一条那样的项链，我照着那条链子的坠子的样子，画了前面两个字母，可惜没能凑成SOS就被他们挟持了。”

这跟白小米之前的推断基本一致。她静静地看了傅斯晨一眼，等着他后面的话。

屋内陷入了寂静。

傅斯晨一抬眼皮：“所以，你为了你的目的，就用那几幅画把古德拍卖行弄得人仰马翻？”

汤敬筱擦干眼泪，跟傅斯晨说：“对此我很抱歉，我知道我是用了心机，但如果古德内部不愿意冒这个风险，凭我个人和那几张画，也没法造成舆论。”

一个巴掌拍不响，汤敬筱显然是赌古德想要趁热打铁大赚一把的心理。但如果张德亮不是贪心想捡便宜，这样的事也不可能接二连三地发生。

傅斯晨当然也知道古德的问题，所以也没打算抓住这件事不放。他之前一定要追这件事，就是因为那几张画勾起了他的好奇心，如今知道了真相，他对汤敬筱的做法更是不解。

“既然你知道肖海明是被害的，你为何不在他遇害消息刚出来的时候，就带着肖海明藏起来的资料去警察局报案，而是大费周章地通过拍卖行让大众关注？”

汤敬筱沉默半晌，才慢慢说：“我其实也没找到他藏的资料在哪里，光凭我一张嘴，警察能信我吗？再说警察局里面肯定有人跟千秋串通好的内鬼，不然就不会连调查都不调查，便在第一时间内对外宣布老肖是自杀。如果我贸然前去，那就等于自投罗网，所以才想到先寄画去拍卖行，等引发社会足够的关注时再公开，这样事情再想隐瞒，也就没这么容易了。”

傅斯晨眼皮一抬，有些意外：“肖海明连你也没告诉？”

汤敬筱摇摇头：“估计怕会连累到我，毕竟知道得越少才越安全，但是我觉得那些东西应该就在老房里，不然千秋那边的人也不会一直在老房这边盯梢。”

白小米忽然想起一件事：“你寄到古德的那几幅画，肖海明是什么时候画的？”

汤敬筱一怔：“是他被软禁之前，送给我的生日礼物。”

“可同一个背影，角度偏了些而已，为什么要连画三幅？”

“这个我之前也问过他，但他当时没有细说，只说这个礼物他付出了很多心思，让我仔细收好。”

门外有人敲门，白小米赶紧过去把反锁的门打开。送药的护士把药放下离开，汤敬筱也站起来要告辞。傅斯晨看着她的侧脸，忽然问道：“你是不是坐过我的车？”

汤敬筱顿了几秒，点点头：“没错，那天晚上，我也是遇到了跟踪我的人，为了甩掉他，我才冲进了车流，没想到遇到了你，谢谢你救了我两次。”

白小米一怔，没想到傅斯晨看着高冷，其实还是个热心肠。

傅斯晨淡淡地看了她一眼：“举手之劳，难怪我一直觉得最后那张侧脸有些眼熟，原来是你。”

汤敬筱看向白小米，语气真切：“希望我们以后能多联系。”

白小米没有接话，而是问她说：“如果你不愿报警，那个挟持你的人说不定就能逃脱制裁。而在事情没有彻底公开之前，千秋那边的人有可能还会来找你，那你要怎么办？”

汤敬筱眼神一沉：“即使拼了我的前途和这条命，我也要给老肖讨回公道，实在不行，我就跟他们同归于尽。”傅斯晨开口道：“想为肖海明讨回公道，只有一个办法，就是找到那份资料。”

汤敬筱沉思片刻，出于对现状和自身安全的考虑，忽然抬起头看着傅斯晨说：“过两天我想去那老房子里再找一找，你们愿意陪我一起去吗？”

傅斯晨和白小米对视了一眼，对于傅斯晨来说，他之所以一直追着这件事，除了工作，更多是因为好奇。现在既然知道了这么多情况，自己还因为卷入事件而受了伤，结果呼之欲出的时候，于公于私，他当然不会拒绝。而想借着这件事当上傅斯晨徒弟的白小米，更不能拒绝，汤敬筱怎么说跟她还是名义上的姐妹，于情于理，她都没法拒绝。

吃完晚上，傅斯晨在走廊里溜达了一会。刚回到病房，就收到白小米的微信，自从白小米通过微信发送定位后，傅斯晨便不再排斥用微信，他迅速点开，看到她发来的消息：傅老师，我回去想了想，如果说肖海明的资料真的在他的老房子里，那他送给汤敬筱的那几幅画，会不会跟那些资料有关？

其实在今天汤敬筱说完那些话后，傅斯晨就已经想到了这点。

在她们走后，他也把之前拍下来的三幅画的照片拿出来反复看了多次。房中的摆设简陋藏不住东西，千秋的人却一直找不到，说明肖海明不会把这些资料放在一般的柜子里。这些东西，很可能藏在一个远在天边近在眼前的地方。

三幅神秘女郎都看向同一个方向，这会不会是个暗示？那些东西就在墙里？这只是傅斯晨的一个猜测，没想到白小米也跟他有相同的看法，他难得地回了她几个字：说下去。

得到鼓励，白小米眼中显出兴奋的光泽，手机键盘打得飞快：我有一个想法，肖海明画的那三幅画中，虽然时间光线不同，但主角汤敬筱都站在同一个地方朝东边的那堵墙看，你说有没有这种可能，他就是想通过三幅一样的画来暗示我们，那些资料就在画中人看向的方向？

他又回：继续。

白小米大着胆子继续猜测：我觉得三幅画中人的眼睛看向的地方虽然都是东面的墙，但是焦点不同。后天我们过去的时候，可以根据画中的视线具体的位置，挖开墙体看看。

那头的傅斯晨目光沉静，只回了一个字：好。

放下手机，傅斯晨又习惯性地想抽烟，看到墙上禁烟的标志，他拿着烟又走出病房，来到楼层通风的吸烟区，坐在塑料椅子上，点燃一根吸了一口。然后双手放在椅子扶手上，香烟袅袅，他头靠在椅背，思绪万千。

自从跟白小米开始这趟旅程后，短短的几天，她一次次给自己带来意外，让他不得不重新开始审视她。那些关于她的梦和那些巧合，都让他心情复杂。不得不说，因为这几天的相处，他对她的看法的确有所改观，甚至可以说跟以前大不相同。或许以前的厌恶是源于不了解，如果逐渐了解之后呢？他是不是就不再排斥她了？

只要不再厌恶，一切便皆有可能。

他的注意力全在这些烦闷无力的想法上，手上轻微刺痛的灼烧感让他的手猛地一抖。不知不觉香烟已经燃尽，他神色淡然地把烟蒂摁进了烟灰缸里。

往病房里走的时候，陈柏年的电话就到了。

傅斯晨迅速接起来，问："情况怎么样？"

陈柏年那边音调带着兴奋："斯晨，那家千秋文化公司果然有问题。我姐那边突击调查后发现，之前也有别的画家在他们公司签约后莫名受伤的，还不止一个，但死掉的，肖海明是第一个。我们已经跟曾经受过伤的那些画家和艺人联系了，虽然现在还没有人说出实情，但这个东西不是个案，它里面就是有问题。我姐已经安排专门的人去重点调查了，相信很快便会有结果。"

傅斯晨定了定心，相信只要找到破绽派了重兵，接下去应该会有收获："那就等你的好消息。"

陈柏年那头顿了顿："对了，你的伤现在怎么样？要不要我过去看看？"

傅斯晨眼角扫到白小米送来的苹果，说："不用，我现在能走能跳，再说我这边也有人照顾。"

陈柏年甚是惊讶："有人照顾？谁啊？男的女的？"

傅斯晨后悔跟这个八卦王说漏了嘴，干脆实话实说："公司一位实习生。"

"男的女的？"

"女的。"

"原来你是这样的傅斯晨！"电话那头传来一阵狂笑。"小姑娘挺有能耐啊，实习期间就能跟着你一起出差。"

"别乱讲话，她是线人。"

"这位线人长得不错吧？哪位实习生？不会是你那位梦中人吧？"

"……"

“我靠不是吧？”陈柏年止住笑，“我说哥们，你这事邪门了，你这是在劫难逃啊。”

傅斯晨神色淡淡道：“是福不是祸，是祸躲不过。”

隔天一早，白小米穿了一套偏运动型的小夹克配短靴，在头上扎了个丸子头，估计是想要遮住脖子上的勒痕，特意在里面穿了件高领的灰色毛衣。这种拉长身高的造型，让她整个人看起来还挺有些机车少女的飒爽范儿。

傅斯晨不由盯着她看了几眼。

白小米不自在地摸了摸自己今早赶时间用手胡乱扎起来的头型，有些不好意思道：“我这头发是不是很丑？”

傅斯晨神色淡淡地收回目光：“不。”

白小米心头一喜。

下一秒，又听他略带玩笑地说：“你的丑跟头发没关系。”

白小米装着不满地收回带来的东西：“看来我以后不需要再做东西给你吃了。”

傅斯晨长手一伸，又把东西拿了过来，忍着笑意，一语双关：“想逃避责任？晚了。”

白小米今天给他送来熬得黏稠的黄细米粥和糯米糕，她那天看他吃得挺香，今天又给他买了一份。

傅斯晨想到这边的面包和水牛奶就倒胃口，只能再次破例，改变早餐习惯，吃白小米带来的早餐。

黄细米粥加了冰糖，糯米糕清香弹牙，他一口气吃完了她带来的东西。心想早餐偶尔换换花样来吃，其实也不赖。

傅斯晨为这个一闪而过的想法愣了一下，自从跟白小米接触多了以后，他十几年没变过的生活习惯竟然悄悄发生了改变，用微信、吃不是面包牛奶的早餐、多管闲事……他不知道这样的变化意味着什么，他不想去想，更不敢去想。

吃完东西，白小米收拾餐盒准备带回家，忽然听傅斯晨开口问她：“脖子上的伤怎么样？”

那种勒痕虽然没造成什么大伤害，但短期内是不会容易消下去的，白小米大大咧咧地笑笑说：“检查过了，没什么事，最近穿点高领衣服遮着，等它慢慢消就行。”

傅斯晨点点头，没再说话。

中午过了十二点，白小米还没来，傅斯晨看了眼手机上的时间，嘴里嘟嘟囔囔：“也不知道早点来探病，这都几点了，吃午饭还是晚饭，没有一点时间观念。”

傅斯晨说完自己都吃了一惊，他这是在盼着白小米来？不不不，他摇着头想了想，一定是肚子饿了，她虽然人长得不怎么样，但饭却做得出人意料的好，所以他肯定，自己一定是饿了的缘故。

刚安慰完自己，傅斯晨竟然打了个饱嗝，今天的早餐白小米准备得厚实，他吃得又有些晚，现在的确还是饱着的。这种自己打脸的行为，傅斯晨只能自圆其说：病号就应该按时吃饭，他不是盼着她来，他只是不想破坏自身的规律。

一点半后，白小米才匆匆提着两个保温饭盒跑进来，等长了脖子的傅斯晨装作不在意的样子，用手机浏览工作邮件。

“不好意思，刚才碰到了一位熟人，耽搁了些时间，你赶快吃饭吧。”

“没事，反正我也不太饿。”傅斯晨说得面无表情，语气里有他自己都没发现的小小酸劲。不是因为饿，是觉得住院的自己竟然没有她的熟人重要。

白小米一脸歉意地打开两个保温壶，浓香的排骨味飘散在空气中，食物的味道让傅斯晨再也看不下手机，乖乖拿起勺子吃起来。

白小米还像昨天那样，转身坐在椅子上给傅斯晨削苹果，等她切完递给他，傅斯晨一脸不满：“怎么没弄成兔子？”

白小米一愣，心想你昨天不是觉得幼稚吗？但想归想，这个脾气一时一样、难以琢磨的上司，他想要什么她就给他弄什么吧。

看着傅斯晨把她加工好的“小兔子”高高兴兴地吃掉，白小米觉得颇为好笑，没想到拍卖界以沉稳冷静著称的男神，也会有这么幼稚的一面，难道是因为受伤后内心脆弱性情大变？

等吃完饭，白小米收拾饭盒就要离开，傅斯晨有些郁闷。别人有这样跟上司献殷勤的时候，恨不能天天在这晃，她倒好，每次来都急急离开，是怕他吃了她吗？

“你有急事？”傅斯晨像是问得很不经意，但两只眼睛全盯着她的脸。

“我……想回去看点书，毕竟考核的时间快到了。”白小米老实说道。

傅斯晨一怔，没想到她还挺拼的，他脸上的线条也柔和了下来：“那这几天你就在家看书吧，我自己在医院订餐就可以了，你不用特意再做饭送来了。”

“那怎么行，书要看，饭我也要做的。”白小米态度坚决。

傅斯晨刚觉得不枉救她一场，接着就听到她很实在地说：“反正我也是要给我妈做饭的，只是顺带多做一份而已。”

傅斯晨又好气又好笑地盯着她看了几秒，面无表情地说：“既然你这么上进，我也不能白白领你‘顺带’的人情，考试的时候我会按最严格的标准来考核，这样才能对得起你的努力。”

白小米叫苦不迭，觉得这个男人真是喜怒无常。但事已至此，她只能尽人事，听天由命了。

下午傅斯晨刚用手机处理完工作上的事情，转头就看到白小米提着东西进来了。他有些发愣，此时的白小米穿的已经不是上午和中午那套小夹克配短靴了。而是把着装换成了一件中长款的米黄色长风衣，加黑色高跟鞋，还把那个蓬松的丸子头弄成了熟女型的清汤挂面发型。这套衣服他见过，她在拍卖系现场参加选拔古德实习生的时候，穿的就是这一身，当时的她看起来就像是偷穿了家长衣服的小孩，现在的她，依旧给他这样的感觉。他有些无法理解，她明明不适合穿这样又长又过于成熟的衣服，可为什么偏要穿上，而且还是在下午换上的。

“傅老师，吃饭吧。”白小米笑意盈盈地打开保温盒，心情看起来十分不错。

傅斯晨应了一声，注意到她的嘴唇上还涂了一层对她来说略显明艳的口红。他看了看时间，刚过五点半，中午来得这么迟，下午来得这么早，还明显地打扮过，她这是……受刺激了？

饭菜还是一样的高水准，可傅斯晨吃得心不在焉，眼角余光时不时瞥一眼坐在椅子上、边傻笑边低头削苹果的白小米。

傅斯晨暗自思忖，这种诡异的表现，难道是他中午的时候哪句话说重了？

正寻思着，傅斯晨就听到病房外有人敲门，他没有理会。护士一天要过来送几次药，每次都会敲一下门就自己推进来了，而坐在一旁的白小米却一下站了起来，稍显激动地拨了拨自己的头发，才小步跑过去开门。

还没等她把门打开，护士自己推门进来了，放下药交代了两句又走了。白小米略显失望地走回位置坐下重新削苹果，傅斯晨觉得她今天肯定有事。

果不其然，没过两分钟，门口又想起了敲门声，白小米瞬间又像被打了鸡血一样，从椅子上弹起来，冲过去开门。

门外站着一位穿着城管制服的眼镜男，提着一袋子梨，伸着脖子朝着病房里张望了一眼，这才对白小米微微一笑：“小米，好久不见。”

白小米愣了一下，她对一段时间不见变得又黑又壮的顾华有些不太适应，这跟他以前那副高瘦的书生形象相去甚远。但想想也能理解，他整日在大街上跟乱摆乱放的商贩你追我赶，变得黑壮也在情理当中。

她满脸微笑：“好久不见，顾华。”

傅斯晨听着白小米刻意柔和下来的声音，眼皮一抬，转头看向来者。

白小米拉着顾华走到傅斯晨面前：“傅老师，这是顾华，就是上次你们到学校去选拔实习生时，第一位上台去尝试拍卖的拍卖系优秀学生。”

顾华夸张地朝傅斯晨鞠了一躬：“傅老师您好，能再次见到您，实在是我的荣幸。”

白小米怕傅斯晨不记得，还特意补充道：“你还记得吗，那次选拔，我就是为顾华举的手。他专业很厉害，我知道的那些知识，基本上都是他教的。”

傅斯晨对顾华有印象，他当时连自己举手上台的勇气都没有。说实话，傅斯晨对他实在没什么好感。但人家是来探病的，他在床上淡淡扫了两人一眼，脸上挂着疏离的笑意，客气地说了句：“坐吧。”

顾华一脸受宠若惊，把水果放在柜子上，殷勤说道：“傅老师，我今天中午偶遇小米，知道您在这里住院，本来中午就应该跟她一起过来看您的，但当时有事走不开，所以下午一下班我就赶过来了。”

“谢谢，有心了。”傅斯晨脸上噙着笑意，心里想着，原来白小米就是因为你，让我饿着肚子等了这么久。

“傅老师您真是客气，我其实一直很崇拜您，也一直希望能到古德去实习，直到现在，我也是这么想的。”

傅斯晨看了眼他身上的制服：“你现在不是有工作了吗？”

顾华赶紧表态：“我之前考上了公务员，但我心里一直对拍卖工作念念不忘，如果……如果古德还有机会，我还是想去古德干本专业的工作。”

傅斯晨只是闲闲散散地笑着，没接话。

顾华脸上的失望一闪而过，傅斯晨用余光看到时不时盯着顾华看、一脸花痴的白小米，心中隐隐不爽，她到底什么眼神啊？他这么个帅哥在这里，她竟然还一直盯着黑牛一样的顾华，她难不成是眼瞎了吗？

三人在房间里，白小米讨好顾华，顾华讨好傅斯晨，而傅斯晨在暗暗观察对面两人的关系。精明如他，早看出白小米是一头热，顾华压根都没看上她，看出这一点，竟然让他有些莫名开心又有些莫名生气。

探病的顾华在病房里又待了一会，便站起来要走，白小米“噌”地站起来说：“我正好也要走，一起吧。”

傅斯晨看着一起要离开的两人，跟顾华说：“你的心意我心领了，这些梨你拿回去，我对梨有些过敏。”

顾华闻言有些吃惊，转头看了看白小米，语气中带了微微的责怪之意：“你怎么不早说。”

白小米也是第一次听说还有人对梨过敏，她之前一直给他准备的都是苹果，所以也不知道傅斯晨对梨过敏这件事。无辜被责怪，她自然有些委屈，但谁让对方是顾华呢，她只能干笑着背起这只锅：“不好意思，是我忘了。”

傅斯晨皱了皱眉头，这只是他随口胡诌的，没想到敢打歹徒裆部的白小米在这个男人面前竟然会怂成这样，他看了白小米一眼，对顾华说：“不怪她，我也没跟她说过。”

顾华讪笑着收起那袋子梨离开，白小米尴尬地看了傅斯晨一眼，迅速又小声地说了句：“保温壶先放这，我明天再来。”

看着小跑着追出去的白小米，傅斯晨躺了下来，心头时不时往上蹿的心烦，怎么压也压不下。

经过这几天的修养上药，傅斯晨的伤口也好了许多，他平时注重锻炼，身体素质比一般人要好些，此时已经恢复得差不多了，他本想不让她老是来回跑送饭了，但她今天的表现，让他觉得她精力还是太旺盛了，饭，还得继续让她送。

第二天，白小米照旧送来香喷喷的饭菜和水果，此时他吃着白小米送来的早餐，回忆着刚才坐在椅子上给他削苹果的白小米。

今天的太阳格外的好，她坐的地方刚好能晒到。从傅斯晨的方向看过去，白小米的周身因为阳光的照射，镀上一层金边。逆光中，他甚至还看到她脸上那层代表着年轻和活力的细细绒毛。她的嘴角微微上翘，皮肤看起来薄而透明，眼睛一如既往的清黑，跟她鼻翼两边分布的几颗小雀斑一起镶嵌在这张小小的脸上，竟也有一种说不出的可爱。那些分开看全是平淡无奇的五官，如今凑在一起看，竟然会格外地顺眼。

傅斯晨刚放下勺子，门口就响起敲门声，两人抬眼看去，进来的不是汤敬筱，而是一位穿着风衣皮靴的公子哥。

傅斯晨顿时满脸笑意："你怎么来了？"

陈柏年看了眼坐在旁边的白小米，笑说："来慰问你啊，顺道来看看，到底是谁在照顾你。"

傅斯晨转头跟站起来的白小米介绍道："这位是陈柏年，我从小玩到大的兄弟，这位是实习生白小米。"

陈柏年玩味地向白小米伸出手："你好，辛苦你了，这位大神不好伺候吧？"

白小米不卑不亢地伸出手："你好，陈先生，傅老师是因为救我才受伤的，照顾他是应该的，不辛苦。"

陈柏年闻言，颇有深意地看了傅斯晨一眼，嘴角含笑逗她说："我们傅大神这么高冷的人，轻易不管闲事的，能让他出手相助，你有前途。”

白小米也看了傅斯晨一眼，老老实实地说：“傅老师人很好也很热心，他已经不是第一次救我了。”

陈柏年憋着笑看着傅斯晨，傅斯晨转头淡淡地跟白小米说：“你先去看看汤敬筱准备好了没。”

门刚关上，陈柏年哈哈大笑：“小姑娘不错，人挺实在。”

傅斯晨也笑：“你今天来乾市没别的事了？”

说到这个，陈柏年一屁股坐在刚才白小米坐的椅子上，一脸兴奋：“有啊，你猜我这两天听到了什么？说出来你都不信，千秋文化竟然自己养了一群仿名画的画手。而且，从造假的纸张、笔墨到设备和人才都一应俱全，形成了规模化的造假一条龙服务。把东西仿照出来后送进拍卖行去交易，我说你们拍卖界水还挺深啊。”

傅斯晨敛起笑意：“目前的艺术品造假现象的确猖獗，甚至形成了区域性的分工。某些公司和书画家联手操纵拍卖，不少艺术家的作品在拍卖会上的拍卖价格远远高于其平时的市场价。那些大量囤积某个或某些艺术家作品的公司，往往与艺术家本人联手，大肆利用拍卖会的平台进行操纵炒作，制造虚高的成交行情，以吸引后来者跟风入市，这颇似股市的拉高出货。我之前查过，前十年的肖海明，还只是一个乾市小有名气的画家而已，每张画的价位不过几百过千，但自从跟千秋签约之后，身价就一路飙升，短短几年，他单张画的价格就从千的单位到万的单位，特别是近两年，已经达到百万级别，这其中跟千秋公司的资本运作不无关系。”

“这么说你早有察觉了？”

“嗯。”

傅斯晨跟他说了汤敬筱透露的信息，末了说：“你听到的消息应该不会是空穴来风，但没有确切的证据，我今天会跟汤敬筱一起去肖海明老房子里再找线索，你要不要一起去？”

陈柏年犹豫了一下："不了，我今天过来除了看看你，还要在乾市这儿考察一个合作项目。哎，家里有个能干的姐，我再不做点东西出来，老头子看我都是白眼了。你去了有什么发现就告诉我。"

正说着，门口有人敲门，傅斯晨转头对门口说了声："进来。"

白小米先走了进来，后面跟着高挑的汤敬筱。她今天的状态不错，略施了粉黛，辫子扎起来，更显得气质出众。

只跟汤敬筱对视了一眼，陈柏年就有种被电流击中的感觉。他一直对这类文艺女青颇有好感，这个汤敬筱，虽然不是他见过最漂亮的，但却是最有味道的。

傅斯晨站起来介绍道："柏年，这位就是《神秘女郎》的原型汤敬筱，这位是我的朋友陈柏年，肖海明的案子有很多事是拜托他来查的。"

汤敬筱看了眼傅斯晨的眼神，才朝陈柏年轻轻点了点头："有劳陈先生费心了。"

"斯晨是我哥们儿，他的事就是我的事，应该的。"

"傅老师，可以走了。"白小米转头对傅斯晨说。

傅斯晨应了一声，转身拍拍陈柏年的肩膀："你先去忙吧。"

"我……我没什么忙的，我也跟你们一起去吧，多个人多份力嘛。"

傅斯晨疑惑地看他一眼："你确定？可你刚才……"

陈柏年偷偷看了汤敬筱一眼，搭着傅斯晨的肩膀："走了走了！"

四个人上了车，傅斯晨手还没全好，没法开车。陈柏年坐在驾驶位，跟汤敬筱说："我不认识路，麻烦汤小姐坐在副驾驶位给我指路吧，斯晨和小白坐后面就行。"

白小米和傅斯晨坐在后座上，为了不让左边受伤的手臂碰到车门，傅斯晨往中间稍稍挪了挪。没有了中控扶手的阻隔，他和白小米比邻而坐，他甚至能闻到她身上发出的淡淡的味道，不是香水，是一种洗衣液混合着柔顺剂的味道，是他喜欢的玉兰香味。

白小米的手机不停地在震动，旁边是傅斯晨，她不想在他面前玩手机，但消息一个接一个，她只能拿起来。一看竟然是顾华发来的，问她在干吗，想要约她晚上一起吃饭。

白小米脸上不自觉地出现笑意，她迅速答应了他的约会，然后把手机放进口袋里，一路上都沉浸在自己的幻想中，满脸都是谜之微笑，丝毫没有跟旁边的上司说话的意思。

傅斯晨自觉无趣，抬头看向不停跟汤敬筱没话找话的陈柏年，心想这小子今天醉翁之意不在酒，可惜落花有意流水无情，怕是要空欢喜一场了。

四人来到肖海明的房里，铁门打开，房子简陋得只有桌椅板凳，房间里的墙上已经被颜料弄得斑驳不堪，地面早已看不出原本的地砖颜色，房间里画架和画框随意堆放，整个屋子一股颜料混合着灰尘的味道扑面而来。

汤敬筱没有一丝嫌弃的样子，她熟门熟路地打开门窗，跟大家说："这是老肖父母留下来的房子，他跟前妻离婚后一直住在这里，那段日子虽然艰苦，但他最满意的作品都是在这里创作出来的。"

她说这些话的时候，有种油然而生的崇拜感，一个女人对自己深爱的男人由内而外发出的自豪感。傅斯晨看了陈柏年一眼，这哥们儿应该知难而退了吧。

傅斯晨把自己和白小米的想法跟汤敬筱说了一遍，汤敬筱思索了几秒，决定试试。她站在画中的位置，用三个不同的角度看向那面白墙。陈柏年和白小米在墙上分别画上相应的位置，傅斯晨则细细观察这些地方。果不其然，这三个地方虽然被颜料覆盖过，但颜料干后，有裂缝的地方依旧让覆盖的颜料出现了断裂，不细看的话是看不出来的。

天气太冷，手指从口袋伸出来都能冻僵的天，傅斯晨带着一副黑皮手套，在房间里找到一把油画铲。刚要蹲下扣缝，被陈柏年拉起来："女士和伤员靠边，这种重活让我来。"

傅斯晨朝望着他的汤敬筱点点头："放心，他干活细，让他来吧。"

陈柏年果然不负众望，小心地沿着裂缝抠开一个方砖，然后一用力，把砖头取下来。他伸手进去一掏，里面果然藏着一个报纸包裹的东西，打开来看，里面是个U盘。

汤敬筱手里紧紧握着U盘，声音哽咽起来。

陈柏年更加卖力地凿开了另外两个位置，分别找到千秋公司逼他签署过的合同和一封肖海明写给汤敬筱的信，上面明确说明，如果他遇到不测，他所有未出售的画都属于汤敬筱。最后，祝她幸福。

"你都不在了，我还怎么幸福？"汤敬筱拿着信，瘫坐在凳子上泪如雨下。抬头间，看到一方叠得整齐的格纹手帕递到她的面前，手帕后面，是陈柏年那张关切的脸。

有了这些资料，肖海明的事总算尘埃落定，所有人都松了一口气。四人担心夜长梦多，陈柏年陪着汤敬筱赶回锦城去报案，而傅斯晨则跟白小米再留两天，一是他的胳膊还需要上药，二是他想趁此机会，去找找那个让他念念不忘的那只瓶子的主人。

Chapter 21

千里寻宝

回到医院已经是下午了，傅斯晨转了转脖子，心情不错地看着旁边的白小米，说："你今天也累了一天，不用回去做饭送来了，乾市有没有什么好吃的地方，今晚我请你吃饭。"

"这……"白小米不知道高冷的傅大神为什么忽然要请她吃饭，估计是为了感谢她帮忙找到了汤敬筱。但她已经答应了晚上跟顾华一起吃饭了，她只能表现出受宠若惊的样子然后拒绝道："不好意思，我今晚已经约了人，要不然改天吧。"

"好。"傅斯晨平时极少主动约女人吃饭，没想到第一次约她，竟然还被拒绝了。他神色极淡地点头，然后转头朝医院里走去。

白小米看着他高挑俊朗的身形越走越远，转身刚想跳上一辆公车，就听到一声低沉醇厚的男声叫住她说："等等，我能不能跟你一起去。"

什么？

说好的高冷男神呢？

去就去吧，白小米知道顾华一直想找机会进古德，虽然白小米知道顾华从傅斯晨这儿得到机会的几率极其渺茫，但就算有万分之一的可能，她也愿意帮他试试。

两人坐在出租车里，白小米给顾华发信息，说傅斯晨一个人没地方吃饭，所以把他也一起带来了。那头的顾华回得飞快，看得出心情激动，询问需不需要换一家高级些的菜馆。他今晚约白小米吃饭本就是想用情感攻势让白小米帮他在傅斯晨面前说好话，没想到傅斯晨竟然一起来赴约，天助他也。

傅斯晨看着松了一口气的白小米，他其实在今早她发短信的时候，就看到了对话框上顾华的名字，她推了他的约要去赴顾华的约，他倒要看看，这个顾华到底哪一点值得她这么如痴如醉。

车上的白小米有意无意地跟他说起顾华在学校时获过的奖项和过人的才能，傅斯晨靠在椅背上，帅气醒目的脸庞朝向外面飞驰而过的景色，目光冷淡。

顾华早已候在门口，原本定在大厅的位置也改成了包厢。白小米原本期待已久的两人约会变成了三人聚餐。为了顾华的前途，她整个晚上给两人倒水夹菜递纸巾，把说话的表现机会都留了顾华。顾华下了血本，叫了几瓶好酒，不停地敬傅斯晨。顾华的这些心思傅斯晨看得明白，一直含着笑意，光喝酒不表态。

趁着白小米去上厕所的空隙，喝高了的顾华忽然大着胆子凑过来跟傅斯晨说："傅老师我跟你说实话，白小米她根本不适合干拍卖，她认识我的时候，连拍卖师是干吗的都不知道。以前在学校的时候，她每天就知道吃喝玩乐，她那天通过考核，完全是得益于我教给她的那些东西，我让她看了那些教材资料，指导她，给她画重点，她才能通过考试。傅老师，她其实就是个投机分子，我记得您说过，优秀是一种习惯，我完全同意，我从小到大，一直是班里的优秀学生，您能不能把白小米给开了，把她的名额让给我。我……我保证，一定会干得比她好……"

"够了！"傅斯晨打断顾华的话，"白小米一直在我面前为你说好话找机会，你就这样报答她？”

顾华打了个酒嗝：“报答？要不是她当时硬要把我第一个推上台，今天在古德的人就是我，这个机会本来就是我的，她这么做也是应该的！”

傅斯晨已经有了明显的恼意。包厢的门忽然打开，白小米黑着脸慢慢走进来，顾华的酒醒了一半，对着白小米讪讪笑：“小米，你回来了。”

白小米对着顾华冷笑一声：“我告诉你顾华，我之所以通过古德的选拔考核，不是靠运气，是靠我自己的努力。或许你不知道，在你睡觉的时候，我在整晚地看书。在你抱怨机会没有运气重要的时候，我这个非拍卖专业的人，连坐马桶都在背阶梯。没有人能随随便便用运气来成功，所谓的运气只是努力的另一个名字。我没你想的那么不学无术，也没有你认为的那么蠢，不是我看不出你的心思，而是因为我喜欢你，所以我想尽全力帮你。但是现在……一想到我曾经那么喜欢你，我就觉得自己眼瞎。”

傅斯晨眼中的笑意一闪而过，白小米一口气说完，拿上衣服转身就走。顾华想要追出去，傅斯晨站起来挡在他前面：“既然话都说出来了，人就不用追了。”

傅斯晨叫了辆专车送白小米，两人还是并排坐在后面。一路上他以为白小米会哭得稀里哗啦，兜里还准备了一包纸巾，没想到她竟然一滴泪也没掉，而是摸了摸肚子，转过头来问他：“傅老师，你今晚不是说要请我吃饭吗？”

傅斯晨以为她要去借酒消愁，提醒她说：“我知道你心情不好，但别忘了明天还有工作，我不希望因为你的私事影响到工作。”

白小米莫名其妙地看他：“只是吃个饭而已，怎么会影响到明天？”

傅斯晨哑言，看她一副真是去吃饭的样子，点点头：“好，去哪儿？”

白小米转头跟司机说了个地名。一下车，傅斯晨才知道是一家门面很老的小店。

“这是我们本地人才知道的老店，里面的东西都很好吃，我在锦城的时候最想的就是这一口。”

白小米没看菜谱，刷刷就点了一桌东西。傅斯晨第一次跟她吃饭不知她的食量，看着各种不知名的小吃满满当当地摆了一桌，他看了她一眼，没有说话。在傅斯晨的思维里，作为一个成年人，应该有控制情绪的能力而非被情绪控制，虽然她没有借酒消愁烂醉如泥，但靠浪费食物发泄心情也是一种没有自控能力的行为。

白小米并不知道傅斯晨的想法，心满意足地吃了两口盘里黑乎乎的东西。一脸陶醉的样子，让傅斯晨想起她在锦城的大风天里坐在街头吃地摊小吃的样子。

“好好吃啊，你不尝尝吗？”白小米把东西往他那边推了推。

傅斯晨看了眼那碟放满奇怪酱料的东西，身子往后挪了挪：“我刚才吃饱了。”

白小米也不勉强，一口一口，匀速地把桌上的碟子一个个依次吃空。她的吃法很有意思，就像按顺序啃吃排列整齐的玉米粒一样，一碟吃完再吃另一碟，生怕嘴里的味道窜了味。

傅斯晨就没见过这么能吃的女人，竟然能把满桌的东西全部吃完还意犹未尽。看着把悲愤化为食量的小家伙，他颇感好笑地逗她说：“你就不伤心一下，来祭奠一下你曾经眼瞎的时光？”

白小米抹了抹嘴巴：“我不揍他就便宜他了，还为他伤心？”

傅斯晨想起她举起拳头砸向挟持她的男人裆部那一幕，脸上笑意渐露。

刚把吃饱喝足的白小米送回家，傅斯晨就接到了陈柏年的电话，说因为肖海明的那些资料，千秋文化已经被停业调查，牵扯出的内幕，足够他们喝一壶了。

事情得到了解决，傅斯晨也算松了口气。对那些曾经拍下但最终没能得到那些画的客人也有所交代了。电话那头的陈柏年忽然跟傅斯晨说："我决定给汤敬筱投资一个画廊，她想把肖海明留给她的画，全部放进画廊里收藏。"

傅斯晨有些意外，沉默几秒，问他："你是认真的还是只是一时兴起？如果只是玩玩，最好就不要去招惹她了。"

那头的陈柏年也改了平时吊儿郎当的语气，说："我已经想好了，这年头这么有情有义的姑娘太少了，所以我想拜托你帮个忙，别再跟她提那三幅画签协议的事了。你救过她帮过她，她没法拒绝你。你当为兄弟以后的幸福添砖加瓦，在古德里帮她处理一下解约合同，等画廊落成，物归原主吧。"

其实这三幅画在不在古德拍卖，对傅斯晨来说并不重要，他只是为了给信任他的客户们一个交代。现在真相水落石出，而物主不愿意再拿出拍卖，他自然不会强人所难。

"好，合同的事你不用担心，这次的事能顺利解决，也多亏你帮忙，谢了。"

"我这是做好事有好报，所以上天才让我遇到了汤敬筱。"

傅斯晨低笑一声："行，那就祝你精诚所至，金石为开。"

电话刚挂上，张德亮就打电话进来了，说："我收到风声说'千秋'那边已经空了，听说很多画都归了那位汤敬筱。天时地利人和，你赶紧联系她，让她把三幅画的合同再补签齐全，如果她不满意价位，你可以再往上提一提。如果她反悔，我们手上还有她之前签过的合约，我们可以起诉她，我相信谁也不会这么傻，不吃敬酒吃牢饭。"

傅斯晨从小生活在商人的家庭里，明白每个人都有自己的立场。他不反对这样的唯利是图，也深知自己从小到大的优渥生活就是唯利是图带来的。但不反对不代表认同，金钱味重的地方往往人情味薄，母亲就是因为这样抑郁而终的。兄弟姐妹们为了争夺公司的最高权力，关系剑拔弩张，反倒是他小时候的玩伴陈柏年，对他始终情深义重。

对于傅斯晨来说，张德亮这个成功的精明商人对他有知遇之恩，所以大多数时候，他是理解和赞同张德亮的。一起共事多年，他极少反对或者拒绝张德亮在工作上对他提的要求，但这次，他不得不拒绝，一是因为陈柏年，二是因为他的确不愿意用强硬的手段，去从一位刚失去爱人的女人手里榨取利润。

傅斯晨在那头停了几秒，直截了当地用张德亮最能听进去的方式跟他说："张总，古德就算不做汤敬筱这一单，也不会有太大的影响，但如果她没了这几张画，失去的就是全部。所以如果我们强硬起诉，她必定全力应诉。肖海明的事如今已经形成了一个全城大话题，特别是内幕公布于众后。即便我们占理，法理不外乎人情，社会舆论未必会站在我们这边，这就容易失人心。相反，如果我们尊重她的选择，不仅能消除之前两次的信用口碑危机，还能让客人觉得我们古德是一家有温度的公司，这种好感度对增加客人的粘合度十分有利。

"再者，这件事情我全程都参与了，在我看来，这三幅画对汤敬筱来说，意义肯定不止金钱这么简单，所以她现在反悔也情有可原。张总，我跟着您这些年，知道您也是有情有义的人，只是因为要运作整个古德公司，很多事都是迫不得已。我这边已经打算明天去跟上次我跟您提过的那只瓶子的主人谈谈，如果对方愿意拿瓶子到古德拍卖，利润应该也不会小。"

张德亮在那头沉默了好一会，才缓缓说："好，既然画保不住了，那只瓶子，一定要拿下。"

第二天一大早，白小米提着早餐到病房，傅斯晨已经站在窗口打着电话。他今天穿着陈柏年给他带过来的一件黑色修身羽绒服，下面是一条灰色休闲裤，显得肩宽腰窄腿长。白小米逆着光看过去，傅斯晨美好得竟然有种不真实感。

挂上电话，傅斯晨转过头来跟她说：“已经跟物主联系好了，抓紧时间。”

白小米抬了抬手中的东西：“那这些还吃吗？”

“什么内容？”

“皮蛋瘦肉粥和煎堆。”

“吃。”

傅斯晨的手还开不了车，吃完早餐，两人叫了辆车到门口接。白小米不认识路，自然而然地坐到了后排，没想到傅斯晨也跟着她一并坐了进来。

车子开得不算慢，傅斯晨在用手机收发邮件。白小米虽然是乾市人，但乾市周边她并不熟悉。车子带着他们一路出了城，到了郊区眼看就要进村，路边的景色越来越荒凉。白小米有些发慌，毕竟刚经历了被劫持事件，到人群稀少的地方总是有些条件反射性的害怕。她转头看了眼坐在她旁边的傅斯晨，他一脸淡定地在忙着，有了高大的他坐在旁边，白小米的心慢慢就安定了不少。她看向窗外，脑中忽然冒出一个想法，他跟着她挤在后座，是不是担心她害怕？

无论是不是，她都觉得挺高兴。

车子开了将近三个小时，最后终于拐进了一个名叫大梁村的小村子里。当时拿着瓶子去拍卖行的那位年轻男人李瑞早早等在了村口，看车子进来，他也赶紧坐了上来，指挥着车子又转了几道弯，来到一户两进的民房前。

下了车，李瑞拦住要往里走的傅斯晨，说：“大哥，这次就全靠你了，我已经劝了这么多天，回回提回回吵，我也是没辙了。这次如果您能把我爸说动了，这个瓶子的利润，我另外再分你这个数。”

李瑞说着话，举起了一根手指，白小米好奇地问他是多少，傅斯晨扫了她一眼，男人豪气地说出一个数：“一千！”

白小米看了眼傅斯晨身上那身几万块的行头，两片嘴唇微微抿了抿。

傅斯晨一脸淡然地拍了拍年轻男人的肩膀：“不用另外给我分成，东西好，比什么都重要。”

男人没想到他竟然不要钱，讪讪一笑：“当然是好东西，快请进，请进。”

进了房，老人一看儿子带人来了，拿起扫把就往外轰。白小米躲闪不及，差点被打到。她灵机一动，将计就计，自己脚一崴，摔倒在地上。

老人本来只是想把他们赶出去，没想到还真把人弄倒了，他有些不知所措地上前扶起地上的白小米：“姑娘，你没事吧？”

白小米暗暗给傅斯晨递了个眼色，顺势说：“腿……腿疼。”

傅斯晨看了她摔倒的姿势，确定她的确没事，嘴角才微微上翘。

老人看着两人，叹了口气：“先坐吧。”

进屋喝了口热水，傅斯晨环顾这间家徒四壁的房子。老人穷，却不愿意拿东西出来拍卖，说明他看中的不是钱。在他心中，肯定有个他更在意的心结。

老人看了眼傅斯晨，说：“我也知道你们今天来的目的，但这只瓶子是我家里祖辈传下来的，我是不会卖的，你们就请回去吧。”

傅斯晨刚要开口，跟着一起进来的李瑞就急了：“爸您能不能先听听人家怎么说啊，说不定咱这瓶子真能卖个好价钱呢。”

老人一听就火了：“你个败家子，就知道卖东西，家里的东西给你败的还不够吗？现在就剩这只瓶子，我死也不会让你拿去卖的。”

李瑞也恼了：“我看你就是不想我好！好，你不让我好，你也别想好，我他妈一辈子打光棍，让这个家绝后，你就拿着你那只破瓶子去见祖宗吧！”

年轻男人说完，一脚把门口的洗手盆踢翻，朝地上吐了口痰，骂骂咧咧地走了出去。

老人气得猛咳了几下，拍着胸脯指着门口：“孽子，孽子啊！”

“李叔，你先坐下。”傅斯晨过去扶了摇摇欲坠的老人一把。

老人叹了口气：“真是作孽啊，我怎么就生出了这么个孽子！”

傅斯晨隐隐觉得这应该就是老人的心结，便顺着话说下去：“大叔，李瑞今年多大了？现在做什么工作？”

老人喝了口水，气得咬咬牙说：“他哪有工作？都二十好几的人了，也不出去找个正经工作，成天跟村里那群孬人在一起瞎混。哎，他小的时候也是挺上进的孩子，自从没考上大学，心气就一落千丈。我怕他就这样废了，就把家里以前留下的一些老物件卖了出去，用那些钱把他送进一个二流大学，以为他从此能好好学，没想到他竟然开始打起了家里东西的主意。”

老人越说越激动，只能停下来喘了两口气，才又接着说：“那浑小子毕业后，背着我偷偷拿着家里的东西去当了不少。他不识货，人家给个几百一千的他也就卖了。这瓶子本来是一对，是我父辈留下的东西，说是乾隆粉彩瓶，没想到被这败家的玩意儿给失手打碎了一只，现在只剩一个了。上次那浑小子又想偷偷把瓶子拿去拍卖行，幸好被我发现了才追回来。我不能再让他不劳而获了，我得让他自力更生，自己养活自己。”

傅斯晨沉默了几秒，点点头：“您说的没错，年轻人的确应该自力更生。我今天过来，的确因为那只瓶子，但我听了您这番话，觉得您这么做是正确的，就算瓶子卖了上千万，后辈没有自力更生的想法，钱也总归有一天败光。那我们就不打扰了，从这里回锦城还挺远的，我们要先走了。”

傅斯晨说着就站了起来，白小米有些意外他这么容易就放弃了，只能也跟着站了起来。

老人听了傅斯晨的话先是一愣：“你们……是特地从锦城赶来的？”

傅斯晨看老人心情平静下来了，这才从口袋里掏出名片，双手递给老人："我是锦城古德拍卖公司的拍卖师傅斯晨，这位是我的助手白小米。"

傅斯晨的话音刚落，白小米的心中似乎有根琴弦被撩拨了一下，浓浓的喜悦蔓延开来。他说她是他的助手，这句话，对她至关重要。

老人叹了口气："你们来一趟也不容易，这边要到下午才有车到乾市市里，要不你们就先在这吃顿饭吧。"

白小米看了傅斯晨一眼，傅斯晨微微点头，她赶忙颇有眼色地撸起袖子："李叔，中午我帮您做饭吧。"

吃过饭，老人的态度明显和善了许多，对白小米的手艺赞不绝口，拿出自己晒自己卷的烟递给傅斯晨。

傅斯晨接过来，给老人和自己点燃。这些烟草烈，卷得也松，傅斯晨抽不惯，吸了一口，被呛得不停咳嗽，眼泪鼻涕一起下，整张帅脸因为咳嗽成了暗红色，狼狈不堪。他急忙拿起桌上的一杯水就往嘴里送，白小米刚想阻拦，他已经喝了进去。

因为喝得太猛，一滴水珠从他棱角分明的嘴唇边滑落下来，滴在白小米的心湖里，泛起一阵涟漪。

傅斯晨好不容易止住了咳嗽，老人笑呵呵看着两人："我说姑娘啊，你又没被呛到，为什么也憋得一脸红？"

白小米的肤色本来就白，被这么一说，如同被人看出了心思，脸上更是绯红一片。她的皮肤薄，脸上又有几颗小雀斑，整张小而通红的脸看起来更觉得是一颗饱满熟透的蜜桃。

傅斯晨看向神色局促的白小米，她一双湿黑的眼睛如两汪深潭。五官虽然说不上精致，放在一起却格外顺眼耐看，让傅斯晨不由有了一秒的失神。

老人给两人都倒满了水。估计是家丑不想外扬，对着熟悉的人，他没法把家里的事说出口，现在对着这两位陌生的年轻人，倒是能敞开了心扉倾诉。傅斯晨也不嫌烦，跟着白小米一起，听着老人絮絮叨叨了一下午，老人说完，像是倒出了心中的闷气，叹了口，说：“我就这么一个儿子，如果他能找个好工作好好生活，别说卖这个瓶子给他买房子，就是要我这条老命都可以！可惜啊，自己不成材啊。”

傅斯晨安慰了老人一通，拉着白小米告辞了。冬天黑得早，两人出来的时候叫的车还没到。村口有家小卖部，有三个男人正围在台球桌边喝酒打球，其中一人看到他们出来，赶紧丢了手中的杆子跑过来：“傅哥，怎么样？”

傅斯晨看了眼神情紧张的李瑞和后面慢慢跟过来的两个手拿酒瓶、喝得半醉的男人，说：“东西你父亲不愿意卖。”

李瑞当下就骂了句极难听的脏话，转头又赔着笑脸跟后面的两人说：“兄弟，你们再宽限几天，我一定想办法把钱给你们。”

“我说李瑞啊，你是不是觉得我们哥俩好糊弄啊？”两人没了刚才喝酒时的笑脸，一把扔掉酒瓶，过来就扯住他的衣领。

“大哥，我没有糊弄你们啊，我看他们这么久没出来，以为事情十拿九稳了，没想到老爷子这么拧……”

对方不听他再解释，一个拳头就要砸下来，傅斯晨不动声色地把白小米拉到自己后面，然后喝了一声：“住手！他欠你们多少钱？”

两个醉汉看了衣着讲究的傅斯晨一眼，不知什么来头，也不敢随便动手，一人开口道：“五千！”

李瑞在一旁指着他叫起来：“明明就是四千，怎么就变成五千了？”

醉汉恶狠狠推搡了他一把：“你他妈都欠多久了？那一千是利息，懂吗？”

李瑞没有对方块头大，只能泄了气，弱弱地看向此刻的救世主傅斯晨。

傅斯晨目光冷冽地看向李瑞：“钱我现在没有，但我可以给你提供一份工作，有了工作，你就可以把欠的钱还清。”

两位醉汉一听不干了：“那要还到什么时候？不行！”

傅斯晨高大的身影立在白小米前面，语气沉稳有力，听起来不怒自威：“你们有两个选择，一，现在把他狠揍一顿，你们一分钱拿不到，然后进拘留所，第二，再给他两个月的时间，拿回你们的四千块钱，另加一千利息，放高利贷也是需要时间的。”

醉汉相互看了一眼：“我们凭什么相信你？”

“他家就在这里，他又跑不了。到时候你们拿不到钱，就上他家拿。”

李瑞一听就急了：“我说你出的什么馊主意？我爸没钱，他一定会打死我的！”

傅斯晨沉着脸给了他一个电话号码：“你明天打这个电话，会有人给你安排工作。如果还解决不了，你去古德找我，不想被打死，就好好干，你没有选择。”

李瑞半信半疑地接过纸条，远处一道车灯射过来，接傅斯晨的车开了过来。趁这几个人没反应过来，傅斯晨拉着白小米的手，迅速上了车。

等后面的几个人往前扑的时候，车子已经往前开了。看着好后面的三个人越来越小，白小米心有余悸地松了口气，这才发现傅斯晨并没有松开她的手。

四周的路灯昏暗，车内一片漆黑，外面刮风降温，白小米心跳加速，热得出汗。

一旁的傅斯晨脸上依旧淡淡的，好一会，才慢慢松开手，说：“这么冷的天，也不知道戴副手套。”

白小米手心都已经捂出了手汗，她磕磕巴巴道：“忘……忘了。”

傅斯晨眼角带着笑意，白小米深吸了一口气，扯开话题说：“刚才那个号码你是瞎写的吧？”

傅斯晨看她一眼："我在你的印象中，就是这么说话不算数的吗？"

白小米顿时语塞，转眼又好奇地问道："你是想把他安排进古德吗？"

傅斯晨从知道老人的心结是儿子之后，就知道这事不能一步到位。他从李家出来，其实也准备要给老人的儿子打电话，没想到竟然碰上，还恰巧看到他被人催债，便顺势想到先把他招进万里集团。司机、仓管门卫这样能暂时解燃眉之急的工作总是有的，只要能争取到两个月的时间，拿下那只瓶子应该不成问题。

白小米不再说话，一路上估计是累了，在车上竟然低着头睡着了。傅斯晨看了眼在位置上缩成小小一团的她，她睡着的时候下巴抵着胸口，因为挤压的缘故，脸比平时看起来要圆润了些，显得肉嘟嘟的，多了几分萌感。

他慢慢把她几乎要磕到车窗的头转靠到自己的肩膀上，听着她细微均匀的鼾声，脸上满是笑意。

回到了乾市，傅斯晨让司机把白小米先送回家。到了楼下，白小米还睡得迷迷糊糊。傅斯晨看了看时间，已经接近半夜十二点了，他轻轻把流着口水的她摇醒。

"嗯？"白小米一脸茫然。

"到家了。"傅斯晨皱了皱眉头，"擦擦口水。"

白小米呆了一秒，赶紧转过头去胡乱擦了一通，完事才又把头转过来问他："明天你想吃什么，我给你做。"

傅斯晨顿了顿："你明天不用给我做东西了，你在家陪陪你母亲。乾市这边的事基本也已经办完了，海瑞烂尾楼拍卖日期临近，我们后天回公司。"

"哦，那后天见。"白小米转身下车，朝傅斯晨挥了挥手。

傅斯晨从她身上缓缓移开目光，对前面的司机说："开车。"

Chapter 22

暗生情愫

回乾市的这几天，每天都忙得跟打仗一样，今天好不容易能休息。白小米睡了个饱觉，才从被窝里爬起来，给老妈做了一顿好吃的。她计划着出发去锦城之前，先把这半长不短的头发先给剪剪，毕竟锦城大都市什么都贵。乾市这种小地方，价位终归是要便宜些的。

自从听到傅斯晨称自己为“助手”后，她就觉得自己这张略显小的脸配上自己那头齐刘海大长发，萌蠢有余干练不足。作为一名即将站在拍卖界的精英身边的狗腿，第一印象很重要。她觉得有必要让自己的形象向傅斯晨靠拢，第一眼就给人一种沉稳精明的专业感，所以，现在的这个发型，今天必须说拜拜了。

等白小米剪完头发回来，白妈一开门，立即吓了一跳：“哎呀我的老天，你的头怎么被糟蹋成了这样？”白妈满脸怒意：“到底是谁给你弄成这样的？告诉老妈，老妈去收拾他！”

白小米平静地从裤袋里掏了半天，把那张理发店因为剪坏她头发赔给她的VIP卡递给老妈：“这张卡里有一千块，您拿着用吧，以后就去那家剪，够用一年的了。”

小米妈看了眼VIP卡，又看看女儿的头型，迅速麻利地收起卡，然后才转过头来拍拍白小米的肩膀：“委屈你了女儿。要是咱们还是以前的经济状况，就算他给十张卡，咱也要去把店给他拆了。”

白小米扯了扯自己被剪成杀马特的头型，强扯出笑脸安慰老妈：“没事的，冬天带个帽子就过去了，等以后女儿赚了钱，会让您过上好日子的。”

白妈泪窝浅，抹了抹眼，拍拍她的手：“妈知道。”

晚上白小米在镜子前左看右看，这个头型无论搭配哪件衣服，都透着一股浓浓的傻劲。她有些颓废地坐在床上的一堆衣服上，发现了一件当时为了追顾华，脑袋一热买的一件御姐OL类型的烟灰色长款线裙。看着这件花了她不少银子却一次没穿过的衣服，她拿起来往身上一比。不知是因为头型被剪坏所以审美遭到破坏，还是人一低落智商就下降，她竟然觉得这套衣服跟她的怪异头型还挺搭。

也不知道像傅斯晨这样成熟的男人，是不是也喜欢这种成熟风？这个问题在白小米脑中一闪而过，她看了一眼镜子中炸得跟毛球一样的发型，又找出了一顶棉帽子，决定明天一起戴上，让傅斯晨看看她成熟的一面。

第二天临行前，白妈又满脸担忧地看着白小米：“女儿啊，你说这个看脸的年代，古德拍卖行会不会因为你的新头型，把你辞退了啊？”

白小米往嘴里塞了一块刚炸好的藕盒：“古德那是专业拍卖行，在里面靠的是实力，不是长相。”

白妈一听这话更不放心了：“长相不就是实力的一部分吗？我说你就长点心吧，赶紧收拾东西，别让上司等下属。”

白小米嘴里嚼着东西，意犹未尽地看向老妈：“点心？还有什么点心？”

白妈嘴角抽搐，就算是亲生女儿，她不禁也要怀疑：这样的智商，是如何被选入人人争破头的古德拍卖行实习的？难道真是老天开眼，让这个被老爹抛弃了的倒霉孩子走了狗屎运？

傅斯晨的手伤已经没有大碍，所以打算自己开车回锦城。等他把车子开到了楼下，拿出手机本想给她打电话，转头看到那间还没出租出去的小铺子。想到白小米的电话是锦城的卡，便点开微信，给她发了条消息。

收到信息，白小米麻利地换上衣服出门。这几天降温，外面冰天雪地，白妈吃惊地看着只穿了条毛线长裙的白小米："我说你是剪个头发把脑子也剪没了吗？这么冷的天，你穿成这样是要闹哪样？"

白小米抻了抻身上这条老气的修身裙子："没事，在车上冻不着。"

白妈给她翻了个白眼，把压箱底的厚羽绒服塞到白小米的手里，一定让她在路上穿。白小米看了看这件款式老土颜色过时的衣服，出门时又悄悄把它放到了沙发背上，飞速跑下了楼。

车上的傅斯晨刚换好CD，一抬头，看到直奔过来的白小米今天竟然穿着裙子戴着棉帽就出来了。他疑惑地打开车锁，让白小米坐了进来。

天气寒冷，白小米跟后面紧追着的老妈挥手告别时，脚都在不停地抖。白妈眼尖："我刚才给你的羽绒服呢？"

白小米跟老妈讪笑两声："刚才下来太急，忘拿了。"

"那我上去给你拿。"

"妈，不用了，我们赶时间，马上就要走了。"

傅斯晨看她一眼，把空调温度开到了最高。

白妈叹了口气："你这孩子真是太不让人省心了，傅老师啊，到了锦城，就拜托你多照顾照顾她了。"

傅斯晨向白妈点点头："好。"

车窗刚关上，傅斯晨从副驾驶的后座上抽出一只叠成小布桶一样的羽绒服丢给白小米："冷就披上。"

白小米看着这件黑色的羽绒服，想起这是他那天穿过的。她迅速披上身，衣服上有股隐隐的烟草味，她整个人顿时暖和起来了。

傅斯晨的手刚刚好，开车时不敢掉以轻心，注意力全部集中在路上。两人一路无语，车子开了一段路，车内的空调越来越热，加上白小米又穿着羽绒服，头已经开始有些微微出汗了，她终于熬不住，顾不得发型丑陋的事，把帽子一把摘了下来。

恰逢红灯，傅斯晨一个转头，看到白小米的新头型和她一脸紧张怕他笑话的样子。傅斯晨顿了几秒，慢慢转回头，十分厚道地忍着没笑出来。

一路狂奔了几个小时后，两人终于到达锦城市区。傅斯晨看了眼时间，直接把车子开到一处颇为高档的两层的小楼前。

“这是哪？”

“我剪头发的地方。”

白小米用帽子扣着丑头，跟着傅斯晨走进去。傅斯晨找来御用的发型师，让他好好把白小米的头型改造一下。

白小米在剪头发时，傅斯晨坐在外面沙发上休息。受伤刚好，连续开这么久的车，手臂开始有些隐隐发疼。他点了根烟，身子靠在沙发背上闭目养神。一根烟的工夫，隐隐听到白小米在叫他，傅斯晨睁开眼睛，白小米有些紧张地站在他的面前。她的头发已经被剪短到了耳朵根，这种几乎类似于男孩子长度的短发让她的五官更加凸显，白皙的肤色加上脸上那几颗标志性的小雀斑，让她显得朝气蓬勃又别有味道。

毕竟是小女生，剪了新发型，难免会兴奋地问一句好不好看，傅斯晨没有回答，白小米有些暗自失落，就听他慢慢说：“好看。”

声音不大，但她听着很清晰，明明是很普通很客套的两个字，从他嘴里说出来，却让她心尖一颤。

傅斯晨接着又淡淡说道：“以后不要再穿这些老气的衣服，不适合你。”

白小米愣了一下，脸莫名红了起来。

傅斯晨站起来，去前台结账，白小米抢到前面，拿出钱包说：

“我自己付就可以了。”

“这里不收现金只刷会员卡，你有卡吗？”傅斯晨问她。

白小米愣住，傅斯晨拿出卡给前台小姐，前台小姐刷完后递给他：“您好，您这次一共消费三千八百二十元，谢谢惠顾。”

白小米张了张嘴，没想到这里剪个头发就跟抢劫一样。

看她嘀嘀咕咕，傅斯晨收好卡，说：“便宜的东西只有便宜这一个好处，贵的东西也只有贵一个坏处。不要想太多，就当是我感谢你这次帮忙的谢礼。”

“谢谢傅老板，哦不，傅老师。”白小米满意地看着镜中的新头型，跟着嘴角含笑的傅斯晨走出去。

送白小米回到住的地方，天已经黑下来了。傅斯晨停好车，环视了整个小区，虽然不算高档，倒也整洁有序。

他转头问准备下车的白小米：“你一个人住这？”

“不是，我跟同学的姐姐一起住。”

傅斯晨点点头，打开车门下来，帮着白小米提着两大包东西下车。白小米从里面掏出一个透明的塑料盒子递给傅斯晨：“这是我今早刚炸的藕盒，看你喜欢就给你留了一份，回去用微波炉热热就能吃了。”

傅斯晨犹豫了一秒，接了过来。

两人刚要道别，就听到后面有人喊白小米的名字，她循声望去，是刚下班回来的陈敏敏。

陈敏敏三步并做两步快走过来。她远远看到白小米身边站着一位高大的男人，光线太暗，她看不真切，等靠近了，才不由愣住。

虽然陈敏敏之前说她跟傅斯晨有过一面之缘，但白小米觉得还是有必要再介绍一下，她站在两人中间，说：“敏敏姐，这是我的上司傅老师，傅老师，这是跟我一起住的美女敏敏姐。”

傅斯晨朝陈敏敏点了点头，路灯刚刚亮起，他打眼看过去，对方是一位穿着得体职业装的长发女人，黑暗中的逆光人脸，犹如被水晕过的水墨画，一片模糊。

“傅先生你好，不知你对我还有没有印象？”

傅斯晨闻言微怔，陈敏敏压下心中的激动看向他。毕竟是多了几年的阅历，看他没有马上接话，接着便自报了家门：“在三年前的万里集团庆功会上，我还把酒撒到了你身上。”

傅斯晨依稀记得有这么件事，那天他还提前回家换了衣服。他再次仔细打量了对面的女人，没错，就是她。

他脸上挂着客气的淡笑：“我记得，你当时站在财务总监身边，你现在还在万里集团吗？”

陈敏敏没想到傅斯晨的记忆力这么好，竟然还能记住她身边的人，这让她有些激动，忙不迭地说：“对，我是总公司的会计，现在跟着傅斯月傅总在海外新能源项目部里做事。”

傅斯晨虽然不在公司上班，但公司重要的计划和发展方向，老爷子都会让秘书发一份给他看，所以他对这个海外新能源项目还是知道的。这是一个公司的重点项目，老爷子之前还想让他回去从这个项目开始接手。他拒绝后，老爷子才把它转交给了一直争取做这个项目的傅斯月。

如果这个陈敏敏能跟着傅斯月进入这个项目，说明她的能力应该挺强。他不由得又打量了她一眼，穿着得体，说话懂分寸，办公室白领典型的样子，挑不出什么明显的毛病。

傅斯晨没想到这世界还挺小，跟白小米一起住的还是万里集团的员工。陈敏敏极力邀请傅斯晨上去喝杯茶，傅斯晨看了眼站在一旁没有说话的白小米，摆摆手说下次。他开车离开，后视镜里穿着黑色羽绒服的人影越来越小，他的嘴角微微扬起一道弧度。

回到家里，陈敏敏还处在傅斯晨记得她的兴奋当中。白小米坐了这么久的车，只想早点回来洗澡睡觉，所以刚才并没有邀请傅斯晨上来。然而陈敏敏却拉着她坐下，旁敲侧击地问傅斯晨为何会送她回来，等知道了事情的缘由，这才心满意足地让她去洗澡。

Chapter 23

竞争对手

傅斯晨没有开车回家，而是去了办公室，这些天他在乾市虽然也用手机处理了一些工作邮件，但有些文件，还需要他回来亲自过目。公司里已经没有人，他走进自己的办公室里，脱下外套，刚打开电脑，就收到一封万里集团秘书给他发的邮件。他点进去，是关于海外新能源项目的一些进度报告，这份报告是傅斯月提交给老爷子的，没想到老爷子也让秘书抄送了一份给他。

一直以来，即便他已经多次表态，但父亲的态度始终没有改变。

近几年老爷子的身子一年不如一年，在遇到需要做出重大决策时，时常会跟儿女讨论，这当中当然包括傅斯晨。即便傅斯晨不在万里集团任职，但用老爷子的话来说，他只要一天姓傅，就要帮万里集团分忧。傅锦荣之所以把每个重要的邮件都发给傅斯晨一份，就是不想让他真正地置身事外。傅斯晨不想参与，但看着日渐衰老的父亲，又没法做到真的置之不理，只能在每次看完邮件之后，只在老爷子问的时候，才会说出自己的意见和见解。

今晚傅斯晨赶回来是处理这些天手头积压的工作的，本想等有空了再看万里集团的邮件，但忽然想起跟白小米一起住的陈敏敏也是这个项目的成员，便莫名其妙地点了进去。

傅斯月的报告自然是没什么问题，但让他有些奇怪的是，上面写的海外部负责人，是一个叫魏波的陌生名字。

傅锦荣经商之道是稳扎稳打，万里集团的一贯作风自然是保守的求稳为主。像这样的大项目，一般都只会挑公司里的骨干主力去挑大梁，用自己培养出来的人更放心。就算有空降兵，也会与老员工一起执行。这个项目分给了大姐傅斯月负责，她一向行事严谨，这次不知为何，任命一位新人为海外开拓组的统帅，全权负责海外业务部事宜。

傅斯晨与傅斯月一向感情不浅，虽然有些疑惑，但他相信她这么做，一定有自己的道理。这事他也就不再多想，而是转头给傅斯明打了个电话。

傅斯晨和傅斯月是亲姐弟，傅斯月和傅斯明水火不相容，这就注定了傅斯晨和这位半路大哥之间不会有多亲密的关系。但在同一屋檐下生活了这么久，兄弟俩还是有些感情的。

在傅斯明眼里，傅斯晨不像傅斯月那般咄咄逼人和难以接近，他有自己的想法并且敢于去做。这点上，让一直无法做出违抗父亲意思的他很欣赏。而在傅斯晨看来，他的这位大哥虽然看起来冷酷少笑又沉默寡言，被人称为“黑面阎罗”，但他其实是个和顺的人。家里的花园和那只宠物狗，一直都是他在打理和照顾，兄弟俩因为家里复杂的关系，没有表现出像其他兄弟般的亲密，但总体来说，也算是说得上话的关系了。

此时的傅斯明也在公司加班，看到傅斯晨的来电，先是一愣，随后接起来：“斯晨，有事吗？”

“哥，想麻烦你一件事。”傅斯晨顿了顿，把想把李瑞安排进入傅斯明底下的电子部门实习的事情说了一下。傅斯晨之所以想要把李瑞安排进电子部而不是老姐负责的外贸部，完全是考虑到李瑞的父亲说他学的是机电工程。傅斯晨是真想要给他一个机会，而不光只是用他来拿到那只瓶子。

那头的傅斯明沉默了一会，他一向不赞成给人走后门，规矩一破，想要再立起来就难了。傅斯晨知道他心中的顾虑，跟他说："你先让他在这里实习，如果实在不合适，两个月的考核期过后就让他离开，你看可以吗？"

傅斯晨极少开口求他，再说先考核，不合适就不录用也不算走后门。傅斯明总算答应下来。兄弟俩都是工作狂人，没有时间闲聊，便又匆匆挂了电话。

等傅斯晨忙完，已经过了半夜。他伸了个懒腰，靠在椅子点燃一根烟，烟雾缭绕中，看到自己之前随手画在记事本上的那张跟白小米对话时随手画下来的毛发杂乱、瞪着两只漆黑大眼的兔子画像。他伸手拿过来，仔细看了几眼，又拿笔在画中兔子的脸上点了几个小黑点，笑了。

那头的白小米，脑子昏昏沉沉，本以为这么累，躺在床上肯定能很快睡着，没想到翻来覆去除了打喷嚏，还是睁着眼睡不着。

"完了，看来是今天嘚瑟感冒了。"她从床上起来，想吃点感冒药，忽然手机一闪，一条微信进来了。

她心中突的一跳，有预感似的马上拿过来一看，果然是傅斯晨发来的：在干吗？

白小米心脏狂跳，揉了揉刚打完喷嚏的鼻子，飞速回了句：刚打喷嚏了，想吃点感冒药。

傅斯晨那头沉默了几秒，在屏幕上飞快地打了一行字：你打喷嚏不是感冒了，是因为我在想你。

他盯着这两行字看了好一会，最后还是把它们删掉了，改成了：早点休息。

白小米笑容满面地回了句：你也一样，晚安。

第二天白小米刚到公司，苏梦就把她拉到了一旁，问她说：“你这几天是不是跟着傅老师一起出差了？我那天看到你上他的车了。”苏梦说得一脸怨气。

既然苏梦都看到了，她要是隐瞒，倒显得这事有蹊跷了，反正这事大家迟早都会知道，白小米干脆大方承认：“对，傅老师让我跟他一起出差。”

苏梦深吸了几口气，气得噘着嘴巴走了。白小米打开电脑，开始看海瑞拍卖会的资料。回来的路上傅斯晨已经跟她交代过了，让她好好了解一下这次的拍卖内容，拍卖会后，还要写一份详细的报告交给他。

拍卖日期临近，傅斯晨又开启了工作狂模式。最后一次考核就在海瑞拍卖会之后，此时的白小米也跟打了鸡血一样，小宇宙已经熊熊燃烧。这种有了目标就拼命去实现的振奋激情，让她周末在家里除了吃饭睡觉，连上厕所都拿着专业书籍在看。无数次焦急等在门口的陈敏敏看着这位在厕所里心思全在书中的白小米，心想老妹不是说白小米是学渣吗，可自己跟白小米住了这些日子，感觉不太像啊，特别是近期头悬梁锥刺股的架势，这比学霸还学霸啊。

那一头，锦城无限集团的经理办公室里，吴奕杉拿着手机左瞧右看，一连等这么多天，别说电话，白小米连个短消息都没来。

自从把自己的号码输入到白小米的手机后，吴奕杉就坚信她会来电，他很自然地认为，那天自己在古德员工面前拉白小米上车，她肯定在她的那群同事口中知道了他的身份。

然而事实上，自从白小米跟傅斯晨出差回来后，每天在只有三件事：抬头干活和低头看书，以及，晚上躲在被窝里等傅斯晨给她发消息。

吴奕杉自然是没想到她这么沉得住气，手中秘书递给他的工作安排一栏上着明天参加古德海瑞烂尾楼拍卖这一项，吴奕杉扯了扯嘴角：“你不来，我就去。”

经常去拍卖会的人都知道，房地产拍卖会跟艺术品拍卖会是不同的。一场艺术品拍卖会可能会有几百上千件物品，而一场房地产拍卖会就几件，所以少的东西每一件相对来说介绍得比较详细具体，拉的时间也相对较长。而来参加艺术品拍卖会的人，有可能是收藏家、商人、受委托的买手或是边缘人。所谓的边缘人，就是介于圈内和圈外的人，有可能这次感兴趣来拍下了一两件藏品，但结束后就再也不会参加这类的拍卖会，也有可能从第一次就上瘾，从此再也难以自拔。

相对于艺术品人群的多样性，房地产的客户就少得多。进场的人要缴纳百万以上的保证金，光是这个保证金，就已经把很多人拒之门外了。

海瑞烂尾楼拍卖会当天，因为来的人都目标明确，人群也相对小众，偌大的会场稍显冷清。

白小米和苏梦都被安排进了会场，现场观摩傅斯晨拍卖。两人带着东西急匆匆找了个位置坐下。白小米刚要打开笔记本，就听旁边响起一个悦耳的男音：“女侠，我们又见面了。”

白小米抬头一看，吴奕杉正大剌剌地坐到她旁边的位置上，对着她笑。

今日的他穿着一套灰色西装，精英派十足，高瘦的身材像极韩剧里的长腿欧巴。整个人比吃自助餐时的运动装打扮，显得更要白皙俊秀。

苏梦不禁往这边多看了两眼，认出跟白小米说话的人就是那位搭她回去的男人。那天刘经理说他是无限集团总裁的儿子，那晚雨夜，她也只是隐约看到他的大概轮廓，今天细细看来，还真是年轻帅气得逼人眼。

“吴奕杉？”白小米在这里看到他颇为意外，看了看他左右，他说他是司机，可旁边并没看到跟他在一起的老板啊。

“你来这里是？”

吴奕杉勾勾嘴角：“找你。”

白小米一脸疑惑：“有事？”

吴奕杉凑到她耳边，说：“为什么没给我打电话？”

白小米往后一挪，怪异的看他一眼：“你找我就为这事？”

“对。”

“又没有什么事，我干吗要给你打电话？”

吴奕杉被问得一时语塞，有些尴尬地看了眼正朝这边看热闹的苏梦，他能感觉到她看他时的惊艳，不止她，现场的很多女性，余光都一直在他身上打转。唯独眼前这位白小米，脸上除了意外和莫名其妙，不见任何见到英俊男人的应有的表情。

白小米的反应多少让吴奕杉有些小恼，今天因为来这里，他还特意打扮了一番，可没想到自己一向所向披靡的魅力，竟然会在她这折戟。

这种感觉相当微妙，犹如一向受到热捧的人忽然遭遇了冷眼，不甘和不服，让吴奕杉决定单刀直入：“你从来没表示出一点喜欢我的意思，老实说，你是不是暗恋我？”

白小米先是愣了一下，接着想起他是个怪人，便眼神同情看了他一眼。吴奕杉刚要说话，白小米迅速伸出食指放在唇边，又指了指台上，示意他别再出声。

吴奕杉看看她又看看傅斯晨，乖乖安静下来。

傅斯晨环视了会场一圈，缓缓开口：“女士们先生们，上午好，欢迎参加古德拍卖公司今天举行的拍卖会，我是傅斯晨，国家注册拍卖师，拍卖号60000，今天的拍卖由我来主持，很高兴为大家服务，希望在座的每一位都能高兴而来，满意而归。”

傅斯晨的声音是标准的男低音，略微沙哑的音色加上字正腔圆的声音缓缓传来，声声入耳，让原本还有些嘈杂的会场顿时安静下来。

白小米不是拍卖专业的学生，又错过之前“神秘女郎”的几场拍卖会，这次好不容易能在现场看傅斯晨主拍，心情激动，恨不得把他的一举一动都记录下来，完全忘了旁边的吴奕杉。

今天拍卖的重点是海瑞烂尾楼，场上的卖家基本都是奔着它来的。傅斯晨刚报完拍品名，底下的卖家便开始跃跃欲试。海瑞地处黄金地段，价位上亿，大数额的买卖本来就带着紧张压抑感，如果稍有不慎，便会使成交价偏离。傅斯晨一向不按常理出牌，他环视会场，今天的竞买人少且坐得不集中，他犹豫两秒，便从台上走了下来。

白小米先是吓了一跳，随后才明白他走下拍卖台是为了调节会场气氛，让卖家心情处于最佳状态的一种方式，让拍卖能以最快的速度达到高潮状态。

傅斯晨不愧是经验丰富的拍卖师，三言两语，就用动作和语言把竞买人的情绪充分调动起来，为下一步拍品能拍出合理价位打出关键一步。

海瑞整体拍卖价为十亿，每位卖家的竞买保证金为八千万。来这里的竞买人都是实力选手，强者相逢勇者胜，每个人都对这个楼盘志在必得。

“起拍价为十亿元，每次递增为一千万。”傅斯晨刚说完，场下鸦雀无声，三秒后，第一位竞买人举牌。

紧接着底二位，第三位，第四位……

“5号十亿五千万有了。”

“98号十亿六千万。”

一位买家举牌高喊十亿八千万，傅斯晨笑笑：“今天40号的底气很足啊!”

场上的人都笑起来，摩拳擦掌的紧张氛围多了份轻松。

“十亿九千万，89号买家。”傅斯晨手掌一伸：“在场的同志们都在为你鼓掌了!”

“十一亿！”傅斯晨面带笑容地看向举牌的黑西服男人，“这里出了一匹黑马!”

大家又笑起来，竞买人频频亮牌，傅斯晨徘徊在竞买人当中，一只手拿着话筒，一只手不停地变换着，伸向不同的举牌方向，准确无误地报着竞买人刷新的价位。

傅斯晨用敏锐的观察力和反应力，边调节场上气氛，边把握拍卖节奏。到了中段，他有意识地逐渐加快速度，以一种要压倒一切的铿锵有力的声调和气势继续报价，使一串串枯燥无味的数字组成一曲和谐雄壮的音符。这种保持会场气氛的能力，没有在声音高低和出口速度上下过硬功夫的人，是绝对做不到的。

在翻个手就是一千万上下的价格变动中，整个会场迅速热烈起来。只几分钟的时间，价格就冲破十一亿大关。

好的拍卖师有阅读全场的能力，一眼能辨识真正的买家，识得一些知名大买家习惯性的肢体语言，同时能做到照顾全场。如果说买家和收藏者的眼力决定了他在收藏领域的财富身份，那拍卖师的眼力无疑也会影响到他在这一行的地位，整个拍卖会，其实就是一场眼力的角逐。

傅斯晨不停地在竞买人中穿梭，用声音和动作时刻把控会场的节奏。他的身上似乎有种让人离不开眼的魅力。无论台下的人坐拥多庞大的财富，在拍卖场的这一刻，也要遵从他的准则。会场上从傅斯晨嘴里说出的每一句话，都能让拍品的身价再上一个普通人一辈子也无法企及的层次。这种一掷千金的风云变幻，让白小米看得惊心动魄紧张刺激，这一刻，她才深切体会到一场真正的拍卖会的精彩之处。

如果说一开始白小米只是为了那张毕业证，为了让顾华高看她一眼，才决定在古德放手一搏。那从今天起，从看了傅斯晨的这场拍卖会后，她对拍卖师这个职业的认识才发生了翻天覆地的变化。从这一刻开始，她是真正地、发自内心地想要站在拍卖台上，像傅斯晨一样，用自己的能力和魅力，去见证每一件拍品的价值。

白小米的目光一直紧紧追随着傅斯晨，正看得入神之时，忽看傅斯晨把手指向她的方向。白小米心里一紧，下意识地一侧头，看到旁边的吴奕杉正一手搭在她的椅背上，一手懒洋洋地举着牌。

“18号，十一亿五千万。”傅斯晨读出这个数字时，眼角余光扫过吴奕杉旁边的白小米。

白小米被这数字一惊，反应过来，正对上吴奕杉似笑非笑的眼。

吴奕杉的价位很快被别的卖家盖过，他也不着急，把头探过去，小声问白小米：“你觉得这栋楼值多少钱？”

白小米疑惑地看着他熟练的举牌动作，又想到这场拍卖会的入场保证金，隐隐觉得眼前的人应该不是像他说的那样只是一名司机。

“你既然举牌了，心里肯定比我有数。”白小米有些恼他的故意隐瞒。

吴奕杉看她脸色变幻，耸耸肩逗她：“我是瞎举的。”

白小米半信半疑地看了他一眼，想到他吃饭时狼吞虎咽的样子，又推翻刚才脑中的想法，压低声音说：“瞎举？万一没人加价了怎么办？你当这是在玩呢？”

吴奕杉笑得狡黠：“我是知道它应该不止这个价，才在中间举牌玩玩的。再说了，如果真没人加价，那我顶多拍下不付款呗。”

“拍下不付款？你这不是捣乱吗？”白小米有些生气，现在正是考核前期，是决定最终能否留下的关键时刻，吴奕杉在这个时刻捣乱，而且还是捣傅斯晨的乱。那天聚会结束，大家都看到她上了吴奕杉的车，如果吴奕杉捣乱，傅斯晨会不会一怒之下……白小米打了个激灵。

吴奕杉像是故意试探她的底线，又把牌举起来。

傅斯晨再一次转过头来看他们：“18号，十一亿九千万。”

白小米气得瞪着吴奕杉，低声警告他说：“你干什么？不买就别乱抬价，拍卖会是严肃场合，你如果拍了不付款，是要负法律责任的！”

前几次见面，白小米都是出乎他意料的镇定自若，这是吴奕杉第一次看到她这么紧张狼狈的表情。看她因为生气而脸色微红的样子，他嘴角一扬，说：“这样，如果你答应以后经常跟我吃饭，我就不捣乱。”

白小米无语：“我哪有空经常跟你吃饭？”

“那你总要吃饭吧。”

“为什么非得跟我一起吃饭？”

“跟你在一起才吃得下饭。”

“别闹行吗？”

“我认真着呢。”

“我没空。”

“那我等到你有空为止。”

“……”

在旁边的苏梦眼里，两人的对话就像斗嘴秀恩爱。刚开始看白小米以为就是个路人甲，如今看来，她还真不像表面上看起来那样简单啊。

拍卖场上的情况瞬息万变，白小米不想错过任何一个学习的机会，她不再理会一旁无聊找事干扰她的吴奕杉，眼睛专注地看着傅斯晨的一举一动，盯着场上的局势变化和拍卖进程。

傅斯晨已经把价格喊到了十二亿三千万，价格已经远远高出预期。场上的人都是生意人，利润越来越小，很多竞拍人纷纷放弃。场上偶尔的一两下举牌，显示拍品的价位已几乎抬升到峰顶，但即使是现在落槌，也已经刷新了锦城的烂尾楼之最。

开拍之前，白小米抽空查了下关于海瑞的情况。它是市新区中心地带的清水房，原来的开发商准备用作酒店，但因为材料供应商的资金供货出了问题，内部资金链断裂，原开发商就跑路了。这个楼盘的成本价加上近年来的土地价位上涨，估价应该是十亿到十一亿之间，但现在价位到了十二亿多。白小米对傅斯晨的现场把控和处理，以及他对竞买人心理上的研究，都佩服得五体投地。也就只有他，才能让烂尾楼出现这样的价位奇迹。

吴奕杉看了眼聚精会神盯着不远处的傅斯晨的白小米，又把牌举了起来，而此时的这一举，就让他成了场上唯一的两位举牌人之一。隔着两米的距离，傅斯晨第三次看过来，场上的目光都集中到了这里。

在众目睽睽下，本就醒目的吴奕杉再一次凑近白小米，盯着一脸紧张的白小米："到底……答不答应？"

白小米又气又恼，看到傅斯晨暗沉的目光，吓得魂都快掉了，傅斯晨面无表情地扫了两人一眼，迅速转头，引开买家的注意力："今天来了许多买家，到现在还没举牌的，你们不会都是为了来看我的吧？"

笑声中果然又出现了新的举牌人，吴奕杉的价位很快又被别人抬了上去，吴奕杉又毫不犹豫地再次举牌，然后似笑非笑地盯着白小米。

大家又转过头看向这位容貌出众的举牌人，和他身边那个红着脸、一言不发的小个子女孩。这次傅斯晨看过来的目光中，多了几分自己都没发觉的恼意。

一时间，脸上一片酡红的白小米成了场上的焦点，她根本不想引起注意，只想要低调且顺利地通过考核。然而傅斯晨刚才看她的眼神，分明已经带了些冷冽的意思。白小米绝望地瞪了吴奕杉一眼，让他别再乱来，然而这动作和表情在旁人眼里，却有了些暧昧的意思。

吴奕杉根本不在乎别人的目光，只顾盯着白小米小巧的侧脸，白小米脸上虽然摆出一副“我跟他不熟”的冷漠表情，但心里清楚，这下她是彻底跳进黄河洗不清了。如果这个姓吴的精神病真要是拍中不付款，以她坐过他的车以及他们刚才说话举牌的情形，怕是她好不容易跟傅斯晨出生入死争取来的机会，就这样玩完了。

此刻的白小米懊恼万分，天赐的机会好不容易抓到了手，就这样葬送在这个精神病手中。唉，大意了，她本应该看到他的第一眼就马上换位子的，真是吃亏也不能补脑。

场上价位又被往上抬了几个阶梯，吴奕杉不负众望地又举起了牌，价格已经抬到了十三亿五千万。

傅斯晨看向会场，脸上并没有因为这个创出新高的价位而喜形于色，依旧是一副处事不惊的大家风范。眼睛再次看向吴奕杉，嘴里准确地报价：“十三亿五千万有了，现在是十三亿五千万，18号出价十三亿五千万，请问还有加价的吗？”

在最后收官的紧要关头，傅斯晨虽然在语速上加快了，但加入了很多重复性的话语，这是特意延长时间，为的是给客户多一点衡量、计算和思考时间。如果客户不再跟价，这看似会让拍品少了一层价格，卖家和拍卖公司都少了一点利润，其实这是在给公司避免风险，价位越高，金额越大，现场氛围越激烈，客户就越容易意气用事。而这样的风险是，真正想买的竞买者有可能因为高价望而生畏没拍到，而拍到的竞买者也会因为头脑发热拍下的高价，等清醒后反悔不支付款项。而这样的结果，是三方都不愿意看到的。

跟吴奕杉叫板的也是位拍卖场的常客，傅斯晨这样的提点多少起了作用，当傅斯晨再次用询问的语气问他：“18号出价到十三亿五千万，请问您还加价吗？”

对方果然犹豫了一下，或许是觉得这个价位已经到达市场价，也或许是别的什么原因，在大家看热闹的目光中，果真没再把牌子举起来。

傅斯晨慢慢地向身后的拍卖台退去，为落槌做准备。等他站到拍卖台上，扫了一眼全场：“十三亿五千万第一次，十三亿五千万第二次，十三亿五千万第三次。”傅斯晨双手一摊，手上的槌子轻轻落下：“成交！恭喜18号！”

台下的人纷纷看向吴奕杉，吴奕杉扯了扯嘴角，又凑过来问白小米：“你说我到底付不付款呢？”

白小米不答，站起来要离开，被吴奕杉一把拉住，然后边接过工作人员拿过来让他签字的票据边拉着白小米，说：“你答应跟我吃顿饭，我就签字。”

旁边的同事疑惑又惊讶地看着这位名不见经传的实习生。白小米百口莫辩，为了让这个精神病尽快停止，她只能面露杀气地重重点头，心想大不了事后爽约。

吴奕杉像是看穿她的想法，对着工作人员开玩笑：“后期款付不付得上，就看你们这位新员工讲不讲诚信了。”

白小米涨红了脸，甩开他的手：“你付不付款，与我无关。”

吴奕杉朝急着要走的白小米，一脸志在必得地喊：“我来接你！”

傅斯晨整理好手头的东西，一抬头正好看到吴奕杉正拉着白小米说话，白小米甩掉他的手他也不恼，一副死皮赖脸的样子。

像吴奕杉这样的纨绔子弟，傅斯晨早已见怪不怪。他奇怪的是，吴奕杉怎么忽然换了口味。他拿着东西转身离开时，正好听到吴奕杉亲密地朝白小米喊：“我来接你。”他沉着脸，径直走了出去。

看傅斯晨离开，白小米飞速地追出去，她想跟傅斯晨解释一下，她跟吴奕杉没什么关系，他付不付尾款，真的与她无关，千万别因此而影响到她的考核，以及……对她的态度。

吴奕杉的目光一路跟着白小米直至她出了会场，他今天的行为举止，让大家对白小米的身份纷纷猜测。跟吴奕杉照过几次面的秃头刘经理打着哈哈过来祝贺吴奕杉，顺道好奇打听他跟白小米的关系。

吴奕杉头不抬眼地边签字边说："我女朋友。"

秃头刘一惊，心想这个大少爷是不是有集邮爱好啊，不然怎会连白小米那样的也看得上？无限集团是古德的实力客户，如果白小米真要成了他女朋友，他之前让她去堵门去派发传单的事，会不会让他吃不了兜着走？

秃头刘心里纠结，嘴上又疑惑地问了一遍："白小米她……真是你女朋友？"

吴奕杉瞥他一眼："我说是就是。"

白小米一路追着傅斯晨的脚步到了办公室，动作忽然慢了下来。心想不对啊，她为什么要解释？他签的字，就算他不付尾款，这事也赖不到她头上啊，她要是为这事去和傅斯晨解释，不是傻吗？

傅斯晨早发现白小米跟在后面，他想看看她到底什么时候叫住自己，没想到她却脚步迟疑，像是要撤退。他只能转过头来，淡淡看了她一眼："有什么事吗？"

白小米愣了一下，没想到他会忽然回头。她咽了咽口水，看着傅斯晨面无表情的脸，忽略他冷淡的语气，发自内心地跟他说："傅老师，您刚才的拍卖会太精彩了，那个……我会按时交上这次拍卖会的心得报告的，我……我先去干活了。"

傅斯晨看着转身走开的白小米，一挑眉，她竟然没解释一下她刚才跟吴奕杉的行为。

进了办公室，傅斯晨一连喝了两杯水才静下来。他其实早就发现自己对白小米的感情，他本着跟命运抗争的初心，一直忽视自己的感觉，每每见她，都极力地冷淡面对，然而喜欢的心，再怎么藏，也是藏不住的。跳出一个吴奕杉，便让他不得不开始考虑，到底要什么时候跟她挑明。他是个理性的人，不想因为私人感情影响工作，考核在即，他本想等考核结束之后跟白小米说，没想到，吴奕杉的攻势比他想象得更猛烈。

他们的关系，究竟到什么程度了？

刚回到办公室，白小米就看到李娘娘从仓库扛出了自己之前打破过的那只长颈黄色琉璃瓶。

她赶紧快走两步过去问："这个之前不是说原买家拿走了吗？"

李娘娘笑眯眯地看她一眼："我说小米啊，你就不要再开玩笑了，这可是你家吴公子说要让我们先仔细修复好了再过来取的，我就说嘛，你刚来就敢打破东西，而买家还愿意原价买下瑕疵瓶，搞半天原来是自己人，难怪啊。"

"吴公子？自己人？"

李娘娘想要拍拍她的肩膀，意识到这么做不合适，赶忙又把手收回来，讪讪笑说："小米啊，你跟无限集团的太子爷这么熟，以后有什么事还请多多照顾啊。"

吴奕杉？无限集团太子爷？

难怪他能这么随意地举牌。白小米知道无限集团，却没想到吴奕杉就是无限集团的太子爷，她对他故意隐瞒的行为有些反感，他有没有钱跟她一毛钱关系没有。恼归恼，但他终归是帮了她一个大忙，这么想来，刚才在他在会场上的胡闹，她也就没这么生气了。

平静下来的白小米打开电脑，开始写刚才那场拍卖会的心得报告。从小到大，如果说她一直没能找到自己人生的奋斗目标，那现在，她终于有了想要为之奋斗的事。今天傅斯晨在台上带给她的震撼，让她越写越激动，完全忘了时间。等发现办公室没人时，早已过了下班时间。她摸了摸饥肠辘辘的肚子，决定先出去随便吃点东西再回来继续写完这篇激情四射的报告。

外面寒风萧萧，白小米紧了紧衣领。刚走出公司门口，就看到傅斯晨的车子从右边的停车场开出来，车子开得很慢，她眼尖地看到了副驾驶位上坐着楚楚动人的苏梦。两人不知在说着什么，苏梦一脸笑意盈盈。傅斯晨抬头也看到了门口的白小米，他似乎没什么表情，转过头继续开车。白小米站在原地，脑中又想起那天在厕所偷听到人事部同事的对话，心中咯噔一声，心情莫名沮丧，完全没了刚才写报告的那股鸡血劲。她越想越泄气，又冷又饿又没了斗志，她咬咬牙："不行，不到最后一刻，绝对不能放弃！"

先吃饱肚子，有了力气才能干活和抵挡打击。她这么想着，再次紧了紧领子，朝着公司附近那家门庭若市的火锅店奔去。一路上想着那些麻辣鲜香的牛肚鹅肠和牛肉，心里的沮丧果然少了很多，嘴里的口水也差点流了下来。

不远处，一辆布加迪威龙正不远不慢地跟着她，车上的吴奕杉看她走路的方向，大概判断了她的晚饭去处。

"火锅？"他在车里看着装潢不错的店门点点头，涮锅这东西他有日子没吃了，今天倒是可以尝尝。

大店门口人潮攒动，吴奕杉想等着白小米进去后他就跟着进去，给她一个惊喜。没想到白小米只是在火锅店门口路过，然后拐了个弯，朝着旁边小巷子里一个路边的麻辣烫小摊走去。

闻着店里飘出来的香味，白小米馋得直咽口水，店大价贵，她掂了掂口袋里那几个钱，这钱还要捱到发工资的日子，她只能叹了口气，继续往前走，不停安慰自己说：虽然吃不起火锅，但可以吃它的同门兄弟麻辣烫嘛，反正都是同宗的兄弟姐妹，只是长得美丑不同而已。

白小米在街边的寒风中，买了份街边流动摊点的麻辣烫，然后坐在几块布搭起来简陋的板凳上，吃那盘用塑料袋装起来的一堆青菜豆腐。

吴奕杉坐在车里，看着附近的环境和那些毫无食欲的食材，皱着眉头犹豫，正好兜里的电话响了，他看了眼号码，脸色一沉，调转车头走了。

肚子里面有了食，身体也就有了力气，吃饱喝足后又充满斗志的白小米，提着一盒给自己打气加油的7-11打折区的奶油布丁走回公司。她刚在位置上坐下来，抬眼就看到苏梦座位上放着她在“神秘女郎”的第一场拍卖会开始时，跟同事们在门口的合影。当苏梦笑容灿烂地跟同事们合影，跟同事们一起经历古德这些重要的拍卖会的时候，她白小米还在路边喝冷风发传单。

白小米莫名地叹了口气，虽然傅斯晨答应过她，只要她通过公司考核，就一定收她为徒，但今天看到他车上的苏梦，她又忽然不确信了。她打开电脑，漫不经心地敲了几个字，眼角瞥见桌面上有个刚才吃麻辣烫找回来的一毛钱的，她拿着硬币，在办公桌前心烦意乱地抛了一下，心中想着正面是好反面是坏，用手接住一看，坏事！她不服，又抛了一次，好事，心中疑惑，又抛……

就这样来来回回抛了十几次，最后硬币也烦了，一个打滚，自己掉进桌子缝里。白小米气得在缝里扒拉了半天，也没看清硬币在乌漆墨黑的桌底下到底是正面还是反面。

“不管了不管了！”白小米把弓着的腰挺直，管它正面反面，老娘先尽力了再说。无论如何，这份工作都是她长这么大，第一次想要认真去做的事。无论最后的结果如何，她都先尽力。就算不成功，至少以后回想起来，自己问心无愧。

傅斯晨把车子开出去的时候，看到白小米站在门口，他想停车问她要不要顺带捎她一程。但她只是看了他一眼，并没有要坐车的意思。他想起今天吴奕杉在拍卖会结束时说的那句“我来接你”的话，脸色一冷，把车开了出去。

看着后视镜里越来越小的白小米，他莫名烦躁，旁边的苏梦在说着什么他完全没有听到。下班的时候她主动过来跟他说话，想坐他的顺风车到附近的地铁口，他看外面冷天风大，便搭了她一程。

车上，苏梦有些紧张，尽量坐得收腹挺胸，努力保持甜美的笑容。

“傅老师，我最近在想一个问题，您见多识广，想跟您请教一下。”苏梦偷偷看了眼沉默开车的傅斯晨，鼓起勇气说道。

“你说。”

“现在线上业务这么成熟，各种网上交易平台都很火热。工作的这段时间，我一直都在想，我们古德能不能转型，把发展的重点放到新型的线上拍卖交易上，让客户足不出户也能参与到我们的拍卖当中，这样就可以增加销售渠道，也能减少仓库压力，您怎么看？”

苏梦一口气说完，小心地看了傅斯晨一眼，自从知道白小米跟傅斯晨一起去出差后，她就暗暗着急。这个白小米，第一眼让人觉得其貌不扬，没想到却一次次地让她吃惊和措手不及，如今她不得不想办法多表现一些，让傅斯晨看到她更多的能力和想法。

傅斯晨把心思从白小米的身上收回来，耐心地听她讲完，点点头说：“作为实习生，你能对这方面有所关注，这很不错。公司现在的业务越来越多，收到的拍品跨度也较大，高端低端参差不齐，其实是可以考虑传统拍卖和新型线上拍卖并行的。其实之前公司也有往这方面发展的趋势。从长远来看，一些低端的、价格不高也不存在仿冒风险的产品，是可以用线上代替线下的，因为这可以减少拍卖成本，省去拍卖场地和图册费用。这为一些在传统拍卖中不占优势利润不高的东西的确提供了很好的销售渠道。

“但对于一些重要的、高端的艺术品来说，因为存在鉴定和价格两个重要原因，看不到实物的线上显然无法让人信服，而这样微薄的信任，也支撑不起巨额的产品价格，所以这一类的高端产品，还是得依靠传统拍卖。你说的线上拍卖可以有，但不会是我们的重点，重点依旧是我们传统形式的现场拍卖。”

傅斯晨的这番话让苏梦听得频频点头，地铁口离公司不算远，傅斯晨话说完车也到了目的地。下车之前，苏梦再次鼓起勇气，红着脸跟傅斯晨说："傅老师您见多识广，我真希望能跟着您一起学习，成为像您一样优秀的拍卖师。"

傅斯晨笑笑："公司里很多同事的经验都很丰富，你只要有心学，跟谁都能学到东西。"

苏梦一怔，随即强撑笑脸："我知道了，谢谢傅老师，我会好好学的。"

下了车，傅斯晨的车子从她身边擦身而过，融入夜色中的车流里消失不见。苏梦站在原地，胸口像是被一团棉花堵住，难受得几乎要哭出来。

傅斯晨刚到家，陈柏年的电话就打了过来，神神秘秘地让他下班后去一家新开的夜总会，特意叮嘱他穿得"接地气"一些。

傅斯晨刚到，就看到陈柏年在门口等他。

两人一起走进包厢，里面烟雾缭绕乌烟瘴气，一圈人围着麻将桌在打麻将。只要稍稍一看，便知道其中三个明显在故意送钱。

陈柏年靠在傅斯晨耳边说："今晚的局是二手车市场的廖老大做东。别看那姓廖的长得跟个倭瓜一样，全锦城的二手车买卖都归他管。那个坐他对面的矮胖板寸，就是之前把你那台车送到二手市场的配件老板，之前一直失踪找不到人，现在总算现身了。"

傅斯晨眯起眼睛，才能在雾气浓重的包间里看清人影，对方此时又打完一局，倭瓜抬头看到陈柏年，跟他招招手："小陈，过来玩一局。"

倭瓜对面的胖板寸识相地站起来："坐我这吧。"

陈柏年朝傅斯晨递了个眼神，然后笑着朝麻将桌走去。

胖板寸站起来擦了把汗，朝旁边的沙发上一坐，傅斯晨拿起身边的几罐啤酒，朝胖板寸走去。

胖板寸抬头看了眼递酒给他的陌生男人，接过来问："兄弟你是？”

傅斯晨顺势坐下来：“也是来求廖老大办点事的。”

胖板寸恍然大悟，一脸同道中人的样子，拉开易拉罐：“兄弟在哪发财？”

“能发什么财，就在城北倒腾些烂车，混个温饱。”

胖板寸喝看一大口，凑过来：“你在城北倒腾？”

傅斯晨点点头：“城北现在管得严，不好弄了，所以过来请廖老大指条路。”

胖板寸眼珠转了两下：“兄弟，跟你打听个事，你在城北有没有听过一位叫‘老贾’的人？”

“姓贾的我倒认识几个，不知你找的是哪位？”

胖板寸又灌了一口酒，满脸愤恨：“之前老子贪了个小便宜，从一个姓贾的手里低价收了一台城北撞坏的奔驰事故车，想着换换配件再喷点漆，弄到二手车市倒腾卖掉赚个差价。没想到刚一出手就被查了，差点把老子那点底都给端了，害得老子不得不出去躲了一阵，妈的，如果让老子找到他，一定给他点厉害看看。”

“他长什么样？”

胖板寸摇摇头：“没见过，之前在夜总会喝酒时，听人说有人要出手一台白菜价的烂奔驰，然后我就找人问到了这个老贾的电话号码。谁知这个老贾十分谨慎，谁打过去都是关机，只能发短信到这个号码，然后他再用别的电话回过来，就算交易也不露面，让我通过支付宝转账。出事后我一直找不到这孙子，电话关机短信不回，要是让我打听到这孙子是谁，老子非废了他的腿！”

傅斯晨不动声色地继续问：“他在哪儿把车给你的？”

“那孙子打电话让我到了一个城北废弃的养鸡场，车子就停在那儿。妈的，老子也就看那台破车还是个奔驰的牌子，以为回来修补修补能大赚一笔，费了老劲给它把黑色喷成红色，又换了新的前后包围，把一台破车整得跟新车一样，没想到半毛钱没赚到，却因此惹了大事。”

傅斯晨拿起啤酒：“兄弟这样吧，我怎么说也是在城北混了些日子，这些事故车的渠道多少也知道些，没准还认识你说的那个人。你把他的号码和支付宝账号发给我，我看看能不能帮你找到。”

“够兄弟！”胖板寸翻出手机，找到那串号码发给傅斯晨。傅斯晨借口说上厕所，走出着烟熏火燎的房间。不一会儿陈柏年也跟着走了出来，两人快步朝停车场走去。

一上车，陈柏年就迫不及待地问：“怎么样，问到什么有用的消息没？”

傅斯晨把号码发给陈柏年：“这是卖车给胖板寸的男人。”

“行啊，不枉我故意输了这么些钱给倭瓜。”他拿出手机，给自己的老姐打了一通电话，让她帮查查这个号码和账号。

傅斯晨递来一根烟：“一会儿的消夜我请。”

“一顿消夜就想打发我啊？”

“那就两顿。”

“去你的。”

两人边笑边上了车，去锦绣饭店。点完菜，傅斯晨拿起茶杯时，抬眼又看到上次白小米和吴奕杉坐的地方，他随口问道：“无限集团的吴奕杉你认识吗？”

“出来玩过几次，怎么忽然问起他？”

傅斯晨喝了口茶：“今天他来古德，拍下了市中心那座海瑞烂尾楼。”

陈柏年也喝了一口，说：“之前听说无限集团想进军珠宝行业，估计拍下海瑞，是想在市中心弄个高端珠宝城。”

傅斯晨沉默几秒，又问：“那吴奕杉这个人，你了解吗？”

“不熟，听说在无限集团里给他爸打下手。对了，我还听说他得了个厌食症的怪病，吃不下东西，天天打营养素，他以前挺壮实一人，现在搞得一副弱不禁风的排骨样。”

“吃不下东西？”傅斯晨皱眉，回想他那天跟白小米在一起的狂野吃相，哪像是得了厌食症的啊。

“他对女人不挑？”傅斯晨犹豫了几秒，问道。

陈柏年哈哈一笑：“谁知道呢，哎我说你这么关心他干吗？”

傅斯晨干笑两声：“不干吗，就问问。”

陈柏年看了他一眼，压低声音，神神秘秘地说：“我听说，之前跟肖海明签约的千秋文化其实只是一个子公司，它后面还有个给他撑腰的大哥公司。”

傅斯晨看了他一眼：“大哥是谁？”

陈柏年转头又看了四周，才低声说：“无限集团。”

傅斯晨一怔，想到那个一直缠着跟白小米吃饭的吴奕杉，皱了皱眉，不再说话。

陈柏年没发现他的异常，喝了口茶，恢复八卦哥的常态自顾自地说：“对了，听汤敬筱说，跟你一起出差的那位白小米是她妹妹？哎你说这姐妹之间，长相差距怎么就这么大呢？”

傅斯晨眼皮一抬，淡淡说：“各有特色。”

陈柏年一口水差点喷出来，面色猥琐地靠过来：“我说，你这是在替那个白小米说话吗？啧啧啧，认识你这么久，可没见你带过哪个实习生一起去出差啊。”

傅斯晨淡定地喝了口茶：“她能帮我找到汤敬筱，所以才带着她。”

“就这么简单？”

“就这么简单。”

“信你我就白跟你做这么多年兄弟了。”陈柏年看着刚才边说话边有一搭没一搭地抖着右腿的傅斯晨，从小到大，傅斯晨一说违心话就有这动作，别人不知道，他还不知道？

傅斯晨扯了扯嘴角，原本坐直的身子慢慢往后一靠，没有接话。毕竟，什么话都不能说得太早。

陈柏年的大姐办事迅速，两人还没吃完饭，电话就打了过来。说那个电话号码是不记名的，但通过基站可以查到他最近几次开机时的位置都在锦城的幸福里附近。最近一次定位的基站，是在幸福里彩虹小区的移动基站。这种类型的基站辐射的范围在0.2平方公里，所以他们要找的人，很有可能就住在这个小区里。而那个支付宝账号是一家新成立的成年人电影网站的支付账号，这类型的公司基本都是皮包公司，受骗的人充钱进去点击想看的电影是看不到的。等受骗的人数积累到一定程度，投诉的人多了，骗子就会关闭网站卖掉这个账号，然后再重新注册一个新的网站再买一个新的支付宝账号。所以，这个账号也是骗子在网上买的，骗子也不知道卖家是谁。现今的线索就是彩虹小区。

陈柏年嘴里抹了蜜一样地拍了自家老姐一通马屁。挂掉电话，跟傅斯晨说：“放心，这事我给你盯着，有什么消息通知你。”

傅斯晨点点头，将陈柏年的茶杯又蓄满了。

Chapter 24

最终考核

第二天一早，傅斯晨刚到公司，就被张德亮叫到了办公室。

张德亮照例泡了壶好茶，先给他斟满，才坐下来。边盘着手中的珠串子边慢慢开口说："这段时间辛苦你了，没想到经过《神秘女郎》画像的风波后，这次的海瑞烂尾楼拍卖还能大获成功，你功不可没啊。"

傅斯晨喝了一口茶，淡淡说："都是大家的功劳，再说艺术品和房地产的买家受众虽然有交叉，但也终究不完全是同一类人，所以艺术品拍卖的负面影响，对房地产拍卖的影响也是有限的。"

张德亮慢慢转着珠子："自从画像事件后，虽然媒体把后续的真相公布于众了，但我们还是需要做出更多积极的事件来提高公众好感度。最近有个公益组织找到我，想让我们主拍一场慈善拍卖，为贫困地区留守儿童的教育环境筹款。我了解了一下，这个慈善组织已经收集到很多名人的东西，虽然不是什么贵重的东西，但噱头很好。我们只需要把东西的价位抬上去，让那些有钱人把钱捐出来就可以了。为了表示公司的诚意和爱心，我打算义务为这场拍卖会拍卖，既然是不收钱的，我就想让那两位实习生去练练手，就当是他们最后的实习考核了。”

傅斯晨顿了顿：“这样吧，我和她们一起上台。既然要表现诚意，就要有足够的表示，实习生毕竟是新手，慈善拍卖的东西多且杂，到时候场上情况多变，如果出了什么差错，对古德来说得不偿失。”

张德亮推了推金边眼镜，慢慢说：“我知道你有心做慈善，但你是我们古德的门面，怎么能让你去做这样的义务工作？至于实习经验不足的问题我都已经考虑过了，我会安排周大齐一起跟她们上台，一共五百多件拍品，三个人轮流拍，到时你在台下，可以更全面地看到两位实习生的表现情况。”

周大齐也是古德的老员工，既然张德亮已经这么安排了，傅斯晨也就不好说什么了，喝完最后一口茶说：“那没什么事，我就先走了。”

“不急，再喝一会儿。”张德亮说着又给他倒了一杯。“那个乾隆粉彩瓶现在情况怎么样了？”

傅斯晨若有所思地顿了顿：“应该快了。”

昨天李瑞的父亲给他打了电话，感谢他给李瑞找了万里集团这么好的单位，李瑞总算不再混日子了，开始认认真真地上班了。老大哥还特意叮嘱傅斯晨，让他有空带着上次做饭好吃的那位姑娘来家吃顿饭。

傅斯晨办事张德亮一向放心，既然他说快了，那就是快了。张德亮面露笑意，手指在沙发扶手上轻轻点了两下，说：“好，那慈善拍卖会之前，你抽空再给两位实习生好好培训一下，严师出高徒嘛。”

慈善拍卖会定在元旦当晚，傅斯晨提前一周给白小米和苏梦做了关于慈善拍卖的特训，两位实习生也知道这将是决定最后实习结果的关键时刻，全都打起十二分的精神，投入到培训当中。

培训室的讲台上，傅斯晨看了眼在下面认真做笔记的白小米和苏梦，开始讲解这场名为“明天的太阳”的元旦慈善拍卖会。

“你们想要在这场慈善拍卖会上拍卖成功，首先要明白慈善拍卖会的整个流程。无论是什么拍卖会，都需要一个团队的运作，都要经历从作品征集、整理、鉴定、作价、填单、顺序、照相、编辑、排版、校对、印刷、宣传、招商、公告、预展、看样、拍卖、收款、付货、还款等近二十余道工序。这一个个环节就像一场接力赛，而我们拍卖师接的就是最后一棒。能不能把这个比赛跑好，会不会前功尽弃，就看我们这最后一棒了。”

台下的白小米和苏梦认真地点了点头，眼睛一眨不眨地盯着傅斯晨。

“拍卖师的主要职责虽然是主持拍卖会，同时也要参加拍卖会的策划工作，以及制定拍卖营销策略。一个具有良好素质的拍卖师，在将所要拍卖物品进行优化组合之后，可以定出最佳报价路线，再加上对现场气氛的渲染，往往能使竞拍达到意想不到的效果。我们这场‘明天的太阳’拍卖晚会，旨在为贫困山区的留守儿童提供更好的受教育的条件。晚会上邀请到的人多为社会名流、文化界人士和爱心人士，本次的拍品都是各界名人提供的有意义的日常用品和纪念品，范围广泛。我们需要做的就是，把拍品的起拍价设计好，最大限度发掘潜在的买家，调动他们的参与积极性。

“其次你们需要清楚的是，一般的拍卖会和慈善拍卖会并不一样。它们的不同，首先体现在价位上。比如一件光绪时期钧窑的青花瓷瓶，从三万起拍，能拍到八万或十万，基本就是它的最终价格了。如果拿到慈善拍卖会上，这件收藏品被赋予了慈善的意义，增添了扶贫救困的色彩，就可能拍到三十万或五十万。除此之外，能上拍卖会的艺术品只有那么传统的几大类，而慈善拍卖拍品的范围则更广，几乎什么东西都可以拿来拍卖。名人的钢笔、篮球、运动服、鞋子等等，只要有一定意义，都可以拿来拍卖。想要在这样的拍卖会上成功地把五百多件产品都拍出去，拍卖师就必须要具备过硬的专业素质和良好的职业道德。你们要时刻明白，拍卖师只是一个桥梁，既不代表竞买人也不代表委托人，在拍卖中不能进行变相诱导。”

傅斯晨说话的速度特意比平时稍慢，他不写板书，只用嘴说，白小米和苏梦在笔记本上飞速地记着，生怕漏了一丝一毫的重要内容。

“在拍卖场上，好拍卖师的眼、耳、鼻、舌、身、意都要调动起来。拍卖场有时很大很乱，拍卖师要看得清、听得明，嘴更要跟得上，还要具有有感染力的肢体语言。这一切最终归结为价格的真实不虚，让场上每一个人都能感受到。拍卖师除了需要有良好的语言能力，还要有迅速的反应能力和控制全场的能力。报价准确、语言简洁明了是最基本的语言能力。控制全场的能力包括关注全场的每一位买家、确认重点买家的位置、区别不同手势的意思。比如说，有些人举手是表示对价格的认可，而有些人举手是表示要加价。而这些，都需要拍卖师在现场即时判断。”

最后，傅斯晨深沉地看了白小米一眼：“这是你们的最终考核，希望你们都能认真对待，在会场上保持一定的紧张是好的，但也不用太紧张，胆大心细加上专业素质，我相信你们可以顺利完成任务。”

台下的白小米和苏梦都暗暗握紧了拳头。

拍卖前的几天，白小米一回到家就对着公司录制的傅斯晨拍卖时的视频不停地分析琢磨。陈敏敏敷着面膜从门口经过，看到电脑里傅斯晨的身影，便拐了进来。她第一次看到傅斯晨在台上拍卖的样子，台上的他跟平时看到的他比起来更让人移不开眼。白小米并不知陈敏敏的心思，只顾学着傅斯晨的样子，不停地调整练习，让陈敏敏充当观众，给她意见。

拍卖会的前一天晚上，即便是练习了多次，白小米也紧张得睡不着。这毕竟是一场正式的拍卖会，她担心因为发挥不好，丢了转正的唯一机会。更担心因为自己的能力不够，无法给那些等着救助的儿童筹集到更多的资金。

晚会当天，整个会场布置得熠熠生辉。拍卖会开始之前，有一个预热性质的鸡尾酒会，酒会上会展出即将拍卖的拍品，来参加晚宴的人可以在鸡尾酒会上按照展出拍品下面的价位购买，也可以等到拍卖环节再竞拍。

会场里暖气开得很大，很多嘉宾穿着华服在红毯上签名拍照。白小米穿上公司准备的黑色套裙和高跟鞋，颇有些拍卖精英的模样。只是因为紧张，里面的白衬衣已经湿了一片，此时的她还在不停默背着阶梯数。

鸡尾酒会上，傅斯晨端着一杯酒，对着展品边走边看。今天的他穿了一套修身的暗色西装，显得俊逸出众，气宇不凡。他抬手看了看时间，此时离竞拍时间还有半小时，酒会上展出的东西还没有任何一个人购买，他目光略过拍品中的一只小巧的水晶兔子挂坠，沉思两秒，朝工作人员招了招手。

拍卖行也是门生意，也讲究“开市”，虽然这次不是为了盈利，但也要应应规矩。傅斯晨下了第一单，除了给需要帮助的儿童尽点心意，也想让这场公益拍卖会提前“开张”，希望这场晚会能圆满完成。

水晶挂坠旁被工作人员放上了“物品已售”的牌子，这个举动果然带动了旁边的人，陆陆续续开始有人下单。拍卖会还未开始，客人的情绪已经被悄悄带动起来了。

弄完这些，傅斯晨给白小米发了条信息问她在哪，白小米把手机调成了静音，并没听到任何声音。傅斯晨找了一圈没找到人，索性放下酒杯走出会场，果然在走廊边找到了嘴里念念有词、不停来回走动白小米。

“你在这里干什么？”

看到傅斯晨，白小米不由松了一口气，感到莫名的安心，老实回答说：“我想在上台前再背背数。”

看到她额头上竟然挂着一层薄薄的汗，他拿出纸巾，亲自给她擦汗。

白小米先是一愣，随后往后退了一步，却被傅斯晨紧紧抓住：“别动。”

白小米只能压抑着内心的狂跳，定定站在原地。

傅斯晨边轻柔地沾着她额头上的汗边说：“一个拍卖师，最应该有的素质就是，无论什么时候，无论遇到什么情况，都要镇定自若，懂了么？”

他的声音极其柔和，白小米脸上已是一片酡红。

傅斯晨从口袋里掏出一个东西递给她：“这个你拿去。”

白小米接过来一看，是一把小木槌，木槌的把手尾端打了个小孔，孔后面系了根和木槌颜色相近的细绳。

看她不明所以，他耐着性子解释道：“你一会儿上台的时候，把绳子套在手上，下槌的时候力道控制好，木槌就不会飞出去了。”

白小米忽然想起她在拍卖系的公开教室里，把木槌敲飞出去的场景。她看看木槌又看看他，脸色窘迫又心存感激地点了点头。

拍卖会即将开始，会场上座无虚席，傅斯晨坐在台下，手里拿着工作人员刚送来的那只水晶小兔子，心中竟然有些微微紧张。

首先上台的是谢顶矮胖的周大奇，因为他经常咧嘴笑的缘故，让人看着就有种莫名的喜感。周大齐自然也知道自己的特点，所以一贯走幽默路线，一开口便说：“大家好，我是古德拍卖行的周大齐。这些年，我全国各地去了不少地方，发现了一个普遍的问题，就是男观众对我的印象特别好，因为他们见到我觉得有点优越感，本人这个样子对他们没有构成威胁。”

下面的人大笑，他又继续说：“但女观众对我的长相就忍无可忍了。对此我很抱歉，我建议你们应该多了解男人。男人大概分为三种，第一种，看上去很漂亮，看久也就那么一回事，这一种就像我的好同事傅斯晨。”

大家哄笑，傅斯晨也笑。

“第二种，看上去很难看，看久了以后是越看越难看，这种，就像我的老板张德亮。”

笑声又起。

“第三种，看上去很难看，看久了以后你会发现，咦，我以前怎么没发现他竟然这么有男人味，这种，就是我了。鼓掌的都是一些长得和我差不多的，谢谢。”

掌声不断，周大齐不愧是经验老道的拍卖师，两三句话的工夫，就把整个会场的气氛给抬了起来。

周大齐扫了一眼全场，拉开了整场拍卖的序幕：“我们古德拍卖行这次跟锦城慈善机构联合举行的这场‘明天的太阳’慈善晚会现在正式开始，希望大家慷慨解囊献爱心。”

拍卖会从七点半开始，一直到九点半，全是周大齐一人在上面拍卖。他的报价速度非常快，几十秒到一分钟之内就拍完一件拍品。除了拍卖前在鸡尾酒会上被提前订走的拍品和周大齐拍出去的拍品，还剩下将近两百件拍品，白小米和苏梦一人将近要拍一百个东西。

周大齐下来后，漂亮高挑的苏梦接着第二个上场。即便前面有了周大齐的铺垫，这么大的拍卖会，作为一位经验不足的实习生，苏梦还是紧张，一张嘴就出了口误，把一双运动鞋的五千起拍价说成了五万，引发现场一片笑声。

好在这是一场慈善拍卖会，大家对长得好看的人也会给予更多的包容和耐心。苏梦也算机敏，迅速调整了价位，大家在轻松的气氛中继续给这双鞋加码。也因为是新手，苏梦的拍卖速度比之前的周大齐要慢了不少。又加上是美女，一件拍品拍了几分钟，好几位男买家还在胶着中互不相让。

场内的数字不断刷新，一双鞋拍出了三十万的价位，人群数次爆发出惊叹声。苏梦几次想落槌，但不停有人加价，她不得不再次停顿下来，重新报价。最终，这双鞋以难以置信的四十五万成交，苏梦也拍出了自己的第一个拍品。台上的苏梦难掩兴奋，台下的傅斯晨嘴角上扬，点了点头。

经过一个多小时，苏梦完成了自己的接近一百件拍品的任务，筹到的款项加起来竟然跟拍了两百多件的周大齐差不多。这个成果对于一个实习生来说，已经是相当厉害了。周大齐咧着嘴，对走下台来的苏梦拥抱祝贺。白小米嘴里含着快化完的糖，深吸了一口气，看向台下的傅斯晨。此时他也朝她看过来，四目相对，白小米轻轻点了点头，握紧他给的小槌子，抬头挺胸地朝台上走去。

走到拍卖台边的白小米发现，今天的拍卖台对她的个头来说有点高，即便她穿了高跟鞋，站在台边也显得有些矮。不知是整个拍卖时间太长还是刚才的苏梦带给大家的印象太过惊艳，现在轮到其貌不扬矮小平常的白小米上台，大家或多或少都显出了些许心不在焉的疲态。

白小米在台下的时候紧张得手心冒汗，现在站到台下，来回扫视了全场几圈之后，心情反倒慢慢平静下来。她朝人群中的傅斯晨看了一眼，开始说："大家好，我是古德拍卖行的拍卖师白小米。今晚我能站在这里为大家主持拍卖，为贫困山区的留守儿童捐献一份爱心，我很高兴，也很激动。从现在开始，是本次拍卖的最后一环，拍卖形式会跟刚才的有所不同。"

白小米的话刚说完，底下的人便开始好奇地看了过来。傅斯晨握着小兔子的手一顿，白小米这种不按常理出牌的性子他是领教过的，没想到在这样的场合里，她竟然也敢任由性子来。他忽然想起张德亮说过，她跟他有点像的话，看来还真是没有说错。

傅斯晨并不知道白小米会有何种举动，他看了看还在场边的周大齐，相信如果真要出什么乱子，周大齐应该能应付得来。他又把目光转回来，盯着台上的白小米，心中更多的是好奇和期待。

场边的周大齐和苏梦都捏了把汗，不知道这白小米是要闹哪样。其实白小米在场下的时候就已经盘算好了，她没有周大齐的经验和幽默，也没有苏梦的外貌和运气，场上的人经过三四个小时的竞拍，基本已经疲惫，有些人甚至都已经提前离场。她要是想在这样的情况下引起新的高潮，只能出奇制胜。

白小米算过了，最后留给她拍的东西一共有九十八件，大多数是一些名人签过名的常见物品，少部分是特别的纪念品。这类物品，即便有签名，价位也未必能上去，但如果能想一个巧妙的点子，比如用一个特别的纪念品和一件签名的常见品捆绑在一起拍，就有可能达到一加一大于二的状态，就算失败，也是等于二。既然是个没损失的机会，为什么不试试？

白小米面带微笑地扫了一遍全场，慢慢开口说：“我知道大家都在这里坐了一个晚上了，所以最后一个环节，我会缩短一半的时间，希望可以把缩短的这些时间，折算成金钱，让贫困地区的孩子有更好的学习条件。现在剩下的拍品有九十八个，我已经将它们两个两个分成一组，接下来我会把拍品按‘组’的形式来拍卖，我在报组名的时候，只会报其中一个拍品的名字，而另一个与之组合的拍品，拍到的人现场是不知道内容的，只有宴会散了以后，您才能亲自拆开这个彩蛋。好物沉底，今晚剩下的拍品都是精品，希望在场的慈善家都能在今年的第一天里，有个好彩头！”

白小米的话刚说完，全场掌声响起。因为这个新玩法，大家跃跃欲试，完全不见了刚才的意兴阑珊。傅斯晨脸上是毫不掩饰地赞许，不得不说，这个白小米的确有做拍卖师的天赋。

台上越发沉稳的白小米虽然不是拍卖专业的学生，但她在台上表现出来的敏捷思维和动作，以及作为拍卖师最基本的语言功力快节奏的报价，她做得并不比高才生的苏梦差。

傅斯晨看向台上的白小米，想起之前因为梦境的事，他一直想把她赶出古德，没想到两人阴差阳错一起经历的肖海明事件让他对她有了更多的了解。现在既然知道她有天赋，他之前又答应了要做她的师父，他就不会食言。他的嘴角慢慢上扬，眼神逐渐清亮，不动声色地把手里的小兔子轻轻放进了口袋里。

如白小米所料，这样的新形势果然引起新一波的高潮。拍品刷刷就拍完了大半。白小米再接再厉，开始拍这批拍品中最贵重也是压轴的最后一个：一只镶上了钻石的名贵钢笔。

这件拍品是由一位著名女明星捐献出来的，原来的价位也高达三百万。台上的白小米看了眼全场，开始介绍："这个钻石笔的笔身和笔帽处均镶有一圈五十分南非钻石，十分精美名贵。除此之外，还有一个神秘彩蛋与之搭配组合，这个压轴的组合，起拍价是八百万，有意向的朋友请举牌。"

白小米给这最后一组定的起拍价是整场拍卖会里最高的，周大齐和苏梦都为白小米捏了一把汗，怕价位太高没有人举牌，怕这件最贵的东西就这样砸在她手里。

傅斯晨抬眼看向白小米，这个价位比他心中估的起拍价高了两百万，底下举牌的情况果然没有了一开始时的热闹，甚至还出现了一小段的空窗期。

白小米在报这个起拍价位的时候，的确也是犹豫过的。但这个组合在她心中的最终估价是两千万左右，在场这么多人，不会没有人举牌，所以她冒险报出了这个价。没想到还真没人举牌，台上曲高和寡，白小米顿时尴尬了。

台下的傅斯晨等了近一分钟，看没人举牌，刚要把手中的牌举起来，就听进门处一个男人举着牌大喊：“一千万。”

场上一阵骚动，纷纷转头看向这位往里急走、身姿修长、长相醒目的男人。白小米抬眼朝门口望去，男人朝她用力挥手，白小米不由一愣。

吴奕杉？

傅斯晨面无表情地把脸转回去。吴奕杉径直走到最前排，大剌剌地坐在白小米的正对面，往全场扫了一眼，脸上尽是谁与争锋的霸气。

白小米微微一怔，在场的人都认出来者是无限集团的太子爷，看吴奕杉这么力挺这位拍卖师，纷纷暗自猜测两人的关系。有了无限集团这层关系，场上的人明显活跃起来，场上的企业家纷纷举牌，大家不约而同地开始为白小米抬价。

此时的白小米感激地看了台下的吴奕杉一眼，自从知道那个她打破的琉璃瓶是吴奕杉坚持买下的之后，白小米就对这位行为怪异的男人少了些反感。毕竟在这个世界生活，谁还没有个跟人不同的习惯和特性？况且他还是锦城数一数二的有钱人，有钱任性，这话没有毛病。

有了吴奕杉的坐镇，这一组拍品的价位很快达到了白小米的心理价位两千万。虽然吴奕杉举了一次之后就再没举牌，场上依旧有不少想跟无限集团合作的人陆陆续续地不停举牌。台上的白小米嘴里喊出来的数字越高，心里越激动。数字很快冲破三千万大关，到达四千万的时候，已经打破了周大齐和苏梦之前拍下的记录。

先上场的周大齐和苏梦都没想到，剑走偏锋的白小米竟然能让事情如此翻转。在这之前，苏梦一直对这位半路过来的外行人不屑一顾。但现在，面对着她一个拍品就拍出自己所有拍品的总金额的现实，苏梦也不得不服气了。

白小米自己也没想到这个急中生智的想法能让价格到达这个高度。她颇为激动地看着最后一个举起的牌子，说："589号的先生出价四千一百万，还有没有加价的？"

白小米喊第二次的时候，吴奕杉再次把牌举了起来："五千万！"

场上再次骚动，白小米愣了一秒，立马调整价位："980号先生出价五千万，还有没有加价的？"白小米的头左右看了一遍，开始喊："五千万第一次，五千万第二次……"

一个低沉醇厚的男音缓缓而出："六千万。"

全场静了一秒，场上所有的目光，包括吴奕杉，都看向面色如常的傅斯晨。台上的白小米更是吃了一惊，傅斯晨正看着她，白小米猛然想起傅斯晨的那句：一个合格的拍卖师，无论何时何地，都应该镇定自若。她深吸一口气，迅速镇定下来，对着台下的傅斯晨方向说："29号出价六千万，六千万在29号手里，还有哪位感兴趣？"

白小米话音刚落，吴奕杉又把牌举了起来，声音中透着志在必得的笑意："八千万。"

傅斯晨嘴角微微上扬，跟着场上的人一起鼓掌，举一次牌能为那些儿童多争取到两千万，很好。

白小米咽了下口水，看向吴奕杉，慢慢说道："980号八千万一次，980号八千万第二次，980号八千万第三次，成交！"

白小米用傅斯晨送给她的那把系在她手掌上的小木槌，有力地敲了下去，然后微笑着满脸诚意地对台下的吴奕杉说："恭喜你，也谢谢你。"

说完，她朝着台下鞠了个躬："今晚的拍卖会到此就圆满结束，谢谢大家今晚的慷慨解囊，让贫困地区的小朋友有了新的希望。也让我这个第一次真正走上拍卖台的人，体会到了拍卖的意义。谢谢你们让我真切感受到手中的这把槌子把孩子们的愿望变成了现实，把让这些物品体现出了巨大的价值，并且让这些价值变成了现实。这样的感觉，对我来说真的特别真实而有意义，今晚，谢谢大家。”

白小米走下拍卖台，又给大家鞠了一躬。傅斯晨看向台上那个小小的身影，眼神越发柔和起来。

全场掌声雷动，整场拍卖会在高潮中谢幕，筹到的善款比预计的多了两倍。白小米一人拍下的数额是周大齐和苏梦总和的几倍。看着傅斯晨一直在台下鼓掌，站在场边的苏梦生出一种难以抑制的难过。如果说她看到白小米跟傅斯晨一起出差后，还对自己专业高才生的身份抱有一丝希望的话，那此刻的她，是真真切切地知道，自己没法再成为傅斯晨的徒弟了。

Chapter 25

争风吃醋

拍卖会取得成功，没到现场的张德亮打来电话祝贺，特意叮嘱周大奇和傅斯晨带着两位实习生去庆祝，所有花销公司报销。

周大奇没来得及跟白小米说这事，让傅斯晨等白小米，他自己先带着苏梦去定位子了。傅斯晨把车开到门口旁边的花坛边，等着去上厕所的白小米。

十分钟后，白小米走到大堂，发现张大奇和苏梦已经不在了，毫不知情的她以为大家都已经各自回家，便打算自己走到最近的地铁站搭地铁回家。她刚从自动门里走出来，一辆布加迪威龙就轰着油门蹿了过来，震天的轰鸣声和难得一见的车子吸引了无数目光。

车子在白小米身边稳稳停下，吴奕杉从里面出来，对着发愣的白小米温柔一笑：“女侠，我昨晚刚从外地出差回来，没来得及吃饭就过来给你捧场了，陪我去吃个消夜吧。”

白小米被布加迪挡住了视线，加上并不知道傅斯晨在等她，她看了眼唇红齿白、容颜俊朗的吴奕杉，想到他帮自己的这几次忙，加上今晚的确心情不错，便点点头，答应下来。

吴奕杉的眼中闪过一丝得逞的笑意，他迅速打开副驾驶的车门让白小米坐进去，车子轰鸣着朝闹市中开去。看到白小米竟然上了吴奕杉的车，坐在车里的傅斯晨皱起眉头，一脚油门，也莫名其妙地跟了上去。

车里，吴奕杉看了眼后面那辆从酒店出来就一直跟着他们的黑色奔驰，转头问白小米："想吃什么？"

白小米一脸无所谓："你想吃什么我就吃什么。"

吴奕杉眼睛一转，想起那次她走到火锅店门口又绕走的身影，扬眉微笑，看了眼后视镜，一脚油门把后面的车子甩掉，一路狂奔开到了一家隐藏在小巷里的店门口。

这是一家颇有名气的火锅店，由三层民房改造而成，只在晚上十点开始营业，半夜三点关门。尽管已经接近午夜，开车来这里吃消夜的人却越来越多，而且都是清一色的好车。

傅斯晨一路狂追，刚进了小巷，就看到吴奕杉拉着白小米进了店里，两人看起来有说有笑，傅斯晨车头一转，沉着脸开出了巷口。

吴奕杉向来张扬惯了，就算来这样的小店，也要包下一整层。很多客户在下面等位，整个三层却只有他和白小米在安静地涮锅。吴奕杉见识过白小米的食量，菜式堆了满满两桌。

白小米要超辣锅，吴奕杉要的清汤锅，原本这家店就是一人一锅，吴奕杉非要服务员换成一个大的鸳鸯锅，一人吃一边。白小米看着他奇怪的举动，忍不住好奇问他："你到底要干吗？"

吴奕杉凑到她跟前，漂亮的丹凤眼盯着她："追你啊，难道你看不出来吗？"

白小米身子一僵，虽然她也在心里猜测过这个可能，但对方是要风得风要雨得雨的无限集团太子爷，怎么会对她这样平常的女孩有兴趣？

她是个不喜欢做白日梦的务实孩子，再说了，就算他口味独特，真的对她感兴趣，她对他也没感觉啊。

说到感觉，白小米的脑中竟然莫名闪过傅斯晨的样子，吓得她一激灵，赶紧跟对面的吴奕杉说：“不用追了，我们不合适。”

吴奕杉脸色微微一变，她竟然连考虑都没考虑，就直接拒绝了。

白小米看着他脸色不对，开始隐隐担心起来，如果他现在一气之下走人了，那这一次的包场费和饭钱，现在就是卖了她她也拿不出来啊。白小米暗自懊恼自己的失策，真应该吃完结账后再说这句话的。

只过了几秒，吴奕杉再抬头看她的时候，脸上已经恢复了刚进来时的温和，他边给她弄酱料边说：“你可能不太了解我，现在就说合不合适，还为时尚早。我可以先跟你说一下自己的情况，我是独生子，从小受精英教育，现在在无限集团任职。我收入良好，外貌出众，爱好广泛，无不良嗜好，是婚配的黄金人选。”

白小米一怔，又细细打量了他一番，虽然他说得毫不谦虚，但事实也的确如此。

“那你看上我什么了？”白小米很是疑惑。

吴奕杉扬眉微笑：“你很特别。”

“具体点。”

吴奕杉看她的眼里多了一丝霸道的温柔：“我从小向往快意恩仇的江湖，可江湖上早已没有了大侠，剩下的只有鸵鸟。当我第一次看到你追贼的时候，我只有一个感觉，一定要找到你。老实说，我也没想到跟你这么有缘，在古玩城和自助餐厅都能碰到你。我一年多前患上了轻微厌食症，吃什么都不香，直到我上次跟你一起吃了自助餐，我又重新能吃下饭了。你知道这对我意味着什么吗？我觉得我们不止是有缘这么简单了，虽然我以前交过不少女朋友，但我从未有过这样的感觉，如果你愿意跟我交往，我一定会认真对待这份感情的。”

白小米有些发愣。一直以来，她的发育都比旁边的人要晚些，加上性子大大咧咧，从未有男生对她表白过。而她自己除了对顾华动过心，也没有认真考虑过别的男人，现在冷不丁被吴奕杉这么认真地表白，说一点也不感动那是假的，虽然他一直给她一种怪怪的感觉。

吴奕杉一对丹凤眼熠熠生辉，等着她的回答，被感动到的白小米咽了咽口水，说："我再考虑考虑。"

吴奕杉微微一笑，贴心地帮她把煮好的菜夹进调味碟里晾着，对于自己的魅力，他从不怀疑。

第二天去到公司，白小米刚放下包包，还没来得及拿出被挤扁的面包，就被秃头刘一个电话叫进了办公室。推门进去时，发现苏梦已经坐在里面。

白小米走过去，坐在了苏梦旁边的椅子上，苏梦抬眼，神色复杂地看了她一眼。

秃头刘清了清嗓子，看了两人一眼，说："经过这段时间的考核以及你们昨天晚上的优异表现，现在公司决定，同时聘用你们两人为古德的正式员工。"

苏梦和白小米对视了一眼，两人都难掩激动地抱在一起，本以为会有一人被淘汰，没想到两人都能留了下来。虽然实习期间她们没有发展出什么深厚的同事友谊，但毕竟是一起经历过了这么多考核的战友，还是颇有些惺惺相惜的。

秃头刘咳了两声，又继续说道："经公司研究决定，由傅斯晨傅老师来带白小米，由周大齐周老师来带苏梦。这两位老师都是我们古德优秀的拍卖师，希望你们能跟着他们好好学，成为古德优秀的新生力量。"

走出办公室，苏梦转身跟白小米说："虽然觉得不甘心，但还是要祝贺你。但是我要告诉你，即便你的老师是傅斯晨，我也不会这么容易认输的，我们的比赛，现在才刚刚开始。"

白小米看着这个这个争强好胜的小伙伴，嘴角一扬："比什么？”

“比谁先成为古德下一个白手套。”

“没问题！”

两人对视了几秒，苏梦转头傲娇地踩着恨天高往自己的新座位走去，白小米也一转头，兴高采烈地朝最靠傅斯晨办公室的那个位置走去。

白小米刚坐下，就接到傅斯晨的电话，让她进去。

她兴高采烈地推开门进去，傅斯晨黑着脸看过来，语气极冷：“为什么不敲门？”

白小米张了张嘴，只能乖乖地退了出去。心想神经病啊，明明是他自己打电话让她马上过来，她挂上电话就来了，还敲什么门啊。

想归想，她还是老老实实地敲了门，直到里面的傅斯晨说进来，才慢慢推门进来，老老实实地坐在那张宽大的皮质沙发上。

傅斯晨抬眼看她，缓缓说道：“不要以为做了我的徒弟就万事大吉，如果你做得不好，我一样会把你赶出古德。”

白小米偷偷看了眼黑口黑脸的傅斯晨，正心想一大早的他是不是吃了枪药，就听他问：“你昨晚为什么不跟大家一起庆祝？”

“庆祝？什么庆祝？”白小米一脸发蒙。

“你不知道拍卖结束后要一起庆祝吗？为什么要搞特殊？”他说完带了些许嘲笑，又加了一句：“是不是觉得攀上了吴奕杉这样的富二代，就能飞上枝头变凤凰，不用再顾及任何人任何事了？”

白小米原本一头雾水，听完他最后那句话，她也有了微微的怒气：“昨晚没人跟我说过要聚会的事，我并不想搞什么特殊。吴奕杉是我碰巧遇见了，一起去吃的消夜，我也从没想过做什么凤凰。”

傅斯晨一怔，眉头微微舒展开来，语气缓和了些：“你如果不知道这件事，那我为刚才的话向你道歉。”

道歉？傅斯晨竟然跟她道歉？白小米刚才的恼意顿时烟消云

散，从口袋里掏出昨晚傅斯晨给她的那把木槌，轻轻放到桌子上。

“谢谢你的木槌。”

傅斯晨看看她，又看看那把木槌：“不用还了，就当是我送给徒弟的见面礼。”

白小米受宠若惊，笑容满面地又把木槌收进了口袋里：“谢谢傅老师。”

傅斯晨嘴角动了动：“没事了，你出去吧。”

直到走出傅斯晨的办公室，白小米也没搞明白，全公司最忙最高冷的男神傅斯晨，一大早火急火燎地让她进去，就为了问她昨晚为什么不跟大家一起吃饭?

Chapter 26

真假瓶子

白小米出去后，傅斯晨心情莫名好转，拿起手边的咖啡刚喝了一口，手机响了，是李瑞的父亲。

老人在电话那头犹豫了几秒，终于说同意把那只乾隆粉彩瓶送到古德拍卖行来鉴定拍卖。傅斯晨的心终于放了下来，挂上电话，马上把事情跟张德亮说了。张德亮自然十分高兴，赶紧交代周大齐，约好他相熟的那位颇有名气的鉴定专家过来鉴定。

因为是傅斯晨看好的宝贝，李家父子捧着瓶子来的时候，受到了古德隆重的接待。李家父子受宠若惊，跟着专门负责接待他们的白小米在锦城著名的景点都逛了一圈。而另一头的周大齐带着那位全国知名的宋专家到了古德，进了鉴定室。

宋专家拿着显微镜和各种工具参考书，仔仔细细地鉴定了一上午，最后推了推鼻梁上的眼镜，转头跟张德亮和傅斯晨说："这只瓶子从器型到画工满是浮躁之气，经鉴定，是一件有年代的仿品。"

张德亮脸色一变，疑惑地看看瓶子，又看看同样脸色难看的傅斯晨。

看他们不信，宋专家又从物品的年代特征、材质、造型、落款、颜色等等方面来证明它的确是个高仿物品。张德亮原本第一眼觉得这瓶子的确不错，但他只是个商人，虽然见多识广，但也只是略懂皮毛，现在被宋专家这么一说，又觉得这瓶子好像真是有那么点儿问题。

傅斯晨拿起瓶子又仔仔细细地看了一遍，还是认为自己一开始的判断没有错。傅斯晨和宋专家各执一词，张德亮和周大齐面面相觑，只能各站一边。

瓶子如果是真的，那就价值千万，如果是假的，分文不值，所以这件事必须要搞清楚。张德亮让人再多给李家父子安排几天食宿，又让周大齐再快马加鞭，另请一位更有名望的专家来鉴定。

第二天另一位专家到场，鉴定过后，竟然跟第一位姓宋的专家得出的结论一样，都说这个瓶子是仿品。三人成虎，张德亮虽然相信傅斯晨，但傅斯晨毕竟也不是鉴定的专业人员。既然两位专家都说这是赝品，张德亮只能放弃这只瓶子，让李家父子拿回去。

对于张德亮的决定，傅斯晨少有的极力反对。好说歹说，一定要张德亮再把东西留几天，让他再仔细看看。

之前张德亮同意放弃对汤敬筱的起诉，让傅斯晨一直觉得欠了他一个人情。而这个乾隆粉彩瓶，他第一眼便觉得它不是俗物。傅斯晨花了力气去活动，目的就是想征回这个瓶子，来抵消画像给古德带来的损失。现在瓶子的主人终于同意送拍，没想到竟然被说成是赝品，这个结果无论对张德亮、对老人家还是对一直认为眼光独到的自己，傅斯晨都觉得都没法交代。所以他心里憋着一股劲，一股要证明这个瓶子真假的劲。

一连几天，傅斯晨都耗在办公室里查询关于乾隆粉彩瓶的鉴别方法，但众说纷纭，让人头大。傅斯晨一时愁眉不展。白小米白天陪着李家父子游锦城，晚上筋疲力尽回到办公室，也在想各种办法，证明那只瓶子的真实性。

白小米之所以这么做，不止是因为傅斯晨是她的师父，还因为白小米也见过那只瓶子。她虽说不是专家也没有什么经验，但以她从小到大跟着父亲看东西练出的“眼力”，她觉得这个瓶子应该是个真品。

为了证明傅斯晨和自己的猜测，白小米找出了以前学校拍卖系老师的电话，打长途过去讨教。又打给许久没通话的老爸，甚至打给老爸见多识广的朋友。但所问的人都没看到实物，回答得都很保守，并没问到什么有用的信息。

真假瓶子的事在古德越传越玄，傅斯晨这次态度坚决，跟专家意见大相径庭，张德亮左右为难，最后干脆让所有有经验的员工都去观摩投票。倒不是想用群众的眼光去决定下一步该怎么走，而是想用这样的方式来劝阻傅斯晨不要一意孤行。

暂时没找出证明瓶子是真品证据的白小米只能去游说群众，首先就从同期的苏梦开始。苏梦左右为难：“我就算相信傅老师是正确的也不能投他啊，我现在的师父是周大齐，他站专家那边，我要是站傅老师那边，那我还要不要在古德混了？”

白小米又在茶水间找到正在冲咖啡的李娘娘，李娘娘也满脸犹豫：“我其实看过这瓶子了，也觉得挺真的，但人两个专家都这么说了，我也没办法啊。你知道这虽然是个投票，但也代表着你的眼光和经验，如果站错队，以后是要落下能力不行业务不精的话柄的。我知道你是傅神的徒弟想力挺他，但现在全公司几乎是一边倒了，连一直力挺傅神的老板这次都没站他这边，我劝你也投专家这边吧，傅神会理解的。”

白小米不领情：“人多不代表正确，专家说的也不一定就是对的，我挺傅神不是因为他是我师父，是因为我也觉得那个瓶子是真的，既然我觉得是真的，为什么要因为专家的话就马上否定自己的看法？”

“可人家两个专家都说是赝品。”

“总之，现在还没到最后一刻，我是不会放弃的。”白小米转身走出茶水间，李娘娘叹了口气，也跟着走了出去。

一直坐在隔断后面的傅斯晨喝了口咖啡，疲惫的双眼终于现出轻浅的笑意。

不放弃的白小米又把手机通讯录翻了个遍，再没找到可以帮忙的人。正一筹莫展的时候，吴奕杉的电话打了进来，白小米眼前一亮，他是古德的VIP，经常参加拍卖会，应该会认识不少识货的人吧。

白小米说了情况，吴奕杉其实对真假瓶子不感兴趣，对帮傅斯晨更没兴趣，但他要帮白小米。

用了点关系，吴奕杉迅速找来了一个颇有名气的专家鉴定团，白小米千恩万谢，兴奋地把消息告诉傅斯晨，没想到傅斯晨脸色一沉，说：“这是古德内部的事，不需要外面的人插手。”

白小米没想到傅斯晨一句话就推了她所有的努力和好意，还让吴奕杉白忙活了一场。她对傅斯晨这样的做法简直无法理解，正是关键的时刻，多个人帮忙不是多份力吗？

因为这事，白小米觉得挺过意不去的，但吴奕杉似乎并没放在心上，只说让她下班跟他一起吃饭。

吴奕杉说过，只有跟她一起吃饭，他才有食欲。白小米其实觉得这事挺怪诞，但毕竟求了他帮忙，现在人家只是要求她去陪着吃顿饭，这事怎么看都不过分。

下班的时候，傅斯晨难得一到下班点就走出办公室，想着约白小米一起吃顿饭，缓和今天拒绝她好意的强硬气氛。刚到楼梯转角，就听几个男同事边走边小声议论门口那辆扎眼的布加迪威龙。傅斯晨走到楼道的窗户边，果然看到那辆限量版车子停在人来人往的古德门口。吴奕杉正倚在车子旁，单手插在裤兜里，一副香车美男的架势，引得路人纷纷驻足。

车子旁的吴奕杉敏锐地感觉到高处的目光，头微微一抬，看到二楼的窗户边站了个修长的人影。他仔细看了看，上面的人正是古德的拍卖师傅斯晨，那天晚上开车跟着他的人，应该就是他。

四目相对，上面的傅斯晨丝毫没有躲闪的意思，吴奕杉自信地扯了扯嘴角。很好，他要的就是这种势均力敌的对手。

几分钟后，白小米从公司走出去，看到门口的车子和吴奕杉，吓了一跳，他只说下班顺道来接她，没想到他竟然这么高调地把车子堵到了古德的大门口，旁边围了一群羡慕又惊讶的同事，全在看着她。

吴奕杉的大长腿几步便跨到白小米身边，伸出手臂在她肩头轻轻一勾："今天带你去个好地方。"

白小米还没反应过来，就被他带到车子边，车门一打开，副驾驶座位上放着一大束娇艳欲滴的天堂鸟。

吴奕杉拿起来递给她："刚才路过花店，觉得花跟你很配。"

白小米眼中闪过一丝惊讶，长这么大，还没人给她送过花。

楼上的傅斯晨看着吴奕杉把花送到了白小米手中，然后一手护着她的头部，让她慢慢坐进车里，在众人的羡慕中，开车离去。

傅斯晨黑着脸又回到办公室，刚重重关上木门，大姐傅斯月的电话就打了进来，让他马上到医院去一趟，老爷子中风了。

等傅斯晨赶到，傅锦荣已经苏醒过来。头部血管的出血不大，加上送治及时，已经没什么危险，但动作和说话已经大不如前，更不能再像以前那样随意地自己走动了，以后，估计就要在轮椅上度过了。

看到三个儿女和老婆都在身边，傅锦荣朝他们颤巍巍地摆了摆手："我……没事了，这里不需要……这么多人，你们先回公司忙吧。"

傅斯月斜眼看了旁边的傅斯明一眼，厉声道："没听到啊？这里不需要这么多人，还不走？”

傅斯明看都没看傅斯月一眼，完全当她不存在。张姨不想让傅斯月又在医院吵吵闹闹地惹老爷子上火，赶紧拉着儿子先走了。

屋里剩下傅斯月傅斯晨两姐弟，傅锦荣看了傅斯月一眼，说：“斯月啊，海外新能源项目……现在……现在正是关键时刻，你也……回去看看吧。”

傅斯月脸上微微一变，很快又面色如常，看了眼自己的亲生父亲和亲弟弟，淡淡一笑：“好，那您好好休息，我明天再过来看您。”然后又转头叮嘱傅斯晨照顾好父亲，这才踩着高跟鞋迈出了大门。

屋里没有了其他人，傅锦荣让小儿子坐到床前。

“斯晨啊，老爸的身子……一天不如一天了。”

“爸您别胡说，你身子骨硬朗着呢。”傅斯晨心中一阵难过，曾经的父亲高大强壮，现如今只能躺在床上和轮椅上。他给老爷子掖了掖被子角，两人都感觉到，他们已经很久没这么亲近地一起说说话了。

傅锦荣咽了咽口水：“我的身体我自己清楚，我现在不怕死，就怕……我死了你也不答应回万里集团接手公司的事务。”

“爸，公司里不是有大哥和大姐吗，就算我不去公司帮忙，他们也一样能把万里集团运作得很好。”

傅锦荣摇摇头，握着儿子的手：“万里集团……只有交到你手上，我才能放心。斯晨，答应老爸，在老爸倒下去之前……一定要回公司。”

傅斯晨张了张嘴，再说不出拒绝的话来。

回到车上的傅斯月狠狠地把车门关上。

从小到大，父亲总是特别偏袒傅斯晨，现在就连他生病，也只留他一个人在那守着。她就不明白了，都是自己的骨肉，为什么斯晨能留下，她就不能留下？难道就因为她是女人吗？就因为如此，她在父亲眼里，才连傅斯明都不如吗？

一连喝了大半瓶水，她才压住了心里的火。有电话打了进来，傅斯月看了眼屏幕上“魏波”两个字，不紧不慢地接起来。

“斯月，在哪？要不要我去接你？”男人的话语中带着少许的卑微，却也掩不住关切。

傅斯月看了眼后视镜里眼神凌厉的自己：“不用，我一会儿自己过去。”

挂上电话，她稍稍怔了会，叹了口气，她果然还是个女人啊，怕繁华高处的人生鼎沸，也怕夜深人静的孤独无声，即便她觉得他配不上自己，但他的忠诚和听话，让她依旧还是需要跟他在一起。

不得不说，每次吴奕杉带白小米去的地方，都十分符合她的心意。比如这家餐厅的羊排煎得外焦里嫩。她前阵子还跟李娘娘叨念着想吃一顿烤羊排，没想到吴奕杉就带她来了。他像是对她的喜好和口味了如指掌一样，每次都让白小米惊讶不已。

实际上，吴奕杉也的确提前做了功课。从古德的员工口中，把白小米的喜好和最近的想法摸了个大概。

白小米吃得十分过瘾，正想着来点东西解解腻，吴奕杉像是有心灵感应一般，马上让服务生给她送上了冰淇淋，还是她爱吃也最解腻的薄荷柠檬味。

白小米暗暗吃惊，边吃边寻思这种不可思议的感觉。吴奕杉似笑非笑地看着她，看她嘴边的冰淇淋沾在嘴边而不自知，他指了指她的嘴角，她依旧没反应，他干脆俯过身来，双手扶着她的脸，低头吻了下来。

白小米手中拿着的勺子差点掉了下来，下巴靠近唇边的地方，迅速传来一丝柔软的温热。她身子一僵，脑中瞬间短路，等她反应过来，他已经把她嘴巴边的冰淇淋舔干净了。

白小米从震惊转为恼怒：“吴奕杉，你当你是朋友，你……”

吴奕杉一脸认真地打断她："不好意思，我没当你是朋友，我觉得我们只能当恋人。"

白小米的脸僵在那里。

吴奕杉靠过来，认真地看着她的漆黑的眼睛，说："你知道吗，自从我第一次见到你，我就无时不刻在想你。我以为让自己忙起来就能不想你，但是，我发现根本不可能，因为我全都忙着在想你。"

白小米把勺子慢慢放下来，看着吴奕杉："可是我不喜欢你啊。"

吴奕杉面不改色："没关系，我喜欢你啊，这样正好互补了。"

她把勺子慢慢放下来，看着吴奕杉："我考虑清楚了，我们还是不合适。"

吴奕杉手上的动作一顿，停在脸上的笑容慢慢消失。他没想到，她竟然会给出这个答复，她打电话给他求他帮忙的时候，他以为这就是她委婉地在向他示好了。他以为她会跟那些女孩一样，略带害羞地说出那句她们曾经跟他说过的同一句话。然而没有，这些都是他自己的一厢情愿。

吴奕杉觉得心底有股气慢慢往上涌，求而不得的失落、觉得自己被耍了的恼怒、被人拒绝的不甘……他吴奕杉从没如此费尽心力去追一个女孩还追而不得，眼前的白小米果然跟他曾经的那些女人完全不同。而她的不同和拒绝，再次激起了吴奕杉的斗志。

白小米一向不喜欢拖泥带水，把事情说清楚了，她以为这件事就这么结束了，没想到吴奕杉还是那句话："现在说不合适还是太早了，你可能还是不了解我，我除了之前说的那些，还有一个最大的特点，我认定的事情，没那么容易放弃。"

第二天早上，白小米刚到公司，就接到一个陌生号码的电话，她接通一听，竟然是汤敬筱的。她说她刚回了老家一趟，给她带了些东西，让她下来拿。

白小米没办法，来到公司门口，果然看到汤敬筱站在风中。她的头发更长了，还是高高瘦瘦的样子，只是脸色看起来比之前红润了许多。

汤敬筱看她出来，漂亮的脸上露出笑容，快步朝她走过来，把一袋子特产和一本《康熙粉彩瓶古籍鉴定》放到她手里，说："这是叔叔给你找的书，他让我带给你，叔叔……其实挺想你的。"

"谢了。"白小米晃了晃手中的东西，不让她再说下去。汤敬筱识趣地点点头，朝她挥挥手，让她有空去看看她的画廊。

白小米拿着那本书，一直在办公室里加班到深夜，等傅斯晨披衣走出办公室，看到她还在电脑前边看书边查资料，他走过去一看，是一本关于粉彩瓶鉴定的老书。

"怎么还不走？"他声音有些沙哑。

白小米吓了一跳，转头看到傅斯晨，松了口气："我从书中看到了一些能证明的线索……"

傅斯晨听她絮絮叨叨地说了一通，点点头，有点道理。

得到肯定，白小米越发来了精神，要继续查下去，被傅斯晨打断："回去洗个澡睡一会，明天再查。"

"不行，投票日期快到了，我要赶时间，尽快查出来，再说我这个点已经赶不上地铁了，打车又太远。"

傅斯晨墨黑的眼睛盯着她看了一会，忽然笑了："那去我家，洗个澡再回来。"

白小米愣了一下，竟然没有反对。

白小米是第一次来傅斯晨的家里，两层挑空的LOFT，北欧风格的工业范，跟杂志上拍出的照片一样，很有质感。

看她愣在门口，傅斯晨放下包包，扯开领带，他的这个动作带着男性特有的狂野，即使一脸疲惫，他看起来也极其性感。

白小米咽了下口水，慢慢换鞋进来。

"你先洗还是我先洗？"傅斯晨打开冰箱，拿了瓶矿泉水给她。

第一次来别人家就洗澡，白小米还是有些不适应，微红着脸说：“你先洗吧。”

看着傅斯晨进了浴室，水声响起来，白小米靠在柔软的沙发上，拿出手机看了看时间，迷迷糊糊睡着了。也不知过了多久，她睁开眼睛，看到他开门出来，穿了条运动长裤，光着上身，脖子上挂着一条白色的长浴巾，头发上还滴着水，慢慢朝她走来。

白小米的心跳漏了半拍，这样的男人，简直是男色中的极品，她告诉自己不应该盯着他看，可是，她不由自主，就是移不开眼。

傅斯晨当着她的面，套上了一件长袖白T恤，身上的曲线随着动作而变化，白小米又咽了下口水。

“到你了。”傅斯晨拿了杯水，走过来，坐在她身边。

白小米脸色一红，赶紧冲向浴室。

傅斯晨嘴角弯起一道弧度，猛喝了几口水。

刚放下杯子，沙发里白小米的手机信息响了几声。

傅斯晨瞥了眼上面的名字：吴奕杉。他忍了两秒，迅速拿起来点开，上面的信息是：你在干吗？

傅斯晨看了眼正在洗澡的白小米，咬了咬嘴唇，迅速回过去几个字：她在洗澡。

那天的吴奕杉没想到白小米这么快就回了，拿起来一看，脸色变了变，迅速拿起电话拨了过来。

傅斯晨等它响了几声，这才慢慢接起来：“喂？”

听到男人的声音，吴奕杉瞬间只觉得气往上涌，他挂断电话，怒气难消。虽然不知道接电话的人是不是她的男朋友，但他们这样的关系，让他妒忌。

他觉得心底有股气慢慢往上涌。他吴奕杉从没如此费尽心力去追一个女孩还追而不得，他听出了电话中男人的声音，吴奕杉不明白自己哪点比不上他，他吴奕杉就不信了，锦城还有他追不上的女人。

洗完澡穿着傅斯晨衣服出来的白小米，真正成了一个偷穿大人衣服的小孩，她不得不把那些衣服卷了又卷，这才没拖下来。

“我吹完头就走吧。”白小米搓着头发说。

沙发上的傅斯晨把手提电脑一放：“去哪？”

白小米愣住：“不是说回来洗澡就去公司加班吗？”

傅斯晨走过来，接过她手中的毛巾，继续帮她擦干头。白小米穿着有他气味的衣服，又近距离地闻着他的味道，心跳又开始加速。

“我已经查好了，你一会就在这睡吧。”

白小米看了眼全屋唯一的一张床，咽了咽口水：“那……那我睡沙发。”

傅斯晨点点头，在沙发上躺下来：“好啊，如果你不介意跟我一起挤的话。”

白小米一愣，红着脸赶紧朝房间走去。

第二天白小米坐着傅斯晨的车子来到公司附近，便要求先下车。傅斯晨本想带她到公司，但她态度坚决地拒绝了。白小米想的是，她刚转正，不想让别人误会傅斯晨跟她有什么私人关系，她不想看到大家非议他。但白小米这样的举动却让傅斯晨以为，她担心被吴奕杉知道

他沉着脸，把她放在了路边。

白小米拿着书本和特产往回走，直接去了傅斯晨的办公室。

集体投票中，只有两票是投给傅斯晨的，一票是他自己，一票是白小米。尽管瓶子毫无悬念地要退回给李家父子，但还剩一天时间，白小米还是决定拿着这本书给傅斯晨再看看，毕竟不到最后一秒，谁也不能证明自己就是最后的赢家。

白小米推门进来的时候，屋里烟雾缭绕。

“傅老师。”白小米伸手挥了挥眼前的烟雾，冲过去把门窗都打开。

“什么事？”傅斯晨摁灭烟蒂，眼眸冷冽。

白小米把手中的书递给他：“这本是我爸收藏的关于辨别康熙粉彩真伪的书，应该对我们有些帮助。”

傅斯晨抬眼看她，没想到她到现在还没有放弃，他看了眼桌边的书，没动，反而问她：“你真觉得它是真的？”

白小米面色坦然地点头。

傅斯晨的目光深沉，他没想到，在全公司都一边倒的情况下，在已经没有任何反转余地的情况下，她竟然还站在他这边支持到最后一刻，这种信任，对于此刻即将要离开这个行业的傅斯晨来说，至关重要。

“出去吧。”傅斯晨沉默半晌，淡淡说道。

白小米把门关上后，傅斯晨一根接着一根地抽烟，直到烟灰缸堆满烟蒂，他才自言自语道：“理解你的人，才会让你脆弱。”

第二天一早，李家父子来把瓶子领回去，傅斯晨一脸抱歉地把他们送出门口。李老叹了口气，对傅斯晨说：“我是相信你才带着瓶子来鉴定，这只瓶子是我祖辈留下来的，我一直珍藏至今，现在你们一直说是赝品……哎，早知道我就不来了。”

老人神色黯淡地离开，他儿子李瑞垂头丧气地拿着瓶子跟在后面，本以为能用瓶子在锦城买房落户，现在一切都成了泡影。

Chapter 27

珠宝疑云

安排好车子送他们离开，傅斯晨一言不发地走回办公室，刚坐下，张德亮便敲门进来了。

张德亮一向喜欢古香古色的装饰，傅斯晨这边的工业风他欣赏不来，再说傅斯晨这边只有咖啡没有茶，所以他鲜少过来。

傅斯晨也能猜到他过来的意思，果不其然，张德亮刚坐下便张口说道："这件事你也不用想太多，人嘛，谁没有个看走眼的时候？事情过去了就过去了，现在有件事想跟你说一下，公司最近拿到一批少见的玉器珠宝，打算做一场小型专拍，到时候想让你来主拍，有没有问题？"

傅斯晨也算是古德的重要人物，可这件珠宝拍卖的事，他之前一点风声也没有收到。傅斯晨看了张德亮一眼，说："最近老爷子身体不太好，我想去照顾他，这件事，你找其他拍卖师吧。"

张德亮犹豫了一下，点点头："这事我也听你姐说了，行，你先把老爷子照顾好了，拍卖的事，我就交给周大齐。"

真假瓶子事件过后，一连几天，傅斯晨都是一到下班点就走，过了上班点才来。这样的情况跟以前早到晚走的工作狂形象大相径庭，加上新的拍卖会由周大齐主拍，这不得不让公司的人联想到古德的局势可能要大变了。

周大齐最近成了老板面前的红人，连带着苏梦也忙了起来。按理说自己的师父现在越来越得势，对她以后在古德的发展是极有好处的，但苏梦越发闷闷不乐，她担心真像小道消息传的那样，傅斯晨要待不住了。

傅斯晨每天走的时候，在门口都能看到吴奕杉的车子，他总是坐在车里，或打电话或发信息，但每次看到傅斯晨出来，都会停下手中的事看他。而傅斯晨只是淡然地对上那双眼睛，然后目不斜视，从他的车旁走过。

自从那天之后，吴奕杉对古德的人都说，白小米是她女朋友，让大家多多关照。搞得公司里的同事都不敢麻烦白小米做任何事，见到她就点头，跟见了张德亮差不多，这让白小米浑身不自在，就连傅斯晨找她去跑腿干活的次数都少了很多。

白小米只能去质问吴奕杉，吴奕杉一脸理所当然："迟早都会是，我只是提前告诉了他们而已。"

简直不可理喻。

全公司大概也只有苏梦一人，不卑不亢一如既往地用傲娇的面孔对着白小米。这竟然让白小米觉得无比自在，两人的关系在这样的情况下反而越来越好。

两人认识这么久，第一次坐在一张桌子上吃东西。

"傅老师……真的会走吗？"苏梦思索片刻，开口问道。

"去哪儿？"白小米反问道。

"我听说……"

"你什么时候也喜欢道听途说了？"白小米把杯子里的水一饮而尽。

听了白小米的话，苏梦松了口气，然后又看了看四周，压低声音："还有件事我想告诉你。"

"嗯？"

"前不久，我听到周大齐跟那两位专家打电话……"

傅斯晨下班后刚到医院，就看到刚探完病出来的傅斯明。两人聊了几句老爷子的病情。傅斯明临走时告诉他说："你之前介绍过来的那位叫李瑞的年轻人辞职了。"

傅斯晨一怔："什么时候走的？"

"前两天吧，我这两天事情多，也忘了跟你说。"

凭李瑞的能力，近期不可能再找到比万里集团更好的地方，但他却毫不犹豫地辞职，傅斯晨隐隐觉得有些不对劲。

从医院回到家，傅斯晨接到陈柏年的电话，电话那头混杂着各种男女的笑声。

傅斯晨皱了皱眉："怎么这么吵？在哪儿呢？"

陈柏年笑说："被我爸派来荔城看项目，主办方开了个泳池趴，这边的冬天差点没把我热死。"

傅斯晨也笑："看你小子最近春风得意，是不是有什么好事？"

陈柏年的声音有些飘："新画廊弄好了算不算？我下周回去到古德取画。你哪天有空，带着你那小徒弟过来玩玩呗。"

傅斯晨顿了顿，说："好，你不用跑一趟了，我顺道把画给你送过去。"

"好嘞，对了，差点忘了说正事。最近那个'老贾'的号码又开机了，信息被基站捕捉到了，位置还是那个彩虹小区。我找人打听了一下，整出了小区售出的户主名单，只有三户是姓贾的，还全是女的没有男的。"

傅斯晨沉默了两秒，说："那里我之前也去过一趟，位置比较偏，打养生的噱头，基本都是独栋别墅，价位不便宜，极少有出租的，租低了不划算租高了没人来，买的人大多都自住。我就猜想，如果没有姓贾的户主，那他有可能住的是亲戚或者老婆的房子，那三个姓贾的女人，都可以查查。”

“行，那我后天回去了再说。”

傅斯晨手机上的灯闪了几下，有条微信进来。

陈柏年还在继续说：“还有，你之前不是还问过我乾隆彩粉瓶的事吗？这边的主办方老板前几天在当地的拍卖会上刚用两千万拍回了一只瓶子，刚才拿出来嘚瑟来着，我拍了几张照片，细看之后感觉跟你之前问我的瓶子长得很像啊，我一会给你发照片过去。”

半分钟后，傅斯晨看着手机上发来的图片，脸色一变，马上给李家父子打电话。李瑞关机，他父亲的电话打了两遍，才终于接通。

傅斯晨说明来意，问瓶子还在不在，对方语气很是疑惑：“你不知道？不是你们后来又来买走了吗，我看车上的人就是那天在场鉴定的专家啊。”

傅斯晨心里咯噔一声，问他瓶子卖了多少钱。

老汉叹了口气：“我也算看明白了，你们就是先把我的瓶子说成假的，然后再跟我压价。其实我也没打算跟你们要高价，你帮我儿子找了这么好的工作，我就是想感谢你，希望你以后能多照顾他点，所以他们说两万，我就同意了。”

傅斯晨只觉得气往上涌，不是因为自己被摆了一道，而是因为李老汉因为相信他而被蒙骗遭受的损失。他心中生出一股愧疚，如果自己当时再强硬些，或者干脆把瓶子先买下来，老汉也不至于两千万的瓶子才拿到两万。

他点燃一根烟，狠狠地吸了几口，这件事，他不会就这么算了。

抬眼间看到手机信息还在闪，傅斯晨点开一看，是白小米发来的几个字：周大齐跟几位专家有秘密。

周大齐？

傅斯晨吐出一口烟，把烟蒂用力摁进烟灰缸里。

周大齐最近春风得意，要准备拍卖事宜，忙得不可开交。傅斯晨跟他在走廊里遇见，两人都极力面色如常地点点头，然后擦身而过。

周大齐并不知道，傅斯晨和张德亮已经在暗中调查他的底细了，为了不打草惊蛇，依旧让他主拍接下来的珠宝玉器专场。

住了一个多月，老爷子总算可以出院，张姨张罗着全家人回家庆祝。傅锦荣坐在轮椅上看着自己的一众儿女，饭桌上傅斯月难得地没跟傅斯明呛声，一家人安静和睦。老爷子因为这份难得的和睦，心情不错地多吃了一碗饭。

吃完饭，傅斯明先开车离去，傅斯晨倚在车边抽烟。月色正好，傅斯月一身枚红色的套装，眉眼精致。她拿了个手包，娉婷优雅地走到傅斯晨旁边，面色温和。

“我们姐弟俩很久没喝茶聊天了，要不要去找个地方坐坐？”傅斯月看着自己的弟弟，问道。

傅斯晨摁灭烟蒂，搭着老姐的肩膀，笑嘻嘻地为她打开车门：“求之不得。”

半小时后，两人坐在了一处幽静的咖啡馆里。

傅斯月往杯里放了两颗糖，边轻轻搅拌边问：“什么时候回公司？”

傅斯晨双手背在脑后，倚在后面的沙发上，表情无奈：“还不知道。”

傅斯月优雅地喝了一口咖啡，说：“你之前车祸留下的伤口如今没什么大碍了吧？”

傅斯晨喝了一口，点点头，不知她为什么忽然提起这件事。

“有件事，我一直想跟你说。”傅斯月顿了顿，说道。

傅斯晨放下杯子，抬头看她。

傅斯月犹豫了几秒，说：“我一直怀疑，你出车祸的事，跟傅斯明有关。”

傅斯晨手中的动作一滞："姐，话不能乱说。"

"虽然只是怀疑，但也不是没有根据，他这人心思重城府深，一直想要坐上万里董事长的位置。他也知道老爸偏心你，想要你坐那个位置，所以就想除掉你，这个动机还不够吗？"

傅斯晨点了一支烟，烟火在暗沉的脸上一明一暗。

傅斯月凑过来，眼中闪过一丝厉色："现在我有一个把他赶出万里集团的计划，你要不要跟我一起？"

傅斯晨没说话，静静听完傅斯月的计划，他皱起眉头："这么做，受打击最大的是老爷子，他现在的身体，根本受不了这样的刺激。"

傅斯月一顿，慢慢冷笑一声："老妈当年抑郁而终，他也有责任，如果他不出去找小三，老妈也不会死这么早，我们姐弟也不至于从小缺乏母爱亲情。如果他这次能挺过去，就是他的造化，挺不过去，就是他命该如此，做了错事，总要付出代价。"

这些话让傅斯晨又是一震，看着面目有些模糊的大姐，第一次发现自己对她如此一无所知。

"你到底跟不跟我联手？"

傅斯晨沉默片刻："姐，我觉得这事还是得先查清楚再说。"

傅斯月闻言有些激动："我刚才跟你说了那么多他在公司处心积虑拉帮结派的事，你还不清楚吗？爸现在的身体一天不如一天，如果哪天再摔着碰着，那就没这次这么幸运了。我们没法天天在家里看着，傅斯明在公司里动点手脚，他亲妈再在家里对老爷子动作重些，咱就没有任何机会了。斯晨，你是我唯一的亲弟弟，你不跟我联手，是想眼睁睁看着属于我们的东西被别人抢走吗？"

"你让我再考虑一下。"

傅斯月拍了拍他的肩膀："咱们才是亲姐弟。"

傅斯月离开后，傅斯晨自己坐在车里，头靠在车枕上，点燃一根烟，吸了一口。看向黑暗中傅斯月离开的方向，思绪烦乱。此时中控台上的电话忽然响起来，他看了眼上面张德亮的名字，掸了掸烟灰，迅速接起来。

张德亮打来是想告诉傅斯晨，他已经查到周大齐之前在多次拍卖中暗中联合别人通过漏拍和其他暗自操作，把公司的东西低价买下，然后再转到别的拍卖公司高价卖出。这次的确是他联合几个专家，在他的眼皮子底下买走瓶子，转身又到其他城市的拍卖行拍卖。

说完这些，张德亮有些抱歉地跟傅斯晨说："这次让你受委屈了，不过你放心，这口气我会替你出的，老虎不发威，他把我当病猫。等这次的拍卖一结束，我就让周大齐和那几个狗屁专家自食恶果。"

张德亮的这通电话并没能让傅斯晨好受太多，傅斯月的话始终萦绕在耳边，尽管他想说服自己去相信傅斯明，但对于那场车祸，他还是无法释怀。

傅斯月一弯腰，脸色不悦地坐进沙发里。

"你跟他说了？"魏波走到她后面，边给她按摩边说。

"说了，他竟然要考虑，我才是他的亲姐，他竟然不相信我？"傅斯月声音高亢起来。

"别激动，消消气，傅斯晨只是其中的一条路，就算他不跟我们联手，我们也有自己的办法。"

傅斯月闭着眼睛，半晌才说："我是怕他非但不配合，还坏我们的事。"

魏波拍了拍她的肩膀："能逃过一次，未必能躲过第二次，只要你想，我立马安排老贾动手。"

"你闭嘴！上次要不是你们失误，还会有现在这么多麻烦的事吗？现在他已经时刻防备了，想再干一遍，你以为他是傻子吗？"

魏波低下头，不敢再说话。

傅斯月揉着太阳穴摆摆手："算了，还没到那一步，现在先把账户那边的事情搞定，等把钱全都转走了，如果他阻拦再说，一步步来。”

傅斯晨用力扣上安全带，无论有没有这件事，他都要先查了再说。

第二天傅斯晨刚到公司，就看到大堂门口站着两个快递员，一个拿着一束扎眼的天堂鸟，一个提着一盒锦绣饭店的早茶套餐。两人把东西放在前台就离开了，前台姑娘正忙着整理接待台，这些东西摆在上面实在不合适。正发愁，一抬眼看到傅斯晨，立马笑着说：“傅先生，这是您的徒弟白小米的东西，您能否顺道给她捎上去？”

傅斯晨没法拒绝，小前台感激地赶紧把东西送过来，说：“这一天两趟已经连续一周了，这吴少爷真是有心啊。”

傅斯晨的心中闪过一丝恼意。提着东西刚重重放到桌子上，白小米就进来了，看到今天竟然是傅斯晨帮她拿着东西上来，吓了一跳，赶紧打招呼。

傅斯晨转头黑着脸看她：“前两天我让你做的珠宝拍卖专场的宣传策划内容，等下拿给我看。”

白小米一怔：“这个……还没做完。”

傅斯晨动作一顿，看向她，声音里带了些淡淡的讽刺：“有时间谈恋爱没时间干活？”

这个任务傅斯晨之前并没说要她今天交，加上他的语气的确让她不舒服。白小米深吸了一口气，略微提高了些音量说：“我没有谈恋爱，这份工作我也一直很认真在做。之所以现在没完成，是因为这次的主拍是苏梦他们组，我这边只是练习。你上次布置任务的时候也没说今天交，所以我就先做了别的事，想着过两天再把它完成。”

傅斯晨不作声，心中因为她那句没谈恋爱而莫名松了口气。看着她因为委屈而微微涨红的脸，他语气缓和了些，看了眼桌上的花和早茶，不紧不慢地说：“我布置给你的任何一项任务都不是练习，如果我没说时间，那你就要在最快的时间内做完给我。这个策划方案，你今天做完再下班。”

傅斯晨说完转身走了，白小米独自站在桌前看着他给拿上来的花和早茶凌乱。

一个上午白小米都没离开过电脑。中午，前台语气羡慕地打电话上来叫她下去拿东西。她叹了口气，迅速跑下去拿着一束粉玫瑰和一袋子高档盒饭上来。走到楼道处又碰上准备要出去吃午饭的傅斯晨，他淡淡扫了眼她手上的东西，语气不悦道：“今天记得交了报告再下班。”

白小米一脸郁闷地走进办公室，踩开桌下的垃圾桶，把花丢了进去。办公室里有位大姐花粉过敏，可吴奕杉还是每天都送，她只能拿回来就直接扔进垃圾桶。办公室里人多嘴杂，吴奕杉的高调追求让她一直处在风口浪尖，白小米并不想出这样风头，枪打出头鸟，今天傅斯晨就给她敲了个警钟。

刚坐下来，白小米手机上的视频通话就响了，她有些恼火地接起来说：“吴奕杉，我已经说过很多次了，不要再给我送花送吃的了。”

那头的吴奕杉坐在宽大的办公桌后面，像没听到她的话一样，扯出一个迷人的笑脸：“今天的饭好吃吗？开着视频，我们一起吃好不好？”

白小米皱眉：“我说的话你到底听没听到？”

“好。”吴奕杉拿来一份跟白小米桌前一样的盒饭，对着镜头说：“那你现在跟我一起吃，我从明天开始，就不送花了。”

“饭也不要送了。”

“那不行，你要是不跟我一起视频吃饭，那我就过去跟你一起吃。”

白小米对于吴奕杉这段时间大张旗鼓地在古德宣传她是他女朋

友这件事已经相当不满，本以为不理会他就会自己消停，没想到他越发过分。吴奕杉这种由着性子不顾她感受的做法，让她极其反感。果然一开始就没有好印象的人，后面只会越来越糟。

“我不会再跟你出去吃饭了，你送的饭我也不会再收。我已经跟你说过了，咱俩不合适，请你不要再来打扰我。”

那头的吴奕杉依旧像是没听到一样，面带笑意地盛起一勺饭递到视频前：“亲爱的，吃饭吧。”

白小米气得一把关掉视频，这个吴奕杉，简直不可理喻。

晚上白小米加班到九点，总算把东西弄好发送到傅斯晨的邮箱里。她伸了个懒腰，肚子饿得咕咕叫，赶紧拿上包包准备回家。

傅斯晨一直在办公室浏览新闻，收到白小米的邮件，看了看手表，也关机下班了。

白小米刚出门口，就有两束车灯照到她的脚边，她吓了一跳，眯着眼一看，吴奕杉坐在车里，正朝她招手，让她上去。

白小米转头就走，吴奕杉也不急，开着车在后面不紧不慢地跟着。这个点在这边极少能打到车，这里离地铁站也有一段路，路黑天冷，他就不信她不上来。

正走着，后面上来一辆黑色奔驰车，迅速停到了白小米旁边。白小米吓了一跳，转头看到车里的傅斯晨，心中一喜，马上开了车门坐上去，傅斯晨一脚油门，车子蹿了出去。后面的吴奕杉先是一愣，随后恼怒地抓紧方向盘，也跟了上去。

白小米转头往后看，不见了吴奕杉的车，以为他已经走了，暗暗松了口气。傅斯晨把她的动作看在眼里，眼角瞥到后视镜里重新出现的那台布加迪，转头淡淡跟白小米说：“先去吃点东西再回家吧。”

白小米摸着饿扁的肚子忙不迭地点头，看着傅斯晨帅气有型的侧脸，心脏莫名快跳了两下。她刚才以为今晚又摆脱不掉难缠的吴奕杉，没想到傅斯晨忽然出现，开着车冲刺过来，急刹停住，再淡然叫她上车的样子，简直帅炸。

可是他为什么这么巧路过？是看到她交了策划案才下班的？

白小米疑惑地看了傅斯晨一眼，他淡无表情的样子，让白小米瞎激动的心又慢慢平静下来。

两人开到一家面店门口，走进去刚点了东西，一个高瘦的人影就在白小米身边坐了下来。

“你怎么跟来了？”白小米吃惊地看着旁边黑着脸的吴奕杉。

吴奕杉没说话，看了眼稳坐在对面的眼傅斯晨。他不躲不闪不卑不亢的淡然态度，在吴奕杉看来俨然就是对他宣战。看来他之前的猜测没错，这个傅斯晨，果然对白小米没这么简单。

傅斯晨淡定，吴奕杉恼怒，白小米紧张，古怪的气氛加上两个帅哥和一个年轻女孩的组合，让店里的人不停往这边张望。

吴奕杉扯出一抹冷笑，对傅斯晨说：“白小米是我吴奕杉的女朋友，我不喜欢别人约我的女朋友出去，就算她愿意也不行。”

白小米脸上一阵红一阵白，恼怒地看向吴奕杉：“我不是你女朋友。”

吴奕杉黑着脸转头看向她：“迟早会是。”

傅斯晨脸上闪过一丝笑意，服务员把两碗面端过来，傅斯晨掰开筷子，自顾自吃起面来。白小米也不理他，跟着吃起面来。

吴奕杉有些恼火，想要闹点事，手机却一直在响。他压下一肚子气看了眼号码，皱了皱眉头，心有不甘地转头对白小米说：“我先走了，到家给我消息。”

吴奕杉说完狠狠看了傅斯晨一眼，起身走出面店。布加迪转了个圈，车灯晃进面店的落地玻璃，车子轰鸣而去。

白小米看了眼面色如常继续吃面的傅斯晨，想要解释，又觉得没什么可解释的。两人沉默地吃完面，傅斯晨把白小米送到了楼下，她开门要下车时，他忽然开口说：“以后遇到这种情况，可以打我电话。”

白小米愣了一秒，心中快跳了几下：“为什么要帮我？”

傅斯晨皱了皱眉：“你真看不出来我喜欢你吗？”

他云淡风轻的几个字，在白小米脑中却如巨雷炸开。

她想起他跟苏梦在一起时的有说有笑，有些磕巴委屈地问他：“你喜欢我，为什么一直对我这么冷淡？”

傅斯晨转过身来，温柔地摸了摸她的头，笑说：“我对谁都很冷淡，所以对你也不敢太热情，怕你知道我喜欢你。不过，以后不会了，我会让所有人都知道，我喜欢你。”

这几句表白简直让白小米的少女心炸裂，全身上下几乎能冒出粉红泡泡来。她忍着内心的狂喜，微微颤抖地用手捏了捏傅斯晨的脸，发现对方并没有变脸，依旧温柔地笑看着她胡闹。

她刚心花怒放地收回手，下一秒，傅斯晨的两只长胳膊就一左一右把她环在座位上，整张帅脸瞬间就逼到了她的面前。

“你……”

她话还没说完，傅斯晨的双唇就封了上去，这个感觉，跟梦中无二。

白小米只觉得一阵电击似的眩晕，原来，跟自己喜欢的人接吻，是这么酥麻销魂的感觉。

不知过了多久，傅斯晨终于放开脸颊酡红，几乎瘫软的白小米。

白小米晕晕乎乎，不由伸出小舌头，舔了舔有些肿起来的双唇。

这个动作，让傅斯晨喉咙一紧，饱满的双唇又再次覆了上去。

两人不知吻了多少次，才气喘吁吁地分开。

白小米轻轻抚摸着他俊美的脸庞，她从未见过他如此柔和的笑容和脸庞，看着这个眼眸幽深的男人，她第一次觉得自己是如此的幸运。

“我也真的很喜欢你。”她趴在他的肩膀，对着他的耳朵轻声说。

傅斯晨转头看她，脸上全是温柔的笑意：“你是应该喜欢我。”

两人依依不舍地又腻歪了会儿，他才开着车灯，照着她走进楼道。然后才调转车头往公司开，他刚才走得急，把手机落在办公室里了。

刚到公司，傅斯晨就意外地发现吴奕杉那台扎眼的车子竟然停在门口。此时已经接近深夜，车里没人，傅斯晨把自己的车停在远些的暗处，进了公司。

刚走到楼梯拐角处，就听到张德亮办公室的专用电梯响了一声，他下意识地身子往楼梯侧面一闪，随后就看到张德亮和吴奕杉一起走了出来。

“这批货就拜托张老板了，如果成功，以后我们可以长期合作。”吴奕杉的声音听起来颇为期待。

张德亮小心地看了眼灯光幽暗的四周，点点头，拍了拍吴奕杉，示意他不用说了。

等两辆车子分别开走后，傅斯晨才拿了手机回到车上。回去的路上他想起陈柏年曾经说过，无限集团有可能就是千秋文化的背后靠山。而吴奕杉之前拍下的海瑞烂尾楼，就是无限集团即将要打造的珠宝城，这两件事连在一起，让傅斯晨不得不对古德即将拍卖的这批珠宝起了疑心。

第二天傅斯晨找了个借口，专门到库房查看了这批即将要拍卖的高档钻石首饰和各类宝石制品。这批拍品中有几个夺人眼球的拍品——一个由三百八十四颗钻石镶嵌而成的皇冠、一套由白金链和两百克拉钻石组成的比基尼、一条镶嵌三十八克拉巨大黄钻的项链。这几个东西，无论是在款式上还是克数上都极其少见，怪不得短短几天的宣传，就能引起全城瞩目。

傅斯晨用肉眼和放大镜仔细观察这几件珠宝，并没发现有什么不妥的地方。他又用钻石鉴别仪和导热仪来测试，依旧没有什么问题。这就奇怪了，既然没有问题，那吴奕杉完全可以大大方方的白天过来跟张德亮谈，为什么张德亮会如此小心？

等傅斯晨从仓库走回到办公室，路过旁边白小米坐的大办公室，一群人正挤在玻璃窗前，惊奇地看着窗户外盘旋的一架二三十厘米长的无人机。机子下挂着一个小袋子，袋子下面有张粉色的小挂幅，上面写着几个字：白小米收。

好事的同事赶紧打开窗户，无人机准确无误地飞进来，停在白小米的桌子上。

大家围上去，激动地催白小米赶快打开袋子。傅斯晨走进去时，白小米正好解开最里面那层包装。围观的同事一阵惊呼，这竟然是个首饰盒，盒里是一套钻石首饰。

这么贵重的礼物，用脚趾头想就知道，除了吴奕杉没人会有这么大手笔。女同事们简直是羡慕嫉妒得眼冒金星，盯着那套钻石首饰大呼小叫。白小米闷闷地把东西都装进盒子里，抬头一看，傅斯晨正盯着她。

“傅老师，我不是……”白小米想解释，傅斯晨只是淡淡说了句：“带上这个首饰盒，到我办公室来。”

白小米坐在那张宽大的皮沙发上，奇怪地看着正在细细研究那套首饰的傅斯晨。

这个钻石的切工和成色，跟他刚才在库房里看的那些一模一样，傅斯晨放下放大镜，把东西放回盒子里递给白小米。

白小米愣愣地接过来，又听傅斯晨说：“明天我要给汤敬筱的画廊送那三幅画过去，你跟我一起去，记得带上这些首饰。”

白小米一怔，点了点头。

第二天他们一到，陈柏年便赶紧走过来，跟白小米打了声招呼，又促狭地看了傅斯晨一眼，才抬着画进去。汤敬筱走过来，轻轻挽起白小米的手，一脸高兴的样子。

白小米虽然理解老爸的选择，但对汤敬筱的热情还是不太习惯，她慢慢抽回手，笑笑说："你带我参观一下吧。"

等画都挂到了墙上，傅斯晨问一旁累得擦汗的陈柏年："东西都带来了吗？"

陈柏年点点头，带着他进了里面的房间。

房间里有一台陈柏年通过老姐的关系借来的专业钻石鉴别仪和偏光镜，傅斯晨把刚才白小米给他的钻石项链通过这两个仪器共同检查，果然发现这些钻石并不是纯天然钻石，而是人工合成的钻石。这种合成钻石用肉眼和一般的仪器根本无法分辨出来，要专业的钻石鉴别仪和偏光镜共同作用，才能看出端倪。

从这条项链可以推测，那批珠宝有可能也是有问题的。而张德亮应该一早就知道这是一批有问题的珠宝，却依旧要跟无限集团合作，这其中的利润必定丰厚到让他愿意用古德的名誉去冒这个险。

傅斯晨到外面抽了会儿烟，对于这次的事，他还没想好要怎么做。

他当初之所以喜欢拍卖师这个职业，就因为它就像一个时刻跟自己的欲望抗争的修行者。一个优秀的拍卖师，能在面对诱惑时，依旧能用相对公正的态度，去给每一件拍品一个合理的体现价值的价格；在面对压力时，依旧能给每个卖家一个真实的、有保证的拍品。拍卖的过程就是一个修炼自己的过程，直至自己成为荣辱不惊、百毒不侵的金刚。

而这件事，如果他要管，张德亮有可能会跟他翻脸，就算没撕破脸，他们也不会再有现在的交情。平心而论，这几年张德亮待他不错，把他领进拍卖这条路上并让他越飞越高。但是，他不能因为飞得太高走得太远，而忘记了当初为什么要飞的心。

Chapter 28

残酷真相

四人一起吃了午饭，陈柏年对汤敬筱的无微不至白小米都看在眼里，即便自己和汤敬筱的关系微妙，但她的确因为她才得到了最终留在古德的机会，所以她还是希望，汤敬筱能最终找到属于自己的幸福。

吃完饭，傅斯晨送白小米回家，刚到楼下忽然下起雨来，雨势凶猛，白小米看了看时间，转头跟他说："要不然……上去坐会儿吧。"

白小米说完，抬头望他的时候眼中竟然有了些隐隐的期待。傅斯晨犹豫了几秒，点了点头。

两人进去的时候，陈敏敏已经泡好了茶，白小米发短信告诉她要带着傅斯晨上来，她立即把运动套装换成了优雅长裙。洗漱打扮完毕，两人刚好敲门。

"打扰了。"傅斯晨坐在沙发上，看了眼进厨房忙着削苹果的白小米，拿起陈敏敏泡好的茶，慢慢喝了一口。

"哪里的话。"陈敏敏坐在他对面，开始找话题："很少在公司见到傅先生。"

傅斯晨笑笑："我基本不去，事情都由你们傅总扛着。"

"像傅总这么能干的女强人的确少见，公司的事情太多了，好在有魏总一直在身边帮忙，强强联合，傅总也轻松了不少。"

傅斯晨一怔："强强联合？他们……有什么关系吗？"

陈敏敏一愣，自知说漏了嘴，便索性说了出来："魏总是傅总的男朋友，我以为傅总已经带他见过家人了，原来你还不知道。"

傅斯晨有些吃惊，总算明白一向心思缜密的老姐为什么会这么信任这位新来的魏波，原来是因为这层关系。

"公司里的人都知道了吗？"

陈敏敏犹豫了几秒，说："不是，他们没有公开，我只是偶然看到他们在茶水间牵手才知道的。如果傅总还没告诉你，那还请你当作不知情吧。"

傅斯晨扯了扯嘴角："好的。"

傅斯月之前专程约过张德亮见面，两人都是老朋友了，说话开门见山。

"都是生意人，我就直说了。"傅斯月给对面撸着手串的张德亮斟茶。

"不用客气，只要互惠互利，我都可以答应你。"

"好，我就喜欢跟张总这样的人谈生意。"傅斯月风情万种地把自己胸前的长发撩拨到背后，张德亮看得眼前一亮，果然是秀色可餐。

"张总，圈子就这么大，无限集团的秘密，我也算是有所耳闻。"

张德亮脸色一滞，知道傅斯月不会打没有准备的仗。

傅斯月轻抿了一口茶水，缓缓说："我听说张总要跟无限集团合作，拍卖他们生产的珠宝，所以想提前跟张总谈个三方都受益的合作。"

张德亮盘着珠子："怎么受益法？"

傅斯月放下杯子："你我都知道无限集团的东西实际的价值，他们想把无限珠宝炒到一个顶级价位，而张总您，想要用这场鼎盛的珠宝炒作，把古德的名声再次稳住，但是，也有可能没人接您的这个盘，而我，不仅愿意来接，还会帮你们把价位抬到你们想要的任何高度。"

张德亮眼珠转了转："你想要什么？"

"银行抵押的钱。"傅斯月也不避讳，直接说出目的。

"万里集团出现问题了？"张德亮有些意外，张口问她。

傅斯月拿起杯子，笑了笑："内部问题，不方便透露，您只知道，我们的目的是一样的，无限集团想要抬高自己产品的层次，您需要有人接盘，而我，则全力把价位抬上去，好用这个高价，抵押给银行，贷出款来。我觉得，没有比我们三个合作更合适的人选了。"

张德亮露出惯有的笑容，举起茶杯："你果然比傅斯晨更适合经商。"

傅斯晨一下被噩梦惊醒，一摸头上，竟然出了一层薄汗。他迅速给她发了个短信。

白小米睡得迷迷糊糊，听到信息进来，条件反射地拿过来一看，果然是傅斯晨，她顿时睁开朦胧双眼，看着上面的字：想你了。

她心中一颤，甜蜜地回了一行字：你这么会撩人，是不是撩过很多人?

傅斯晨在那头扯了扯嘴角，回：对，撩过很多。

白小米心下一沉，慢慢噘起嘴巴。

傅斯晨的消息又进来，她有些不高兴地慢慢点开：我撩过的人有梦中的你，现实中的你，迷糊的你，有急智的你……

白小米红着脸，整个人扎进被子里，这个男人，到底还让不让人睡觉了?

两人一来一往，不知不觉，竟然发到了天亮，傅斯晨伸了个懒腰，从被窝里出来，不敢相信，自己竟然也会跟人发了大半夜的微信。他顶着熊猫眼走进浴室洗漱，看着镜子憔悴却嘴角上翘的自己，他几乎都忘了之前高冷的自己长什么样了。

拍卖当天，整个古德会场人山人海，傅斯晨一早就等在白小米的办公桌前，直到看到她走进来，他才过去嘱咐她，让她今天无论去哪都要跟着他。

白小米心中奇怪，再一想也正常，今天的拍卖会上会有很多要学习的地方，她现在已经是傅斯晨的徒弟了，他让她跟着，也是为了要随时提点她。

场上的人都是冲着那些名贵的宝石来的，傅斯晨带着白小米走到会场里找了个边位坐下，然后他低下头，用塞了一张新卡的手机给即将上台的周大齐发了条匿名信息。

原本状态极佳的周大齐看完短信后愣在原地，在挤满人的会场里焦急地扫视了几圈，直到旁边的助手苏梦催了他两遍他才反应过来要准备上台。

此时的周大齐满脑子都在想刚才那条短信，上面打出来的那些他曾经做过的事情，每一条都够他吃几年的牢饭。他不知道发件人是谁，又怎么知道的，但发信息的人在后面说了，如果他敢上去主拍这场拍卖会，马上报案。

箭在弦上，全场的人都在等着他，周大齐不能不上台，他硬着头皮迅速把手中的短信删除，忐忑不安地上了台。心中有心事，他刚张嘴就说错了话，台下的人以为是他一贯的逗乐风格，没想到越说越错。张德亮脸色难看，开始后悔让周大齐拍卖完再收拾他的决定。

磕磕绊绊地拍了第一个拍品，场上已经有人在起哄了，此时周大齐心不在焉地站在台上，远远看到会场里走进来两名穿着类似于制服的人，他吓得脚下一软，当即就摔在了地上。

场上的人都被这个意外情况吓了一跳，两位同事上来把吓得语无伦次的周大齐抬了下去，苏梦暂时顶替周大齐上台稳住了现场。情况紧急，如今放眼整个古德，能上台顶住并能达到预期效果的，也只有经验丰富的傅斯晨了。张德亮快速离开座位，进到隔壁的小办公室里给傅斯晨打电话。

傅斯晨已经预料到这样的情况，他走进去时，看到张德亮正在里面着急地来回踱着步子。

看他进来，张德亮让他马上去换好衣服上台，傅斯晨听完没动，反倒坐了下来。

张德亮也是见过风雨的人，看傅斯晨这架势，心里咯噔一声，知道事情肯定不是周大齐忽然发病这么简单。

“张总，很抱歉，这次的拍卖我不能上去，而且我建议你为了古德的声誉，马上取消这场拍卖。”

张德亮颇有深意地看了他一眼，明白傅斯晨一定是知道了一些秘密。

“你知道多少？”张德亮盯着傅斯晨问道。

“吴奕杉给你拍的那批珠宝是人造的，我来拍卖行的第一天就告诉过你，我不给假货拍卖，而且我希望你能取消这场拍卖。”

张德亮沉默几秒，看了傅斯晨一眼，决定跟他摊牌：“斯晨，每个人都有不想在但又不得不做的事。今时不同往日，如今拍卖市场的严冬已经来了。古德这大半年征到的拍品，还没有前几年一个月征来的多，如果照这个情况下去，古德明年的春拍大戏就不得不取消了。你也知道，拍卖行每年就靠春秋两次大拍，如果春拍折了，秋拍也只能雪上加霜。我知道你有自己的原则，但公司今年经过《神秘女郎》事件之后，业绩就一直下滑，我本想借康熙粉彩瓶翻身，谁知又被周大齐摆了一道。如果现在这场珠宝专场再不成功，古德估计就撑不了多久了。我这次跟无限集团合作，也是迫不得已，如果你觉得我们这些年还有些交情，那我张德亮在这里求你，帮我这一次。”

傅斯晨沉默不语，张德亮暗暗观察他的反应，斟酌着要不要再给他加一记重料。正想着，忽然听到门口有一阵手机铃声，傅斯晨的眼皮跳了两下，离门近的张德亮动作迅速，一把将门拉开，看到门外站着一脸吃惊的白小米。

傅斯晨朝她使眼色让她快走，白小米刚想溜，被张德亮一把拽进屋里，厉声问：“你在门外站了多久？”

傅斯晨扯开张德亮的手，将白小米护在身后：“这事跟她没关系，让她走。”

傅斯晨高大的背影让白小米受惊的情绪瞬间平静下来。

“不行。”张德亮语气坚决。

白小米从傅斯晨身后探出头来说：“我刚来，什么也没听到。”

傅斯晨语气有些埋怨道：“你来干吗？”

白小米像个做错事的小孩般小声嘀咕道：“你说让我今天跟着你，我看你一直没回来……所以我就过来找你了。”

张德亮不愧是人精，从两人三两句话中就看出了端倪，虽然不知道两人具体是什么关系，但傅斯晨如此护着她，绝对不是一般的师徒关系这么简单。

白小米，或许就是让傅斯晨出手帮他的突破口。

张德亮忽然就转变了刚才强硬的态度，意味深长地对白小米说：“小米啊，当时我就是看到你大胆有急智才招你进来的，我相信自己的眼光。你是个聪明人，无论你刚才听没听到，出了这个门就忘了吧，千万别跟任何人说，记住了吗？”

白小米疑惑地看了眼傅斯晨，傅斯晨朝她点点头，她应了一声，赶紧一溜烟开门走了。

她一走，张德亮转过头来跟傅斯晨说：“斯晨，现在我们都是一条船上的人了，你也不相信她刚才什么也没听到对吧？”

“你想说什么？”

“古德就是我张德亮一辈子的心血，谁要是威胁到它，我什么都干得出来。”张德亮扶了扶鼻梁上的金边眼镜，又拍了拍傅斯晨的肩膀，凑过来说：“如果是你上去拍，她一定不会透露出去的，为了我们大家，你就受累一次吧。”

白小米在位置上坐立不安，不停地朝走廊处张望，几分钟后，傅斯晨和张德亮依次出来，傅斯晨换了套黑色西装，脚步稳健地朝台上走去。

白小米疑惑地看向台上的傅斯晨，她刚才隐约听到他说这批珠宝有问题，他不愿意上去拍，但为何现在一转眼，他又同意拍了？

场上的工作人员一看是傅斯晨上来，一个个都松了口气，特别是苏梦，简直要哭出来。傅斯晨不负众望，即便有了周大齐的这个插曲，他依旧把这批珠宝全部都拍了出去。尤其是那三件全城瞩目的宝贝，全部被一个电话竞投的买家用八亿元的天价买走。

拍卖结束，张德亮像是要给傅斯晨一个交代，当着他的面，打电话报了警，并亲自把惊魂未定的周大齐交给了前来调查的警察，然后转头意味深长地拍拍傅斯晨的肩膀，得意地离开。

傅斯晨暗暗握紧拳头，这一刻，觉得讽刺无比。

他疲惫地走到办公室门口，看到白小米站在那等他。他走过去，越过她，推门而进。

“傅老师……”

傅斯晨背着身摆摆手：“我今天很累，什么都别问，让我静一静。”

白小米又往前走了一步，鼓起勇气对他说：“我只想告诉你，无论你做什么，我都支持你。”

傅斯晨一怔，慢慢转过身，白小米已经走了。

晚上是老爷子生日，全家人回去给他庆生，傅斯晨看着笑容满面给父亲吹蜡烛切蛋糕的傅斯月，再想到她那天晚上说出的话，他的胸口一阵发闷。

吃完蛋糕，全家人都在看电视，傅斯晨忽然收到一条微信，他点开一看，是傅斯月发来的：那件事，你考虑得怎么样了？

傅斯晨没想到她竟然当着所有家人都在场的时候，问他这件事。他神色复杂地瞥了她一眼，皱起眉头，当着她的面，重重把手机放进口袋里。

傅斯月微不可闻地冷笑一声，转手就给魏波发了个信息。

吃完饭开车回到家，他熄了火却没有下去，而是打开窗户，把座椅后仰，点燃一根烟，吸了一口，左手搭出车门外，让香烟慢慢燃烧。

拍卖行，家里，还有万里集团……他吐出一口白烟，烟雾后是一张眉头紧锁的脸。

第二天下班前，苏梦拿着昨天客户拍下的单子去给傅斯晨确认签名，这是公司内部的流程文件，傅斯晨习惯性地浏览了一遍，拿起笔刚要签，眼角瞥到电话竞投买家一栏，赫然写着“魏波”两个字。

他一怔，抬头问苏梦：“这个买家是我们以前的客户吗？”

苏梦摇摇头：“不是，是位新客户，但老板好像对他特别照顾，只用他交了一千万前期款就让他把落槌价八亿的东西拿走了，后面的余额写的是分期付款。”

傅斯晨皱了皱眉，张德亮这只老狐狸，果然还有很多事情在瞒着他。

签完字，傅斯晨拿出电话想要打给傅斯月，但转念又把手机放了回去，拿起外套往外走。

刚到门口，就看到白小米又急急从门口折了回来。

“怎么了？”

白小米一脸郁闷：“吴奕杉在外面。”

傅斯晨往外看了一眼：“走，我送你回去。”

吴奕杉看着傅斯晨目不斜视地把车子从他眼前开过去，直到消失不见，他才转过头来，看了看手表，继续盯着大门出口。

车子开出了一段，白小米才从后座坐起来："呼！终于摆脱了。"

傅斯晨抬眼看了下后视镜里劫后余生的白小米，闷声说："你刚才可以不用走后门，光明正大地从正门走出去，他也不能拿你怎么样。"

白小米摇摇头："门口都是公司的同事，我不想在大庭广众下跟他拉拉扯扯起争执。"

傅斯晨顿了一下："那从明天开始，我送你回家。"

白小米一愣，看向傅斯晨棱角分明的白净侧脸，嘴角慢慢扬起来，忙不迭地点头，心想，这难道就是传说中的因祸得福？

把白小米送到楼下，傅斯晨才调转车头离开。还没出小区大门，就看到刚回来的陈敏敏。傅斯晨犹豫了两秒，摁响喇叭。

陈敏敏看清车里的人，一脸惊喜。

傅斯晨把头探出去："陈小姐，有没有空跟我出去吃顿便饭？"

半小时后，陈敏敏坐在傅斯晨对面，偷偷用手掐着自己的大腿，到现在还不敢相信傅斯晨约她吃饭的事。

"陈小姐，今天叫你出来，是想跟你打听点事。"傅斯晨把切好的牛排放到她的面前。

陈敏敏受宠若惊地看着面前这位她一直偷偷喜欢着的男人，忙不迭地点头："你说。"

傅斯晨犹豫了几秒，问道："傅总现在海外的新能源项目的财务是你在跟吗？"

陈敏敏愣了一下，点点头。

"那你能不能跟我说一下，现在海外项目部的资金情况？"

"这……"

"不必为难，如果你觉得不方便，可以不回答。"傅斯晨说完又给她倒了杯酒。

陈敏敏的确为难，但转念一想，傅斯晨是傅斯月的弟弟，就算告诉了他，也不算泄露公司信息。这样一想，她便把项目部亏损严重的现状告诉了傅斯晨。

傅斯晨心头一震："这个情况从什么时候开始的？总公司不查账吗？"

陈敏敏认真想了想："从项目一开始就亏损了，但傅总有办法把账面的单子填上，所以总部一直也没查到……"

傅斯晨盯着她："也就是说，傅总一直有两本账？"

陈敏敏喝了口酒，想起傅斯月送给她的那件被白小米弄脏的外套，轻轻点了点头。

晚上回到家，傅斯晨沉默地把鞋一脱，就把自己抛在床上，转身点燃一根烟，看着白色的天花板发呆。所有这些事的指向，都让他有种不好的预感，他出神地想着这几件事情，直到指尖传来被灼烧的刺痛，他才翻身起来，把烟蒂摁灭，给陈柏年打了个电话。

第二天晚上，陈柏年打来电话，语气有些犹豫。

"有什么就直说。"

"那三件珠宝果然跟你预料的一样，被一个叫魏波的人抵押到了银行，贷出了六个亿。如果他才给古德一千万就拿出来了，这就证明他想要空手套白狼。这珠宝要是假的，那这个魏波有可能会携款潜逃。"

傅斯晨浑身一震，隐隐觉得事情已经到了一个他无法想象的严重程度。挂上电话，他觉得有必要跟傅斯月谈一谈，他觉得那位从小到大护着他的姐姐，不会做出他想象中的可怕事情。

傅斯月接通电话，那头似乎在庆祝，吵吵闹闹。

"什么事情这么高兴？"傅斯晨极力让自己的声音听起来跟平常一样。

傅斯月那头顿了一下，说："海外部的魏总今天回公司了，部门的人聚了一下，你有事？”

“嗯，之前你说的事，想跟你再谈谈。”

傅斯月沉默几秒，电话那旁有个陌生的男人声音凑过来，跟她小声说：“我先到彩虹找老贾。”

彩虹？老贾？

傅斯晨只觉浑身一震。

傅斯月离开话筒轻轻应了一声，男人的脚步离去，她顿了顿，才接着说：“斯晨，今晚我可能没时间了，改天吧。”

她刚要挂电话，就听到傅斯晨叫了一声“姐”，声音发颤。

傅斯月隐隐觉得有些不对劲，换了个安静的地方，问他：“斯晨，你怎么了？”

面对着喷涌而出的愤怒，傅斯晨已然有些控制不住自己的情绪，他仅存的理智告诉自己，不能冲动。他紧紧握住电话，强迫自己挂断了电话。

傅斯月是何等精明的人，傅斯晨的不对劲让她觉察到他可能知道了一些事情，看来，计划不得不提前了。

第二天，傅斯晨一整天都在办公室里呆坐，想着这些事情的来龙去脉。傅斯月现在这么着急地从银行贷出的六亿，有可能就是想要离开。如果真如他想象的那样，傅斯月已经偷偷转移走了公司的大部分资金，那傅斯月和魏波，很可能近期就会走。

傅斯晨忽然从椅子上站起来，拿上外套就往外走。他要去万里集团，去找傅斯明，他不能让傅斯月就这样弄垮整个万里集团。

Chapter 29

梦境成真

傅斯晨刚出办公室门口，就看到白小米正在等他。

“傅老师，今天可以搭我一程吗？”

傅斯晨看看大厅外面停着的那辆布加迪，一咬牙：“行，不过今天只能送你到地铁站，我还有事。”

傅斯晨的车子刚开出去，吴奕杉的车子就跟了上去。他昨天受过一次骗，今天不可能还让他把自己当傻子。

地铁站口，傅斯晨刚要把白小米放下来，就看到吴奕杉的车子冲了过来。他眉头一皱，直接打方向盘，转头对白小米说：“你跟我一起去吧，一会再送你回家。”

白小米还没来得及点头，傅斯晨便一脚油门踩到底，她吓得赶紧抓住车顶上的安全扶手。两辆车在去往万里集团公司的路上飞奔。要在平时，傅斯晨绝不会这么飙车，但今天受了傅斯月这件事的刺激，如今又碰上吴奕杉来挑衅，他便跟他杠了起来。

冬天的傍晚黑得早，路灯在雾下能见度极低，路过大桥的时候，有段路正在整修，靠江那边的护栏拆了下来，只在一侧拉起一个细细的隔离带子。

两辆车子冲着就上了桥，吴奕杉在靠左侧，一直往右边紧逼傅斯晨的车子，想把他的车子逼停。傅斯晨不想让他如愿，一直想摆脱他的压制。由于路灯暗车速又太快，等傅斯晨看到前面不对劲的时候已经太晚了。伴随着一声急刹，他的车子一下冲破隔离，惯性让车子和人一起从没有了栏杆的桥上冲了下去。

吴奕杉紧急把车停住，这才知道闯了大祸。他下车看了眼已经没过车顶的漆黑水面，心中又怕又担心，赶紧拨打了急救电话。六神无主地朝着江面喊了几声白小米的名字，心中懊悔不已，但事已至此，再后悔也来不及了。他越想越怕，一转身，上车跑了。

傅斯晨在车子腾空的一瞬间，下意识地用身子去护着白小米，白小米在车子落水的一瞬间，手摁到车窗的按钮上，玻璃窗给摁开了。冰冷的河水在车子落水的瞬间源源不断地灌进来，好在他们掉落的地方已经靠近河岸，河水并不深，白小米挣脱安全带，打开侧翻的车门，头浮上了水面，看到另一头的傅斯晨一动不动，她吓得赶紧用尽全力，把已经晕过去的傅斯晨拉出车内，头仰在水面上。

好在白小米的体力和水性都不错，靠着水中的浮力，她拖着他往岸边又游了几米，终于在筋疲力尽的时候离开冰冷的河，到达岸边。

白小米用力掰开昏迷的傅斯晨的嘴巴，把呛进去的东西抠出来，然后挤压他的胸腔，把新鲜的空气输进他的体内。就这么挤压输气交叉来回不停地做，傅斯晨也不见任何反应。水从她头发上滴下来，寒风阵阵，她冻得发抖，嘴里却魔怔似的不停重复："你不能有事，你不能有事……"

做了四五组挤压和人工呼吸后，傅斯晨终于脖子一扬，喷出一口水。

幽暗的路灯下，全身湿漉漉的白小米看着慢慢睁开眼的傅斯晨，激动得抱着他放声大哭："你终于醒了，你吓死我了。"

傅斯晨躺在地上，虚弱地拍了拍伏在他身上的小身体，扯出一抹笑容安慰她："放心，跟你在一起，没那么容易死的。"

两人被送进了最近的医院，白小米没受什么伤，傅斯晨头部撞击到了车体，有些轻微脑震荡，两人在医院里住在一个病房的隔壁床。

半夜，傅斯晨从梦中醒来，转头看到旁边熟睡的白小米。柔和的小夜灯下，也不知她梦到了什么，嘴角竟然挂着淡淡的笑，脸上白皙的皮肤吹弹可破，小小的雀斑在这一刻，让她显得真实而可爱。

她蜷缩着睡在床上，不大的病床上竟然有大半是空的，就这么一个小家伙，竟然能把他从河里拉出来。傅斯晨慢慢伸出手指，指腹在她脸上轻轻滑过，心中生出一种微妙的、前所未有的安心。这种安稳的感觉跟他从小就渴望的温暖重合在一起，让他忽然就有了想要跟她共度余生的念头。

白小米早上醒来，发现自己的手正被旁边床的傅斯晨紧紧握在手里，她先是一惊，想把手抽出来，却怎么也抽不出来。

白小米心中一喜，接着又嘴角含笑地继续装睡。刚闭上眼，就听到一个低沉醇厚的声音说："对不起，我保证，以后再不会让你置身在危险当中了。"

白小米一怔，睁开眼睛，看到对面的傅斯晨正目光深情地看着她，不由心头一跳。

"我辞职了。"他继续说。

"嗯？"

"我的房子还在还房贷。"

"嗯？"

"我今年三十岁。"

白小米一头雾水地看着他。

"所以，一个没有工作，还身背房贷的三十岁男人追求你，你会答应吗？"傅斯晨目光炯炯地看着她。

白小米完全被这突如其来的表白惊到了，连话都说不出来。

看她不说话，傅斯晨心中涌起如同梦中求婚时的忐忑。他用力握着她柔若无骨的手，认真地说：“以后，我们在一起的每一天，我都会尽力让你幸福开心，答应我好吗？”

白小米脸上一红，把脸埋进被子里，用力点了点头。

两人刚甜甜蜜蜜吃完早餐，两位警察就走了进来，傅斯晨和白小米以为是来调查他们冲下河的事，刚要开口，一位个子高些的警察出示了证件照，开口说：“你就是傅斯晨吗？”

“是。”

“前天晚上的九点到十点左右，你在哪里？有没有能给你作证？”

傅斯晨一愣：“前天晚上？”他回忆了一下，说：“我自己在家，发生什么事了？”

“你的同父异母大哥傅斯明前天晚上九点半左右，从地下停车场上电梯的时候被人刺伤，现在尚未脱离生命危险。虽然停车场的摄像头没有照到嫌疑人，但我们调查了近段时间他的活动范围，发现你一直在跟踪他，如果你现在找不到证明你那个时段不在场的证据，就请你跟我们回去协助调查。”

傅斯晨和白小米同时一惊。

“你们是在怀疑我吗？”傅斯晨有些恼火。

“没找到真正的嫌疑犯之前，每个出现在他身边的人都有嫌疑，请你配合。”

傅斯晨脑袋上刚受的伤一阵发疼，这样的疼，也不及他现在的心疼。

所有的事情串联在一起，他终于知道，傅斯月其实并没有什么对付傅斯明的计划。她这么说，大概只是为了让他成为这次案情的嫌疑人，如果傅斯明有事，那他也就洗脱不掉干系了。一石二鸟，她正好坐收渔人之利。

傅斯晨悲从心来，到底是为什么，曾经如此保护自己的姐姐，要这样一而再再而三的要置他于死地？难道，坐上万里集团董事长的位置，就真的这么重要？

头上缠着绷带的傅斯晨要被带走的时候，白小米死活拦着不让走，傅斯晨把她拉进怀里安慰道："没事的，清者自清。"他拍了拍她的背，在她耳朵边时轻声说了句："陈柏年。"

白小米不敢耽搁，傅斯晨被带走后，她立即去画廊找到了汤敬筱和陈柏年。陈柏年让她不用担心，他会立即想办法把傅斯晨救出来。

无心上班的白小米请了假，直奔警察说的医院，想去看望一下傅斯晨同父异母的大哥。此时护士正在交接班，全在护士站忙。傅斯明的病房是单间，趁着照顾他的张姨去打早饭，一个戴着口罩，盘着头发、穿着跟护士类似套裙的女人溜进来，偷偷关掉了他床头的氧气阀。

白小米刚好走到门口，见此情景吓了一跳，大喊一声："你干什么？"

女人心虚，转头赶紧冲出去，出门的时候用胳膊重重地撞了白小米一下。白小米一个没站稳，往后摔倒，手撑地的时候一下崴到，疼得她皱起眉头。护士听到声音赶过来，发现氧气阀被关上，吓得赶紧打开，白小米从地上爬起来，看着依旧昏迷不醒的傅斯明不放心，如果他有事，那傅斯晨就难以脱罪了，她要留下来守着。

陈柏年通过关系，去单独探望了傅斯晨，跟他说了白小米那边传来的信息。傅斯晨脸色沉得吓人，他还在念着以前一起长大的情分，但傅斯月竟然不达目的不罢休，事到如今，他为了不让她错上加错，他只能正面回击了。

从医院回来的傅斯月气得发颤，就差一点，就差一点就能达成目标了，没想到这个时候竟然出现一个莫名其妙的人来搅局。傅斯月摘下口罩散开发髻，猛喝了一大杯水。

刚放下杯子，魏波就打来电话："斯月，不好了，银行那边出事了，本来说好在这几天发放款项，没想到在这个节骨眼上，对方忽然又说钻石有问题，一切程序都暂停了。"

"什么？"

对方顿了顿："你说……会不会是张德亮那边出了问题？要不然就是吴奕杉那边？"

傅斯月气得恨得咬牙："我要先查清楚，无论是谁出了问题，让我贷不出款来，谁也别想好过。"

那头的男人柔下语气劝道："斯月，要不然，咱们现在就走吧，趁着万里集团还没有发现那些亏空。我们跑到国外，之前从公司搞到的那些钱，够我们在国外逍遥一辈子了。"

"你懂个屁，什么叫搞到的钱？那本来就是我的钱！要走你自己走，现在眼看就能坐上董事位了，我是不会走的。"

而在另一头，白小米说服了陈敏敏，跟着陈柏年一起，进了傅锦荣的别墅。

傅斯月还在公司开会，为下属没能完成计划而大发雷霆。几位警察进来，傅斯月一下站起来："你们是谁？要干什么？"

"傅斯月是吧？你涉嫌蓄意伤害、骗贷、和贪污等几项犯罪，你的同伙魏波和老贾已经被抓并对事实供认不讳，请你跟我去公安局接受调查。"

傅斯月顿时如被抽走真气的人偶，一下瘫软在椅子上。

警察局里，老贾还身背了其他的案件，警察对他连续不断的严加审讯，老贾熬不住，终于松口，说出受傅斯月之托，曾经在傅斯晨的车上做手脚让他出车祸并刺伤傅斯明的事。

洗脱嫌疑的傅斯晨心情沉重地去看被关在警局的傅斯月，此时的她已经神色呆滞，半天没有一个动作，形同木偶。

面对傅斯晨，她的眼睛忽然抬了一下，嘴边泛起一抹恨意："你来是看我笑话吗？”

傅斯晨没想到竟然是她先责问，他眼中带着伤痛和愤怒，声音发颤：“我们是亲姐弟，你为什么要这么做？”

傅斯月冷笑一声：“亲姐弟？在傅锦荣眼里，只有你才是亲生的。这些年我一直拼了命的为公司干活，可他却一心想着把位置留给连公司都不回的你！”

傅斯晨扶了扶隐隐作痛的头，深吸一口气，看向一直护着他长大的傅斯月，颤声说：“我从来都没想过要坐那个位置，我之所以去拍卖行，就是不想跟你们争。现在因为你的一己之私，全家遭殃，你进了监狱，大哥在医院生死未卜，我死里逃生，现在又不得不放弃自己喜欢的工作，现在这样，你满意了吗？”

傅斯月低下头去，两行泪流下来：“满意？呵呵，老妈走后，我怕别人欺负我们姐弟，我一直逼自己努力，凡事都要争第一，但后来，我发现没有我努力的你，竟然一直得到老爸的偏心。我们都是一个妈生的，为什么你什么都不用做就能得到疼爱？我不甘心，还有那个一直跟我斗的傅斯明，是你们，你们抢走了本应该属于我的东西……”

傅斯月歇斯底里，傅斯晨红着眼眶。

傅斯月抹了把泪：“我知道，你们谁都想看我笑话，谁都不想看到我好，现在，我也算不负众望了。”

傅斯晨擦干脸上的泪水，声音哽咽地站起来：“我最亲的姐姐，丢了。”

看着傅斯晨慢慢走出警局。傅斯月瘫软在椅子上，泪流满面：“你经历的家庭伤痛我都经历过，你没经历过的偏心和失望，我也经历过。如果都能对我公平和温暖些，我又何尝变得如此？”

一直等在外面的陈柏年拍了拍傅斯晨的肩膀，两人上车，朝古德拍卖行奔去。

古德办公室里，傅斯晨把一件件物品放进纸盒里，木槌、手套、钢笔……这些曾经承载着他在拍卖台上辉煌过往的东西，全部成了他不会忘记的美好记忆。桌子上已经陆续清空，他拿起最边上那本笔记本，看到上面那只他随手画的杂毛雀斑小兔子，嘴角一扬，打包放进了箱子。

傅斯晨拿着东西走到楼下的时候，张德亮也拿着自己的东西，满脸落魄地走出来。因为银行调查假钻石的事，又扯出了古德拍卖行涉嫌拍卖假物件和以前一些行贿事件。而报出张德亮被调查后，被其余的股东联合踢出了古德。

“没想到我们两个会在同一天离开公司。”张德亮说着叹了口气，背部微驼，眼珠浑黄，再没了往日的儒雅精明。

毕竟是曾经一手栽培过的人，傅斯晨看着了无生气的张德亮，问他：“接下来打算去哪？”

张德亮自嘲地低笑一声：“我现在已经身败名裂，还能去哪。”

古德拍出的海瑞烂尾楼因为涉及行贿，成了重新被冻结的资产，万里集团原本已经建到一半的珠宝城只能停在那里。除此之外，万里集团因为涉嫌制造假珠宝被重点清查。在这当中，又发现它就是恶意抬高拍卖品价位的千秋文化公司的源头，万里集团一时间成为众矢之的，再难东山再起。

张德亮抬起眼皮，看了傅斯晨一眼，再叹了口气：“当初真应该听你的，不去拍卖那场假珠宝。也罢，人生没有后悔药，如今的无限集团现在也七零八落，吴奕杉已经逃出国外，难寻踪迹。”

傅斯晨伸出手，跟张德亮如第一次见面般地重重握了握手，两人拿着行李，朝不同方向离去。

回到万里集团的傅斯晨，为了让万里集团恢复元气，几乎忙成了空中飞人，白小米也在古德努力成为一名优秀的拍卖师，两人各自忙碌又相互牵挂，像所有无法天天相守又相互思念的爱人一样，疲惫又甜蜜。

一年后。

古德拍卖行艺术品专场，人潮涌动。

当最后一件拍品落槌成交后，一副盛在托盘里的白手套被送到白小米面前。全场掌声雷动，白小米激动落泪。在傅斯晨离开拍卖界一年多之后，她终于不辱师名，拿到了拍卖界的最高荣誉，成为白手套拍卖师。

走下拍卖台，白小米跟下面的苏梦用力拥抱了一下，如果没有这位一直跟她争输赢的同事，估计她也不会下狠劲去努力。如今，她先苏梦拿到了白手套荣誉，苏梦也算输得心服。不过她苏梦就算心服，口也不会服，她抬起头，跟白小米说："祝贺你，但你千万别大意，因为我很快就会超过你。今年的春秋大拍，我们再一战高下。"

相处这么久，白小米知道苏梦傲娇高冷，但人却不坏，这两年，两人面上是竞争关系，实则已经成了惺惺相惜的战友，她用力拍了拍苏梦后背："一起加油！"

走出拍卖行，白小米看到门口一辆黑色的奔驰车旁，站着一位穿着精良西装的高大男人，容颜俊朗得让人眼前一晃。

她惊喜地张大嘴巴，迅速奔过去："你不是说要出差吗？"

傅斯晨笑着一把将她搂进怀里："你拿到白手套这么重要的日子，我怎么能去出差。上车，快上车，快赶不上陈柏年和汤敬筱的订婚宴了。"

白小米一噘嘴："你到底是回来参加宴席的还是回来庆祝我拿白手套的？"

傅斯晨笑着点了下她的鼻子："中午先去参加他们的婚礼，下午我单独给你庆祝。"

车子刚停，婚礼已经开始，白小米大老远就看到穿着黑西装的帅气新郎陈柏年，挽着白色婚纱的漂亮新娘汤敬筱走上红毯。

傅斯晨拉着白小米刚走过去，一束新娘的捧花忽然从天而降，落到白小米手里。人群中爆发出一阵羡慕的掌声，台上的汤敬筱隔着人群朝白小米激动地用力招手：“下一个新娘就是你！”

因为这束捧花，白小米这顿婚宴吃得尤其舒心。酒足饭饱，傅斯晨说要消食，带着白小米来到一大片漂亮的格桑花海里。

秋高气爽，花团锦簇，许久没出来踏青的白小米兴奋得忘乎所以。

“白小米。”傅斯晨在后面连名带姓地叫她。

她回过头来，看到傅斯晨在花海中单膝跪地，从口袋拿出一枚戒指，深情地看着她。

白小米捂着嘴巴，不敢相信新娘捧花的好运这么快就来了。

“可能说出来你不相信，在我还没认识你之前，我就梦到自己喜欢你。我因为梦而误解你、了解你到最后爱上你，在我们共同经历了这么多困难和险阻后，我终于确定，你就是我后半生想要携手一起走下去的人。我在梦里已经向你求过无数次的婚，练习了这么多次，今天，我正式跟你求婚，白小米，你愿意嫁给我吗？”

花海四周忽然放起烟花，阳光灿烂秋日正好，白小米心满意足地对着阳光，看着套在自己手上的钻戒，笑得灿烂：“你知道吗，我也曾在梦中见过你，爱上你，醒来后发现梦是反的，可我还是爱你，反正，我都爱你。”

傅斯晨搂着她，宠溺地看着她：“爱我什么？”

白小米深情地捧着他俊美的脸庞：“我爱你锋利的伤痕，我爱你成熟的天真，多谢你如此精彩耀眼，做我平淡岁月里的星辰。”

图书在版编目（CIP）数据

亲爱的拍卖师 / 牛莹著. — 南京 : 江苏凤凰文艺出版社，2017.4

ISBN 978-7-5399-9321-8

Ⅰ. ①亲… Ⅱ. ①牛… Ⅲ. ①长篇小说 - 中国 - 当代 Ⅳ. ①I247.5

中国版本图书馆CIP数据核字（2017）第036136号

书　　名	亲爱的拍卖师
作　　者	牛　莹
选题策划	李　娟
责任编辑	胡　泊
版式设计	新兴工作室
出版发行	凤凰出版传媒股份有限公司 江苏凤凰文艺出版社
出版社地址	南京市中央路165号，邮编：210009
出版社网址	www.jswenyi.com
经　　销	凤凰出版传媒股份有限公司
印　　刷	三河市中晟雅豪印务有限公司
开　　本	880毫米×1230毫米　1/32
字　　数	280千字
印　　张	11
版　　次	2017年4月第1版　2017年4月第1次印刷
标准书号	ISBN 978-7-5399-9321-8
定　　价	39.80元